马振骋译文集

蒙田随笔全集 上

〔法〕米歇尔·德·蒙田 著
马振骋 译

人民文学出版社

图书在版编目(CIP)数据

蒙田随笔全集.上/(法)米歇尔·德·蒙田著；马振骋译.—北京：人民文学出版社，2021
（马振骋译文集）
ISBN 978-7-02-014835-6

Ⅰ.①蒙… Ⅱ.①米…②马… Ⅲ.①随笔-作品集-法国-中世纪 Ⅳ.①I565.63

中国版本图书馆CIP数据核字(2019)第011381号

责任编辑　朱卫净　张玉贞　汤　淼
封面设计　钱　珺

出版发行　人民文学出版社
社　　址　北京市朝内大街166号
邮政编码　100705
网　　址　http://www.rw-cn.com

印　　刷　杭州钱江彩色印务有限公司
经　　销　全国新华书店等

字　　数　288千字
开　　本　890毫米×1240毫米　1/32
印　　张　12.375
版　　次　2018年2月北京第1版
印　　次　2021年1月第1次印刷

书　　号　978-7-02-014835-6
定　　价　59.00元

如有印装质量问题，请与本社图书销售中心调换。电话：010-65233595

目 录

译序"投入智慧女神的怀抱"/ 马振骋　　　　　　1
蒙田年表　　　　　　　　　　　　　　　　　　1
原版《引言》/〔法〕莫里斯·拉特　　　　　　　1
致读者　　　　　　　　　　　　　　　　　　　1

第一章　收异曲同工之效　　　　　　　　　　1
是不是可以说，动恻隐之心是和气、温良或软弱的表现，因而那些天性柔弱的人，如妇女、儿童和庸人，更易陷入这种情态；因而蔑视眼泪与哀求，只认为美德凛凛然不可侵犯，这才是崇高坚强的灵魂的体现，对不屈不挠的大丈夫行为怀有的爱戴与钦佩。

第二章　论悲伤　　　　　　　　　　　　　　5
当意外事件已经超越我们的承受力量，我们感到沉痛，麻木，心如槁木死灰，只能用"人变成石头"来表述了。

第三章　感情在我们身后延续　　　　　　　　9
"愚者即使得到他所期望的东西还心犹未甘，而智者有了什么会心满意足，决不再去自寻烦恼。"（西塞罗）

第四章　如何让感情转移目标　　　　　　　16
心灵……若没有依托，也会迷失方向；应该给心灵提供目标，让它聚精会神，决不旁骛。

第五章　身陷重围的将领该不该赴会谈判　　　　19

罗马人认为欺诈只能奏效一时，若要别人认输，就不能依靠狡计与运气，而应在一场光明磊落的战斗中两军对垒以勇取胜。

第六章　谈判时刻充满凶险　　　　22

不错，战争中自然有许多不讲道理而又言之有理的特权，"但愿谁也不要处心积虑去利用他人的无知"（西塞罗），这样一条规则是不存在的。

第七章　我们做的事要从意图去评判　　　　25

我们无法超越自己的能力与手段去遵守诺言。在这方面结果与做法完全不为我们掌控时，我们所能掌控的就只有自己的意志了。

第八章　论懒散　　　　27

我以为最让我的精神受惠的是无所事事，养气敛情，全由自己……哪知道随着时间心境愈来愈沉重，愈颓唐。

第九章　论撒谎　　　　29

假若谎言跟真理一样，只有一张面孔，我们的关系就会好处理多了……但是真理的反面有千百张面孔和无限的范围。

第十章　论说话快与说话慢　　　　　　　　34

善于思考的人动作敏捷灵活，善于判断的人动作缓慢沉着。有的人没有准备就哑口无言，有的人有了时间也不见得会好好说。

第十一章　论预言　　　　　　　　　　　　37

……在我们中间还留下一些依照星辰、神鬼、身体外形、梦和其他的预卜方法——这是人天生强烈好奇的明显例子，高兴为未来的事操劳，仿佛当前的事却用不着花多少心思去解决似的。

第十二章　论坚定　　　　　　　　　　　　42

任何光明正大保护自己不受侵犯的手段不仅是允许的，还应该是赞扬的。讲究坚定，主要是耐性忍受那些对之无可奈何的不幸。

第十三章　王者待客之礼　　　　　　　　　45

这也是与人相处的共同规则，就是地位稍低的人先到场，地位稍高的人则让别人等待片刻。可是……

第十四章　善恶的观念主要取决于我们自己的看法　47

我们对同样的事物有不同的看法，清楚说明事物进入我们内心通过了重新组合。纵使有一人接受了事物真正的本意，还是有千人会给予它一个新的相反的歧义。

第十五章　无理由死守阵地者必须惩处　　67

勇敢如同其他品德,都有界线;越过界线,就走上了罪恶的道路。若不知道克制,会从勇敢变成鲁莽、固执、疯狂,到了那时就难以自拔。

第十六章　论对懦夫行为的惩罚　　69

因软弱造成的错误与因恶意造成的错误,中间有巨大的差别,这样说实在是有道理的。

第十七章　几位大使的一个特点　　71

与人交流总能有所得益(这是世上最好的学校之一),我在旅途中采用这样的方法,把话题拉到对方最熟悉的事物上去。

第十八章　论害怕　　75

恐惧使我们丧失勇气去尽责任与捍卫荣誉,然而恐惧也会显出它最后的力量,使我们在它的驱使下,奋不顾身地显示出勇气。

第十九章　死后才能评定是不是幸福　　78

……梭伦从前对他提出的警告,那就是不论命运女神对他露出怎样美丽的面孔,人决不能自称是幸福的,只有直到生命的最后一天才见分晓。

第二十章　探讨哲学就是学习死亡　　81

我们生涯的终点是死亡,我们必须注视的是这个结局;假若它使我们害怕,怎么可能走前一步而又不发愁呢?凡人的药方是把它置之度外。只有愚蠢透顶才会懵然无知！真是把笼头套在了驴尾巴上。

第二十一章　论想象的力量　　　　　　　　　　102

在我对人类习俗与行为的研讨中，稀奇古怪的见证只要是可能的，都当作真人真事来使用……这总是人类才干的一种表现。

第二十二章　一人得益是他人受损　　　　　　　113

……每一事物的产生、成长与生殖俱是另一事物的变异与衰老。

第二十三章　论习惯与不轻易改变已被接受的法律　　114

聪明人内心必须摆脱束缚，保持自由状态，具备自由判断事物的能力；但是行为上又不得不随波逐流。

第二十四章　相同建议产生不同结果　　　　　131

当一切考虑都对我们不合适时，最可靠的方法以我来看，是采取最诚实与最正义的做法；既然看不清最短的路，永远走最直的路。

第二十五章　论学究式教育　　　　　　　　　141

我想说的是植物吸水太多会烂死，灯灌油太多会灭掉，同样，书读得太多也会抑制思维活动。

第二十六章　论儿童教育　　　　　　　　　　154
　　农业中，播种前的耕作以及播种本身，方法都可靠简单；可是让种下的作物存活茁长，这里面就有无数的学问与困难；人也是这样……

第二十七章　凭个人浅见去判断真伪，那是狂妄　191
　　心灵愈空愈没有分量，一有论点压上去，就会轻易下沉。

第二十八章　论友爱　　　　　　　　　　　　196
　　由欲念或利益，公共需要或个人需要建立和维持的一切交往，都不很高尚美好；友谊中掺入了友谊之外的其他原因、目的和期望，就不像是友谊了。

第二十九章　艾蒂安·德·拉博埃西的二十九首十四行诗　210
　　您将会同意我的看法，加斯科涅还没出过更有创意和更优雅的诗篇。

第三十章　论节制　　　　　　　　　　　　　212
　　"追求美德过了头，理智的人可成疯子，正常的人可成痴子。"

第三十一章　论食人部落　　　　　　　　　　218
　　思想灵活的人好奇心大，观察到的东西也更多，但是他们妄加评论；为了说得振振有词，让人信服，禁不住会对历史稍加篡改。

第三十二章　神意不须深究　　　　　　　　232

柏拉图说，谈神的本质比谈人的本质更容易讨巧满足，因为听者对此一无所知，也就可以把一件玄妙的事说得天花乱坠，神乎其神。

第三十三章　不惜一死逃避逸乐　　　　　　235

"要么活着无忧愁，要么死去挺快活。生活累人时就要想到死。活得辛苦不如死得干脆。"（古希腊谚语）

第三十四章　命运与理智经常相遇在一条道上　237

命运变幻无常，在我们面前展现的面貌也就千变万化。这也不是在明白无误地伸张正义么？

第三十五章　论管理中的一个弊端　　　　　241

互通信息的做法给大众交往带来不少方便。因为大家随时随地需要别人的帮助，若互不了解，人会陷入绝境。

第三十六章　论穿戴习惯　　　　　　　　　243

世上的其他物种生来有皮毛甲壳来维持自己的生存，唯有我们一出世娇里娇气，没有百般呵护，就难以存活，这真是叫人不敢相信。

第三十七章　论小加图　　　　　　　　　　247

小加图正是怀着小人之心，更多于为了荣誉，才做了一件慷慨正义的好事，这位人物真正是好样的，大自然选择他让我们看到人的勇气与坚定可以达到什么程度。

第三十八章　我们为何为同一件事哭和笑　　252

我们的躯体内是各种体液的大汇合，根据我们的性情其中一种占主导地位；同样，我们的心灵内也有各种不同的活动冲击它，必然也有一个活动统率全局。

第三十九章　论退隐　　256

离开人群是不够的，换个地方是不够的，应该排除的是心中的七情六欲。

第四十章　论西塞罗　　270

要赞扬一个人，却提出不合他身份的一些优点（虽然值得一提）和一些非主要的优点，这总有点像是嘲弄和侮辱。

第四十一章　论名声不可分享　　276

名望用甜蜜的声音迷倒了多少英雄好汉……其实只是一个回声、一个影子、一场梦，风一吹就消失得无影无踪。

第四十二章　论我们之间的差别　　279

世间万物都是以其本身价值来评价，唯独我们人除外。称赞一匹马矫健挺拔，而不是夸奖它的马具华丽；一条猎兔犬要跑得快，而不是由于它项圈美。

第四十三章　论反奢侈法　　　　　　　　　291

柏拉图在《法律篇》中认为……一会儿按照这个标准，一会儿按照另一个标准，摇摆不定评论事物，追逐时尚，对推行者顶礼膜拜，这对城邦造成的危害比瘟疫还大。

第四十四章　论睡眠　　　　　　　　　　294

那些大人物在处理事关成败的政务军机时，照样镇静如若，一如往常，连睡眠也不缩短，实属少见。

第四十五章　论德勒战役　　　　　　　　297

……不论是将军，还是每个士兵，他们的目的与目标是获得全局的胜利，零星的战果不论有多大的好处，都不应该叫他们偏离这一点。

第四十六章　论姓名　　　　　　　　　　299

蔬菜的种类不论有多少，都包含在"沙拉"这个名称下。同样，在谈论姓名这个题目时，我也就此做出一盘大杂烩。

第四十七章　论判断的不确定性　　　　　305

语言有充分余地说好或者说坏。一切事情都可以顺着说与反着说。

第四十八章　论战马　　　　　　　　　　312

我们的战士在奔跑中换马，他们也习惯每人带两匹马，往常在鏖战中拿着武器从一匹疲劳的马跳到一匹精神十足的马上，骑者身手矫健，良驹又那么善解人意。

第四十九章　论古人习俗　　　　　　　　　　321

这是人的通病，不但庸人有，差不多人人都有，都以他们自己的生存环境来决定自己的看法与好恶。

第五十章　论德谟克利特和赫拉克利特　　　327

一切活动都暴露我们的本性。这同一个恺撒的心灵，从他组织和指挥法萨卢斯战役看得出来，从他安排声色犬马的豪宴也看得出来。

第五十一章　论言过其实　　　　　　　　　　331

修辞学的发明，是为了操纵和煽动一群乌合之众和暴徒，这个工具专门用于病态政体，就像是药。

第五十二章　论古人的节俭　　　　　　　　　335

提比略·格拉库斯，虽是罗马第一号人物，因公出差每天只得到五个半苏。

第五十三章　论恺撒的一句话　　　　　　　　336

"由于人的劣根性，我们对从未见过、隐蔽与陌生的事物更相信更畏惧。"

第五十四章　论华而不实的技巧　　　　　　　338

世上自有一些技巧，实属于穷极无聊，有时还以此求人赏识；

如诗人写诗，通篇的诗句都用同一个字母开头。

第五十五章　论气味　　　　　　　　　　　　　341
"女人没有气味就是最好闻的气味。"

第五十六章　论祈祷　　　　　　　　　　　　　344
求助神的力量去做一桩坏事，那是徒劳。心灵必须纯净，至少在祈祷的时刻，还要摒除邪念；否则反而会徒取其辱。

第五十七章　论寿命　　　　　　　　　　　　　354
人人在自然环境中都会遭到种种不测，使原本的期望生命戛然中断……让人活到年高力衰，然后寿终正寝……这种死亡其实在人生中极为罕见。

译序
"投入智慧女神的怀抱"

马振骋

米歇尔·德·蒙田（一五三三至一五九二），生于法国南部佩里戈尔地区的蒙田城堡。父亲是继承了丰厚家产的商人，有贵族头衔，他从意大利带回一名不会说法语的德国教师，让米歇尔三岁尚未学法语以前先向他学拉丁语作为启蒙教育。

不久，父亲被任命为波尔多市副市长，全家迁往该市。一五四四至一五五六年，父亲当波尔多市市长，成为社会人物，得到大主教批准，把原本朴实无华的蒙田城堡改建得富丽堂皇，还添了一座塔楼。

一五四八年，波尔多市市民暴动，遭德·蒙莫朗西公爵残酷镇压。由于时局混乱，蒙田到图卢兹进大学学习法律，年二十一岁，在佩里格一家法院任推事。一五五七年后在波尔多各级法院工作。一五六二年在巴黎最高法院宣誓效忠天主教，其后还曾两度担任波尔多市市长。

蒙田曾在一五五九至一五六一年间，两次晋谒巴黎王宫，还陪同亨利二世国王巡视巴黎和巴勒拉克。住过一年半后回波尔多，世人猜测蒙田在期间欲实现其政治抱负，但未能如愿。

一五六五年，蒙田与德·拉·夏塞涅小姐结婚，婚后生了六个孩子，只有一个幸存下来，其余俱夭折。一五六八年，父亲过世，经过遗产分割，蒙田成了蒙田庄园的领主。一五七一年，才三十八岁即开始过起了退隐读书生活，回到蒙田城堡，希望"投入智慧女神的怀抱，在平安宁静中度过有生之年"。

那时候，宗教改革运动正在欧洲许多国家如火如荼地进行，法国胡格诺派与天主教派内战更是从一五六二年打到了一五九八年，亨利四世改宗天主教，颁布南特敕令，宽容胡格诺派，战事才告平息。蒙田只是回避了烦杂的家常事务，实际上风声雨声读书声，声声都听在耳里。他博览群书，反省、自思、内观，那时旧教徒以上帝的名义、以不同宗派为由任意杀戮对方，谁都高唱自己的信仰是唯一的真理，蒙田对这一切冷眼旁观，却提出令人深思的隽言："我知道什么？"

他认为一切主义与主张都是建立在个人偏见与信仰上的，这些知识都只是片面的，只有返回自然中才能恢复事物的真理，有时不是人的理智能够达到的。"我们不能肯定知道了什么，我们只能知道我们什么都不知道，其中包括我们什么都不知道"。

从一五七二年起，蒙田在阅读与生活中随时写下许多心得体会，他把自己的文章称为 Essai。这词在蒙田使用以前只是"试验""试图"等意思，例如试验性能、试尝食品。他使用 Essai 只是一种谦称，不妄图以自己的看法与观点作为定论，只是试论。他可以夹叙夹议，信马由缰，后来倒成了一种文体，对培根、兰姆、卢梭（虽然表面不承认）都产生了很大影响。在我国则把 Essai 一词译为"随笔"。

这是一部从一五七二至一五九二年，直到蒙田逝世为止，真正历时二十年写成的大部头著作，也是蒙田除了他逝世一百八十二年后出版的《意大利游记》以外的唯一作品。

从《随笔》各篇文章的写作时序来看，蒙田最初立志要写，但是要写什么和如何写，并不成竹在胸。最初的篇章约写于一五七二至一五七四年，篇幅简短，编录一些古代轶事，掺入几句个人感想与评论。对某些萦绕心头的主题，如死亡、痛苦、孤独与人性无常等题材，掺入较多的个人意见。

随着写作深入，章节内容也更多，结构也更松散，在表述上也更具有个人色彩和执着，以致在第二卷中间写出了最长也最著名的《雷蒙·塞邦赞》，把他的怀疑主义阐述得淋漓尽致。这篇文章约写于一五七六年，此后蒙田《随笔》的中心议题明显偏重自我描述。

一五八〇年，《随笔》第一、二卷在波尔多出版。蒙田在六月外出旅游和疗养，经过巴黎，把这部书呈献给亨利三世国王。他对国王的赞扬致谢说："陛下，既然我的书王上读了高兴，这也是臣子的本分，这里面说的无非是我的生平与行为而已。"

蒙田在意大利畅游一年半后，回到蒙田城堡塔楼改建成的书房里，还是一边继续往下写他的《随笔》，一边不断修改；一边出版，一边重订，从容不迫，生前好像没有意思真正要把它做成一部完成的作品。

他说到理智的局限性、宗教中的神性与人性、艺术对精神的疗治作用、儿童教育、迷信占卜活动、书籍阅读、战马与盔甲的利用、异邦风俗的差异……总之，生活遇到引起他思维活动的大事与小事，从简单的个人起居到事关黎民的治国大略，蒙田无不把他们形诸于笔墨。友谊、社交、孤独、自由，尤其是死亡等主题，还在几个章节内反复提及，有时谈得还不完全一样，有点矛盾也不在乎，因为正如他说的，人的行为时常变化无常。他强调的"真"还是划一不变。既然人在不同阶段会有不同的想法与反应，表现在同一个人身上，这些不同人依然是正常的"真"性情。

蒙田以个人为起点，写到时代，写到人的本性与共性。他深信谈论自己，包含外界的认识、文化的吸收和自我的享受，可以建立普遍的精神法则，因为他认为每个人自身含有人类处境的全部形态。他用一种内省法来描述自己、评价自己，也以自己的经验来对证古代哲人的思想与言论；可是他也承认这样做的难度极高，因为判定者与被判定者处于不断变动与摇摆中。

这种分析使他看出想象力的弊端与理性的虚妄，都会妨碍人去找到真理与公正。蒙田的伦理思想不是来自宗教信仰，而是古希腊这种温和的怀疑主义。他把自己作为例子，不是作为导师，认为认识自己、控制自己、保持内心自由、通过独立判断与情欲节制，人明智地实现自己的本质，那时才会使自己成为"伟大光荣的杰作"。

文艺复兴以前，在经院哲学一统天下的欧洲，人在神的面前一味自责、自贬、自抑。文艺复兴时期，人文主义思想抬头，人发现了自己的价值、尊严与个性，把人看作天地之精华，万物之灵秀。蒙田身处长年战乱的时代，同样从人文主义出发，更多指出人与生俱来的弱点与缺陷，要人看清自己是什么，然后才能正确对待自己、他人与自然，才能活得自在与惬意。

法国古典散文有三大家：拉伯雷、加尔文与蒙田。拉伯雷是法国文艺复兴时期智慧的代表人物，博学傲世，对不合理的社会冷嘲热讽，以《巨人传》而成不朽。加尔文是法国宗教改革先驱。当时教会指导世俗，教会不健全则一切不健全，他认为要改革必先改革宗教。他的《基督教制度》先以拉丁语出版，后译成法语，既是宗教也是文学方面名著。蒙田的《随笔》则是法国第一部用法语书写的哲理散文。行文旁征博引，非常自在，损害词义时决不追求词藻华丽，认为平铺直叙胜过转弯抹角。对日常生活、传统习俗、人生哲学、历史教训等无所不谈，偶尔还会文不对题。他不说自己多么懂，而强调自己多么不懂，在这"不懂"里面包含了许多真知灼见。不少观点令人叹服其前瞻性，其中关于"教育""荣誉""对待自然与生活的态度""姓名""预言"的观点更可令今人听了汗颜。

城堡领主，两任波尔多市市长，说拉丁语的古典哲理散文家，听到这么一个人，千万别以为是个道貌岸然的老夫子。蒙田在生活与文章中幽默俏皮。他说人生来有一个脑袋、一颗心和一个生殖器官，各司其职。人历来对脑袋与心谈得很多，对器官总是欲说还休。蒙田所处的时代，相当于中国明朝万历年间，对妇女的限制也并不比明朝稍松，他在《随笔》里不忌讳谈两性问题，而且谈得很透彻，完全是个性情中人。当然这位老先生不会以开放前卫的名义教人红杏出墙或者偷香窃玉。他只是说性趣实在是上帝恶作剧的礼物，人人都有份，也都爱好。在这方面，没有精神美毫不减少声色，没有肉体美则味同嚼蜡。只是人生来又有一种潜在的病，那就是嫉妒。情欲有时像野兽不受控制，遇到这类事又产生尴尬的后果，不必过于死心眼儿，他说历史上的大人物，如"卢库卢斯、恺撒、庞培、安东尼、加图和其他一些英雄好汉都戴过绿帽子，听到这件事并不非得拼个你死我活"。这帖蒙氏古方心灵鸡汤，喝下去虽不能保证除根有效，也至少让人发笑，有益健康，化解心结。

蒙田说："我不是哲学家。"他的这句话与他的另一句话：

"我知道什么？"当然都不能让人从字面价值来理解。

记得法国诗人瓦莱里说过这句俏皮话："一切哲学都可以归纳为辛辛苦苦在寻找大家自然会知道的东西。"用另一句话来说，确实有些哲学家总是把很自然可以理解的事说得复杂难懂。

蒙田的大半后生是在胡格诺战争时期度过的。他在混沌乱世中指出人是这样的人，人生是这样的人生。人有七情六欲，必然有生老病死。人世中有险峻绝壁，也有绿野仙境。更明白昨天是今日的过去，明天是此时的延续。"光明正大地享受自己的存在，这是神圣一般的绝对完美"。"最美丽的人生是以平凡的人性作为楷模，有条有理，不求奇迹，不思荒诞"。

蒙田文章语调平易近人，讲理深入浅出，使用的语言在当时也通俗易懂。有人很恰当地称为"大众哲学"。他不教训人，他只说人是怎么样的，找出快乐的方法过日子，这让更多的普通人直接获得更为实用的教益。

早在十九世纪初，已经有人说蒙田是当代哲学家。直至最近进入了二十一世纪，法国知识分子谈起蒙田，还亲切地称他是我们这个时代的贤人，仿佛在校园里随时可以遇见他似的。

蒙田的《随笔》全集共三卷，一百零七章。法国伽利玛出版社收在"七星文库"的《蒙田全集》，内收《随笔》部分共一千零八十九页，全集另一部分是《意大利游记》。这次出版的《蒙田随笔全集》(全三卷）就是根据伽利玛出版社《蒙田全集》一九六二年版本译出的。

《随笔》中有许多引语，原书中都不注明出处，出处都是以后的编者所加。蒙田的用意在《随笔》第二卷第十一章《论书籍》中说得很清楚：

因为，有时由于拙于辞令，有时由于思想不清，我无法适当表达意思时就援引了其他人的话。……鉴于要把这些说理与观念用于自己的文章内，跟我的说理与观念交织一起。我偶尔有意隐去被引用作者的名字，目的是要那些动辄训人的批评家不要太鲁莽，他们见到文章，特别是那些在世的年轻作家的文章就攻击，他们像个庸人招来众人的非议，也同样像个庸人要去驳斥别人的观念和想法。我要他们错把普鲁塔克当作我来嘲笑，骂我骂到了塞涅卡身上而丢人现眼。

此外，引语绝大多数为拉丁语，小部分为希腊语、意大利语和法语。非法语部分后皆由法国编者增添法语注解。本集根据法语注解译出。

注释绝大部分是原有的，很少几个是参照唐纳德·弗拉姆（Donald Frame）的英译本《蒙田随笔全集》、迈克尔·斯克里奇（Michael Screech）的《随笔全集》中的注释。注释浅显扼要，以读懂原文为原则。

《随笔全集》中的历史人物译名，基本都以上海辞书出版社《世界历史词典》的译名为准，少数在词典内查不到的，则以一般规则而译，决不任意杜撰。

《随笔》的文章原来段落很长，这是古代文章的特点，就像我国的章回体小说也是如此。为了便于现代人的阅读习惯，把大段落分为小段落，在形式上稍为变得轻巧一点，至于内容与语句决不敢任意点烦和删节。

此外，原著目录中各章后面只是一个题目，译本中每章题目下尚有取自正文的几句话，作为便于阅读、突出重点而加的导语。

蒙田年表

1533 2月28日米歇尔·德·蒙田诞生于法国南部佩里戈尔地区距卡蒂翁镇四公里的蒙田城堡，他是家里的第三个孩子，送至邻村抚养。父亲皮埃尔·埃康是个继承了丰厚家财的商人。

1535 父亲爱好新奇事物，从意大利带回一个不懂法语的德国人，专门给他的三岁儿子进行拉丁语教育。

1536 父亲被任命为波尔多市副市长。

1539 或 1540 进入居耶纳中学。那是法国最好的中学之一，在那里学了七年，得到不少历史知识，欣赏拉丁诗歌，学了肤浅的希腊语。日后蒙田抱怨学校死背书本的教学法。

1544—1556 父亲任波尔多市市长。

1546 蒙田可能在艺术学院听哲学听过由尼古拉·德·格鲁奇讲授的辩证法。

1548 波尔多发生暴动，遭到德·蒙莫朗西公爵的残酷镇压。波尔多市失去一切特权，包括自选市长的权利，亨利二世决定把原为终身职的波尔多市市长一职改为两年一任。

1549 或许由于时局骚乱和波尔多大学法学教育缺失，蒙田被父亲送至图卢兹，进著名的图卢兹大学学习法律。

1554 亨利二世在佩里格建立间接税最高法院。蒙田年二十一岁，被任命为推事。三年后这家法院又被撤销，推事被分派到波尔多法院工作。同年，依然当波尔多市市长的父亲成为受人重视的社会人物，得到大主教的批准，建造塔楼，把原来朴实无华的蒙田城堡修建一新，颇为富丽堂皇。

1554—1556　皮埃皮·埃康任波尔多市市长，时局艰难。据蒙田说，他履行职务付出了心血与钱财。又据让·达那尔的《年表》，"市长大人为了城市的事务还要北上巴黎，给他送去了二十桶葡萄酒，让他到了那座城市打点那些好意的贵族老爷"。蒙田就是在这时，随了父亲和这些桶酒第一次去巴黎，他说还见到了亨利二世。

1557　蒙田进入波尔多最高法院工作。

1558　蒙田结识年长三岁的艾蒂安·德·拉博埃西，两人成为莫逆，虽相交仅六年（其中两年还不在一起），拉博埃西的斯多葛思想对蒙田的影响殊为重大。

1559　波尔多郊区发生毁坏圣像事件，最高法院下令组织一次赛神会，活活烧死一位波尔多富商皮埃尔·富热尔。那时波尔多城里有七千名胡格诺派（加尔文派教徒），阴谋、暴动、处极刑常有发生，直至1562年1月颁布宽容法令，局势才开始好转。

蒙田到巴黎上朝，陪同亨利二世国王巡视巴黎和巴勒杜克。

1561　再次上巴黎。波尔多最高法院交给蒙田一个任务，解决居耶纳省内非常严重的宗教纠纷。蒙田在巴黎住了一年半。有人猜测，但没有证据，这是蒙田欲实现政治抱负但最终失望的时期。

1562　1月17日颁布宽容法令，允许胡格诺派有集会的权利。波尔多高等法院勉强接受。巴黎高等法院6月6日要求它的成员宣誓效忠天主教，6月10日蒙田始终在巴黎，便在巴黎履行了这一仪式。10月他随同国王军队前去鲁昂，不久军队从胡格诺派手中攻下鲁昂。蒙田在城里遇见巴西土著民族。

1563　2月蒙田回到波尔多。8月18日拉博埃西在波尔多附近英年早逝。他遗赠给蒙田不少藏书和自己的著作，还留下色诺芬的《经济论》、普鲁塔克的《婚姻的规则》等译稿和自己创作的十四行诗。

1564　差不多全年阅读和注解尼古拉·基尔《编年史》。

1565　跟弗朗索瓦兹·德·拉·夏塞涅结婚。妻子是一位同事的女儿,比他小十一岁,给他带来七千图尔币的嫁妆。后来给他生了六个女儿,只有一人幸存下来。

1568　父亲过世。他的五个儿子与三个女儿分割遗产。蒙田成了蒙田庄园的主人和领主。在继承问题上与母亲发生矛盾。

1569　蒙田贯彻父亲的遗愿,在巴黎出版了雷蒙·塞邦的《自然神学》译著。

1570　蒙田卖掉波尔多高等法院推事一职,到巴黎出版拉博埃西的拉丁诗歌和译著。第二年结成一集问世。蒙田在拉博埃西作品的每一卷上都题辞献给一位重要人物。

蒙田第一个孩子出世,是个女儿,两月后夭逝。

1571　蒙田三十八岁,退休,他在书房里的一篇拉丁铭文,可以表明他当时的心志。

"基督纪元一五七一年,时年三十八岁,三月朔日前夕,生日纪念,米歇尔·德·蒙田早已厌倦高等法院工作和其他公务,趁年富力壮之时,投入智慧女神的怀抱,在平安与宁静之中度过有生之年。他住在祖先留下的退隐之地,过自由、宁静、悠闲的生活,但愿命运让他过得称心如意!"

蒙田被法国大使德·特朗侯爵正式授勋为圣米歇尔勋位团骑士;9月9日被查理九世国王任命为王宫内侍。10月28日,女儿莱奥诺出世,这是蒙田六个女儿中唯一活下来的孩子。

1572　圣巴托罗缪大屠杀。拉罗歇尔叛乱;内战打得正酣,蒙田开始撰写他的《随笔集》。同年阿米奥翻译的普鲁塔克《道德论集》出版，成为蒙田的案头必备书。

《随笔集》第一卷大部分成于 1572—1573 年。蒙田想到的主要是军事政治事件。他大量阅读杜·贝莱兄弟的《回忆录》，吉夏当的《意大利史》，塞涅卡的著作也是他的床头书。

1572—1574 法国内战。三支王家军队向新教徒进攻。普瓦图军由德·蒙邦西埃率领，驻扎在圣埃米纳，蒙田随同居耶纳省天主教贵族加入这支军队。但是没有打起来，因为新教派领袖拉努拒绝作战。蒙邦西埃派蒙田去波尔多高等法院，要求法院下令采取措施做好保卫城市的准备。

1573 蒙田第三个女儿安娜出世，只活了七个星期。

1574 第四个女儿出世，活了三个月。5 月 11 日，蒙田在波尔多高等法院王室成员面前转呈德·蒙邦西埃公爵给朝廷的奏折，然后做了一个长篇发言。

拉博埃西的《自愿奴役》被人塞入卡尔文派一本小册子《法国人的闹钟》出版。文章匿名，内容也遭篡改。

1576 蒙田命人做了一块铭牌，一边是蒙田纹章，环绕圣米歇尔的圆环，一边是一座横放的天平，上刻 1576 年日期，他的年纪四十二岁，还写上皮浪的格言："我弃权。"他写出一部分《雷蒙·塞邦赞》。

1577 蒙田第五个女儿出世，活了一个月。

11 月 30 日那瓦尔国王封蒙田为王宫内侍。

1577—1578 蒙田患上肾结石症，他的父亲和祖先也曾患过这个病。肾结石、痛风或风湿病使他终生受苦。

《随笔集》第二卷的大部分是这时起至 1580 年写成的。

1578 2 月 25 日，蒙田开始详细阅读恺撒的《内战记》和《高卢战纪》，五个月间做出许多注解。

不久后，他又阅读博丹的《共和国》。但是他时常翻阅的两部著作是塞涅卡的《给卢西里乌斯的书信》，普鲁塔克的《名人列传》和《道德论集》。尤其普鲁塔克是《随笔集》的源泉。

1580　3月1日，《随笔集》在波尔多出版，第一版分为两卷。之后，蒙田去法国、瑞士、意大利等国旅游治疗。在巴黎，蒙田把《随笔集》赠送给亨利三世。

8月，蒙田参加费尔围城战。在多姆雷米，拜会圣女贞德家族的后裔。

12月29日在罗马晋谒格列高利八世教皇。

1581　9月7日，蒙田尚在意大利逗留，消息传来，他当选为波尔多市市长，任期两年。他准备行装回国。

1582　德·杜在他的《历史》一书中说他"受惠于米歇尔·德·蒙田之处甚多，他那时是波尔多市市长，待人坦诚，反对任何约束，从不加入阴谋集团，对自己的事务非常熟悉，尤其对他的故乡居耶纳省的事务有深刻的了解"。

《随笔集》第一、二卷修改增补后再版，主要添加了意大利诗人的章节和在罗马客居回忆。这一版本在波尔多还可以看到。

1583　蒙田再次当选为波尔多市市长，任期两年。在第二次任期中，内战和瘟疫都蔓延到佩里戈尔地区、阿基坦省。

他的第六个女儿玛丽出世，只活了几天。

1584　6月10日亨利二世国王的最小儿子安茹公爵逝世，使那瓦尔的亨利成为王位继承者。

8月1日，蒙田开始他第二个市长任期。

12月19日，那瓦尔国王到蒙田，驻跸在蒙田城堡，由城堡里的人侍候，到了夜里就睡在蒙田的那张床上。

1585　科丽桑特成了那瓦尔国王的情妇，蒙田撰文《美丽的科丽桑特》,劝她"不要让热情累及王上的利益与财富,既然她愿为他做一切,更多看到他的好处,而不是他的怪脾气"。他还努力促进那瓦尔国王和德·马蒂尼翁元帅的相互了解。马蒂尼翁是居耶纳省总督,对亨利三世甚为忠诚;那瓦尔国王是居耶纳省名义上的总督,认为他们两人过于接近。

6月12日,经过蒙田的斡旋,那瓦尔国王和马蒂尼翁元帅见面。

同月,波尔多市暴发瘟疫,居民大撤离。蒙田带了家人离开蒙田城堡。他的市长任期到7月底为止,7月30日在瘟疫尚未殃及的弗依亚,完成他最后的职责。

1586—1587　阅读大量历史书籍。开始撰写《随笔集》第三卷。

1588　2月16日,蒙田上巴黎去出版第四版《随笔集》,到了奥尔良附近维尔布瓦森林里,被蒙面的神圣联盟分子抢劫。随后他们又把衣服、钱和书籍(其中肯定有《随笔集》的原稿)还给他。后来蒙田在信中向马蒂尼翁讲起这件不幸的事,和《随笔集》中的叙述有些出入。这件事的过程好像是事后经过他重新编写的。

德·古内小姐跟母亲住在巴黎,对《随笔集》的作者深感钦佩,听说蒙田在巴黎,请母亲前去代她表示仰慕之情。第二天蒙田到她家拜访,开始了他与"义女"的长期来往。

5月12日,巴黎发生暴乱,设置街垒。亨利三世离开巴黎,忠于他的贵族随同撤离,其中有蒙田,一直伴随国王直至夏特尔和鲁昂。

6月,《随笔集》出第四版,也有称第五版的,有六百多处增注。

7月，他回到鲁昂，住在圣日耳曼郊区，风湿病发了三天，10日下午3—4点之间，蒙田被巴黎来的军官逮住，押往巴士底狱，这是出于艾勃夫公爵的指使，要拿他当人质，因为他的一名亲戚被亨利三世关押在鲁昂。当天晚上，卡特琳·德·美第奇王太后下令放他自由。

10月，蒙田作为旁观者参加布卢瓦市三级会议。在德·吉兹公爵遭暗杀后，他离开该城市。

1589—1592　蒙田阅读大量历史著作：希罗多德、狄奥多洛斯、李维、塔西佗和圣奥古斯丁的《上帝之城》。还有他始终极感兴趣的美洲和东方历史。

1589　8月2日，亨利三世逝世。

1589—1592　这一时期，蒙田准备新版的《随笔集》，增添了一千多处内容，其中四分之一涉及他的生活、情趣、习惯和想法。撰写《随笔集》二十年来，这部书愈来愈带个人生活色彩，愈来愈趋向内心自白。蒙田在写《随笔集》的同时敞开自己的胸怀；他写书，书也塑造了他。

1590　6月18日，蒙田给亨利四世写了一封优美的信，似是他的政治生命的遗嘱。

7月20日，亨利四世从圣德尼军营给他写信，希望蒙田在他的身边担任职务。

1592　9月13日，蒙田在自己房里，面前弥撒还在进行时，咽息离去。葬在波尔多斐扬派教堂。

1595　蒙田夫人和皮埃尔·德·勃拉赫交出蒙田作了增注的《随笔集》样书，这份稿子经德·古内小姐整理后，交给朗格里埃出版社印成精美的版本。

1613　约翰·弗洛里奥将《随笔集》译成英语。

1619　艾蒂安·帕斯基埃的《书信集》中，有一封写给贝尔热的长信，提到亨利四世时代的人对《随笔集》的第一次深入的评论。

1633　马可·基那米把《随笔集》译成意大利语。

1655　据估计，在这个时期，帕斯卡与德·萨奇的《对话集》中提到蒙田，但是这篇文章的真实性尚有待探讨，因为只是在18世纪拉封丹的《回忆录》中有这样的记载。

1666　王家码头学派猛烈攻击蒙田，出现在约是尼科尔的《逻辑》一书中。这是反蒙田思潮的信号，这个思潮自后持续了半个世纪。

1669　《随笔集》分三卷在巴黎和里昂的两家出版社出版。

1674　马勒伯朗士在《寻求真理》一书中对蒙田进行强烈的批评。

1669—1724　蒙田作品销声匿迹的时期。从1595—1650年，《随笔集》平均每两年出一版，在这五十六年间，没有出过一版。拉勃吕依埃尔赞赏蒙田，反击让·路易·盖兹·德·巴尔扎克和马勒伯朗士，但是他这个评论只是到了伏尔泰时代才开花、结果。

1724　科斯特出版社出版三卷本《随笔集》，态度认真，注解详细，是18世纪的基本版本。从1724—1801年间，《随笔集》重印了十六版。

1774　德·普吕尼神父在蒙田城堡发现蒙田写的《意大利游记》，由麦斯尼埃·德·盖隆作序和注解后出版。手稿交给国王图书馆，此后失踪，无迹可寻。

1812　年轻的维尔曼发表《蒙田赞》，得到法兰西学院嘉奖，《蒙田赞》代表了那一个时代文人对蒙田的看法。

1832　12月，图书收藏家帕里佐以不到一法郎的价格在书摊上购得蒙田做了六百条注解的《恺撒传》一书（普朗丁版）；1856年，此书出售时，特契纳以一千五百五十法郎代杜马尔公爵购得，公爵收入自己的图书馆，与拉伯雷的《亚里斯多芬》和拉辛注解的《埃斯库罗斯》并列一排。

1837—1838　文学评论家圣伯夫在洛桑文学院开课，评论王家码头学派，讲课内容刊载在1840年和1842年出版的前两卷《王家码头学派史》。其中谈到蒙田、帕斯卡，这对于蒙田的历史评价是一个重要时刻。

1906　波尔多市出版地方版《随笔集》，从此成为一切蒙田《随笔集》的底本。

原版《引言》

〔法〕莫里斯·拉特

蒙田逝世时留下两个女儿，据帕基耶说，"一个是婚生的女儿，他的财产继承人；一个是过继的女儿，他的文稿继承人……"后者是玛丽·勒·雅尔·德·古内，她的确像哀悼父亲那样哀悼蒙田。蒙田殁后第二年，她去看望《随笔集》作者的遗孀和孤女，从蒙田夫人手里接过一个本子，上面差不多写满了蒙田在一五八八年版样书边白作的注解，原是为了再版时使用的——两年后，即一五九五年，根据这个本子出版了大部头对开本的《随笔集》。

长年内战使法国一时对暴力感到厌倦，准备静心欣赏《随笔集》内俯拾皆是的智慧。那是"正直者的枕边书"，佩龙红衣主教这样说。有一位朱斯图斯·利普修斯称赞作者，观其文如观其人；有一位塞沃尔·德·圣马特称赞说，"通篇表述无拘无束，朴实无华"；还有一位德·图说"一个真正的金玉良言研讨会"。皮埃尔·夏隆，另一位"蒙田的见证人"，蒙田因没有儿子做继承者，就把家族纹章的佩带权遗赠给了他。夏隆在《论智慧》一书中，对《随笔集》做出大胆、有力、不掺个人感情的反响，像圣伯夫说的，颇似"《随笔集》的教育版读物"。

对蒙田的最初反应出现于路易十三统治末期。德·古内小姐难辞其咎，她不该活得那么久（卒于一六四五年），成了个老学究，态度咄咄逼人，谈话唠唠叨叨，尽管在一六三五年版中她认为应该加进一篇序言，说一说自己对偶像的钦慕忠诚，这不但没有平息，反而加强蒙田反对者的反感。他们指责蒙田在书中谈论自己太多，还使用借自加斯科涅方言或拉丁语的冷僻字眼。盖兹·德·巴尔扎克经常出入郎布耶府，为蒙田辩护，反对那些"挑剔者"，但是他对蒙田的这种缺乏条理的文章结构也表示不满："蒙田对自己正在说什么当然是知道的，但是我同时不揣冒昧，也认为他对自己接着要说什么就不一定知道了。"他还补充说，《随笔集》的语言与风格粗鄙俚俗，带了他写作的时代与生活的外省烙印。

巴尔扎克的批评是肤浅的，主要针对形式，而帕斯卡的批评则针对内容。帕斯卡受惠于蒙田的地方很多，但是——据圣伯夫的说法——他的一项主要任务是在《思想录》中"破坏和摧毁蒙田"，甚至说出《随笔集》的作者"通篇想的只是胆怯畏葸地死去"。萨西、阿诺、尼科尔都是纯正的王家码头派代表人物，对蒙田的态度当然更加严厉，据他们的说法，蒙田"要推翻一切知识，从而也是宗教的基础"。

波舒哀和马勒伯朗士的攻击更是变本加厉。前者以宗教的名义，谴责蒙田把人贬低为动物，后者主要责怪他是"骑士型学究"，真不愿意看到《随笔集》竟是一部小故事、俏皮话、二行诗和格言的大杂烩。《寻找真理》的作者继而严厉地说："为了消遣而读《随笔集》是危险的，不仅因为阅读的乐趣会对读者的感情潜移默化，还因为这种乐趣是出人意外的罪恶。可以肯定的是这种乐趣主要出自淫念，只会维持和加剧人的情欲，这位作者的写作方式之所以令人愉悦，只是因为它不知不觉地触动我们的神经，煽动我们的情欲。"

但是，十七世纪上半叶的巴尔扎克和语言纯洁派与下半叶的帕斯卡、王家码头学派、波舒哀和马勒伯朗士不能代表整个世纪。如果说一六七六年把《随笔集》列为禁书，似乎认可了这些先生和奥拉托利会的严厉态度，那么也有另一些来头并不小的人物欣赏《随笔集》。皮埃尔·莫罗指出："写《随笔集》的人早已是古典人物，也就是笛卡尔、莫里哀、拉封丹、拉罗什富科、圣埃勒蒙、拉布吕耶尔这样的古典人物，他们的规则存在于自然、理性与正直中。"在十七世纪反对蒙田的人，归根结蒂只是朗布耶府的风雅之士和信仰呆板的作家。

还有必要提一提的是，被罗马封为圣人的神职人员兼作家、文笔优美的弗朗索瓦·德·萨勒，还有一位主教、善于写各类作品的作家让-皮埃尔·加缪，从蒙田书里获取的营养不亚于他读阿米奥的佳作。在其他古典人物与蒙田之间又有多少相近与相比之处！

费迪安·戈安在他出色的拉封丹研究的作品中，专有一章题目是《拉封丹与蒙田》，埃蒂安·吉尔松把蒙田与笛卡尔比照。虽则我们刚才提到的两位大作家做的只是阅读与"摘引"蒙田，有人如拉罗什富科或拉布吕耶尔，不会被隐射与表面现象所迷惑，在他们的《箴言录》或《品格论》中，吸纳了《随笔集》作者的真知灼见。拉罗什富科的两百五十多条箴言在思想和表达上，跟蒙田的某某章节"不谋而合"，而拉布吕耶尔只用三言两语就阻挡了巴尔扎克和马勒伯朗士的攻击，他俏皮地写道："一个人思想不深，如何能够欣赏一个思想很深的人；另一个人思想太钻牛角尖，也就不适应朴实无华的思想。"《品格论》的作者也是个天主教徒，不会不承认他对蒙田不胜钦佩，读他的书感到喜悦。

在十七世纪不同类型的文人都分享他这样的喜悦。德·塞维尼夫人就对蒙田文章的吸引力赞不绝口，一六七九年十月二十五日给德·格里尼昂夫人的信中说:"我有几本好书,蒙田的书最佳,当人家没有想蒙您时,还有何求呢?"德·蒙特斯庞夫人和她的当丰特夫罗修道院大教长的姐姐,也都读过这部书。夏尔·索雷尔把这部书看成"朝廷与社交界常备手册"。于埃,这是位洞察细微的人文主义者,跟巴尔扎克截然不同,称赞蒙田写了一部谈思想的集子,"信笔写来,也无顺序",还是从中看出它"受人欢迎"的深刻理由,因为——他写道——"很难见到一位乡下贵族,不在壁炉上放上一部蒙田的书,以此显示他不同于捕兔子的乡绅"。

十八世纪对他仍不乏好评,但是也应该看到他们会满不在乎地以自己的方式解释。丰特奈尔在《死者对话》中让蒙田和苏格拉底对话;培尔赞扬他的皮浪怀疑论思想;孟德斯鸠对他发表了这个惊人的看法:"这四位大诗人:柏拉图、马勒伯朗士、沙夫茨伯里、蒙田!"……这张名单上,也许用孟德斯鸠自己换下马勒伯朗士还更合适。伏尔泰驳斥帕斯卡时大声说:"蒙田的设想是很巧妙的,他就是这样朴实无华地描述自己!因为他描述的是人性……"杜·德方侯爵夫人要贺拉斯·沃波尔读一读蒙田:"这是有史以来唯一的好心哲学家和好心玄学家!"沃夫纳格侯爵平时谈话谨慎,态度严肃,看出"蒙田是他那个野蛮时代的奇才"。

如果说让-雅克·卢梭精神病态古板,不喜欢摇曳多姿的文章,对蒙田持保留态度,那些百科全书派、时尚作家、诗人则把蒙田引为知己,但以自己的情趣去摆布他。格林宣称他"超凡入圣",议论他仿佛是个"独一无二的"人物,散布"最纯……最亮的光明"。阿让松侯爵的儿子出版了父亲的一部著作,书名叫《论蒙田随笔的情趣的随笔》。若弗兰夫人的女儿德·拉·费泰-

安博夫人准备出版蒙田的选集。巴贝拉克名副其实受蒙田的培育。圣朗贝尔在乡下坐在"一棵开花的李树下"读蒙田。德利尔指出"他知道像贤哲那样讲话,像朋友那么闲谈"。安德烈·谢尼埃多处引用蒙田的话。他的弟弟玛丽-约瑟夫看到"蒙田逐渐创造和运用了按自己天才所需要的语言"。人人按照自己的主意塑造他,将他据为己有。革命派毫不犹豫地把他视为自己"伟大的先辈",强拉他跟笛卡尔和伏尔泰一起。

夏多布里昂开启和统率了十九世纪,表现出这样的特点,起初提到蒙田时是攻击他,从他的书中就像在拉伯雷的书中看出他是斯宾诺莎的先驱之一(《论古今革命》),继而又接受蒙田,并对《雷蒙·塞邦赞》的作者表示感谢(《基督教真谛》),最后又在自己的《墓外回忆录》中把他跟自己、自己的生活经历相比较,仿佛在羡慕蒙田的恬静从容:"亲爱的米歇尔,你说的事轻松愉快,但是在我们这个时代,好心得不到你说的好报……"

第一帝国末期,法兰西学院把颂扬蒙田作为竞赛题,年轻的维尔曼摘取桂冠;这也可以说是时代的一个标志吧。然后又是贝朗瑞对蒙田的书"不断地"反复阅读,玛塞琳·德博尔德-瓦尔摩尔喜爱他的书:

> 全世界从书中出现在我面前,
> 穷人、奴隶、国王,
> 我看到一切;我看到自己了吗?

达尔巴尼伯爵夫人读《随笔集》是一种"安慰";司汤达在写《爱情论》时频繁参照他的这部书;还可以说无处不出现蒙田,德国有歌德、席勒,英国有拜伦、萨克雷,不久美国又有爱默生都赞扬他。

在那个时代的评论家中,尼扎尔能够这样写道,"以《随笔集》为契机,开始了一系列杰作,面面俱到表现法国精神的形象"。圣伯夫认为蒙田是古典主义者,"贺拉斯家族中的这类古典主义者"。在那些伦理学家中,只有库辛对他的作家天赋表示异议,可是受到可亲的克西梅纳·杜当的反驳。

在十九世纪下半叶和我们的世纪,蒙田这个道德学家和人,受到一部分人议论和另一部分人颂扬。米歇莱,火气十足的米歇莱,声称《随笔集》散发出一种无法呼吸的臭气;伯吕纳蒂埃尔指责他是利己主义和自我至上者,且不说他生来爱好一切逸乐的倾向;纪尧姆·基佐称他是"荒淫好色"的作家,是"庸俗的教外人士中的圣弗朗索瓦·德·萨尔"。

另一些人赞扬他,按自己的意思使他的形象让人乐于接受,其实从中是在说他们自己。朗松赞他是纯粹世俗主义的先驱;安德烈·纪德条分缕析地把他拉向自己,引以为知己。勒南、法朗士、勒梅勒,都以勒南派的评论方式,只是把他看成是怀疑论者,强调蒙田说的疑问其实就是"软枕头",未免有点言过其词。只有法盖,善良的法盖,写得比谁都好,我的意思是评判较为公正,赞扬"这位伟大的贤哲……是法国三四位大作家之一,用恰如其分的语言称赞他的文笔绝对自成一派……隐喻自然……这是智慧的一种庆典"。

最后总体回顾来看,最近五十年研究人员和学者所做的许多工作,无疑可对某些细节做出更改,对某些不足表示遗憾,思考方法也有所不同,但是改变不了作品的大体纲要。有人立志研究他的天主教身份,有人研究他的享乐主义一面,还有人,如亚历山大·尼科莱,研究蒙田的内心世界、社交生活与政治活动。在一位马塞尔·普鲁斯特之后有一位蒙泰朗,在一位波瓦莱夫之后有一位加克索特,都精细入微地找出他的某方面特征。高等学府的评论家,从福图纳·斯特罗夫斯基到皮埃尔·莫罗,到皮埃尔·米歇尔,到雅克·维埃尔,到凡尔登·L.索尼埃,对蒙田的理解与剖析都比上一世纪要深刻得多,还像圣伯夫说的那样明白,"我们的心中没有真正的底,只有无尽的表面"。这些层层叠叠的"表面",德国的一位弗雷德里希,纽约的一位唐纳德·M.弗雷姆,东京的一位前田洋一,都曾仔细地分解。阿曼戈博士在半个多世纪以前创立了蒙田之友协会,今日会员几乎遍及世界各国,从巴西和加拿大直至印度和日本。

总之,《随笔集》在全球各国皆有读者,这是一种标志,说明这位从综合来说是我们第一位大政治家,我们第一位大道德学家,在世界上具有极强的生命力。

致读者

"
读者啊，这是一部真诚的书。一开头就提醒你，我没有预设什么目标，纯然是居家的私语。我决不曾有任何普济天下与追求荣名的考虑。我的才分达不到这样一个目的。只是寄语亲朋好友作为处世之道而已。当他们失去我时（这将是他们不久要面对的事实），还能在书中看到我的音容笑貌，以此对我逐渐保持一种更完整、更生动的认识。若要哗众取宠，我自应更用心思涂脂抹粉一番，矫揉造作地走到人前。我愿意大家看到的是处于日常自然状态的蒙田，朴实无华，不要心计：因为我要讲述的是我。我的缺点，还有我幼稚的表现，让人看来一目了然，尽量做到不冒犯公众的原则。有些民族据说还是生活在原始的自然法则下，享受温馨的自由，假若我身处在他们中间，我向你保证我很乐意把自己整个儿赤裸裸地向大众描述。因此，读者啊，我自己是这部书的素材，没有理由要你在余暇时去读这么一部不值一读的拙作。再见了！蒙田，一五八〇年三月一日。①
"

---

① 并不是所有的版本都有这篇《致读者》。日期也不尽相同。在1595年的版本中是一五八〇年六月十二日，而在1588年版本中是一五八八年六月十二日。

第一章
收异曲同工之效

我们一旦落入曾受过我们侮辱的人之手，而他们又对我们可以恣意报复时，软化他们心灵最常用的方法，是低声下气哀求慈悲与怜悯。然而相反的态度如顽强不屈，有时也可产生同样的效果。

威尔士亲王爱德华，曾长期统治我们的居耶纳地区，他的遭遇与身世中有许多值得一书的伟大之处。他遭到了利摩日人的莫大羞辱后，用武力把他们的城市攻了下来。村民包括妇女与儿童，都被抛下遭受屠杀，高声求他宽恕，还在他脚边跪了下来，都无法使他住手；只是在他率部进入城内时，看到三位法国贵族怀着非凡的勇气，单独抵抗他的军队乘胜进击时才下令停止。他对这样的勇敢精神不胜钦佩，怒气也煞了下来，礼待这三个人，连带也饶恕了全城的其他居民。

伊庇鲁斯君主斯坎德培追杀手下一名士兵。士兵忍气吞声，百般哀求，试图平息他的怒火，最后无奈手握宝剑等待着他。这番决心却打消了主人的怒气，看到他准备决一死战不由非常钦佩，也就宽宥了他。（有的人没有读过这位君主的神勇事迹，看了这个例子或许会有另一种不同的解释。）

康拉德三世围攻巴伐利亚公爵盖尔夫，不顾对方如何卑躬屈膝迎合他，他赐予的最大的宽恕是允许那些同公爵一起受困城里的贵妇人徒步安全撤离，并随身带走她们能带走的一切东西。她们深明大义，决定把丈夫、孩子和公爵本人都驮在背上。皇帝看到她们那么高尚贤淑，高兴得喜极而泣，以前对公爵不共戴天的仇恨也就一笔勾销，之后和和气气对待他和他的家庭。

上述两种方法都很容易打动我。因为我这人生性宽容怜恤，狠不下心来，从而同情比尊敬更适合我的天性。可是对斯多葛派来说，怜悯是一种邪恶的感情，他们要我们帮助不幸的人，而不是软下心来去同情他们。

这些例子在我看来是合适的，尤其因为看到受这两种方法袭击与考验的心灵，能够承受其中一种方法毫不动摇，对另一种方法却又低头认输。是不是可以说，动恻隐之心是和气、温良或软弱的表现，因而那些天性柔弱的人，如妇女、儿童和庸人，更易陷入这种情态；而蔑视眼泪与哀求，只认为美德凛凛然不可侵犯，这才是崇高坚强的灵魂的体现，对不屈不挠的大丈夫行为怀有的爱戴与钦佩。

可是惊异与钦佩对于没有那么高尚的心灵也可产生同样的效果。底比斯人可以作为例子。他们要求法庭对某些将军处以极刑，因为他们任期过后没有交出兵权。佩洛庇达在这些控诉下屈服了，哀告求饶保证不再重犯，勉强获得了宽恕；而伊巴密浓达则相反，他把自己的功勋颂扬一番，自豪放肆，要老百姓记住。大家听了再也无心投票，散会时大大赞扬这位人物的胆略与勇气。

老狄奥尼修斯经过长期苦战，攻下了勒佐，并俘获了菲通统帅。菲通是个正人君子，曾英勇地负隅顽抗，老狄奥尼修斯要在他身上进行残酷的报复。他首先对菲通说，他在前一天如何下命令把他的儿子和其他亲族都淹死了。菲通淡然回答说他们那一天要比他过得幸福。然后他命令刽子手扒下菲通的衣服，押着他满城游街，还残酷地鞭打他，恶言恶语羞辱他。但是他态度自若，勇敢面对。他甚至还神色严峻地高声宣说，不让祖国落入暴君之手是他愿意为之而死的光荣辉煌的事业，并警告对方将遭到神的惩罚。狄奥尼修斯从自己部队士兵的眼中看出，他们不但没有被这位败将的挑衅性言辞激怒，反而看不起自己的领袖以及他的得胜；这种非凡的勇气叫他们吃惊，为之动情，酝酿反叛，还可能从他的卫队手里劫走菲通，于是他下令停止折磨，派人悄悄把他投入大海淹死。

当然，人都是出奇地虚荣、多变、反复无常。很难对人做出标准统一的评价。从前，庞培对马墨提人非常反感，只因为公民芝诺愿意单独承担大众的责任，并要求独自接受惩罚，而对全城市民网开一面。苏拉在佩鲁贾城内也显示出同样的美德，却对己对人都没有得到一点好处。

然而与前面的例子截然相反的是亚历山大，他是天下第一勇士，对战败者极其宽厚。他经过苦战以后袭击加沙城，遭遇守将贝蒂斯。亚历山大在围城时亲眼目睹过他打仗勇冠三军，现在他孤身一人，手下士兵都已溃逃，他的武器已经折断，遍体鳞伤，血迹斑斑，被好几个马其顿人团团围住，四面八方受到攻击，他依然奋战不止。亚历山大打赢这场仗付出了高昂的代价，除了其他损失以外，自己身上还添了两处新伤，因而愤怒之至，对他说："贝蒂斯，你要死也不会让你死，你听着，一个俘虏会遭到的各种各样的苦刑，都让你尝个遍。"另一个听了不但面不改色，反而神态傲慢不逊，面对他的威胁不说一句话。亚历山大看到他顽固骄傲，一声不出，说："你没有屈过膝？你没有讨过饶？好吧，我要打破你的沉默，要你发出声来，我就是不能让你说出一句话，至少也会让你发出一声呻吟。"他怒上加怒，下令刺穿他的脚跟，把他缚在一辆车子后，活活拖死，直至粉身碎骨。

是不是在他看来勇敢不足为奇，于是既不欣赏，也不尊重，或许是他认为勇敢只是他个人的特性，看到别人身上的勇敢不亚于自己，就妒性大发，或许是他天生残暴一发不可收拾？

说实在的，如果他的脾气可以克制的话，那么在占领和掠夺底比斯城的过程中，看到那么多勇士溃不成军，失去集体自卫的能力，都成了刀下之鬼，令人惨不忍睹时，他就可以这样做了。那次屠杀了六千人，没有一人逃跑或求饶，恰恰相反，人人都视死如归，在满街乱跑时遇到得胜的军队还有意挑衅，以求光荣一死。即使全身是伤也不屈服，只要一息尚存就寻思报复，只有拼死一个敌人后自己才甘心死去。这样悲壮的场面引不起他一点怜悯，一天时间也不够他亚历山大用来报仇雪耻，不流尽最后一滴血这场屠杀是不会停止的。最后只有放下武器的人、老人、妇女和儿童才幸免于难，其中三万人当了奴隶。

第二章
论悲伤

我属于最不会悲伤的人了,尽管大家众口一词都对这种感情格外垂青,我既不喜欢也不推崇。人常说这背后掩藏的是智慧、美德与良心——愚蠢恶劣的外衣。意大利人更恰当,对于恶意才用这个名词称呼。因为这总是一种有害的、疯狂的,也总是怯懦卑鄙的品质,斯多葛人不让他们的贤哲表现出这种感情。

传说埃及国王普萨梅尼图斯被波斯国王冈比西击败俘虏以后,看到女儿成了囚犯,穿着奴婢的衣服被人使唤去打水,从面前走过,周围的朋友都流泪哀号,他自己默不作声,一言不发,眼睛盯着地面;不一会儿又看到儿子被人拉走处死,他依然保持原来的姿势;但是窥见自己的一名男仆夹在俘虏队伍中,他捶打脑袋,痛苦异常。

这与我们的亲王最近遇到的事,可以说无独有偶。他在特朗特听到长兄的死讯,长兄是他全家的顶梁柱和光荣;不久又听到第二个兄弟的死讯,他是家里的第二个寄托,他经受这两次打击都神色不变,才几天后又获悉一个手下人也死去了,这最后一桩遇难摧垮了他的意志,使他难以自持,陷入极度悲痛与悔恨,有人以此为据,说只是最后一次打击才触动了他。事实是他已经达到悲愤的极点,任何微小的刺激都会冲破他坚忍的篱笆。

我说也可以用同样的道理去解释我们的历史。这次说的是冈比西,他问普萨梅尼图斯,为什么对自己子女的痛苦表现淡漠,而对朋友的痛苦那么难以释怀,他回答说:"对朋友的痛苦可以用眼泪舒解，对子女的痛苦是任何方式都不能表达其感情的。"

说到这里也可以古代那位画家的作品为例。他创作伊菲革涅亚献祭一画，在画面上的人，按照他们对那位美丽少女死亡的关心程度，表示各自不同的哀悼。画家已用尽了艺术的种种技巧，要画少女的父亲时，他让父亲用手遮脸，仿佛什么样的姿态也无法表达他的悲痛伤心。这就是为什么诗人们只能编造，说那位不幸的母亲尼俄柏，首先失去七个儿子，然后又是七个女儿，伤心过度，最后变成了一块岩石，

　　她痛苦得成了石头。

——奥维德

当意外事件已经超越我们的承受能力，我们感到沉痛、麻木、心如槁木死灰，只能用这个来表达。

是的，痛苦到了极点，必然会搅动我们整个心灵，夺去它的一切活力，就像我们刚听到一个非常不幸的消息会魂飞魄散，瞠目结舌，动弹不得，只有痛哭流涕、大声喊冤以后，才会像回过魂来，静心敛神好好思考，

　　痛苦终于哭出了声音。

——维吉尔

费迪南一世国王在布达附近，讨伐匈牙利已故国王约翰的遗孀一役中，德国统帅雷斯西亚克看到运来一具骑兵的尸体，由于大家曾见过他在战斗中异常英勇，也就跟着众人一起哀悼。但是他和其他人同样好奇，脱去死者的甲胄以后，发现这是他的儿

子。在大家的哀号声中,只有他站着不出一声,不掉一滴眼泪,双目直视,愣愣地盯着儿子看,直至悲痛使他热血凝固,直挺挺倒在地上死去。

可以描述的火都是不猛烈的火。

——彼特拉克

情人要表达一种不可忍受的热情时,是这样说的:

可怜啊!我的感官失去了功能。
见到你,累斯比,
语言与灵魂,
消逝无踪。
一团火苗烧遍四肢,
嗡嗡之声冲击耳膜,
眼睛阖上了
沉重的夜幕。

——卡图鲁斯

这里不是在说感情处于最激烈动荡的时刻,我们不善于哀声叹息,诉说衷肠,精神上疑虑重重,肉体也因相思而慵懒无力。

有时会出现意料不到的机能不足,不合时宜地袭击着有情人,由于极端热情,就在享受怀抱的时刻,突然如同跌入了冰水之中。一切让人体验与回味的热情,都只是平凡的热情,小悲易表情,大悲无声音。

——塞涅卡

不期而至的好事同样使我们吃惊,

一见到特洛伊军队簇拥着我过来
她摸不着头脑,神思恍惚,
面色苍白,目光定定的昏倒在地,
隔了好久才说出一句话。

——维吉尔

除了这位罗马妇女,意外地看到儿子从卡尼溃败中归来,惊喜而死以外,还有索福克勒斯和暴君狄奥尼修斯也是乐极生悲,塔尔瓦听到罗马元老院已要给他授勋时即刻死于科西嘉;我们这个世纪的利奥十世教皇,渴望攻下米兰,听到米兰城破之时,欣喜若狂,突发高烧,为此一命呜呼。人类的愚蠢还有一个更好的例证,据古人记载,辩证学大家狄奥多洛斯,由于在经院无法当众解答人家向他提出的论题,羞愧到了极点,竟猝死在现场。

我很少陷入这类强烈的情绪。天性鲁钝,天天用道理开导自己,也就变得更加木讷了。

第三章
感情在我们身后延续

有人责怪大家对未来事物总是充满向往，告诫我们要抓住眼前的财富，安心享用，因为我们对未来毫无把握，甚至比对过去更加无可奈何。大自然促动我们继续去做它未竟的事，在我们心灵上随同其他假象还印上了行动重于认知的假象，他们若敢称这为谬识的话，那么这些人点破了人类最普遍的谬误。我们从不安于现状，我们永远要超越自身。恐惧、欲望、期待都使我们朝向有待发生的事，败坏我们对现状的想法与重视，而对未来甚至我们已不存在时的事物忙碌不已。"担忧未来的人真可悲。"（塞涅卡）

"做自己的事，懂自己的心"，这句重要的箴言往往归之于柏拉图；上下两句一般来说各自包含我们的责任，又好像相互依存。谁要做自己的事，必须看到他第一件要学的事是认识自己是什么样的人，什么是他该做的事。人认识了自己，不会把外界的事揽在自己身上；自爱其人，自修其身，是头等大事；不做多余的事，排斥无益的想法与建议。"愚者即使得到他所期望的东西还心犹未甘，而智者有了什么会心满意足，决不再去自寻烦恼。"（西塞罗）

伊壁鸠鲁不要他的智者去预测和操心未来。

诸多有关死者的法律中，我觉得最站得住脚的那条是君主身后功过留待他人评定。他们即使不是法律的主人，也是法律的伙伴。正义不能触动他们的人身，但触动他们的声誉或继任者的利益也是有道理的——这些事我们往往比生命本身还重视。遵守这一传统的国家可以获得很多出人意外的好处，贤君也很乐意这样做，不然会埋怨有人把他们跟昏王相提并论。我们在任何国王面前必须俯首帖耳，唯命是从，因为这有关于他们行使职权，但是钦佩与爱戴则要看他们是否贤德。当他们的权威需要我们支持，我们为了维护政治秩序，可以耐性地容忍他们的无能，掩饰他们的罪恶，对他们的庸庸碌碌提出谏言。但是当这层关系不复存在，就没有理由不崇尚正义，不自由表达我们真正的情绪，尤其没有理由去抹煞忠良之臣深知君主昏庸，还是毕恭毕敬，忠心耿耿辅助他的功劳，这样会让后代失去这个贤良的楷模。有些人抱着个人恩怨，对一位昏君也妄称贤良，这是以私心在损害公道。泰特斯·李维说得对，在王朝中成长的人，说话总是充满夸张虚饰，无一例外地对他们的君主歌功颂德，捧上了天。

那两个当面顶撞尼禄的士兵，我们可以否定他们光明磊落。一个人被问到他为什么要加害他："当你值得爱戴时我爱戴你，但是自从你成了个杀人犯、纵火者、卖艺人、马车夫，我恨你也是你活该。"另一个为什么要杀他："因为我找不到其他方法让你不再作恶。"但是尼禄死后成为千夫所指的暴君，他的恶行永远为后人痛斥，明白事理的人谁会否定这些事呢？

斯巴达这么明智的政体中也掺杂这么一种装腔作势的仪式，这令我不快。国王死后，盟友邻邦，所有奴隶，男女老幼，都要在额上划道口子以示悲痛，声泪俱下地哀悼这人不论生前如何，都当作最贤明的国王歌功颂德，愈是后来的得到的称颂愈高。

亚里士多德对什么都要质疑，他引用梭伦说的那句话，"没有人在生前可以称为幸福"，问如果这个人名声不佳，如果他的后代贫困潦倒，那么这个人一生过完天年后死亡，是不是可以说是幸福的呢？当我们可以行动时，我们可以把自己带到喜欢的地方去；但是一旦脱离肉身，我们跟存在没有半点联系。因而应该告诉梭伦，没有人是幸福的，既然人只有在不存在以后才是幸福的。

> 没有人一下子告别生命，
> 谁都等待身后出现什么；
> 既不能离开，又不能放任不管
> 一个被死亡击倒的躯体。
>
> ——卢克莱修

朗东城堡在奥弗涅的布伊城附近，贝特朗·迪·盖克兰在围攻城堡时死亡。受困的人后来投降，不得不把城堡钥匙放在这位死者的遗体上。

威尼斯军队将领巴托罗米厄·阿尔维亚诺在布雷西亚战争中战死疆场，他的遗体必须经过敌方领土维罗纳运回威尼斯，军中大多数人提出向维罗纳人要求安全通行的权利。但是泰奥多罗·特里伏尔齐奥力排众议，主张不惜一战也要闯阵，他说："他一生不怕敌人，死后怎么可以要他示弱，这不成体统。"

希腊法律也有相似的规定，谁向敌人索取一具尸体进行安葬，明确放弃胜利，他再也无权夸耀战绩，而被要求的一方则冠以胜者的称号。尼西亚斯就是这样失败的，虽然他对科林斯人占有明显的优势。相反地，阿格西劳斯二世对比奥舍人的胜算并不明朗，却占了上风。

这样的事情可以说看来奇怪，要不是每个时代都不但关心我们身后的事，还相信上天的恩泽会陪伴我们进坟墓，继续影响到我们的遗骸。古代这些例子不计其数，也就不用再谈我们自己的了，免得我在此赘述。英格兰国王爱德华一世曾与苏格兰国王罗伯特长期作战，打得相持不下时，看到亲自出马总是能够带来有利的转机得胜归来，临死前要他的儿子庄严起誓，在他死后把他的尸体煮得肉骨分离；把肉入土埋葬，把骨头保存下来，若跟苏格兰人开战，就带在身边随军出征。仿佛命运让胜利与他的躯体息息相关。

约翰·维斯卡由于为威克利夫的错误辩护，造成波希米亚局势混乱，要求他死后让人剥下皮做一只长鼓，跟敌人打仗时带着，认为这会继续他生前御敌时的昌顺武运。有的印第安部落跟西班人作战时也带了他们某个首领的遗骸，想到他活着时是名福将。世上还有其他民族，在战争中带着在战场上死去的勇士的尸体，祈求好运，汲取勇气。

上述例子只是把生前行为得到的名誉惠及身后。下面的例子要说的是他们死后还有作为。贝亚尔将军的事迹最好说明这一点。他身上中了一枪，自觉此命难保，有人劝他退出火线，回答说他不会在最后时刻把背转向敌人，他战斗到筋疲力尽，一个跟跄从马背上摔了下来，命令他的马弁帮助他躺在一棵树下，让他死时犹同生前面孔朝着敌人。

在这方面我还必须提出同样一个出色的例子。当今菲利普二世国王的曾祖父马克西米连一世皇帝，不但品德高尚，还美若天人。他有一个脾气与其他君主不同，他们为了处理紧急事务，把马桶当作御座；他决不这样做，没有哪个管家会那么私密，紧跟着他到换衣间里面。他小便也偷偷摸摸，犹如少女般守身如玉，不管医生还是谁，都不暴露习惯上掩藏的部位。我这人口无遮拦，可是天性对此很为腼腆。若不是出于极端需要或感情冲动，决不会在人前暴露有碍瞻礼的肢体与失常的动作。我想到这对于一个男人，尤其像我这样地位的男人不合适，而更觉不自在。但是马克西米连却到了迷信的程度，在遗嘱中明确规定，驾崩时必须给他穿上衬裤；还在追加遗嘱中说给他穿裤子的人必须闭上眼睛。居鲁士大帝二世规定子女以及其他人在他的灵魂脱离以后都不准看见或接触他的肉体。我将这事看作个人愿望。因为他和他的历史学家，终其一生都在要求他对宗教执着虔诚。

我的一位姻亲不论平时或战时都颇有名声。一位亲王对我说了他的故事，我听了很不高兴。他年事已高，结石使他极度痛楚，在宫里的最后时刻热衷于给自己安排一个盛大隆重的葬礼。他嘱咐前来探望的贵族答应给他送殡。殷切恳求最后时刻来看他的亲王务必全家出席，举出许多例子和理由证明他这样地位的人理应受到如此待遇；在得到遵照自己的意思安排葬礼规格和程序的承诺以后，才像含笑而逝。我还从没见过这样顽固虚荣。

相反的怪事，在我自己家族内也出过不少，这次好像发生在一个堂兄弟身上，他操心葬礼的安排，精打细算，斤斤计较，吝啬得连多一个仆人与一盏灯笼也要踌躇再三。我看到有人赞赏这种做法，和马库斯·伊米利厄斯·李必达的命令，他不许继承者对他使用传统上的厚葬。花费与奢望是如何产生的，我们已无从查考，不这样做总是节俭与朴实吧？这项改革既容易又代价不大。假若这件事也必须定出规则的话，我的意见是在这件事上如同生活中的其他事上，每人都可按照自己的财力来定。哲学家里科明智地嘱咐朋友，把尸体葬在他们觉得最佳的地方，至于葬礼既不铺张也不呆板。我只按照习俗来举行仪式，交给谁负责也就完全听凭他的安排了。"在这件事上我们自己要完全不计较，但是您的家人则不能不计较。"（西塞罗）有一位圣人说得颇有圣人

风度："葬礼仪式、坟墓选择、送殡排场，与其是对死者的称颂，更多还是对生者的安慰。"（圣奥古斯丁）

所以，苏格拉底临终时，克里托问他后事如何安排，他回答说："按照你的心意办吧。"如果必须事前去做的话，我觉得更为洒脱的是仿效那些人，好端端活着时就高高兴兴筹划墓葬事宜，乐于看到自己雕成大理石的死相。懂得享受和赏识无知无觉，拿自己的死亡来生活的人，是有福了。

每次想起雅典人的不人道与非正义，就不由对一切民众专政恨个不已，虽然表面看来是最自然与最公正的。他们英勇的将领在阿基努塞群岛附近的一场海战中打败了斯巴达人，这是希腊人在海上投入力量最大、最有争议和激烈的一次战役。他们抓住战机乘胜追击，而没有停下来收拾和掩埋阵亡的人。雅典人不由分说也不听那些将领申辩就把他们处死了。狄奥默东的所作所为更使这场判决显得丑恶。他也是被处决的人之一，在政治与军事上都享有崇高威望。他听完判决书后上前说话，这时法庭静了下来，他没有利用这个机会为自己的事业辩护，也没有揭露这场严酷的判决毫无公道可言，却一心一意袒护法官。他祈祷神以这份判决为他们造福。他还把他与将领为了感谢这样光荣的命运而许下的愿公之于众，不然神会降怒于他们。然后他不说一句话，不声不响勇敢地走赴刑场。

几年以后，命运也以同样的理由惩罚了雅典人。雅典海军统帅卡布里亚斯在纳克索斯岛对斯巴达海军上将波利斯作战中略占上风，这场对雅典人事业十分重要的胜利眼看在望，却为了不至罹受上一桩案件的恶运，一下子优势丧失殆尽。只是为了不抛下在海水漂浮的几具朋友的尸体，竟让活生生的一大批敌人逃生，后来敌人反扑过来让他们饱尝这场迷信的恶果。

你要知道你死后在哪里吗?
就在未生的人所在的地方。

——塞涅卡

另一位诗人则让没有灵魂的躯体重新得到安息:

躯体摆脱了生命与苦难,
不用坟墓与港湾栖息。

——西塞罗

大自然就是这样让我们看到,许多死亡的东西跟生命还保留隐秘的关系。地窖里的葡萄酒,根据葡萄季节的变化而味道不同。据说,腌制野味也是根据活兽时的状态而改变方法与风味的。

第四章
如何让感情转移目标

我们中间有一位贵族,风湿症生得厉害,医生敦促他完全戒掉吃咸肉的习惯,他常常嬉皮笑脸回答说,当病痛剧烈折磨他时,他就要找个出气筒,怪声大叫,一会儿责怪咸香肠,一会诅咒牛舌头和火腿,骂得愈凶愈感到轻松。说白了,正像我们举手要出击,若是打空了就会弄痛自己;也像要看到美景,就不能把目光茫茫落在空中,将目光停在适当距离才会逮住目标。

> 没有森林屏障,
> 风势就会减弱,消散在空中。
>
> ——卢卡努

心灵在激动和摇摆时也是如此,若没有依托,也会迷失方向;应该给心灵提供目标,让它聚精会神,决不旁骛。普鲁塔克说到那些拿猿猴、小狗当宠物的人,因为他们的爱心得不到正常的发泄,与其让它枯萎,还不如寄托在庸俗无聊的东西上。我们看到当心灵内热情冲动时用在一件虚假臆想的东西上——即使连自己也不敢相信——也胜过毫无对象的好。

动物也是这样,被石头和铁器伤了以后,会对着它们狂怒,也会露出牙齿狠咬疼痛的部位以示报复。

> 帕诺尼的熊变得更加凶猛,

当它被利比亚猎人的梭镖击中，
矛头捅入伤口满地打滚，
团团追逐在身下躲闪的那根铁尖。

——卢卡努

当不幸降临到我们身上，什么原因我们编不出来？当我们需要发泄时，不管有理无理什么东西不能责怪？当一颗不幸的流弹击毙了你心爱的兄弟，你不用拉扯你金黄的头发，狠命捶打你白皙的胸脯，因为有罪的不是它们，该怪的是别的。李维谈到罗马军队在西班牙失去两位亲兄弟大将军时说："所有的人都痛哭流涕，猛捶脑袋。"这是习俗。哲学家皮翁说到那位国王因悲伤而揪头发，不是风趣地问："那人认为秃头可以减轻悲伤了么？"谁没见过有人赌输了钱要报复，把纸牌嚼碎咽下肚里，把一组骰子吞了下去。泽尔士一世鞭打赫勒斯旁海峡，用镣铐锁住，对它百般辱骂，并向阿托斯山下挑战书。居鲁士渡金努斯河心惊胆战，把全军将士折腾了好几天，来向这条河流报仇。卡里古拉皇帝把一幢非常漂亮的房屋毁了，因为他的母亲高兴他这么做。

我年轻时听人说，邻近一位国王曾挨了上帝一顿鞭打，发誓要报仇，下令老百姓十年不祷告，不提上帝，只要他在位就不相信上帝。通过这则故事，他们要说的不是国王的愚蠢，而是民族固有的自豪感。恶习从来不是孤立的，但是这些行为说实在的缘于愚昧无知，更多的缘于妄自尊大。

奥古斯都·恺撒在海面上遇到暴风雨袭击，决心要向海神尼普顿挑战，在罗马竞技场的比赛时把海神像从诸神像中撤下，以示报复。在这件事上他比前面几位将领更不可原谅；但是跟他后来做的事相比，又较可原谅。昆蒂里厄斯·瓦鲁斯在日耳曼一仗打败后,他气愤绝望,用头撞墙,大叫:"瓦鲁斯,把我的士兵还我!"因为这些人超越一切疯狂,尤其还亵渎神明,向上帝或向命运之神发难,仿佛他们有耳朵听到我们的攻击似的,比如色雷斯人,当天空打雷或闪电,就向天空射箭,进行巨人式的报复,用箭叫上帝就范。然而正如普鲁塔克作品中一位古代诗人说的:

不该对事情发火,
它们是不会理会的。

但是对自己的精神错乱,我们从来都是骂得不够多。

第五章
身陷重围的将领该不该赴会谈判

　　罗马军军团长卢西乌斯·马西乌斯在跟马其顿国王佩尔修斯打仗时，为了争取时间部署军队，放风同意谈判；国王受了麻痹，同意休战几天，就此让敌人得到机会和时间进行调整，自己也走向最后的灭亡。

　　可是元老院的老臣们，恪守祖辈的戒律，指责这样的做法完全背离了古训；他们说古人打仗遵守信义，不使诡计，不夜间偷袭，不佯装逃跑，不意外反攻，在叫阵以后，往往还指定开战时间与地点后才交锋。根据这样的观念，他们把叛徒医生交还皮洛士，把不忠不义的校长送归法利斯克人。① 这是真正的罗马做法，跟希腊人的计谋与布匿人的狡黠不同，后两种做法以智取比勇胜更光荣。

　　罗马人认为欺诈只能奏效一时，若要别人认输，就不能依靠狡计或运气，而应在一场光明磊落的战斗中两军对垒以勇取胜。从这些谦谦君子的话听来，显然不曾读过这句有道理的警句：

　　　　狡黠与勇敢，对待敌人还不都一样？

　　　　　　　　　　　　　　　　　　——维吉尔

　　据波里比阿说，亚加亚人憎恶在他们的战争中使用任何形

---

① 医生答应敌人毒死伊庇鲁斯国王皮洛士。校长出卖法利斯克的贵族学子，把他们交给罗马人。

式的欺诈,只有把敌人的勇气打垮才算是胜利。另一人说:"贤德的人知道,保全了信仰与荣誉而获得的胜利才是真正的胜利。"(弗洛勒斯)

为你还是为我,命运保留着一个王座?
让我们用勇气来证明吧。

——埃尼厄斯

被我们口口声声称为野蛮的民族中,有一个代纳特王国,他们习惯上先宣战后打仗,还详尽地列出战争中使用的手段:哪些人,数量多少,用什么样的弹药、进攻性和防御性武器。这样做了以后,如果敌人不退让或不妥协,他们再使用阴招,也不会认为会被人斥责为不守信义、诡计多端或不择手段去取得胜利。

古代佛罗伦萨人从没想过用偷袭去战胜敌人,他们甚至会提前一个月不停地敲一种他们所谓的玛西内拉战钟,关照敌人他们将派兵上战场了。

至于我们,没那么小心眼儿,我们认为谁有战果,谁获得军功;还跟着来山得说这样的话:得不到足够的狮子皮,来块狐狸皮也可凑合,因而在用兵上普遍讲究出奇制胜。我们说,在谈判与缔约正在进行时,将领尤应时时刻刻保持警惕。为此原因,我们这个时代的军事人员嘴里常说的一条规则,就是围城的守将决不应该亲自出去谈判。

在我们父辈那个时代,德·蒙莫尔和德·拉西尼两位领主,保卫穆松要塞抵抗纳索伯爵,这样做就受到了谴责。但是说到这类事,做了以后最终获得了安全与利益,那还是可以原谅的。例如居·德·朗贡伯爵围困勒佐城时就遇到这种情况。(这是按杜贝莱的说法，古西亚蒂尼则又称这是他不是别人。）当时德·雷库领主前来谈判；因为他走出要塞不远，谈判时发生了争执，德·雷库领主和他身边跟随的军队处于劣势，不但亚历山大·特里维斯因此丧命，连他自己为了安全，也在伯爵做出承诺后跟他逃进他的城里躲避攻击。

安提柯一世把欧迈尼斯困在诺拉城里，催他出城谈判，经过几番商量以后，还说他更伟大更强大，理应是欧迈尼斯前来会他的。欧迈尼斯却做出这个豪迈的回答："只要我手握宝剑，我不承认有谁比我更伟大。"后来安提柯一世应他的要求送出他的侄子普托洛梅作为人质，他才同意前去。

也有一些人听了围城者的承诺后得到好下场的。比如香槟地区骑士亨利·德·沃，他被英国人困在科梅西城堡里，指挥围攻的巴泰勒米·德·博纳已叫人扒去了城堡的大部分城墙，只须一点火就可以让受困者埋在废墟中，他敦促亨利出城谈判可以保全他的利益，在他以前已有三个人这样做了。亨利也看到毁灭迫在眉睫，心里也异样地感激敌人，也就率兵投降了，接着炸药点燃，承重墙的木柱坍塌，整个城堡灰飞烟灭。

我这人一般会轻易相信别人的话。但是察觉到他这样做是出于绝望或缺少勇气，而不是坦率与诚意，我就很难信任他了。

第六章
谈判时刻充满凶险

最近,我看到邻近米西当要塞一役中,那些被我们的军队驱逐的人,以及他们这一派的其他人,都叫嚷这是背信弃义的行为,因为双方正在谈判签约时,有人对他们进行了袭击,把他们击溃。似乎只有上世纪才会出现这类的事。

正如我在前面说的,我们的做法完全不顾这样的规则。在约束性的大印最后盖上以前,谁都不能相信对方;有时这样还是不够。一座城市在优惠慷慨的条件下投降,并让对方士兵乘胜自由出入,满以为凯旋的军队会乐意遵守协议,这样的主意总是吉凶难料。

罗马大法官伊米利厄斯·勒日吕试图用武力占领弗凯亚,由于居民英勇抵抗自卫,久攻不下,于是跟他们订约,把他们看作罗马人民的朋友,入城也像进入一座结盟的城市,使他们消除了恐惧,不做任何敌对的行动。为了使入城仪式威风凛凛,他带了大军开进去;但是不管他如何使用权力都无法约束那批士兵,就在他眼前把大部分城市洗劫一空,贪婪与报复的欲望要超过他的权威与军纪。

克里昂米尼曾说,在战争中不管对敌人做出什么样的伤害,都高于公义,不受制于公义,在神前与人前都一样。他和阿尔戈斯人约定休战七天,第三天夜里,他趁他们在熟睡时发起攻击,把他们杀死,诡称休战条款里没有谈到黑夜。但是神对这个背信弃义的诡计进行了报复。

卡西利努城就是在谈判中想给居民安全时被人偷袭的，这还是由正直的将领率领纪律森严的罗马部队时发生的事。因为这不是说在任何时机与场合，我们不可像利用敌人的胆怯那样利用敌人的愚蠢。不错，战争中自然有许多不讲道理而又言之有理的特权，"但愿谁也不要处心积虑去利用他人的无知。"（西塞罗）这样一条规则是不存在的。

但是色诺芬用他的圣明的居鲁士大帝二世的言论和丰功伟绩，对这些特权加以发挥，这使我很惊讶；他固然是这方面一言九鼎的理论家，杰出的将领，苏格拉底门下的哲学家，但我不能同意他在一切方面任意取舍的做法。

多比尼王爷围困加普亚城，经过一场鏖战，守将法布里齐奥·科洛纳大人从一座城台上开始谈判，他的士兵都放松戒备，我们的人乘机袭取，破城后捣毁一切。我们还记得不久以前，在伊伏瓦城，朱利安·罗梅罗大人冒冒失失出城跟陆军统帅谈判，回去时看到城市已被占领。奥塔维亚诺·弗雷戈斯在我们的保护下统治热那亚城，佩凯尔侯爵包围了热那亚，为了我们撤离时不致没有酬赏，双方进行讨论，进展到了最后阶段，差不多可达成协议，西班牙人突然侵入，像获得全胜般为所欲为。后来在布里埃纳伯爵驻守的巴尔地区利尼城，被查理五世御驾亲征包围，伯爵的副官贝特耶出城谈判，谈判还在进行时城市就给攻占了。因而有人说：

无论什么时代战胜总是光荣的，
不管靠运气还是靠诡计。

——阿里奥斯托

但是哲学家克里西波斯大约不会同意这个观点,我也是。因为他说,那些抢着快跑的人,应该把全身力量放在速度上;至于伸手拉住对方,或者伸腿把他绊倒,这都不值得加以丝毫赞赏。

那位伟大的亚历山大更加慷慨豁达,波吕佩贡向他建议利用黑夜造成的优势,去袭击波斯国王大流士,他说:"决不,偷袭取胜不是我做的事。""我宁可埋怨命运,也不为胜利脸红。"(昆图斯·库提尤斯)

> 他不愿在奥罗岱逃跑时把他打倒,
> 也不愿从背后施放冷箭,
> 他追上他,面对面较量,
> 不用暗算而用力量战胜他。
>
> ——维吉尔

第七章
我们做的事要从意图去评判

据说，死亡使我们摆脱一切义务。我知道有人对这句话进行过各种不同的解释。

菲利普一世是马克西米连皇帝之子，或（更显赫地说）是查理五世皇帝之父。英格兰国王亨利七世跟菲利普一世签协议，菲利普一世把苏福尔克公爵交给他（苏福尔克公爵是亨利国王的仇家，属白玫瑰家族，逃亡到荷兰避难）①，条件是对公爵的生命不加伤害。可是亨利七世临终时对儿子留下遗诏，他一旦去世就立即处死苏福尔克公爵。

最近，阿尔布公爵又让我们看到，在布鲁塞尔发生了霍纳伯爵和埃格蒙伯爵的悲剧②，这里面有不少引人注目的情节。当初，是在埃格蒙伯爵的承诺与保证之下，霍纳伯爵前来向阿尔布公爵投降，埃格蒙伯爵坚决要求首先把他处死，这样可以使他免除对霍纳伯爵所作的担保。死亡似乎没能使亨利国王摆脱承诺，而埃格蒙伯爵即使不死也算是实现了诺言。

我们无法超越自己的能力与手段去遵守诺言。在这方面，结果与做法完全不为我们掌控时，我们所能掌控的就只有自己的意志了。人的一切责任与规则也就有必要建立在意志之上。因此，埃格蒙伯爵，即使实施的权力没掌握在手中，他在心灵与意志上

---

① 1455—1485年间，英国宫廷发生内讧，一方是约克王族，以白玫瑰为标志，一方是兰开斯特王族，以红玫瑰为标志。最终亨利七世所属的红玫瑰集团获胜。
② 霍恩伯爵与埃格蒙伯爵，俱曾为荷兰的独立而斗争，1568年6月4日在布鲁塞尔被斩首。歌德曾以此为题材写过一部剧本。

也还要对诺言承担责任，如果他死在霍纳伯爵之后，也就无疑摆脱了他的义务。

但是英格兰国王，原来就没有遵守诺言的意向，就是等到死后才做出这件不义之事，也不能叫人原谅；同样不可原谅的是希罗多德家的那个泥瓦工，他一生忠心耿耿，对他的主子埃及国王的宝藏严守秘密，却在临终前泄露给了自己的子女。

我一生就见过不少人僭夺别人的财物而良心不安，立遗嘱准备在死后予以纠正。但是这么一件紧急的事却迟迟不予实现，纠正这么一件伤天害理的事不内疚也无感觉，他们做的事也就无足轻重了，他们势必要付出代价。他们所付的代价愈大，愈艰难，也就愈能得到更真诚更深的满足感。补赎需要心情沉重。

还有一些人更糟，他们一辈子对一位很近的人怀着刻骨仇恨，至死才表现出来。他们在回忆录中对其竭力诋毁，毫不顾忌自己的名誉，更少顾忌自己的良心，即使死亡本身也不能消除心中的憎恨，甚至还要把它的生命延续到自己的身后。这是些不公正的法官，当他们对事情已经不明是非时还要赖着继续审判。

我若能够，会防止自己死后还去说生前没说过的话。

第八章
论懒散

正如我们看到一些闲地要是肥沃富饶,就会长满千百种无益的野草;若要加以利用,就必须翻地播种,才能使其对我们有用。正如我们看到妇女独自就会生育一堆不成形的葡萄胎,若要培育新一代优秀人才,必须接受外来的播种。思想也是如此。如果不让思想集中在某一事物上,对其不加指引,不加约束,它就会漫无目的地迷失在幻象的旷野中。

> 犹如水在铜盆里发颤,
> 把白日与明月反射
> 空气中亮晶晶,
> 光芒直逼房间的吊顶。

——维吉尔

骚动中产生的无非是疯狂与空想:

> 如同病人的乱梦
> 充满颠倒的幻象。

——贺拉斯

灵魂没有既定的目标，就会迷失方向；因为犹如大家所说的，到处都在也即是到处不在。

　　马克西默斯，到处居住也即无处居住。

——马提雅尔

最近我退隐在家，尽量摆脱杂务，不管闲事，躲着人安度余生。我以为最让我的精神受惠的是无所事事，养气敛情，全由自己。原本希望这样会更加轻松自在，哪里知道随着时间流逝，心境愈来愈沉重，愈颓唐。我觉得"无所事事，会胡思乱想"（卢卡努）。

它反而如脱缰之马，带给自己的烦恼，超过专心做事时一百倍；脑海中的念头怪诞不经，层出不穷，既不连贯也无头绪；为了安然观察这些想法的荒谬诡异，要开始把它们记录在案，以备日后看着自感羞愧。

第九章
论撒谎

说到记忆力，没有人比我更不适合参加议论了。因为我头脑中几乎不存在一丝一毫的记忆，也不认为世界上还有谁的记忆比我更糟。我其他方面的品质也低庸平凡。但是我相信我的记忆尤为怪异，实属罕见，值得一书，让它扬名于天下。

记忆是必不可少的，柏拉图称它为有权有势的女神很有道理；我生来就有这个缺陷；此外，由于在我的家乡一个人不明事理，大家就说他没有记忆，当我埋怨说自己记忆不好时，还是遭到大家的责怪与怀疑，仿佛我在说自己是个傻瓜。他们看不出记忆与聪敏有什么区别。这更使我做人难上加难。

他们实在错怪我了。因为从经验来看，事情恰恰相反，良好的记忆乐意与低能的判断为伍。他们还在下面这件事上错怪我，我这人最看重友谊，因此用这样的话来责怪我的毛病，这就是说我不讲交情了。因为我记忆不好而说成了热情不够，这就把一个天生的缺陷当作一个良心的缺陷了。他们说，他早把这件请托的事或承诺的事忘了。他从来不会想到朋友。他从来想不起帮我个忙去说什么、去做什么或者隐瞒什么的。确实我这人很容易忘事，但是对于朋友托我办的事，我不会忽略。但愿大家容忍我的缺陷，不要认为这是狡猾，狡猾跟我的天性是相互抵触的。

我还是有所安慰。从这个缺陷上我悟出个道理去改正很容易在我身上产生的更大缺陷，那就是"抱负"。对于不得不跟外界打交道的人，记忆差是一种不可容忍的缺点。自然界进化法则中也有许多例子说明，随着记忆力的衰退，身上其他的机能会得到加强；我若依靠记忆的好处，就会记住其他人的创造与意见，自己的思想与判断力也会跟随别人的足迹而人云亦云，毫无活力，像大家一样，不思自身努力；我说话也更加少，因为记忆库比创意库明显丰富；如果记忆长期不衰退，我会喋喋不休说得朋友两耳欲聋，闲谈又可增强词藻修饰的功能，说得更加慷慨激昂，精彩动人。

这真是无可奈何的事。我曾在好朋友身边进行观察，他们的记忆好得可把事情完完整整说出来，从开天辟地开始，无关紧要的情境一个不漏，虽然故事不错，也可讲得精彩，要是故事不好，要怪的是他们记忆好，还是他们判断差。一旦人家开了口，那就很难叫他结束或中断讲话。最佳观察马力的办法，莫过于看它能不能漂亮地收住脚步。我还看见有的人说话很有分寸，他们就是愿意也不能够刹住话头。他们寻找机会要把话说完时，还是废话说个不停，拖拖沓沓像个体力不支要跌倒的人。尤其是老人，更为可怕，往事的回忆抹不去，啰啰嗦嗦说了几遍又记不得，我就见过有的故事很有趣，在一位领主嘴里变得很讨厌，只因他身边的人被灌了不下一百遍。

第二个原因，像那位古人说的，也可以少记起受过的侮辱。不然我要像波斯国王大流士那样举行一种仪式，为了不忘记他被俘时受雅典人的侮辱，叫一名宫廷侍从每次在他上桌以后，到他的耳边唱上三遍："陛下毋忘雅典人。"而今我故地重游，旧书重读，始终让我有一种新鲜感。

有人说谁觉得自己记忆不够好，那就不要去撒谎，这话不是没有道理的。我知道语法学家对"说的不是真话"与"说谎"是有区别的；还说"说的不是真话"指说的是一件假事，但说的人把它当作了真事；而"说谎"这个词的定义在拉丁语（法语源自拉丁语）中，还含有"违背良心"的意思，因而只是指"说话违背自己所知之事的人"，我说的是这样的人。所以这里谈到的人是那些编造部分或全部故事的人，或者隐瞒和歪曲真相的人。当他们隐瞒和歪曲什么时，那就让他们把同样的事说上几遍，这样不露出马脚是很难的，因为事实先入为主留在了记忆里，通过意识与认知在脑海中留下印记；而假事在脑海中是留不住的。当你每次要重复一桩事时，当初得知的真情在脑海中不断地流过，很难不把那些伪造、虚假或硬凑的事逐渐冲刷掉。

至于彻头彻尾编造的故事，尤其因为不存在反证来揭穿事情的虚假，他们以为有恃无恐，不怕胡说八道。然而也因为如此，内容既空泛，又不着边际，若记忆不是很牢靠，太容易把它忘了。

我经常见到这样的事，有意思的是吃亏的总是那些以花言巧语为常事的人，他们说话随机应变，时而要做成在谈判的生意，时而要取悦在说话的大人物。他们让自己的信仰与良心服务于千变万化的情境，语言也时时不同；同一件东西，他们可以一会儿说黑，一会儿又说白；人前人后两面三刀；把这些人相互矛盾的说法加以比较，这类招又会怎样呢？且不说他们经常陷入混乱；他们自己在同一件事上编造了那么多不同的情节，要有怎么样的记忆才能它们记住？我看到现实中有许多人羡慕这种小心谨慎的声誉，他们不会认为是徒有虚名。

说谎的确是一个令人痛恨的恶习。我们只是有了语言才成了人，相互维系不散。如果对说谎的可恶可怕有所认识，就要对它比对其他罪行更加猛烈遣责。我觉得我们平时对小孩无所谓的错误随意给予很不适当的惩罚，对他们并不造成后果的一时鲁莽横加折磨。说谎本身，稍轻一些的还有顽固，我觉得这些事都必须随时防止其产生与发展。这些缺点会跟着他们成长。一旦说话不诚实，革除这个习惯就会难得出奇。因此我们看到一些正直人也会积习难改。我的一名青年裁缝，人还不错，就是我从没听见他说过一句真话，即使对他有好处的真话也不说。

假若谎言跟真理一样，只有一张面孔，我们的关系就会好处理多了。因为我们就可把与谎言相对立的话看成是正面的。但是真理的反面有千万张面孔和无限的范围。

毕达哥拉斯派说善是确定的和有限的，而恶是不确定的和无限的。走到目标的道路只有一条，走不到目标的道路有千条。但是依靠厚颜无耻和信誓旦旦的谎言，即便能躲过一场明显的大灾难，我也不敢保证自己会说得出来。

从前一位神父说，跟一条熟悉的狗也比跟一个语言不通的人在一起好。"陌生人不被别人当作人。"（普林尼）假话远比沉默更难与人交往。

弗朗索瓦一世夸口说自己用戳穿的方法把弗朗西斯克·塔韦纳弄得走投无路。塔韦纳是米兰公爵弗朗塞斯可·斯福扎的大使，能言善辩，他受主子的派遣，就是为一件后果严重的过失来向国王赔礼道歉的。事情经过如下。

弗朗索瓦一世不久前被逐出意大利，但是为了从意大利，甚至从米兰公国获取秘密情报，建议在公爵身边安插一名贵人，其实是大使，但是表面上保持私人身份，装成留下来办理个人事务。此外，米兰公爵有许多事依赖查理五世皇帝，尤其因为他正欲与皇帝的侄女、丹麦王的女儿洛林公爵女继承人订立婚约，因此被人发现跟我们还有勾结来往，将要遭受极大的利益损害。有一名米兰贵族最适宜完成这项任务，那就是国王的御厩总管梅维伊。此人带着大使的秘密国书、指示、其他给公爵的推荐信，以便掩护和伪装他的特殊使命。但是他在公爵身边日子太久，引起了皇帝不满；接着发生的事我们认为一定与此有关。

公爵制造暗杀的假象，派人深夜去砍了他的头颅，案发才两天有了了结。因为弗朗索瓦国王已向全体基督教国家的亲王和公爵本人发函询问缘由，弗朗西斯克·塔韦纳早已准备了一篇捏造事实、强词夺理的长篇报告。

他在一天早晨参加觐见；说明他对事件看法的根据，为此目的举出许多表面上合情合理的事实，说他的主子向来把这位贵族看作以私人身份到米兰，像其他臣民一样来办自己的私事的，他在生活中也从未用过其他身份。塔韦纳甚至否认以前知道他为法国王室服务，国王也认识他，更不用说把他当大使了。国王说话时，提出各种不同的异议和要求，设下圈套，最终逼着他说出那天夜里是偷着干那件事的。那个可怜人一下子被难住了，只得如实回答说公爵出于对国王的敬意，不敢贸然在光天化日之下把他处决。我们可以想象，在弗朗索瓦一世这么精明的人面前，他说话如何矛盾百出，如何感到无地自容了。

朱利乌斯二世教皇，给英格兰国王派了一名大使，鼓动他反对路易十二（原文为弗朗索瓦一世国王。据《七星文库·蒙田全集》注解，应为路易十二）。大使把他的使命陈述完毕，英格兰国王在答辞中强调，要对付这么强大的一个国王，做好必要的备战工作是有困难的，他还列举了几条理由，大使却不适当地回答说他也曾想到这些问题，并对教皇陈述过。

大使原来的建议是策动英格兰国王立即投入战争，而今这话又离此相去甚远；英格兰国王从事后的发现去对照这套论点，不由怀疑这位大使私心倾向法国。教皇得到密告后，大使的财产全部被充公，本身还险些丧了性命。

第十章
论说话快与说话慢

人不是生来就有各种才能。

——拉博埃西

　　因而我们看到，有的人天生好口才，能说会道，就像大家说的出口成章，遇到任何场合都能应付裕如；有的人较迟钝，不事前考虑斟酌从不说一句话。女士要运动和健美，总是按照她们自身的特长制订规程，同样若要我在这两种不同的口才特点方面提出看法，我觉得在我们这个时代主要使用口才的是布道师和律师，说话慢的宜于做布道师，说话快的宜于做律师。因为布道工作允许他有足够时间准备讲稿，然后又毫不间断地循着思路说完；而律师的职业随时随刻督促他如临大敌，对方无法预料的反驳会打乱他的阵脚，这时他必须随机应变，寻找新的对策。

　　克莱芒教皇和弗朗索瓦一世在马赛会面时，发生了相反的事。普瓦耶先生一生从事律师职业，享有盛誉，负责在教皇面前致辞；他花了很长时间琢磨推敲，据人说，他还把讲稿从巴黎带了过去；但是致辞那天，教皇担心讲话中会有什么冒犯在他身边出席的各国亲王的使者，嘱咐国王说一些他认为此时此地最合适的话。但是那恰恰与普瓦耶先生精心准备的内容背道而驰。因此他的讲稿就派不上用场了，他必须迅速重撰一份。但是他自感无法完成，也就由杜贝莱主教大人代劳了。

　　做律师要比做布道师难，可是大家认为——我也是这个意见——称职的律师比称职的布道师多，至少在法国如此。

看起来善于思考的人动作敏捷灵活，而善于判断的人动作缓慢沉着。有的人没有时间准备就哑口无言，有的人有了时间也不见得会好好说，这两种人都同样不正常。有人说塞维吕斯·卡西乌斯即席发言更精彩，他这个才能来自天赋，不单是勤奋，受人干扰时发挥更好，他的对手都怕刺激他，唯恐他发怒时更加能言善辩。

我从经验中知道，这类天性不会在事前深思熟虑。若不让恣意发挥，就谈不出有价值的东西。我们说有的作品艰涩深奥，看得出是日以继夜、呕心沥血完成的。但是另一方面，对于自己的工作患得患失、心灵上过于紧张束缚，也会挫伤、阻碍和损害这份天性，犹如汹涌激荡的水流找不到宽阔的河口泻泄而过。

我所说的这种天性，还会出现这样的情况，它不能受到强烈激情的刺激，如卡西乌斯的怒火（因为它会太激烈了），它需要的不是激怒，而是诱发，需要外界、现实和偶然的事件来振奋和苏醒。没有这一切，只会无精打采，拖沓慵懒。激动是它的生命与圣宠。

我对自己的脾性也很少自制力。偶然因素更容易左右我。用心思、动脑筋不及机会与伙伴的出现，甚至自己声音的变化那样使我有主意。

若对不讲价值的东西也加以比较的话，语言比文章更有价值。

我就是遇上这种情况：苦思冥想找不到要说的话，信手拈来反而表达得更加传神。书写时会出现一些妙句。（我的意思是，在别人看来也很平凡，对我自己已够琢磨的了。别说这些客套话了，每个人都是根据自己的能力来说话的。）若抓不住中心，压根儿不知在说些什么,经常还是旁人在我之前明白我的意思。我若把这种情况下写的这些话删去,整篇就会一点儿也不剩下。幸而白天有的时候,我写的东西比中午的太阳还要明白,让我也奇怪自己在犹豫什么。

第十一章
论预言

早在耶稣基督出世以前很久，神谕就开始失去威望，这是可以肯定的，因为我们看到西塞罗着力探讨神谕衰落的原因："为什么在德尔斐神庙，不但现在，而且很久以来，从不见神谕灵验，还有什么比它更受轻视呢？"（西塞罗）

至于其他占卜形式，有的来自祭神仪式上禽兽骨骼解剖（柏拉图认为人对动物肢体结构的知识部分有赖于此）、鸡的颠足、鸟的飞翔（西塞罗说："我们认为有些鸟生来就是占卜用的。"）、打雷、河流改道（肠卜师预见许多事，占卜也预见许多事；许多重大事件是由神谕宣布的，许多是占卜，许多是托梦，许多是奇观。——西塞罗）。这种种都是古人处理大部分公事和私事作为依据的活动，而我们的宗教把它们全都废除了。然而在我们中间还留下一些依照星辰、神鬼、身体外形、梦和其他的预卜方法——这是人天生强烈好奇的明显例子，高兴为未来的事操劳，仿佛当前的事却用不着花多少心思去解决似的。

> 奥林匹亚的神，为什么要世人愁上加愁，
> 用凶兆宣布他们的不幸？
> 让你策划的计谋出其不意袭击！
> 让他们的灵魂对未来的命运一无所知！
> 让他们身处恐惧中也怀着希望！
>
> ——卢卡努

"知道前途毫无用处。徒劳无益地折磨自己实在可怜。"(西塞罗)尽管如此,占卜的权威也大大不如以前了。

这说明为什么弗朗西斯·德·萨吕佐侯爵的例子,在我看来很有意义。他是弗朗索瓦一世在阿尔卑斯山的驻军司令,极受朝廷宠幸,尤令他感激的是他的侯爵领地原是他兄弟的,充公后国王再赐给他。其实他并不想乘机背叛,况且这在他的感情上也是抵触的,据称他是被当时流传四方的预言吓着了,都说查理五世皇帝必胜,而我们必败。

即使在意大利,这些疯狂的预言也迅速传播,以致在罗马听到我们即将垮掉,银行里大笔的钱进行兑换。他私下对朋友谈到他的悲哀,在他看来法国王室和他的朋友将不可避免地遭受厄运,他叛变了,改旗易帜了。不管星象是怎么说的,他已大难临头。

不过,他的行为像个内心充满感情冲突的人。因为城市与军队都掌握在他的手中,安东尼奥·德·莱瓦率领的敌军离他仅咫尺之遥,而我们对他的行为毫无察觉,他本来可以对我们造成更多的伤害。然而,尽管他变节,我们并没有损失一兵一卒,也没有失去城市,除了福斯诺,这是在争夺很久后陷落的。

> 神借口未卜先知,
> 把未来掩藏在黑影里,
> 嘲笑世人
> 毫无缘由地过于慌张。
> 真正有主见的人这样,
> 他过一天说这一天:"是我亲身的经历!"

> 根本不管什么明天天父
> 在空中布满暴风骤雨，
> 还是灿烂阳光！
>
> ——贺拉斯

> 乐于享受现在的灵魂
> 决不会为今后操心。
>
> ——贺拉斯

谁相信下面这句相反的话，谁就错了："他们的论点是：有了占卜，就有了神；有了神，就有了占卜。"（西塞罗）帕库维尤斯说的话要聪明多了：

> 精通鸟语的人，
> 了解动物肝脏多于了解自己内心，
> 我可以听他们，但不能相信他们。

举世闻名的托斯卡纳占卜术是这样产生的。一个农民犁地很深，挖出了半神塔霍，他有一张孩子的脸，却拥有老人的智慧。大家闻讯而来。他充满智慧的话被搜集下来保存了几个世纪，这些话包含了占卜术的规则方法。什么样的时代编什么样的故事。

我宁可掷骰子也不愿用这样的梦呓来处理自己的事务。

说来也怪，任何国家都对命运予以极大的关注。柏拉图任意虚构他的国家组织，让许多重大问题都由占卜来决定，特别提到在好人之间抽签缔结婚姻，他对偶然选择的结合那么重视，甚至提出只有他们生的孩子才有资格归共和国抚养，而坏人的后代则被逐出国门。然而,被驱逐的儿童中间有人在成长过程中力求上进,可以把他召回;留在本土的儿童在少年时期没有出息,也可把他放逐。

我看到有的人研究和注解历书,常用发生的事来证实它的权威性。历书里什么都说,真话、谎话都包含在内。"成天抽签的人,哪能不抽中一次呢?"(西塞罗)看到偶然说中了,并不能使我对他们有更好的看法;反而更可肯定的是他们今后只会振振有辞说假话。此外,也没有人记录他们说错的预言,因为天天发生,记不胜记。正确的预言确实需要宣扬,因为太少,太不可相信,太令人惊异了。

迪亚戈拉斯外号叫无神论者,他在萨莫色雷斯岛,有人给他看许多海难幸存者在万神殿的许愿和许愿图像,再问他:"您认为神对凡人的事漠不关心,有那么多的人受恩宠而得救,您有什么说的呢?""的确有这样的事,"他回答说,"没有留下图像的溺水者,数目远远要多得多。"西塞罗说,在所有相信神存在的哲学家中,唯有科洛丰的色诺芬尼曾经试图消除一切形式的占卜。我们看到那些亲王有时还不顾威望,去迷恋这样虚无荒谬的事,也就不足为奇了。

我十分高兴亲眼领略了这两部奇书:加拉布里亚教士约西姆的书,他预言未来的教皇、他们的名字和为人;另一部是利奥皇帝的书,预言希腊的皇帝和主教。然而我眼里看到的则是下列的事,当人在社会动乱中遇上厄运,必然会走向迷信,向老天和前世去寻求他们不幸的原因。到了今日,他们做得那么成功,说服了我,这犹如头脑灵活但又无所事事的人的消遣,精于奇门遁甲的人,反复揣摩,在任何书写的文字中,总能找出他们所需要的东西。作者的高明之处是使用的语言晦涩难懂,夹杂怪异暧昧的术语，从不给予任何明确的意义，这便于后世人能够按照自己的意思来理解。

苏格拉底所说的魔鬼，可能是某种意愿的冲动，从他的内心生出，不需要任何理性的解释。事情可能是这样，像他这样的一颗灵魂，终日在考虑智慧与道德，早已得到净化，非常可能是他的倾向尽管大胆唐突，还是值得重视，可以作为借鉴的。

每个人都会感到在心中存在某些冲动的魔影，会急于提出直接、热烈、意料不及的意见。我必须对这些事看得很重，虽然我对人的智慧看得很轻。这些冲动理性不足，然而在说服或劝说别人时都很急躁，在苏格拉底身上这些表现得都很平常。幸好我在这方面有益地受到了熏陶，得益匪浅，或许也可以认为是神明的某些启示吧。

第十二章
论坚定

决心和坚定的法则，并不是说在能力范围内不应该进行自我保护，避开威胁我们的坏事和麻烦，也不是怕它们突然降临在我们头上。相反地，任何光明正大地保护自己不受侵犯的手段不仅是允许的，还应该是值得赞扬的。讲究坚定，主要是耐心忍受那些对之无可奈何的不幸，从而利用灵活的身体挥舞手中的武器，若能保护自己不受袭击，都是好的。

许多好战的民族在战斗中还把逃跑作为主要的战略战术，把背朝向敌人其实要比把面朝向敌人更加危险。

土耳其人还多少保留了这种做法。

柏拉图笔下的苏格拉底就嘲笑拉凯斯，把"坚定"定义为"面对敌人坚守阵地"。他说："这样说来，走出阵地打击他们就是怯懦了吗？"他还引用荷马如何颂扬埃涅阿斯的逃跑战术。后来拉凯斯改正错误，同意斯基泰士兵，最后在骑兵中都采用这个战术；苏格拉底又向他提出斯巴达步兵的例子，斯巴达这个民族尤其擅长于守住阵地战斗，在争夺普拉提亚那天，攻不破波斯人的方阵，用计把兵力分散往后退，同时放出风声要全部撤兵，诱使对方走出方阵前来追赶。用这样的方法他们才赢得了胜利。

谈到斯基泰人，有人说大流士要去征服他们时，多次斥责他们的国王见到他总是向后退，避免争锋。安达蒂尔苏斯——这是他自称——对此回答说，这既非怕他，也不是怕其他活人，但是这是他的民族行军的方式，他们没有耕地，没有城市，没有房屋需要保卫，不用担心敌人加以利用；如果他真的急于跟他打仗，那就叫他走近来看看他们祖先的葬身之地，他也可以对他们聊上几句。

然而在炮战时，人正处在大炮射程之内，这是在战争进行时常有的事，让他在炮弹落地开花前躲躲闪闪就不妥当了，炮弹的威力与速度使我们无法避开。但是还是有不少士兵或者通过举手，或者通过低头来躲，这不免引起同伴的嗤笑。

查理五世入侵普罗旺斯向我们进攻时，瓜斯特侯爵去阿尔城侦察，他挨着一座风车靠近去，露出身子正被德·博纳瓦和驻阿让的司法总管两位大人发现，他们正在竞技场的舞台上散步。他们把侯爵指给炮兵指挥德·维利埃大人看，他立即转过长炮，要不是侯爵看到有人装弹药，滚在地上，想必身上要中弹了。

同样好几年前，洛伦佐·德·美第奇，乌尔比诺公爵，卡特琳·德·美第奇王太后的父亲，围困意大利要塞蒙多尔夫，人称维卡利亚的土地，看见有人正在给一座瞄准他的大炮点火，扑倒在地帮了他的大忙。不然这枚炮弹不是在他头上擦过，而是打中他的腹部。

说实在的，我不相信这些动作是由理智支配的，事情那么突然，您怎么评断瞄准的高低呢？还不如相信惊慌中命运帮忙，因为在下一次同样的动作会让他们躲过炮弹，也可能挨上炮弹。

如果没有一点预料时枪声突然在我耳边响起，我禁不住会发抖；我见过比我勇敢得多的人也会这样。

即使斯多葛派人也不认为他们贤人的灵魂能够承受最初突如其来的幻影怪象，认为他们听到比如说晴天霹雳或者坍塌巨响会吓得脸色苍白和肢体抽筋，这都是生理本能反应。其他激情也是如此，只要他的理智安全无损，他的判断不受任何打击和影响，不被痛苦和惊吓所压倒。对于非贤人来说，第一种反应是一样的，第二种反应则有所不同了。因为激情留下的印象对他来说不是停留在表面，而是深入内心，毒害和腐蚀他的理智。他根据主观经验进行判断，难以摆脱。从这位斯多葛贤人的这句话可以充分理解他的心态：

  他心坚如钢铁，热泪依然会流。

——维吉尔

  这位逍遥派贤人不缺乏激情，但是他会加以节制。

第十三章
王者待客之礼

在这部大杂烩里,任何题目都不嫌琐碎,可占一席之地。

按照习俗,一位平辈,尤其是一位重要人物,事前告诉你要来造访,来了你却不在家等候,这是个极为失礼的行为。在这方面那瓦尔的玛格丽特王后说,对于一位贵族,不论客人如何尊贵,不能像现在经常的做法,走到街上去迎接他,这极为失礼;为了表示尊敬与客气,除非怕他找不到路,要等在自己家里接待,在他离去时送一送也就可以了。

而我经常忘记这两种虚礼,在家里从不讲究任何规矩。若有人感到被冒犯,我会做什么呢?我宁可冒犯他一次,也不要天天受冒犯;这将会是没完没了的煎熬。如果在自己的窝里也受这样的奴役,那摆脱宫廷生活的束缚又有什么意义呢?

这也是芸芸众生与人相处的共同规则,就是地位稍低的人先到场,地位稍高的人则让别人等待片刻。可是克莱芒七世教皇与弗朗索瓦国王在马赛会晤时,国王命令做好一切接待工作,然后离开马赛,让教皇有两三天的余暇进城安顿,然后他再来会见教皇。同样,当教皇与查理五世皇帝在布洛涅会谈时,皇帝有意让教皇先到,接着他再来。

据他们说,亲王们约会都是这样安排礼节的,尊贵者要比其他人,甚至是约会地点的主人,先到约会地点。从这个做法来看,表示地位较低的人去找尊贵的人,因而他们造访他,而不是他造访他们。

不但每个国家,而且每个城市和每个行业都有它们自己的特殊礼仪。我童年时受过周到的礼仪教育,我又生活在有教养的人中间,不会不熟悉法国各种规矩,还可以言传身教。我喜欢遵守这些规矩,但是不能在日常生活中处处受拘束。有些是繁文缛节,若是有意而不是因不懂而不去遵守,依然还算是从容有礼的。我经常看到有的人过分有礼反而成了无礼的人,过分客套反而成了讨厌的人。

总的说来,人与人相处是一项非常有用的学问。就像文雅与美丽,都有助于交际与熟悉者的最初接触;从而向我们敞开大门,向其他人的楷模行为学习,若学到了有所启发和值得交流的东西,也可培养自己成为别人的楷模。

第十四章
善恶的观念主要取决于我们自己的看法

古希腊的一句格言说，人不是受事物，而是受自己对事物的看法所困扰。如果这个论点可以到处通行，这对人类不幸的处境极有裨益。因为如果说坏事只是由于我们的判断而出现在我们中间，那么我们也就有能力去对它们不屑一顾或避凶趋吉。如果事物可以由人支配，为什么就不能掌握它们，为我所用呢？如果我们心中的恶与烦恼，本身不是恶与烦恼，只是来自我们任意对它们的定性，那也由我们来改变吧。

如果不受任何束缚做出选择，还让自己终日烦恼不已，被疾病、贫困、嫌弃弄得愁眉不展，我们真是蠢得出奇了；我们可以乐观对待，命运仅是提出内容实质，形式则可由我们确定。那样，我们所称的恶事，本身不是恶，哪怕就是恶，至少也可由我们使其不成为恶，因为原来就是一回事，从另一个角度和体会来对待罢了。

如果我们害怕的事物，从本质上说都使我们无可奈何地接受其支配时，那么大家都处于同一种境地。人人属于同一物种，程度上虽有不同，却都具备同样用于思考与判断的机能和天赋。但是我们对同样的事物会有不同的看法，这清楚说明事物进入我们内心后有了重新组合。纵使有一人接受了事物真正的本意，还是有千人会给予它一个新的相反的歧义。

我们视死亡、贫困、痛苦为大敌。

有人称死亡为怕中怕的一件事，不是还有人说它是苦难人生中的唯一避风港？大自然的善良主宰？自由的唯一支柱？医治百病的速效医方？有人心惊胆战地等着它来，有人却觉得它比生更好受。

有一人抱怨死亡来得太容易：

> 死神啊，但愿你放过懦夫吧，
> 只向勇士索取生命的代价！
>
> ——卢卡努

且不说这些光荣的勇气。狄奥多罗斯面对以死亡相威胁的莱西马库斯说："你再厉害，也不过是斑蝥一刺！"大部分哲学家不是对死亡早有准备，就是加快促成死亡的到来。

大家几曾看到多少普通人，像苏格拉底一样走向死亡，不是一般的死亡，而是掺杂耻辱，有时甚至怨愤的死亡，那么从容不迫，或出于顽强，或出于磊落，跟平时一样神态自如、处理家事、嘱咐朋友、唱歌，向大众宣传主张相互交谈，有时甚至谈笑风生，向相识的人敬酒。有一人要被押往刑场，还提出不要走某条路，因为很可能有一位高人来揪住他的衣领讨一笔旧债。还有一人对刽子手说不要碰他的脖子，他怕痒痒，会颤得笑起来。还有人听到忏悔师说他那天可以与天主一起用餐，对他说："您自己去吧，因为我守斋。"另一人要求喝水，见刽子手先喝了再给他，就说不愿意在他后面喝，怕传染梅毒。

大家都听说过庇卡底人的故事，他已上了绞刑架，有人带来一个少妇（我们的法律有时允许这样做），他若娶她，就可以被赦免不死。他对她细看了一会儿，发现她走路时跛脚，就说："套绳子吧，套绳子吧，她是个瘸子！"

据说同样在丹麦,有个人被判斩首,已上了高台,有人向他提出同样的条件,被他拒绝,只因为送来的那个姑娘脸太扁,鼻子太尖。图卢兹的一个仆人被人指控为异端,说他这样信仰的唯一理由是参照了他的主人、一个与他同牢的青年学者的信仰而来的。仆人宁可去死也不听信人说主人犯了教规。我们还读到阿拉斯人的故事,当路易十一攻下该城时,许多市民宁愿被吊死也不愿喊:"国王万岁!"

在纳森克国,即使今日还是,教士的妻子要随同死去的丈夫被活埋。其他妇女则在丈夫葬礼上被活活烧死,不但要神色平静,还要高高兴兴。当国王驾崩被火化时,他的所有后妃、宠姬,一大批官员奴仆,兴高采烈地扑向火堆,跳入火中,他们觉得给先王伴驾是极其光荣的事。

在阿谀奉承的弄臣中间,有人临死前也不放弃装疯卖傻。有一个人,当刽子手要推他时,大叫道:"开船啦!"这是他的口头禅。还有一人躺在火炉前的草褥上快要断气时,医生问他哪儿痛,他回答:"板凳与火之间痛。"那位神父要给他做终敷仪式,摸到他因病而缩回的双脚好涂上圣油,他说:"您可以在我两腿的头上找到啊。"那人劝他把自己托付给上帝,他问:"谁上那里去?"

"上帝愿意的话,您不久就可以去了。"另一人回答。

"那我明天晚上到那里……"

"您要把自己托付给他,您不久就要到了。"

"那样的话,"那个人说,"不如我自己给他说吧。"

我听父亲说,最近跟米兰的几次战役中,城市几次失而复得,老百姓实在忍受不了命运反复无常,决心不惜一死,盛传至少有二十五个家族族长在一周内自杀身亡。克桑西城也发生了相似的事，在布鲁图围城时期，城里人不论男女老幼，纷纷冲出城门，怀着那么急切的欲望，一心想着赴死，决不苟且偷生；以致布鲁图斯好不容易才救出一小部分人。

任何观念都很强烈，让人不惜一死也愿意去接受。在米底亚战争中，希腊人立下和遵守的庄严誓言，第一条就是每个人愿意以死亡换取生命，也不以希腊法律换取波斯法律。在土耳其与希腊的战争中，我们看到多少人宁可接受残酷的死亡，也不愿放弃割礼而改行洗礼？

这说明没有事情是宗教做不到的。

卡斯提尔国王把犹太人赶出了国土，葡萄牙国王若昂二世向他们出让避难所，一人收八埃居，约定在某天要离开；他答应提供船只把他们运往非洲。到了日子不服从的人沦为奴隶，但是船只提供不足，上了船的人受到水手的粗暴虐待，除了各种各样侮辱以外，水手还有意在海上戏弄他们，船只一会儿往前，一会儿后退，直至他们吃完随身所带的干粮，被迫向水手购买，价格昂贵，行期拖延又长，当他们终于上岸时，除了身上的衬衣以外已一无所有。

这一非人待遇的消息传到还在陆地上的人的耳朵里，大多数人决定做奴隶，一部分人做出样子要改宗。

曼努埃尔一世继承王位，首先让他们恢复自由，后来又改变了主意，限定他们时间离开，指定三座港口供他们出海。据近代最杰出的拉丁历史学家奥佐里乌斯说，国王让他们恢复自由，却没能叫他们皈依基督教，于是希望他们像同胞那样走上艰难的旅程，遭受水手的掠夺，离开他们习惯奢华生活的故乡，到异乡僻谷去过日子，这会使他们回心转意。

但是他哪里知道，那些犹太人都决心渡海，他又撤去他已答应的两座港口，让旅程的时间长而不便，促使有的人重新考虑；还把他们集中在一个地方，以便更容易实施他已拟定的计划。这就是他下令从父母手里夺走全体十四岁以下的儿童，送到他们看不到、接触不到的地方，在那里让他们接受我们的宗教教育。他们说这种办法造成的景象惨不忍睹。父子亲情，再加上对他们古老信仰的热诚，让他们抗拒这个粗暴的命令。到处可见父母自杀身亡，更为可怖的是在爱心与同情的冲动下，把他们的孩子推入井内逃避法律。这时他给他们预设的期限已到，还是没有其他解决方法，他们又沦为奴隶。一部分人做了基督徒。至今一百年过去，尽管习惯与时间长久会比任何压制更叫人俯首帖耳，还是有很少的葡萄牙人相信这些犹太人及后裔改了宗。"多少次不但我们的将领，还有全体士兵，奔向肯定的死亡！"（西塞罗）

我自己就有一位好友，他视死如归，在他心中有一种真正的热情根深蒂固，我用种种理由也无法说服他打消念头；一旦带着荣誉光环的死亡机会降临，他便如饥似渴地投身过去。

在我们这个时代也有许多例子，大人，甚至孩子害怕些许的挫折就不惜一死。对于这样的事，一位古人说："懦夫选择作为避难所的地方我们也怕，那还有什么我们不怕的呢？"

不同性别、不同学派中间都有各种各样的人，在较为太平的年代平静等待或者有意寻找死亡，寻找不但是为了逃避今生的痛苦，还为了逃避今生的满足；还有人希望来生过得更加美满，对这样的人我是说也说不完的。因为比比皆是，说实在的，我还不如轻轻松松给贪生怕死的人列个清单呢。

且说哲学家皮浪，有一天在船上遇到大风浪，对周围最惊慌的人指出并鼓励他们要以船上的一头猪为榜样，它毫不在乎风吹雨打。所以敢不敢说我们那么自豪和尊敬的理智，自夸有了它成为万物之灵、众生之王，其优点就是让我们在心中产生恐惧？对事物不认识时内心恬静安宁，认识后会惊慌失措，这使我们的处境比皮浪的猪还糟糕，那又何必去认识呢？我们获取知识是为了谋求更大的利益，而今用来违背自然法则和打乱宇宙秩序，岂不是在毁灭自己吗？宇宙秩序是要每个人利用自身的工具与手段得到福祉。

好吧，有人会对我说，您的规则适用于死亡，但是对贫困您又有什么说的呢？还有病痛，亚里斯提卜、希罗尼姆和多数哲学家都认为病痛是最后的苦难，他们嘴上不说，实际上是这么认为的，您又怎么说呢？波西多尼乌斯患了一种痛苦的急性病，受到极大的折磨，庞培来看他，道歉说选择了这么一个不合适的时间向他讨教哲学问题。波西多尼乌斯对他说："感谢上帝，还不致让病痛压倒我，让我连哲学也探讨不了。"于是他大谈蔑视痛苦这个哲学命题，可是疼痛还是不停地发作，使他难以忍受。他对着它大喊："疼痛，我不说你弄痛了我，你就是发作也白搭。"这则故事被后人传为佳话，但是对疼痛的蔑视又带来什么呢？他只是在口头上论证，如果这阵阵疼痛让他没感觉，为什么他不继续讲自己的课呢？为什么他认为不把疼痛称为苦难是件不了起的事呢？

其实这一切并不都出于想象。我们对其他各抒己见，这却是确凿无疑的科学在扮演自己的角色，就是我们的感觉也在做出判断。

感觉若不可靠，理智也就完全不成立。

——卢克莱修

难道我们能叫皮肤相信鞭子抽上来是给它挠痒痒？让味觉相信笋荟跟格拉夫葡萄酒味道一样？皮浪的小猪其实跟我们一样。它可能不怕死，但是挨了打也会叫也会痛。普天之下所有生灵遇到痛都会发抖，难道我们会超越这个普遍的天性吗？即使是树受到伤害也会呻吟呢。死亡只有通过理智才会让人产生感觉，这还是瞬间的行动：

死亡不是过去就是未来，从来不是现在。

——拉博埃西

死不及等死那么难受。

——奥维德

成千上万的牲畜与人宁可死，也胜过受威胁。其实我们说到对死亡的恐惧，主要是恐惧死前常会遭受的病痛。

然而，可以相信一位圣人的话，"死的痛苦全是死后带来的。（圣奥古斯丁）"而我说的话还要实在，就是死亡前与死亡后都不属于死亡。我们在为自己作错误的辩解。我从自身经验觉得，还不如说对死亡不可忍受的想象，才使我们对病痛难以忍受，还由于病痛包含死亡的威胁，使我们加倍难过。但是理智责怪我们的怯懦，竟会害怕这么一个突如其来、无从躲避、无知无觉的事情。所以我们才去找出另外这个更能被原谅的借口。

只有疼痛而无其他危害的病，我们都说是不碍事的；牙痛、风湿痛不管怎样痛，只要不危及生命，谁把它看成是病呢？那就让我们假设,我们在死亡中看到的主要是疼痛。就像贫困使人害怕的,也只是一旦摆脱不了贫困,就会受饥渴、冷热、难眠之苦。

那么让我们只谈疼痛。把疼痛看作是人生最大的祸害,我是太乐意了;因为世界上没有一个人像我那么害怕疼痛,逃避疼痛。到现在为止,感谢上帝!——还没有大病大痛过。但是病痛还是在我们体内,即便不能消除它,至少通过隐忍可以减轻它。当肉体受苦时,让心灵与理智保持刚毅。

如果不这样,我们之间还会有谁去崇尚德行、勇敢、力量、宽宏和决心?如果不去挑战疼痛,这些品质又在哪里得到展示?"勇敢者渴求危险。"(塞涅卡)如果不需要露宿野地,全身披挂忍受中午的烈日,吃驴马肉充饥,看到自己遍身鳞伤,从骨头里取出子弹,忍受缝合、烧灼、用导管之苦,又从哪里去培养超过凡人的优良品质呢?

贤人的教诲就是不要躲避坏事与痛苦,那些有益的事情中愈是艰难的愈值得去做。"寻欢作乐、声色犬马是轻浮的伙伴,与它们为伍其实并不快活;处于逆境坚定平静,经常更为幸福。"(西塞罗)

在这方面不可能去说服我们的祖先,就像在战争的机缘中凭武力的征服,不比稳稳妥妥靠计谋的征服更加有利。

> 难实现的德操愈美好。
>
> ——卢卡努

此外我们可以聊以自慰的是,从生理上说,疼痛愈强烈时间愈短;疼痛时间愈久也愈轻,"疼痛愈强愈快,愈久愈轻"(西塞罗），你若感觉痛过了分，你就不会痛太久；它不是自己消失，就是使你消失；这两者过头来是一码事。你若对它不能承受，它就把你带走。"你要记住，剧烈的疼痛会被死亡结束，轻微的疼痛有许多断续，中等的疼痛我们能够应付。可忍受的我们忍受；不可忍受的我们可以像离开一家戏园。离开不愉快的人生躲避。"（西塞罗）

我们所以那么不耐烦去忍受疼痛，是不善于去发现心灵中的主要满足，对它没有足够的期待，其实它是我们处境和行为的唯一至高无上的主宰。身体只有一种状态和一种反应，除了程度上的不同。而心灵多姿多彩，变化无穷。身体上的感觉与其他一切外界事件，不论是什么样的，心灵感受到之后都会做出反应。然而必须对它探讨研究，激发它内在的强大活力。任何理智、规章和力量都不能牵制它的倾向与选择。它具备成千上万种感应，让它做出一种最有利于我们太平无事的感应，这样的话我们不但能够免受任何冲击，若适当的话还要欢迎，甚至鼓动冲击与痛苦。

心灵可以一律从中得到好处。即使谬误与梦想也可像一件好事为它妥善利用，保我们安全，令我们满意。

不难看到刺激我们内心痛苦与肉欲的是精神的尖刺。动物的精神是封闭的，由身体来表达它们自由与直接的感觉，因而从它们行动的相似性中看到，差不多每个兽种都是一致的。

如果我们不去干扰，让肢体来自由地支配自己，可以相信我们处境会更好些，大自然会让它们对痛苦与肉欲有一种适度正确的脾性。

大自然对一切一视同仁，也就不会不恰如其分。可是由于我们已经脱离了自然的规范，任凭自己的想象力恣意妄为，至少让我们自救，把想象力朝向愉悦方面发挥。

柏拉图担心我们陷入痛苦与肉欲而不能自拔，从而把心灵束缚得不能动弹。而我有相反的看法，这会使肉体与心灵两下分离。

这样就像敌人见我们逃跑变得更嚣张，痛苦看到我们不寒而栗也更猖狂。谁迎着它不服输，就会压下它的气焰。必须奋起反抗。畏惧退缩，反而受到威胁招致毁灭。身体绷紧了更勇敢抵挡冲突，心灵也是如此。

但是让我们谈一些更适合我这个心灵脆弱的人的例子，我们从中看到疼痛就像宝石，全凭把它衬托在什么样的金属片上显得更亮还是更暗，全看我们认为它多痛就是多痛。圣奥古斯丁说，"他们对疼痛想到多少，也就疼痛多少。"外科大夫的剃刀一划，我们会比激战时中了十剑还痛。医生，即使是上帝，都认为分娩的痛苦是巨大的，我们奉上了许多仪式，而在有的国家丝毫不当它一回事。

斯巴达妇女我不谈，且说随我们步兵出征的瑞士兵的妻子，您发现有什么不同吗？就是看到昨天还在她肚子里的孩子，今日挂在脖子前，自己跟着丈夫在小跑行军了。这些冒牌的埃及妇女，沿途接收进来的吉卜赛人——她们自己到附近的河流里给刚出世的婴儿和自己洗澡。除了那么多少女天天都在偷偷怀孩子和养孩子以外，还有那位罗马贵族萨比努斯的贤淑妻子，为了他人的利益，独自生了一对双胞胎，没有人帮助，不喊叫，不呻吟。

一个斯巴达男孩偷了一只狐狸（他们一时糊涂偷了东西，害怕受辱，更甚于我们害怕受罚），把它藏在斗篷里，为了不被人家发现，宁可忍受它在咬他的肚皮。另一个人在献祭时烧香，炭火跌落到他的衣袖内，为了不惊扰圣事，宁愿让火烧到骨头。

还看到许多斯巴达人，根据他们的培育制度，只是考验一下品德，在七岁时经受鞭打，打死也不改变脸色。西塞罗看到他们成群结队相互拳打脚踢，用牙齿咬，决不认输直至昏倒。"习俗从来不曾征服过天性，因为天性是不可战胜的，但是我们由于好逸恶劳，游手好闲，毒化了心灵，用成见和恶习又软化与腐蚀了心灵。"（西塞罗）每个人都知道穆西乌斯·塞沃拉的故事，他潜入敌营去刺杀敌酋，没有成功，他想到了一个奇异的方法为自己立威，给国家解围，向他的谋杀对象波塞那国王坦白了自己的计划，还说在他的兵营里还有一大批罗马人，都像他一样是这项计划的同谋。为了证明自己是怎样的一条汉子，叫人拿来一盆火，看着自己的胳臂烤焦，直到敌人也看不下去，命令把火盆撤走。

还有人在手术开刀时，不是不愿放下手中读的书么？有人不停地尽情嘲笑人家加在他身上的痛苦，惹得给他上刑的刽子手恼羞成怒，发狠对他施加各种各样的酷刑，接二连三，还是不得不承认他赢了。这还是一位哲学家呢。还有恺撒的一名角斗士，总是脸带笑容让人掰开伤口疗伤。"哪个平凡的角斗士发出过呻吟或变过脸色？哪个不论站着还是倒下，让人见到过畏畏缩缩？哪个倒在地上接受死亡时扭转过脖子？"（西塞罗）

女人也可在此谈一谈。谁没听说过巴黎一位妇女为了追求肌肤娇嫩鲜艳，宁愿换上一身皮？有的人把自己健康完整的好牙拔掉，只是要使声音更加温柔动听，或者是要使其他牙齿排列更加整齐。这类不怕痛的例子还有多少？她们什么做不成？她们害怕什么？只要这样做了能够增添美丽。

> 她们细心拔去白发，
> 消除皱纹换上新颜。

——提布卢斯

我还看见有人吞沙子，咽香灰，处心积虑要败坏食欲胃口，求个脸色苍白。为了有个西班牙式的苗条身材，她们不是吃尽了苦头，束腰夹板，两侧勒紧嵌进了肉里？是的，有时几乎昏死了过去。

当代许多国家里，有人为了表示言而有信，任意自残也是很普遍的。我们的国王亨利三世，说了许多他在波兰做国王时见到当地发生这类轰动的事。但是，我知道在法国也有些男人在模仿，此外我见过一个少女，为了证明誓言的真诚与坚定不移，从头发上取下簪子，在胳膊上扎了四五下，扎得皮开肉裂，鲜血直流。

土耳其人为了情人在自己身上扎个大口子，取了火猛地贴在伤口上，摁上好长时间让血止住，结好伤疤留下来。亲眼目睹的人写信告诉我，并发誓这是千真万确的。为了几个小钱，土耳其每天都有人向手臂或大腿上深深捅上一刀。

令我高兴的是这类证人不必往远处去找，这里多得很；因为基督教国家也可向我们提供足够的例子。在我们的神圣导师做出榜样以后，许许多多信徒都愿意背十字架表示虔诚。我们从一个非常值得信赖的见证人那里知道，圣路易国王穿粗布衣服，直到暮年忏悔师才让他脱下；每星期五他让他的神父用五根小铁链抽他的肩膀，为此他总是把铁链放在一只小箱子里。

威廉，我们最后一位居耶纳公爵，是那位把公爵领地纳入法国和英国王室的埃莉诺的父亲，在生命的最后十二年，长年在教士服下穿一副铠甲作为补赎。安茹公爵富尔克徒步走到耶路撒冷，为了站在主的圣墓前，脖子套根绳索让两名男仆鞭打。大家不是还看到，每年圣周五耶稣受难日，各地许多信男信女相互撕打，直至皮开肉绽方才罢休？这类事我已屡见不鲜，没有好感。有人说，（因为他们戴面具）有的人是拿了钱在替别人行宗教义务，愈不顾疼痛，说明愈虔诚，愈花钱大方。

昆图斯·马克西默斯埋葬他的执政官儿子，小加图埋葬他的已任命大法官的儿子，L.波勒斯几天内连失二子，都非常镇静，脸上毫无丧痛的表情。几天前，我讽刺过一个人，说他不把神的正义当作一回事。他的三个大孩子惨遭横死，都在一天内给他送了过来，按照常理认为这该是对他一个沉重的打击，他差不多把它看成天赐之福。我也曾失去过两三个还在喂奶期的孩子，不是没有遗憾，至少不十分悲痛。意外事故最令人伤心。我见过许多其他一般的悲伤时刻，若落在我身上，我感觉不会太深；若是以前发生的，我更是置之脑后，这都是大家会痛加指责的，因而我不敢在人前自夸而不难为情。"由此看出悲伤不存在于天性，而是存在于理念。"（西塞罗）

理念是一个强大的对手，横冲直撞，没有约束。谁都想平平安安过日子，但是哪个像亚历山大和恺撒那样要搅得个天下大乱？西塔尔塞的父亲泰雷斯常说，不打仗的时候，他觉得自己跟马夫没有差别。

执政官小加图为了确保西班牙的几座城市安全，只是禁止那里的居民携带武器，许多人都自杀了："野蛮的民族，不认为人可以没有武器而生活。"（李维）我们知道又有多少人弃家离开温柔的生活和众多的朋友，到无法居住的沙漠去历险，投身到绝塞草荒的地方，引以为乐，还怡然自得。

波罗曼奥红衣主教最近在米兰逝世；他出身贵族，年富力壮，金玉满堂，在意大利风气下原可过上花天酒地的生活，可是他一生艰苦朴素，夏天穿的袍子冬天还是在穿，一张草褥就当作床；教务以后留下的时间里，跪在地上孜孜不倦日夜研究，书本旁边放一点水和面包，这就是他的一日三餐，其他时间什么也不吃。

我知道有人献上老婆而升官发财的，这话一说出来叫许多人听了吃惊。

视觉若不是最必要的，也至少是最愉悦的感觉，但是我们器官中最有用与最令人快活的是用于生殖的器官。可是不少人对它们恨之入骨，只是因为它们太令人喜爱了，由于它们的价值与用途而被抛在一边。有的人剜掉自己的眼睛也是这个道理。

人间最普遍与最有益的看法，认为子女成群就是福；而我和少数人认为无子无女也是福。

有人问泰勒斯，他为什么不结婚，他回答说不想留下后代。

我们的理念给事物定出价值，这从许多事情中都可以看出；我们不是看了事物，而是看了自己定出价位，那就不妨先看自己。我们不考虑它们的品质、它们的用途，而是我们得到它们所花的代价；仿佛这才是它们的实质，并不是把它们所具有的东西称为价值，而是把我们带给它们的东西称为价值。在这方面我承认我们对自己的付出很善于管理。付出多大，就当多大的付出来使用。我们的理念从不让它白白流失。金刚钻的价值在于有人买，美德的价值在于实行难，虔诚的价值在于痛苦，而良药的价值在于难以下咽。

某人为了当个穷汉，把金币抛入海中，在同一片海面上其他人四处打捞聚钱财。伊壁鸠鲁说，富裕的本质不是减轻烦恼，而是变换烦恼而已。说实在的，产生吝啬的不是匮乏，而是富余。在这个题目上我要说一说自己的经验。

童年以后，我在三种状况中生活过。第一阶段差不多历时二十年之久，生活来源很不稳定，依靠别人的施舍赈济，得过且过，无固定收入。我花钱也按照得到的难易程度，无忧无虑，随缘而定。我从来没有活得这样好过。我也没有遇到朋友向我关上他们的钱袋子，因为我下决心做到，有事再急也急不过我在定下的期限之前把债还清。朋友看到我为还债做出的努力，成千次同意我延期再付，以致我以诚实可靠、不欺不瞒回报他们。

从我的天性来说，我觉得还债自有其乐趣，仿佛从肩上卸下一只讨厌的包袱，不再是一个受奴役的人。因而我暗喜自己做了一件使别人满意的正当事。然而那些必须讨价还价和编造理由的还债不在其内。这些事我要是找不到别人代劳，也就难为情地也无礼地尽量拖延，害怕引起争执，那是我这个脾气，这个说话方式绝对应付不了的。

我对讨价还价深恶痛绝。这完全是一种尔虞我诈、不讲廉耻的交易，经过一小时的争论与砍价以后，总有一方为了五分钱的便宜做出失信和食言的事。所以我借债经常吃亏，毫无心思登门催讨，就写信碰运气，这种做法很不得力，也更易遭到拒绝。安排事务，我更高兴依靠星辰，也比后来依靠天命和感觉更为自在。

持家的人大多数认为朝不保夕的生活很吓人。首先他们没有想到大多数人都是这样过日子的。多少老实人放着安定的生活不过（还是天天有人这样做），而去追求国王与财富的飘忽不定的宠幸。恺撒投入了全部家产，还欠了百万黄金的债，为了去做恺撒。又有多少商人变卖庄园，筹了款子到印度去做生意？

经受多少惊涛骇浪！

——卡图鲁斯

当前做善事的人很少,却有成千上万的修道院日子过得舒坦,每天盼望上天垂怜,赐他们粮食。

其次,他们不明白自己依据的这种可靠性并不比风险本身更确定和更少风险。我有两千埃居的年金,看到贫困依然近在眼前,仿佛随时会向我扑过来。因为除了命运会在我们的财富上打开成百个通往贫困的缺口,巨富与赤贫之间经常也是没有中间地带的:

　　财富是玻璃做的,发光也易碎。

——普布利流斯·西鲁斯

贫困会把我们的防线与堤坝冲得荡然无存。我看到形成贫困有千条理由,在富贵人家与蓬门荜户都同样普遍存在;还要说的是单独过穷日子,还比与富人相处更少不自在。

财富来自管理,还多于来自收入:"人人都是自己财富的工匠。"(萨卢斯特)

依我看,一个烦恼、忙碌、事务缠身的富人比一个单纯的穷人更为可怜。"处在财富中的穷人实在是穷中穷。"(塞涅卡)

最伟大富有的亲王常因贫困与匮乏陷入绝境。因为暴君和不正义的僭夺者搜刮老百姓的钱财,这不是穷途末路中的下策吗?

我的第二阶段是有了钱。我非常吝惜,不多时就积蓄了对我的地位来说是一大笔钱;认为除去正常开支以外还有剩余,那才是占有,至于今后期望的收入即使再有把握也不能作为依靠。因为我说,我若遇上了某个事故又怎么样呢?有了这类不必要的古怪想法,我对什么都会不必要的精打细算,积钱以防不测。有人对我说，不可预测的事多得不可胜数，我还会回答，防不了全部，防上几个也是好的。这些事要做就要费好大的心思。我还偷偷摸摸做，我这人说到自己话头很多，说到自己的钱则谎话连篇，像大家一样，富的人装穷，穷的人装富，心里根本没有诚意要谈自己有些什么这样的事。可笑可耻的谨慎。

我出门旅行，总是觉得装备不够。口袋里带的钱愈多，心里装的烦恼也愈多。一会儿怕旅途不安全，一会儿怕送行李的人不可靠，就像我所认识的人，只要东西不在眼前就不会安心。把我的箱子留在家里吧，又猜疑又胡思乱想，更糟的是跟谁都不能说！但会一直惦念。总的来说，守财比挣钱还烦。

上面所说的事就是不做，那么不让自己这样去做也是很操心的。我从宽裕中获益极少，甚至得不到好处。有了更多的钱可花，花钱也让我心事重重。正如皮翁说的，不论头上有毛还是没毛的，拔掉他一根都是同样不高兴。当你已经习惯把幻想建立在一堆东西上以后，这堆东西已不再为您服务，你不敢再去触动它。这就好像是一幢房子，你觉得一碰就会坍塌。逼得你非用不可时才能动用它。

从前，还没到这么紧迫的程度，我就把衣服典当了，把一匹马卖了，现在我决不会去动一动我放在一边的心头宝藏。危险还在于很不容易给这样的欲望设定明确的界线（对于心目中的好东西是很难设定界线的），对藏东西的癖好有个限制。东西总是愈堆愈大，愈积愈多，甚至守着自己挣来的财富可怜巴巴地不去享受，只会看管，不去使用。

按照这样的说法，那么最有钱的人应该是看管大城市城门城墙的守卫。依我看有钱的人都是守财奴。

柏拉图对于人的有形财产是这样排列的：健康、美丽、力量与财富。据他说,财富不是盲目的,当它受谨慎的指引时,是非常明智的。

小狄奥尼修斯在这方面做得很有风度。有人向他报告,他的叙拉古城里有一个人在地下埋了一笔宝藏。他下命令要他把它带来,那个人做了,但是偷偷留下一部分,后来携带潜逃到另一座城市;在那里他失去积钱的癖好,开始大手大脚花费。小狄奥尼修斯听到后,下令把原来献上的财富还给他,说既然他已学会花钱,很乐意把这笔钱还给他。

有好几年我就是这样。我不知是哪个精灵帮大忙让我像那位叙拉古人醒了过来,抛弃了这个疯狂的念头,出手阔绰去旅行,把这笔储蓄花得精光。就这样我进入了第三阶段的人生(我怎么感觉就怎么说),当然有更多生趣也更有安排。我做到量入为出,有时稍为超出,有时稍为多余,但是两者相差不多。我过上一天算一天,只要够上眼前的日常开销也就满意了。至于特殊需要,那是全世界的物质也是难以解决的。

指望财富给我们足够的武装去对付财富,那是痴心妄想。要用我们自己的武装去抗击它。意外事件到时候总会来出卖我们。我现在还存钱,这只是为了近期使用,不是要买我无用的土地,要买乐趣。"不贪求就是财富;不滥花就是收入。"(西塞罗)

我不担心财产少去,也不想财产增加。"财富的果实在于丰硕,满足就是丰硕的表示。"(西塞罗)

我特别感到庆幸的是,在生理上开始吝啬的年纪把这个缺点改了过来,没有染上老年人的这个通病——也是人类最可笑的疯狂。

费罗拉斯经历过两种命运,他认为财富的增加,并不增加他吃、喝、睡眠、拥抱妻子的欲望(反而在肩上增加财务管理的重担，如同我一样），决心满足他的忠诚朋友，一位贪财的穷青年，把他多得花不完的全部家产，以及从他的主子居鲁士的赏赐和战争中日常聚积的钱财，统统送给他；只要他把他像客人和朋友似的留在家里，供他平常的一日三餐。后来他们这样生活，非常幸福，都对地位的变换很满意。这样的事我也要鼓起勇气去模仿。

我还要高度赞扬一位老主教的做法，我看见他把积蓄、收入和投资完全托付给一个选定的仆人或其他人照看，多少年过去一直不闻不问，就像个外人。相信他人的正直，不啻是在证实自己的正直，所以得到上帝的赞扬。我看没有哪家比他家管得更加有条理更加稳定。幸福的人就是会把自己的需求根据他的财富能力安排得恰到好处，不用操心，不用插手，不用为分配统筹而放下按照自己心意正在做的更合适、更安静的工作。

富裕与贫困取决于各人的理念、财富，以及光荣与健康，只是占有者认为有多美好、多快乐，就是多美好、多快乐。各人好与不好也全凭自己的感觉。不是人家认为他快乐，而是他自己认为快乐才是快乐。在这方面，信念才是本质与真理的依据。

财富对我们既不好也不坏，它给我们的只是物质与种子，我的心灵要强过财富，可以按心灵的要求改变和利用财富，这才是我们处境快乐与不快乐的唯一原因与主导。

外部的附加物有了内部的结构才产生了气味与颜色，犹如衣服可以暖身，用的热量不是来自衣服，而是我们自己，衣服用于保暖和储热而已。衣服若盖在一件冷的物体上，对冷也起同样的作用；冰雪就是这样储藏的。

同样道理，读书对于懒汉，戒酒对于酒鬼，都是一桩苦事。节俭对于挥霍的人是酷刑，锻炼对于虚弱好闲的人是体罚，其他事也一样。事物本身不是那么痛苦，那么困难；但是我们的软弱与怯懦使事物看来如此。要评判事物伟大高尚，必须有一个同样的心灵，否则我们把它们看成是卑微的，这卑微来自我们自身。一支直的船桨在水里好像是弯的。重要的不是看事物，而是如何看事物。

以上说了那么多道理，从不同方面劝说大家要蔑视死亡、忍受痛苦，为什么我们就不去找一个适合我们自己的道理呢？想出那么多方法去劝说别人，为什么每个人不根据脾性选择一个用于自己身上的呢？要是他不能消化有腐蚀作用的烈性药去根除病痛，至少他选用镇静剂去缓解病痛。"不论对待欢乐还是痛苦，我们总受一种缺乏刚强、没有价值的偏见支配。当我们的心灵崩溃软弱的时候，给蜜蜂蜇一下也忍不住要叫喊，最主要是有自制力。"（西塞罗）

目前，我们张口脱离不了哲学，大谈痛苦的严酷与人性的软弱。因为有人强迫哲学回到这些战无不胜的诡辩上去：若过苦日子不好，那又何苦去过苦日子呢？

人自己有了错，才会长时期痛苦。

谁没有勇气去忍受死亡与生存，谁不愿抵抗或逃避它，别人又能为他做什么呢？

第十五章
无理由死守阵地者必须惩处

勇敢如同其他品德，都有界线；越过界线，就走上了罪恶的道路；若不知道克制，会从勇敢变成鲁莽、固执、疯狂，到了那时就难以自拔。

出于这样的考虑，就产生了一条战争时使用的惯例，谁固守一座从军事观点来说无从防御的阵地，要受惩罚，甚至处死。若不加以惩罚，哪个鸡笼子都要用来抵挡一支大军了。

在帕维亚围城时期，德·蒙莫朗西陆军统帅奉命跨过提契诺河，进驻圣安东尼郊区，被一座桥头堡挡住去路，守兵负隅顽防，攻下后里面的人全部吊死。还有一次陪同王储出兵越过阿尔卑斯山，攻下维拉诺城堡，里面的人都在士兵的狂怒下被分尸，此外守将和他的旗手也被他下令吊死和绞死，都是出于同样的理由。

马丁·杜·贝莱统帅当都灵总督时，也在这个地方做同样的事。S. 波尼将军和他的手下人在城破以后都惨遭屠杀。况且判断一个阵地的坚固与否，要根据攻守双方军力的对比而言，因而有的人坚决抵抗两门轻型长炮是有道理的，但去抵抗三十门大炮那就是发疯；还有要考虑的是出征亲王的威望、名声、受人尊敬的程度，这就有造成天平向这方倾斜的危险。

还会遇上这种情况，围城者对自己和掌握的兵力自视甚高，认为谁敢于向他们叫阵是自不量力，只要哪里遇到抵抗就举起大刀；只要兵运不变就为所欲为。东方国家的君主，以及他们今日在位的继承者，自豪、高傲、蛮不讲理，在敦促投降的通牒中充满这样的威胁。

葡萄牙人入侵印度，在占领地区发现有的邦有这条普遍使用、不容违背的法律，那就是凡是被国王或总督亲自征服的敌人，不予以赎身和宽恕的考虑。

因此，首先要尽量避免这样一个以你为敌、耀武扬威、全身武装的审判官手里。

第十六章
论对懦夫行为的惩罚

曾听到一位亲王、杰出的将领说过，一名士兵不能因丧失勇气而被处死。他在用餐时听到德·韦尔万领主一案，后者因献出布洛涅而被判处死刑。

因软弱造成的错误与因恶意造成的错误，中间有巨大的差别，这样说实在是有道理的。恶意是我们有心鼓动自己违背天性形成的理智规则。至于软弱，不妨也可拿天性来自我辩护，说是它造成我们这样的不完美和缺陷。以致不少人想到，只有违背自己良心做事才可以加以责备。这条规则，使一部分人形成这样的看法，反对对异教徒和无信仰者使用极刑，同样认为律师和法官不必承担无知渎职的责任。

但是，说到懦夫行为，最常见的惩罚是当众羞辱。据说这条规则最早是由法学家夏隆达斯提出的，在他以前，希腊法律以死处分临阵脱逃的人。夏隆达斯只是罚那些人穿了妇女服装在广场中央坐三天，指望他们羞愧后恢复勇气，还能入伍打仗。"与其让男人血流在地上，还不如让他血涌到脸上。"（德尔图良）

从前，罗马法律对逃兵也是判以死罪。因为据阿来亚努斯·马塞里努斯的叙述，在帕提亚战役中，有十名士兵冲锋时转身往回跑，朱利安皇帝先把他们逐出军队，后来据他说根据古法处死。然而另一次，有人犯了相似的罪过，他只是处分他们跟因徒一起待在辎重部队。罗马人对在卡尼战役中逃跑的士兵，还有在同一场战争中随同执政官法尔维乌斯吃败仗的士兵，惩罚再严也不致把他们处死。

然而有一事必须提防的，羞辱使他们失去脸颜，不但会冷漠无情，也会成为敌人。

在我们祖辈那个时代，弗朗杰领主，当过德·夏蒂永元帅的副官，受德·夏巴纳元帅派遣，取代杜·吕德大人当富恩塔拉比亚总督。他把富恩塔拉比亚拱手让与西班牙人，被废除贵族称号，他与他的后代都被贬为平民，要缴人头税，不准入伍当兵。这一严厉的判决是在里昂执行的。后来纳索伯爵带军开进吉兹时，城里的全体贵族都遭到类似的惩罚；后来其他类似的事也是如此处理。

然而，如果无知与懦夫行为过于恶劣或明显，超出了一般的程度，那时就有理由把它看成确凿的证据，说明当事人狡猾和恶意，并以此定罪。

第十七章
几位大使的一个特点

跟人交流总能有所得益，（这是世上最好的学校之一），我在旅途中采用这样的方法，把话题拉到对方最熟悉的事物上去。

让水手跟我们只谈风，
农夫谈牛，军人谈身上的伤痕，
牧民谈羊群。

——意大利民谣

但是经常也有相反的情况，有人宁可选择妄谈他人的职业，而不是自己的职业，企图藉此再给自己带来新名声。阿基达默斯对柏利安得的指责可以为证，说他舍弃良医的美名，甘当一个平庸的诗人。

还可看到，恺撒谈到他在桥梁建筑设施方面的创见如何兴高采烈，相比之下，谈到他的职业军人生涯，指挥民兵时骁勇善战，则很含蓄。他的战绩足以证明他是杰出将才，却要让人认识到他还是个出色的工程师，这完全是另一种才能。

一个从事法律的人，前几天由人陪着去参观一家事务所，满满一屋子五花八门的书籍，专业与非专业的都有，他对这些却没有找机会对此说几句。而对拴在事务所螺旋楼梯口的一个屏障设施，却信口开河夸夸其谈；上百名将官士兵天天见到从不发表议论，也不觉得碍眼。

老狄奥尼修斯是卓越的军事首领，与他的地位很相称。他刻意向人推荐说自己主要是诗人，其实他对诗一窍不通。

慢牛要马鞍，小马想犁头。

——贺拉斯

这样做事，一事无成。

因此，必须让建筑师、画家、鞋匠等等，各司其职。这里说到阅读历史书——那是人人都会涉猎的——我的习惯是首先注意作者是谁。如果他们以写作为生，我主要欣赏他们的文笔与语言。若是医生，我更乐意听他们说天气温度、亲王健康状况、体伤与疾病；若是法学家，要倾听他们谈司法争论、法律、制订法令和诸如此类的事；若是神学家，那是教会事务、教廷书刊检查制、赦免、婚姻；若是朝臣，那是风俗与礼仪；若是军人，那是他们负责的战事，特别是他们亲身经历的战事评介；若是外交官，那是折冲樽俎，手段运用。

朗杰领主精于此道，我就非常注意他对往事的叙述，要是换了别人写这些事我就会忽略过去，他首先谈到查理五世在罗马红衣主教会议上的出色发言，我们的使节马孔红衣主教和杜·维利领主都在场；那次他针对我们法国说了不少难听的话。主要的有：如果他麾下的将领士兵不比国王的更忠诚、更善于用兵，他本人立即脖子上套根绳索去向国王求饶（这话听起来好像他真有这个意思，因为他在后来说过两三次同样的话）。

他还向国王挑战，脱去上衣，拿了剑和匕首，两人去一艘船上决斗。那位朗杰领主接着又说，这两位使臣火速给国王呈递了一份报告，隐瞒了大部分事情经过，前面的两条根本提都不提。

这么一位人物，在这么一个庄重的会议上，发出这样严重的警告，一位使节居然有那么大的权力，可以不向国王呈报，这使我感到很奇怪。我认为臣子的职责是把发生的事完整如实地汇报，而让主子凭此自由地下命令、做判断、做决策。

因为对他歪曲或隐瞒真情，是害怕他做出不该做的事，或促使他采取不利的对策；然而让人不了解自己的事务，这个权力在我看来应该属于当权者，不属于受权者，应该属于监护人或导师；不属于不但在权柄上而且在审慎和计谋上都应自认为低下的人。无论如何，我在处理自己的小事时，不愿意别人用这种方式为我服务。

我们总爱找个什么借口不听指挥或滥用权力。每个人生来爱好自由与权力，因而对于上司来说，为他服务的下属必须具有最可贵的品质，就是百依百顺。

选择性服从，而不是等级性服从，会造成指挥不当。因五次逢凶化吉而被罗马人视为福将的 P. 克拉苏，在亚细亚当执政官时，写信给一位希腊工程师，他在雅典看到两根桅杆，命令他把一根粗的桅杆运去，装在炮台设施上。那位工程师以科学为依据而自作聪明，擅自决定做出另外的选择，按照他的工程理论，带了那根使用更方便的细桅杆前去。克拉苏耐心听完他的陈述，下令给他狠狠一顿鞭打，认为纪律的道理比工程的道理更重要。

可是另一方面，也可以认为这样一丝不苟的服从只适用于非常明确具体的命令。使臣肩负的职责更为广泛，在许多场合必须用自己的才干来驾御。他们不只是执行君王的意图，也要通过自己的看法帮助君王形成和提出他们各自的意图。我看到当今一些担任指挥职务的大臣，被撤职的原因是过于从字义上执行国王的旨意，而不是根据身边的形势随机应变。

善于领会的人还指责波斯国王的做法，他们给手下将官的指示具体且细微，不给予任何回旋余地，遇上一点小事都要向国王重新请示；在一个这么辽阔的帝国，这样的耽误往往对事情造成惨重的损失。

克拉苏给一位行家写信，告诉他桅杆打算作什么用的同时，不是也像在跟他商讨，请他发表自己的看法么？

第十八章
论害怕

> 我恐惧，毛骨悚然，说不出一句话。
>
> ——维吉尔

我不是个所谓的博物学家，不清楚害怕是通过什么途径影响我们的。但是这的确是个奇异的情感，据医生说没有另一种情感更会使我们的判断失常。确实，我看见过许多人因恐惧而失去理性；情绪发作时，连最沉得住气的人，也会心慌意乱，惊恐万状。

且不说普通人，令他们害怕的一会儿是老祖宗披了裹尸布从坟墓里走了出来，一会儿是出现了狼人、精灵、怪物。按理说，当兵的应该浑身是胆吧，但是多少次他们害怕得把羊群当成了铁骑兵？把芦苇秆子当成执铁杆长矛的军人？把朋友当成敌人？把白十字当成红十字？

当德·波旁殿下攻打罗马时，守卫在圣彼得镇的一名旗手，一听到警报吓得丢了魂，从废墟的墙洞里冲出城外，手擎军旗，直奔敌人而去，还以为自己正朝着城里跑哩。德·波旁殿下的队伍以为是城里人往城外冲，排开阵势来截住他，旗手一见才恍然大悟，扭转头往回跑，再从原墙洞钻进去，刚才已深入战场三百多步远了。

当圣波德莱昂从我们手里被德·布尔伯爵和杜·勒殿下夺走时，朱伊尔司令官的旗手就没有那么幸运了，他吓得魂飞魄散，带了军旗钻城墙的炮眼到了城外,被攻城者粉身碎骨。在这同一次围城中,还值得一提的是一名贵族突然吓破了胆,全身冰冷直挺挺倒下死在垛口上,肌肤上无一处受伤。

有时会一群人集体受惊。在日耳曼的恺撒(德鲁苏斯)跟德国人的一次交锋中,双方大军惊恐之下逃上两条相反的道路,都朝着敌军过来的方向跑去。

恐惧有时会使我们脚跟插上翅膀,如前面两个例子;有时又会使我们脚背钉上钉子,动弹不得,犹如史书上记载的泰奥菲洛斯皇帝,他在一场输给亚加雷纳人的战役中,简直是吓呆了,竟想不到要逃跑:"惊慌得连逃命也害怕!"(昆图斯·库提尤斯)

直至他军队中的一位主将马尼埃尔来拉扯他,才像把他从沉睡中摇醒,对他说:"您若不跟着我,我会把您杀了;您毁了生命,也比您当了俘虏去毁了帝国好。"

恐惧使我们丧失勇气去尽责任与捍卫荣誉,然而,恐惧也会显出它最后的力量,使我们在它的驱使下,奋不顾身地显示出勇气。在罗马输给迦太基的第一场激战中,森普罗尼乌斯执政官指挥的一万名步兵惊慌失措,不知道往哪里狼狈逃命,反而往对方的大军冲了过去,奋力突破,杀了大量迦太基人,原本是一次耻辱的逃亡,却像一场辉煌的胜利,叫敌人付出了同样的代价。因而我最害怕的是害怕。

因此,害怕的危害超过其他一切不幸事件。

庞培和他的朋友在船上目睹他的士兵遭到可怕的屠杀,还有什么感情比义愤填膺更强烈的呢?可是埃及船只正开始向他们靠近,他们害怕得气也透不过来,据史书记载,他们赶快催促水手加快划桨逃命,一直划到了蒂尔放下了心,才回想起他们遭受的损失,不由嚎啕大哭,热泪纵横,原来都被那种更强烈的感情压抑在心里了。

害怕夺去心中一切勇气。

——西塞罗

在战斗中挂彩的人，即使受伤未愈、出血不止，也可以在第二天再送上战场。但是对敌人胆战心惊的人，千万不能让他们面对面。深怕失去财产、被流放、被压制的人，终日忧心忡忡生活，食不甘味，夜不成寐；同样处在这个情景中，穷人、流放者和奴隶经常跟其他人一样高高兴兴过日子。多少人忍受不了惊恐的阵阵袭击而上吊、投河、跳崖，岂不是在跟我们说害怕比死亡还要折磨人，还难以忍受吗？

希腊人还知道另一种恐惧，不是理性失误而导致的，而是据他们说没有什么明显的理由，是来自上天的冲动。往往是整个民族和整个军队都惊呆了。就像给迦太基带来绝望哀伤的那种恐惧。到处鬼哭狼嚎。居民从家里夺门而去，如同听到了警报，相互苦斗厮杀，仿佛是敌人来占领他们的城市了。嘈杂混乱一片；最后用祷告和献祭才平息了神的愤怒。他们称这种恐惧为中了魔邪。

第十九章
死后才能评定是不是幸福

必须等待他的最后时刻，

死亡与葬礼以前，

谁都不敢说幸福与不幸福。

——奥维德

小孩都知道克罗瑟斯国王的这个故事。他被居鲁士俘虏，正要处决时，他大喊："哦，梭伦，梭伦！"这句话被呈报给居鲁士，他问这是怎么一回事，克罗瑟斯通过传令官说，他以身受的灾难证实了梭伦从前对他提出的警告，那就是不论命运女神对他露出怎样美丽的面孔，人决不能自称是幸福的，只有到生命的最后一天才见分晓，因为世事变化无常，稍有波动情况立刻起变化，与以前迥然不同。

有一人说波斯国王幸福，因为他年纪轻轻就统治一个如此强盛的国家，斯巴达国王阿格西劳斯对他说："是的，但是普里阿摩斯在这个年纪也没有不幸福啊。"亚历山大大帝的继任者，马其顿诸王，在罗马当木匠和笔录员；西西里的暴君在科林斯做教书匠。庞培，半个世界的征服者，统率过那么多军队的皇帝，却成了个可怜虫，在埃及国王的一位卑微军官面前苦苦哀求；这位伟大的庞培煞费苦心才苟延残喘多活了五六个月。

在我们祖辈那个时代，这位吕多维可·斯福扎，第十任米兰公爵，长期是意大利全境叱咤风云的人物，但后来在法国洛什度过了十年最惨的日子，最后瘐死狱中。最美丽的王后，最强大基督教国家国王的遗孀，不是不久前才死于屠夫之手么？[1]这样的例子举不胜举。因为这好比风雨雷电首先打击的是建筑物的骄傲高耸的屋顶，天上也有神灵嫉妒下界的大人物。

> 冥冥中一种力量仇视人的强大，
> 把执政官的束棒和斧子踩在脚下，
> 当作可笑的玩具。
>
> ——卢克莱修

仿佛命运有时刚好瞅上我们生命的最后一天，为了显示威风，把花费多年心血建成的东西毁于一瞬间；使我们在拉布里乌斯之后叫喊："显然，今日是我不该超过寿命多活的一天！"（马克罗比乌斯）

因而梭伦的这句金玉良言必须理性对待。但是他是哲学家；对于哲学家来说，命运的恩宠与失宠无所谓幸福与不幸福，荣誉与权势都看得很淡漠。我认为实际上他看得更远，要说我们的人生幸福取决于有教养人的安详和满足，练达者的果断与自信，只要一个人尚未演完人生戏剧中的最后一幕——无疑也是最难的一幕——就不应当说他幸福或不幸福。

此外，凡事皆有掩饰。哲学中的漂亮言辞只是让我们做人体面；而那些意外也没有真正刺中要害，让我们还能保持神色不变。但是在死亡与我们之间这场最后的对手戏，不是装腔作势所

---

[1] 指苏格兰女王玛丽·斯图亚特（1544—1567）。1558年与法王子结婚，王子继位后不久去世，1561年返苏格兰亲政，因信旧教为贵族不满。1567年被废黜，后图谋夺取英格兰王位，被英女王伊丽莎白一世处死。

能对付的，必须实话实说，抖露出罐底里装的真货色。

> 唯有那时从心底涌出了真话，
> 面具跌落，露出本相。
>
> ——卢克莱修

　　这是为什么人生中一切其他行为都必须用这块最后的试金石检验的原因。这是主的日子，这是一切的审判日；一位古人说，这一天对我从前的岁月做出审判。我让死神来检验我的研究心得。我们将可看到我的言论出自嘴皮子还是出自心田。

　　我看到许多人一生的毁誉俱由他们的死亡来决定。庞培的岳父西庇阿生前没有好评，但他死得磊落，使声誉得到了昭雪。伊巴密浓达被人问到，卡布里亚斯、伊菲克拉特与他自己，三人中他最敬重谁，他答道："那必须看到我们死后才能下定论。"确实，假若忽略了他死时的荣耀与伟大而去评价他，这个人的声名必然逊色不少。上帝使他如愿以偿。

　　但是在我这个时代，我认识三个最可恶的大坏蛋，对他们的一生深恶痛绝，他们死得却是规规矩矩，处处无可挑剔。

　　有的人死得幸运及时。我认识一个人，正当年富力强、青云直上时生命之线戛然中断，依我之见，他的雄心壮志反因不能继续而显得更加了不起，他提出了目标，而壮志未酬，留给人们的景仰要超过他的预期与希望。他的陨落要比他走完全程获得更大的威信与声誉。

　　在评价别人的一生时，我总是观察他的结局是怎么样的；我对自己一生的主要关注是活得健康，也就是说平安无事，不闻不问。

第二十章
探讨哲学就是学习死亡

西塞罗说，探讨哲学不是别的，只是准备死亡。尤因探讨与静观可以说是让我们的灵魂脱离肉体而独自行动，有点儿像在学习与模拟死亡；或者也可以说，人类的一切智慧与推理，归根结蒂就是要我们学习不怕死亡。

说实在的，理智不是在冷嘲热讽，就是把目标定在我们的满足上。理智的工作，总的是要人活得好，要我们如《圣经》中所说的"终身喜乐行善"。世上人人都是这种看法，尽管表达形式各有不同，快乐是我们的目标；不是这样的看法一出笼就被排斥，若有人说什么他的目的是让我们受苦受难，那谁会去听呢？

在这方面，哲学宗派之间的分歧只表现在口头上。"别去听那些美妙的妖言。"（塞涅卡）在这么一个神圣的学科中不应该有那么多的顽固与恶言。某人不论扮演什么角色，扮演的总是他自己。他们不论说什么，即使谈到美德，瞄准的最终目标也是感官享乐。他们听到这个词那么反感，而我偏要在他们耳边说个不休。如果这个词意味着最强的欢乐与极度的满足，那时美德的介入才胜过其他东西的介入。这种感官享乐不论如何纵情胡闹，粗野强健，也只是更加享乐而已。我们还不如称为欢乐，更容易接受，更温和自然，而不是曾用的"精力"一词。

另一种感官享乐——若也可用这个好名词的话——较为庸俗，也是应该相提并论的，但并不更占优势。我觉得它不像美德那样不包含放肆与邪念。除了感受更短暂、更流动、毫无新鲜感,它还有它的熬夜、挨饿、辛苦和血与汗;此外还有各种各样的情感折磨,然后再有这种沉重的满足,这无异于一种受罪了。

我们还大错特错地认为,这些磨难可以成为温情的刺激物与调味品,好像大自然中的万物相生相克;也不要说当我们转向美德时,同样的障碍与困难会压倒它,使它变得严峻、不可接近;而在美德介入的情况下,会使这种神圣完美的欢乐更高尚、更兴奋、更昂扬,要胜过低级的享乐许多。

一个人权衡他的所失与所得,不知道美德的温馨与作用,当然是不配认识这种欢乐的。有人劝导我们说美德的追求艰辛曲折,美德的享受则是愉快的,这岂不是在对我们说它不会令人快乐吗?因为哪个人曾有法子获得过它呢?最成功的人也只是做到向往它,接近它,而没有获得过它。

但是那些人错了,要知道追求我们所认识的任何乐趣,这本身就是乐趣;行动包含的乐趣,存在于我们眼前的美好目标,因为这是与大部分激情共生共灭的。在美德中闪闪发光的愉悦福乐,自有千百条渠道小路,引导你进入第一条入口,直至最后一道墙。那时美德的主要好处是对死亡的蔑视,这样使人的一生过得恬然安逸,让我们专注于愉悦的享受,不如此,其他一切享乐都会黯然无光。

这说明为什么一切规则都集中和汇合在这个主题上。虽则那些规则也一致认为要蔑视痛苦、贫困和其他隶属于人生的遭遇,这在关心的程度上不一样,因为有的遭遇不是必然发生的(许多人一生中没有经历过贫困,有的还不曾有过疼痛的病患,如音乐师色诺菲昌斯,他活了一百零六岁,身体一直良好),还可以在万不得已时轻生,把烦恼一了百了。但是死亡本身则是不可避免的。

> 人人都被推向同一个方向，
> 我们的命运在缸里转动，
> 迟早会从里面跃出，
> 上了船
> 带往不归路。

——贺拉斯

因而，要是死亡使我们害怕，这就成了一个说不完的痛苦话题，而又不能使心情舒解一丝一毫。死亡从哪儿都可以向我们袭击；我们就会不停地左右窥视，像进了一座疑阵以防不测："这就像永世悬在坦塔罗斯头上的岩石。"[1]（西塞罗）我们的法院经常把罪犯送到案发地点处决，一路上押着他们经过漂亮的房子，让他们拣好吃的吃个痛快。

> ……西西里岛的盛宴
> 也引不起他的馋涎。
> 鸟语与琴声
> 都不能使他入眠。

——贺拉斯

不妨想一想，他们能够高兴起来吗？游街的最终意图昭然若揭，就不会败坏他们领受这一切恩典的兴致？

---

[1] 据希腊神话，他把儿子剁成碎块祭神，触怒主神宙斯，罚他永世置于随时会砸落的岩石下。

> 他打听道路,他掐算日子,
> 走了多少还剩下多少,
> 想到眼前的极刑痛不欲生。

——克劳迪乌斯

我们生涯的终点是死亡,我们必须注视的是这个结局;假若它使我们害怕,怎么可能走前一步而又不发愁呢?凡人的药方是把它置之脑后。只是愚蠢透顶才会这么懵然无知!真是把笼头套在了驴子尾巴上。

> 因为他决定了往回走。

——卢克莱修

他经常跌入陷阱也就不足为奇了。这让我们这些人一说到死亡就害怕,大多数人像听到魔鬼的名字一样画十字。由于遗嘱中必然提到这件事,就别指望在医生给他们宣读终审判决以前,他们会动手立遗嘱。在痛苦与惊慌之间,他们会以怎样清晰的判断力,给你凑合出一份遗嘱,只有天知道了。

由于这个词听在他们的耳朵里太刺激,这个声音对他们又像不吉利,罗马人学会了用婉转的说法来减弱或冲淡它的含意。不说:他死了,他停止了生命;只说:他活过了。只要是"活",即使过去式也感到安慰。我们的"故人某某"就是从他们那里借来的。

说到这里,是不是像俗语说的,时间就是金钱?我生于一五三三年二月的最后一天,是按现行的以正月为一年之始的年历来说的。①恰好十五天前刚过了三十九岁,至少还可以活那么久;可是急着去考虑那么远的事不是发疯吗?但怎么说呢,年轻人与老年人同样都会抛下生命。刚刚进来的人照样可以随即离去。再衰老的人,只要还看到玛土撒拉②走在前面,都相信自己的身子还可以撑上二十年。

再说,你这个可怜的傻瓜,谁给你规定了寿限啦?你这是根据医生的胡说八道。还不如瞧一瞧事实与经验吧。按照事物的常规,你活到今天已是鸿运高照了。你已超过了常人的寿数。为了证明这一点,算一算你的朋友中间有多少人在你这个年龄以前已经谢世,肯定比达到你的年龄的人要多。再来列一张表,记上一生中名声显赫的人,我敢打赌在三十五岁前死的要比在这以后死的多。把耶稣—基督作为人类的楷模,也是十分理智与虔诚的,因为耶稣在三十三岁就结束了人生。亚历山大是最伟大的凡人,也是在这岁数去世的。

死亡又有多少种袭击方式?

> 时时刻刻需要提防危险,
> 人是难以预料的。
>
> ——贺拉斯

且不说发高烧和胸膜炎病人。谁想到一位布列塔尼公爵会在人群中挤死?我的邻居克莱芒五世教皇进入里昂也是这样。你没看到我们的一位国王在比武游戏中被误伤丧了命吗?他的一位祖先竟会被一头公猪撞死?埃斯库罗斯眼看一幢房子要坍塌,徒然

---

① 原先以复活节为一年之始。
② 《圣经·旧约》中的人物,据说活了九百六十九岁。

躲到空地上，有一只苍鹰飞过空中，从爪子里跌下一块乌龟壳，把他砸死了。还有人被一颗葡萄核哽死；一位皇帝在梳头时被梳子划破头皮而死；埃米利乌斯·李必达脚绊在门槛上，奥菲迪乌斯进议院时撞上了大门。还有死于女人大腿间的，有教士科内利乌斯·加吕，罗马巡逻队长蒂日利努斯，曼图亚侯爵吉·德·贡萨格的儿子吕多维可。

更糟糕的例子是柏拉图派哲学家斯珀西普斯和我们的一位教皇。可怜的伯比乌斯法官给诉讼一方八天期限，自己却突然得病，没有活到那个时候。凯乌斯·朱利乌斯是医生，在给病人上眼药膏时，死神来给他闭上了眼睛。我还该说一说我自己的弟弟，圣马丁步兵司令，年二十三岁，早已显出大胆勇敢，打网球时球击中他左耳上方，表面看不出挫伤和破裂，他甚至没有坐下来休息。但是五六小时后，他死于这次球击引起的中风。

这些都是发生在我们眼前的例子，稀松平常，怎么还能够不去想到死亡呢？每时每刻不觉得死神在卡我们的脖子呢？

你们或许会对我说，既然不管怎样总是要来的，大家就不用去操这份心了吧？我同意这个看法；若有什么方法可以躲过死亡的袭击，即使是藏在一张牛皮底下，我也不是个会退缩回避的人。因为我只要过得自在就够了；我尽量给自己往最好的方面去做，至于荣耀与表率则不在我的考虑之内。

> 我宁可被人看成傻子与呆子，
> 只要我的古怪令我痛快，叫我开心，
> 也不去当个聪明人愤愤不平。
>
> ——贺拉斯

以为这样就能做到了这也是妄想。他们来了，他们去了，他们骑马，他们跳舞，闭口不谈死亡。这一切多么美好。毫不注意，毫不防范，当死亡降临到他们身上，或者他们的妻儿朋友身上，则悲痛欲绝，抢天呼地，愤怒失望！你们几曾见过如此萎靡、恍惚、混乱！我们必须及早防范。在一个明白人的头脑里，对待死亡时却像动物似的混混沌沌，我认为这是要不得的，也会让我们付出沉重的代价。如果死亡是个可以躲开的敌人，我建议大家不妨拿起胆小鬼的武器。但是既然它是不可避免的，既然退缩求饶和勇敢面对，它都是要把你抓走的，

> 他对逃跑中的壮汉穷追不舍，
> 也不放过胆怯的后生
> 露出的腿弯与背脊。
>
> ——贺拉斯

既然没有铁甲保护你，

> 躲在盔甲下也是枉然，
> 死神会让他露出后缩的脑袋。
>
> ——普罗佩提乌斯

我们必须学习挺身而出，面对着它进行斗争。为了打落它的气势，我们必须采取逆常规而行的办法。不要把死亡看成一件意外事，要看成一件常事，习惯它，脑子里常常想到它。时时刻刻让它以各种各样的面目出现在我们的想象中。马匹惊跳，瓦片坠落，针轻轻一刺，立即想到："要是这就是死亡呢？"这时候我

们要坚强，要努力。

欢天喜地的时候，总是想到我们的生存状态，不要纵情而忘乎所以，记得多少回乐极会生悲，死亡会骤然而至。埃及人设宴，席间在上好菜时，叫人抬上一具干尸，作为对宴客的警告。

> 照亮你的每一天都当作最后一天，
> 赞美它带来的恩惠与意外的时间。
> ——贺拉斯

死亡在哪里等着我们是很不确定的，那就随时恭候它。事前考虑死亡也是事前考虑自由。谁学习了死亡，谁就学习了不被奴役。死亡的学问使我们超越任何束缚与强制。一个人明白了失去生命不是坏事，那么生命对他也就不存在坏事了。可怜的马其顿国王当了波勒斯·伊米利厄斯的俘虏，差人求他不要把他带到凯旋仪式上，伊米利厄斯答复说："让他向自己求情吧。"

其实，在一切事情上，天公若不助一臂之力，手段与心计都很难施展。我本性并不忧郁，但爱好空想。从小对什么事都没像对死亡想得那么多，即使在放荡的岁月也是这样。

> 年少风流，青春欢悦。
> ——卡图鲁斯

在女人堆里寻欢作乐时，有人以为我站在一旁醋性大发，或者抱着希望拿不定主意，其实我在想着今已不知是谁的那个人，他就在几天前突然发高烧一命呜呼了；当他离开这样一次盛会时，满脑子是闲情、爱欲和好时光，像我一样，耳边也响着同样的话：

> 好时光即将消逝，消逝后再不回来。
>
> ——卢克莱修

这个想法不会比其他事情更叫我皱眉头。最初想到这类事不可能没有感触。但是日子一久，翻来覆去想多了，无疑也就习以为常了，否则我会终日提心吊胆；因为从来没有人会那么舍弃生命，没有人会那么不计较寿命的长短。直到今天为止，我一直精力充沛，极少生病，健康既没有使我对生命的期望增大，疾病也没有使我对生命的期望减少。我觉得自己每分钟都在逃过一劫。我不停地对自己唱："另一天会发生的事，今天也会发生。"

说真的，意外与危险并不使我们更靠近死亡。如果我们想到，即使没有这桩好像威胁着我们的最大事件，还有成千上万桩其他事件悬在我们头上，我们就会明白，不论精力充沛还是高烧难退，在海上还是在家里，在战场上还是在休息中，死亡离我们都一样近。"谁都不比谁更脆弱，也不比谁对明天更有把握。"（塞涅卡）

去世前我有事要做，即使只需一小时就可完成，我也不敢说一定有时间去做完。日前有人翻阅我的记事册，发现一份备忘录，列上我在死后要做的事。我对他实实在在说，那时离家才一里路地，还精神十足，心情愉快，匆匆把这些事记了下来，因为没把握一定能够回得到家。我这个人脑子随时随地在想东西，随即把它们记在心里，时刻做好充分准备；当死亡突然降临，对我也不算是突如其来的新鲜事。

应该随时穿好鞋子，准备上路，尤其要注意和做到的是这事只与自己有关。

> 短短的一生内何必计划成堆?
>
> ——贺拉斯

不算上这件事我们已经够忙碌的了。有一个人抱怨死亡,只是因为死亡使他功亏一篑,没有打完一场漂亮的胜仗;另一个人自思自叹,没把女儿出嫁或将孩子教育安排好就会撒手人寰;这人舍不得抛下妻子,那人离不开儿子,这都是人生的主要乐趣。

我现在——感谢上帝——处于这样的状态下,可以应召离开,对什么事都毫无牵挂,虽然对人生尚有依恋,失去它会感到哀伤。我正在给自己松绑,已跟大家告别了一半,除了对自己以外。没有人对离开世界做了那么干脆与充分的准备,那么彻底地摆脱一切,如同我正在做的一样。

> 可怜啊可怜,他们说,只要一个凶日
> 就会掳走我在世上的全部财富!
>
> ——卢克莱修

而建筑师说:

> 工程未完成,前功尽弃,
> 墙头砌到一半,摇摇欲坠。
>
> ——维吉尔

凡事不必筹备过于长期的规划,至少对于看不到其完成的事也保持热诚。我们生来是为了行动:

> 当我死，但愿正在工作时。
>
> ——奥维德

我愿意大家行动，大家尽量延长生命的功能，死神来时我正在园子里种菜，不在乎它，更不在乎园子还没种完。我看见过一个人死去，他到了人生关头，不停地埋怨命运割断了他手中的历史之线，他还只写到我们的第十五或第十六位国王。

> 谁也不能说，对财物的留恋
> 不会在你的残骸中也存在。
>
> ——卢克莱修

应该摆脱这些庸俗有害的心态。正因为如此，坟墓盖在教堂附近，在城市里人来人往最多的地方，据利库尔戈斯说，这是让男女老少不要看到死人而发毛，不断看见骸骨、坟墓和送灵，提醒着我们什么是人的处境：

> 古代用杀人给宴会助兴，
> 让武士相互残杀，
> 身子跌倒在酒杯上，
> 鲜血洒满宴席。
>
> ——西流斯·伊塔利库斯

埃及人在宴会结束后，给宾客展示一张死神的巨像，举像的人对着他们大叫："喝吧，玩吧，死后你就是这个样。"因而我也养成了习惯，不但心里老惦念着死，嘴边也叨念着死，干什么都没那么乐意地去打听人的死亡,他们那时说过些什么,脸上表情怎么样,神态如何;读史书时也最注意这方面的章节。

我的书里充斥着这些例子,也可看出我对这些材料情有独钟。如果我编书,就要出一部集子,评论形形色色的死亡。教人如何死亡,也是在教人如何生活。

狄凯阿科斯编了一部题目类似的书,但内容不同,不是很实用。

有人跟我说,事实远远超出想象,当人到了那个地步,剑法再高明也有失手时。让他们去说吧,事前考虑必定大有裨益。再说,脸不变色心不动,从容前赴,难道不算本领吗?

况且,大自然会伸出援助之手,给我们勇气。如果是暴卒,我们来不及害怕。若情况相反,我发觉随着病情的进展,也自然而然对生命日益蔑视。我发现身体有病时比身体健康时更易下决心去死。尤其我并不眷恋人生的欢乐,理由是我已开始失去享受的乐趣,对死亡也看得不如以前那么害怕。这使我希望做到离生愈远,离死愈近,也愈容易实行生与死的交替。

我在许多情况下试验过恺撒的说法;事物远看时常比近看显得大。我发觉自己健康时要比生病时更怕死亡。当我高高兴兴时,欢乐与力量使我把生与死的状态看得明显不成比例,成倍夸大烦恼以及它们造成的心理压力,我真的有病缠身时从来不至于如此。我希望死亡来时也是这样的好心态。

让我们看一看日常身受的变化与衰退,也好比是大自然悄悄让我们在不知不觉中衰败凋零。往日青春年少的活力,在一位老人身上还留下多少?

唉,老人身上还剩下多少生命。

——马克西米安

恺撒有一名卫兵，神情憔悴，在街上向他走来，要求他批准自己去寻死，恺撒看他失魂落魄的样子，风趣地回答："你居然以为自己在活着。"谁要是猝然消失，我相信我们谁都难以忍受。但是我们被它牵着手，从一条感觉不出的斜坡上，慢慢地一步步滑入这种惨境，再与之相适应。所以当青春在我们身内消逝时我们不觉得震动。虽然从本质与实情来说，青春消逝也是一种死亡，要比郁郁而死、要比寿终正寝更加严酷的死亡。尤其从恶活到不活这个跳跃不是很沉重，还比不得从青春欢乐的人生跌入痛苦艰难的境地。

佝偻的身材背不起重担，心灵也是如此。必须让心灵开朗飞扬才能顶住这个死敌的压力。因为心灵害怕时就永远不会安宁。一旦心灵安宁了，它就可以自豪地说焦虑、恐惧，甚至微不足道的烦恼不足以干扰它。这差不多超越了我们人类的处境。

> 坚如磐石的心动摇不了，
> 无论是暴君威逼的目光，
> 亚得里亚海上肆虐的风暴，
> 还是朱庇特的霹雳掌。
>
> ——贺拉斯

心灵就成了情欲与贪婪的主宰，匮乏、羞耻、贫困和其他一切厄运的主宰。谁能够就应去获得这种心灵优势。这才是至高无上的自由，给我们养成浩气去取笑武力与不公，嘲弄监牢与铁链：

> 我叫你戴上手铐脚镣,
> 交给一个恶吏看管,——神会来救我的。
> ——你是说：我会死的,以死来一了百了?
>
> ——贺拉斯

在我们的宗教中,人最可靠的基础就是蔑视生命。不光是理智的推理要我们这样去做：有一件东西失去后不可能后悔,我们又为什么害怕失去呢?还因为我们受到那么多死亡方式的威胁,害怕一切方式还不如忍受一种方式而少受些痛苦吗?

既然死亡是不可避免的,什么时候来也就不管它了吧?当苏格拉底听人说："三十僭主已经判了你死刑。"他回答："自然法则也会轮上他们的。"

走在摆脱一切苦难的旅程上难过起来,这是何等的愚蠢!

一切事物随我们诞生而诞生,同样,一切事物随我们死亡而死亡。为一百年后我们不会活着的一切哭泣,犹如为一百年前我们不曾活过的一切哭泣,都是一样傻。死亡是另一种生命的开始。正如我们当年哭闹着到来,正如我们艰难地走进这个生命,正如我们进去时换下了以前的面纱。

凡事仅有一次也就无所谓痛苦。有什么理由为瞬息的事去担那么长久的忧?活得短与活得长在死亡面前都一样。对于不复存在的东西,长与短也不存在。亚里士多德说,希帕尼斯河上有些小动物只能活上一天。上午八点钟死的属于青春夭折,下午五点钟死的属于寿终正寝。把这段时间的幸与不幸斤斤计较,我们中间谁见了不会嘲笑?我们最长与最短的生命,若与永恒相比,或者跟山川、星辰、树木,甚至某些动物相比,也是同样可笑。

但是大自然逼迫我们走上这条路。它说:"你们怎么来到也就怎么走出这个世界。从死到生这条路你们走时不热情也不害怕,从生到死你们也这样去走。你们的死亡是宇宙秩序中的一个组成部分,地球生命中的一刹那。

世人之间传递生命,
就像赛跑手交接火炬。
——卢克莱修

事物这样紧密安排,我能为你做出任何改变吗?这是你诞生的条件,死亡也是你的一部分;你这是在躲避自己。你享受的人生对生与对死均是有份的。你诞生的第一天引导你走向死,也同样引导你走向生。

第一时刻提供生命,同时也侵蚀生命。
——塞涅卡

诞生时开始了死亡,根源中包含了终结。
——马尼利乌斯

你生活的一切,是从生命那里窃取的;你活着是对生命的侵害。你一生中不断营造的是死亡。当你在生命中,你也是在死亡中。当你不再活着时,你的死亡也过去了。

因此,你若更喜欢如此,在活过了以后再死吧。可是在生活中你是个垂死的人,垂死的人要比已死的人遭受死亡的冲击更严酷,更强烈,更接近本质。

你若得到过人生的好处，享尽了欢乐，那就心满意足地走吧。

为何不像酒足饭饱的宾客离开人生宴席？

——卢克莱修

你若不曾欢度人生，它对你没有用处，失去它又有什么要紧的呢？你留下又做什么用呢？

必然要失去的时间，一事无成的时间，
又何必苦苦去延长呢？

——卢克莱修

生命本身既不好也不坏：按照你给它什么位子才会有好坏之分。你若生活了一天，也就一切都看见了。一天与天天是相同的。没有其他的光，也没有其他的暗。这个太阳，这个月亮，这些星星，这样的排列，跟你的祖先欣赏到的一样，也将让你的后代同样欣赏。

你的祖先看到的不是别的，
你的后代也不会看到其他。

——马尼利乌斯

再差的话，我的喜剧里每一幕的演员搭配与剧情变化也都在一年内轮转一遍。如果你注意到我的四季更替，这四季包含了尘世的童年、青年、壮年和老年。它完成它的工作，没有其他奥妙，只是周而复始，永无止境。

我们绕着我们永远待着的圈子在转。

——卢克莱修

一年四季环绕着自己的足迹转动。

——维吉尔

我决不会故意给你设计其他的新消遣。

我不能给你有什么创新，
新的游戏同老的游戏一样。

——卢克莱修

你给别人让出位子，犹如别人曾给你让出位子。

平等是公正的主要组成部分。人人逃脱不了的地方你也逃脱不了，这能怨谁吗？不管你活了还是不活了，你不能把你死的时间减少一二。这一切都是徒劳的，你在你害怕的这个状态里依然待得这么长，犹如你在喂奶时死去一样，

你就是称心如意活了几世纪，
死亡还是千秋万代存在下去。

——卢克莱修

我将妥善安排你，不让你有任何怨言，

你知道吧，死亡不会让

> 另一个你活下来，站在
> 你的尸体前哭泣。

——卢克莱修

也不让你留恋你那么难舍的生命，

> 无人会想起他一己的生命，
> 我们也不会悼念自身伤心。

——卢克莱修

死比无还不值得害怕，还有什么比无更少的吗？

> 在我们看来死亡代表失去，
> 但已经是无，还能失去什么呢。

——卢克莱修

这跟你在生时与死时都无关。生时，因为你还存在；死时，因为你不再存在。

谁都不会在寿数已尽前去世。你死后留下的时间，正如你生前过去的时间，都不是你的，跟你无关。

> 从前天长地久的时间，
> 对我们已了无影踪。

——卢克莱修

你的生命不论在何地结束，总是整个儿留在了那里。生命的价值不在于岁月长短，而在于如何度过。有的人寿命很长，但内容很少；当你活着的时候要提防这一点。你活得是否有意义，取决于你的意愿，不是岁数多少。你不停往哪儿走的地方，你可曾想过会走不到吗？何况条条道路都是有尽头的。

如果有人相伴可以给你安慰，世界不正是跟你并肩而行吗？

你的生命结束，万物跟随你死亡。
——卢克莱修

不是一切都随着你摇晃而摇晃吗？哪有什么不跟着你一起衰老的呢？成千上万的人、动物、其他生灵都在你死亡的一刻死亡：

白天接着黑夜，黑夜接着白天，
不会不听到
葬礼上的哭丧声
与婴儿的呱呱声响成一片。
——卢克莱修

既然身后无路，倒退又有什么用？你见过不少人很乐意死去，借此结束了莫大的苦难。但是不乐意死去的，你曾经见过吗？有的事你没亲自经历过，也没通过别人体验过，就加以谴责，岂不是太天真了吗？你为什么要抱怨我和命运？我们错待你了吗？是你控制我们，还是我们控制你？你虽说年纪还不大，生命却已经到了尽头。人小与人大都是一个完整的人。人及其生命都不是以尺子来丈量的。萨图恩是掌管时间与生命的神，儿子喀戎听了他介绍不死的条件后，断然拒绝永生。

"你可以想象对于人来说永生永世不死，实在比我给他规定的有限人生更难忍受，更艰苦。如果你不会死，你会不停地咒骂我没给你准备死亡。我有意在死亡中增添了一些悲情，免得你看到死亡来得方便，过于迫切和随便地去拥抱它。为了让你把节制铭记在心，既不逃避生，也不逃避死——这是我对你的要求——我把生与死调节在苦与乐之间。

"你们七贤中的第一人泰勒斯，我教导他说生与死并无区别；因而，有人问他那么他为什么不去死，他非常聪明地回答：'因为这并无区别。'

"水、土、火，以及我们这个球体建筑的其他组件，既构成你的生命，也构成你的死亡。你为什么担心最后一天？它并不比其他的每一天更促成你的死亡。劳累不是最后一步走出来的，只是在最后一步表现出来了。每天都走向死亡，最后一天走到了。"

以上是我们大自然母亲的忠告。我经常思忖怎么会的，就是战争期间，我们在自己和别人身上见到死亡的面目，没像在家里见到的那么狰狞，无从相比，要不又是一大群医生与哭哭啼啼的人。同样是死，村民与老百姓心里要比其他阶层的人泰然得多。

我相信实际上还是我们围绕死者露出可怕的神情，制造阴沉的气氛，比死亡本身更加吓人。生活完全变了样，老母妻儿号啕大哭，惊慌发呆的亲友前来吊丧，脸色苍白、两眼垂泪的一大群仆人四处张罗，不见日光的一个房间里点着蜡烛，床头围着医生与教士；总之，我们四周惊恐万状。在那时候，我们未死的人也被埋葬在土里了。孩子看到自己的小朋友戴了面具会害怕，我们也是这样。人的面具与事物的面具同样应该摘掉。摘掉以后,我们发现罩在面具之下的这个死亡,跟不久前一名仆人或丫鬟平平静静的死亡并无两样。

铲除了这一切繁文缛节,死亡是幸福的!

第二十一章
论想象的力量

"事情来自丰富的想象",做学问的人这样说。我属于很受想象影响的人。人人都会跟想象相撞,有人还被它撞翻。我则被它刺中心窝。我的对策是避其锋芒,不是挡其去路。我只会跟健康快乐的人交往。看到别人焦虑也会引起我实实在在的焦虑,我的感情经常僭夺了别人的感情。

有人咳嗽不止,会闹得我的肺与喉咙痒痒的。探望按情分要探望的病人,比探望交情不深、关系不大的病人更不乐意。我琢磨什么病,就会染上什么病,驱之不去。有些人让想象力天马行空,导致发烧死亡,我也不会觉得奇怪。

西蒙·托马斯是一代名医。我记得有一天他在一位患肺病的老富翁家里遇到我,正在跟他讨论治疗方案,他说其中一个是让我答应高高兴兴留下作伴,让他眼睛看着我朝气蓬勃的面孔,心里想着我青春焕发的愉悦与活力,借我身上的精气使他感到浑身舒泰,病情或许会有所好转。但是他忘了说同时我的健康或许会有所伤害。

加勒斯·维比乌斯研究精神病的本质与规律绞尽了脑汁,结果理智出了问题,再也不能恢复正常,简直可以夸说自己由于聪明而变成了疯子。有人吓得不用劳烦刽子手动手就先完蛋了。有人给人松了绑听到赦令后,一时大喜过望,猝死在断头台上。

想象力活跃波动时,我们出汗、发抖、脸色发白发红;躺在羽毛床上,觉得身子激动不已,有时甚至为之窒息。就是在睡梦中，旺盛的青春会使人欲火中烧，也会迷迷糊糊满足自己的性要求。

　　仿佛正在云雨一番，
　　浓露滴滴弄脏了衣衫。
　　　　　　　　　　　　——卢克莱修

　　看到有人上床时头上没有角，一夜之间长了出来，虽然这也不是什么新鲜事，可是意大利国王西鲁斯一事还是值得一提。他白天兴致勃勃地观看斗牛，整夜做梦自己头上长了角，后来也靠了想象的力量额上真的长出角来。

　　克罗瑟斯的儿子生来发声极差，父亲将死时悲痛倒使他有了好嗓音。安条克看到斯特拉托尼丝的美貌，刻骨铭心想得发了高烧。大普林尼说他看到吕西乌斯·科西蒂乌斯在新婚之日由女人变成了男人。蓬塔努斯和其他人都讲述过去几个世纪里在意大利发生这类雌雄变性的事。由于他自己与母亲的急切愿望，

　　伊菲斯完成了女孩时要做男人的夙愿。
　　　　　　　　　　　　——奥维德

　　经过维特里·勒·弗朗索瓦时，我可以看见一个男子，苏瓦松的主教给他行坚信礼时起名日耳曼，但是那里的村民都认识这个人，看着他在二十二岁前都是女儿身，名叫玛丽。现在他满脸大胡子，苍老，独身。据他说，他在跳跃时用了力，男性器官就长了出来。当地女孩子中间至今还流传一首歌，歌词中她们相互告诫不要跨大步，怕像玛丽·日耳曼那样变成了男孩。这类事虽

属偶然也是常有的，没什么奇异。因为想象若在这方面可以起作用，它连续地强烈地专注在这件事上，为了不致屡次三番被这种欲望撩得心火上蹿，还不如一劳永逸地让女孩变成男身。

有人把达戈贝尔国王和圣弗朗索瓦身上的伤疤，归因于他们的想象——一个害怕生坏疽病，一个思念耶稣受害情景——造成的。有人说身体还可凭想象挪动地方。塞尔苏斯说到一名教士，他做到灵魂出窍，让身子长时间不呼吸无感觉。圣奥古斯丁还说出另一人的名字，只要让他听到厉声怪叫，就会昏厥过去，不省人事，任凭别人怎样摇晃吼叫，指掐火烫都无用，只有等他自己醒来。这时他说自己听到声音，像从很远的地方传过来，发现身上的掐痕与烫印。他在那个状态下既无脉息也无呼吸，这说明他也不是有意不顾自己的感觉。

奇迹、幻觉、魔法和这类奇异功能让人笃信的主要原因，很可能是来自想象的威力，它对普通人较为软弱的心灵产生作用。做到他们深信不疑，自以为看到了并没有看见的东西。

这些作为笑话的新婚夜暂时性阳痿，使我们大家深受其害，见面时不谈其他；我依然这样认为，其实是受了惧怕与担心的影响引起的。我有一个朋友，我可以对他像对我自己那样负责，我从经验知道，他没有丝毫怀疑自己有缺陷，也不像中了魔法，只是因为听了一位友伴讲述恰在最不该发生的时候发生了一次意外的阳痿；当这位朋友处在同样情景，这个故事骇然出现在他脑海中，强烈刺激了他的想象，以致也遭受同样的命运，此后这个倒霉的回忆挥之不去，使他屡试屡败，严重地困扰他、折磨他。

他找到治疗方法，用另一种梦幻代替这一种梦幻。这就是自己事先主动承认和说明有这个缺陷，这样舒缓了他的心理负担，若失败也在意料之中，义务减轻，压力也随之卸去不少。当他有机会去选择一试时，思想轻松舒解，身体处于良好状态，在对方完全知情的情况下他尝试成功，皆大欢喜，痛也就这样霍然而愈了。

若有一次做成，以后决不会不成，除非是真正有障碍。

心灵过度渴望或尊重时，才要在这类事上担心发生这样的不幸，尤其在仓促无备的情况下。情急中难以恢复镇静。我还知道有人做这事适可而止，让这份疯狂的劲头平静下来，他随着年龄增长，由于较少逞能也就较少无能。还有一个人听朋友保证说，学会了一套魔法对策自能永葆青春。怎么一回事值得我在此一提。

一位出身名门的贵族，是我的知友，跟一位美貌的女士结婚，那个曾经追求过她的人也参加婚礼。这使他的朋友很为难，尤其是一位老太太，他的亲属，婚礼由她主持，还在她的家里举行，担心那个客人施展那些魔法；她把心事告诉了我。我请她把这事放心交给我办。我的珍藏盒里恰好有一枚扁平的小金币，上面镌刻着几位天使，放在头盖骨部位，可以防暑止头痛。把它缝在带子里系住下巴就不致落下。这就是我们谈的那个幻觉的偏方。

这个奇怪的礼物是雅克·佩尔蒂送给我的。我想起来就派上了用场。我对伯爵说他可能像其他人要碰运气，宾客中有人要给他制造麻烦，但是他放心去睡，我做朋友会帮他一把，对于他的需要，我有能力施展奇术，只是他要以名誉担保严守秘密；夜里有人会给他送上夜宵，若情况不妙他只需给我递个暗号。他到了时候果然精神萎靡、垂头丧气，陷入了想象混乱，给我送来了信号。

我告诉他，他借口要把我们赶出去从床上起来，闹着玩似的剥下我身上的睡袍（我们两人身材相差无几），穿在自己身上，直至执行完了我的指令为止。指令如下：等我们走后，他就去解手；把某些祷词念三遍，做某些动作；每次念的时候，把我交到他手中的缎带系在腰里，注意让缎带上的图像处于某个位置。这样做完后，拉紧缎带，不让它松开或移位，他可以放心大胆去干那件事，不要忘记把我的睡袍铺在床上盖住他们两人的身子。

这样装神弄鬼具有良好的疗效，在思想上不会不去琢磨这么古里古怪的做法必须有其神秘的道理吧。空的东西产生实的分量，令人肃然起敬。总之，可以肯定的是金币上那些文字壮阳的效果要胜过防暑，付诸行动要好于防治。我也是一时高兴与好奇才去做这件事，其实与我的真性情相去甚远。我反对装腔作势，故弄玄虚，憎恨玩弄小诡计来让大家好玩，给某人出力。行为虽不恶劣，做法却不敢恭维。

埃及国王阿玛西斯二世娶希腊美女拉奥迪斯为妻；他在其他一切场合都意气风发，跟她行房事却总是力不从心，认为这是某种魔法作祟，威胁要杀死她。因为这类事出于胡思乱想，拉奥迪斯让他向神求助，国王向维纳斯许愿，献祭后的第一夜，他就神奇地恢复正常。

女人不该用小姑娘的争吵或躲闪的态度来对待我们，这会燃起而又熄灭我们的心火。毕达哥拉斯的儿媳说，女人跟男人睡觉，应该把羞耻心与短裙一起抛开，重新穿起衬裙时再摆出羞颜。求偶者数次受不同的惊吓，很容易失去心情。想象会使男人感到羞惭（只是最初几次交欢会有这样感觉，因为那时更加热情澎湃，迫不及待，还因为初试云雨尤其害怕失败），开局不利，这种挫折引起焦虑不安，一直会影响到日后的机会。

夫妇有的是时间，不必要仓促行事，也不必要没有准备就要一试；新婚之夜充满激情和兴奋，不妨等待另外更为隐秘和平静的机会，与其出师不利引起惊愕和失望而贻害终身，还不如无可奈何地让洞房之夜虚度。在结合以前，有障碍者必须分几次试试勃起与送入，不要强求，固执地想证明自己一定是行的。那些知道自己生来器质听话的人，只需要去拆穿心态的诡计。

谁不看到这个器官自作主张，不听使唤，当我们不想做什么时却不合时宜地跃跃欲试，当我们最需要时又不合时宜地萎靡不振，强烈否定我们意志的权威，对我们内心的与手工的哀求不屑一顾，就是一个劲儿不接受。这玩意的背叛固然需要谴责，给予量刑，可是若出钱聘我辩护这件案子，我就会怀疑到我们身上的其他器官——都是它的同伴——嫉妒它的用途那么受重视，那么受宠幸而怀恨在心，蓄意跟它闹，串通一起来作弄它，实际上是把大家的过错恶意地怪在它一个身上。

因为我请你们想一想，我们身上是不是也有一个什么器官，经常拒绝按照我们的意志采取行动，或者经常违反我们的意志贸然行动。每个器官都有自己的情欲，情欲的苏醒与沉睡都不需要我们的批准。多少次我们脸部出现勉强的表情，是在给现场的人泄露出我们内心隐藏的想法。促动这个器官的同样原因，也在我们不知不觉间促动心、肺和脉络；看到一件悦目的东西，会在我们体内不察觉地燃起热情的火焰。难道只有这些肌肉、这些血管既不需要我们的意志掌控，也不需要我们思想承认就会膨胀，就会收缩的么？

遇上欲望与恐惧时，我们没有下命令要头发倒竖，要皮肤发颤。手经常伸到我们没送它去的地方。舌头自会发硬，声音自会哽咽。甚至没东西放进油锅时，我们也乐意节食，吃与喝的胃口不为所动，还是会牵动所属器官，不多不少恰似另一种胃口；由着它自己高兴，也会把我们撂下不顾。清胃的器官有自己的胀缩规律，不理睬我们的意见；排泄的器官也复如此。

为了证明我们意志的绝对权威，圣奥古斯丁声称见过一个人，能够命令他的屁股要放多少屁都可以。圣奥古斯丁的注疏者维维斯，又加上他那个时代的例子，说还有人按照诗歌的音律来放屁的，不要因此设想这个器官会绝对言听计从；一般说来也有不安分与鲁莽的。我还认识一个人捣蛋蛮横，四十年前他逼他的师傅不停地放屁，不容他喘口气，这样把他送上了西天。

为了贯彻意志的权利，我们提出这项责难，但是实际上常可看到意志也有行为不轨，不听话，揭竿而起造反的呢！它难道总是要我们要它所要的吗？它不是经常要我们不许它要的，以致造成我们明显的损失吗？它会好好听从我们理智的结论吗？

最后，我要为我的当事人阁下发言，"请大家考虑这样的事实，我的当事人的案子跟大伙的关系是密不可分的，鉴于控辩双方的情况，不把这些论据与责难分摊给上述同伴。而今不分青红皂白把罪名都扣在它一个头上，从而控方的敌意与非法性不就昭然若揭了么。"

不管怎样，大自然根本无视法官与律师在吵架与判决上白费力气，还是我行我素；让这个器官拥有一种特权，给世人实行传宗接代之大业，这实在是太有道理了。就是苏格拉底也说繁衍生息是神圣的事业；包含爱、永生的欲望和不朽的精灵本身。

可能由于想象的作用，有个人在我们这里治愈了颈淋巴结核，而他的同伴就没治愈，又把这病带回了西班牙。[1]这说明为

---

[1] 据说法国国王有治病的天赋。自从弗朗索瓦一世在马德里遭到囚禁（1525—1526）以来，患淋巴结核的西班牙人，越过比利牛斯山让法国国王抚摸治病。文献中有几处提到法国国王以虔诚感动上天后具有特异功能治病的事例。

什么这类事情传统上要求心理作好准备。为什么医生在治疗以前反复诳说可以手到病除，是建立病人的信心，最终不也可以让想象的作用去弥补药物的无效？他们知道有一位神医在留给后世的著作中说过，有些人一看见药病就有了起色。

恰好现在心血来潮让我想起了一个故事。是先父的一名懂配方的仆人告诉我的。朴实的瑞士人，这个民族的人不虚荣不说谎。图卢兹的一名商人他认识已很久，身体虚弱，患结石病，经常需要服草药，根据病情要求各个医生开了各种不同的方子。药送来后，按照平时常规的服用方法一样不漏，经常还摸一摸药是否太烫。他躺下，翻身，要做的动作都做完，就是不让人给他灌药。

仪式后药剂师退出，病人感到舒适，仿佛真的服过了汤药，他也觉得像服了药的人一样见效。要是医生认为疗效还不够好，同样方式再做上两三次。我的见证人发誓说，为了节省开支（因为他像真的用药那样付钱），病人的妻子有几次尝试叫人掺上些温水，一试就看出是用了假药，因为毫无效果，必须重新再来。

有一位妇女，以为吃面包时吞下了一只别针，大叫大闹，好像别针卡在咽喉里痛得不可忍受。由于表面看来既无肿胀也无异状，一个有经验的男人断定只是咽面包时哽了一下造成的幻觉与心理作用。他让她呕吐，在呕吐物中偷偷放了一只弯曲的别针。这位妇女以为吐了出来，顿觉痛感全失。我知道有一位贵族在家里宴请客人，三四天后开玩笑胡说把一只猫做在面食里让他们吃了下去（其实没这回事）；宾客中有一位小姐听了大骇，呕吐不止，高烧不退，从此一病不起，再也没有救回来。就是牲畜也像我们一样受到想象的影响。比如狗，失去主人也会伤心而死。我们也看到狗在梦中会吠叫扭动，马会长嘶挣扎。

这一切都可以说明精神与身体的密不可分，相互传递彼此的感应。想象有时候不但影响到本人的身体，也影响到他人的身体，那是另一回事了。这就像一个身体把自身的病害传染给周围的人，在瘟疫、天花和红眼病中见到的相互传染：

> 好眼见到病眼如同针扎一般，
> 许多病会在人体内传染。
>
> ——奥维德

同样，想象受到激烈震动，也会放出利箭伤及外界物体。远古时代说斯基泰王国有些妇女，若对某人怀恨在心，对他看一眼就可把他杀死。乌龟与鸵鸟用目光就能孵卵，说明它们的目光有射精功能。至于巫师，被人家说起来眼睛都很毒，见谁伤谁：

> 我不知道我的羔羊被哪只眼睛慑服了。
>
> ——维吉尔

对我来说，魔法师是缺乏诚信的人。我们从经验知道女人会给自己腹内的胎儿打上幻觉的烙印，那个生下摩尔人的女人就是个例子。① 有人领了一个比萨附近的女孩，来到波希米亚国王和皇帝查理阶前，她全身长硬毛，据她母亲说是在怀孕时期，常看挂在床头的施洗约翰穿兽皮的图像。

动物也一样，例如雅各的羊群皮毛变色②，鹧鸪和野兔在山中

---

① 传说一位白人公主，生下了一名黑孩子，被控与人通奸，希腊医生希波克拉底解释说这是公主床边放了一张黑人肖像画日常看着所致，遂得到赦免。
② 雅各的羊群皮毛变色，事见《圣经·创世记》第30章。雅各把各种树枝剥皮，呈各色斑纹，插在水沟和水槽里，羊群来喝时对着交配，就会生下皮色与树纹相吻合的小羊羔。

被雪染成白色。最近看到家里一只猫窥视树枝上的一只鸟，四目对视了好一会儿，不知是受自己想象的迷惑，还是被猫的磁力吸引，鸟像死了似的跌落在猫爪子之间。爱猎鹰的人听说过驯鹰人的故事，他举目死盯着空中飞翔的一只鸢子，打赌说单用目力就可把它拉回地面，据人说果然做到了。这些故事我在此借用，也因为对说故事人的真诚深信不疑。

推理是我做的，都从理智出发，而不是从经验出发；每个人都可加上自己的例子；举不出例子的也不妨相信其有，因为世上事无奇不有。

要是我的例子举得不恰当，望其他人为我举例。

因而，在我对人类习俗与行为的研讨中，稀奇古怪的见证只要是可能的，都当作真人真事来使用。不论是否发生过，在巴黎或在罗马，在此人还是那人身上，这总是人类才干的一种表现，叙述出来对我也是有益的启示。虚的也罢，实的也罢，我都同样看待，为我所用。历史书中记载的形形色色事件，我有意采用最珍贵最值得记忆的内容。有的作者著书，其宗旨是叙述发生的事。而我的宗旨——我若做到的话——是叙述可能发生的事。哲学中缺乏依据时是允许提出相似性的假设的。我并不这样做，在这方面我超过一切历史的真诚，简直似宗教般的迷信。凡是我举的例子，不论是我听到的、做过的或说过的，我严禁自己擅自对情境做出任何细微和不必要的改动。我的良心决不会去伪造一丝一毫，我的知识那我就不好说了。

在这方面，我有时想由一位神学家、一位哲学家和那些眼力正确、下笔谨慎的有识之士写历史可能更为合适。他们怎么可能信任一个民间信仰呢？怎么对陌生人的思想负责，把他们的臆测当作一回事呢？对于眼前发生涉及众人的行动，就是把他们拉到法官面前宣誓，他们也决不会提供证词的。他们对那些人并不熟悉，也就不会对他们的意图给予充分的担保。

我认为写古代事比写现代事少担风险；因为作家只是报告一件取自别人的事实。有人鼓动我写当代的事，认为我观察事物的目光跟别人相比较少感情色彩，也更贴近，因为命运让我有机会见到各派头面人物。但是他们没说的是，即使给我像历史学家萨卢斯特这样的荣耀，我也不会费这份心的；因为我是责任、勤奋和恒心的死敌；长篇大论的描述最不符合我的写作风格；经常写写停停缺乏连贯，既无章法也不深入主题，对于日常事务还不如孩子知道怎样用词造句。

然而我知道说的事我会说得很好，以我的力量来操纵题材；我若由别人指挥着写什么，必然达不到他的要求；由于我这人的自由太自由，会按照自己的心意，根据事物的情理，发表出来一些人人口诛笔伐的悖论。普鲁塔克对我们谈到他写文章时，举的例子都面面俱到，不容置疑，那是别人的作品；举的例子对后世有益，像一盏明灯照亮通往道德的道路，这是他的作品。

一本旧账本不是一帖药，写成这样那样的还不至于危险。

第二十二章
一人得益是他人受损

雅典人狄马德斯谴责同城市的一名出售殡仪用品的商人，说他谋取暴利，若没有许多人去死，这份暴利就不可能让他获得。这种论点未免失之偏激，因为没有一种利润不是损及别人而来的，按他的说法一切赢利都应该谴责了。

商人只是靠年轻人挥霍才有好生意；农民靠麦子涨价；建筑商靠旧房毁坏；司法官靠大家打官司闹纠纷；神职人员的荣誉与职权也是靠我们的死亡与罪恶维持的。古希腊喜剧家菲莱蒙说，没有一个医生见了朋友身体健康会高兴，没有一名士兵见到城市太平会开心；以此类推。更有甚者，让每个人审察自己的内心，可以发现大部分愿望产生和滋长是损及他人利益的。

从这点出发，我在胡思乱想中领悟到大自然在这方面并没有背离它的普遍规律。因为自然科学家持这样的看法，每一事物的产生、成长与生殖俱是另一事物的变异与衰老：

> 一个生命一旦蜕变、变态，
> 此前的存在立即死亡。
>
> ——卢克莱修

第二十三章
论习惯①与不轻易改变已被接受的法律

我觉得这个故事的第一位编写者非常理解习惯的力量。说一名村妇在一头小牛一出生时就把它抱在怀里轻轻抚摸,这样养成了习惯一直改不掉,小牛成了大牛她还要抱。确实,习惯是个粗暴而阴险的女教师。它悄悄地不声不响在我们身上建立权威。一开头温良谦恭,随着时间的帮助扎根壮大,不久向我们露出狰狞凶暴的面目,使我们连抬眼看一看这张脸的自由也没有。我们看得它处处违反自然规律。"习惯在一切事上都是个卓越的教师。"(大普林尼)

我相信柏拉图《理想国》中的洞穴譬喻②,还相信医生经常放下他们的医学理论而遵从习惯的权威。还有那位国王别出心裁,服毒使胃习惯毒性。据德国神学家阿尔伯特斯记载,有个女孩习惯吃蜘蛛过日子。

在那个称为新印度的大陆上,发现一些庞大的民族,生活在气候差异很大的地区,就以食蜘蛛为生,还加以储存养殖,同时也吃蚱蜢、蚂蚁、蜥蜴、蝙蝠;粮荒时一只蛤蟆可以卖六埃居。他们煮熟后再加上各种沙士。还有的民族认为,我们吃的一些肉食则是有毒的,可致人死亡。"习惯的力量是巨大的。猎人在雪地上过通宵;在山里忍受烈日的熏烤。拳斗士被牛皮拳套击中连

---

① 法语 coutume 一词,包含"习惯"与"习俗"的意思,此章内显然也兼含此两义。
② 事见柏拉图《理想国》,他认为人类如同生长在洞穴里的男女,认为洞穴外精神世界反映在墙上的影子才是真正的现实。

哼也不哼一声。"（西塞罗）

这些奇怪的例子其实并不奇怪，如果我们考虑到——我们平时试过——习惯使我们的五官迟钝。我们不需要去了解他们对尼罗河大瀑布附近的人是怎么说的，哲学家认为是天体音乐是怎么一回事。说轨道中的星球是固体的，运行时相互摩擦轻碰，不会不发出一种悦耳的乐声，随着它的抑扬顿挫调节星辰的轨迹变化。但是这种声音再大，人的耳朵也不会察觉，因为他们的听觉由于这个声音持续不断而变得麻木了，就像那些埃及人。

铁匠、磨坊工人、制兵器师傅，要是听到响声像我们一样吃惊的话，就承受不了冲击他们耳膜的噪声。我的缀花领子很好闻，我若连续戴上三天，它就会只对旁人的鼻子散发香味了。有一点更怪，尽管时间间隔了很久，习惯还是可以综合和建立一种印象，对我们的五官产生影响。比如住在钟楼附近的人就是这样。我住在一座钟楼里，每天早晚大钟要敲一遍《圣母经》。叮当声震得钟楼也害怕；最初几天我觉得难以忍受，不久渐渐习以为常，甚至听了不觉得刺耳，经常还醒不过来。

柏拉图训斥一个爱玩骰子的孩子。孩子回答他说："为这点小事也要骂我。"柏拉图说："习惯可不是小事。"

我发现我们身上的最大恶习都在幼年时已见端倪，最主要的教养是由乳母一手造成的。母亲看到孩子拧断鸡的脖子，追打一条狗和一只猫，只当是种消遣。而父亲更是愚蠢之至，看到儿子对着一个无以自卫的农民或仆人又打又骂，当成是尚武精神的好苗子；看到他对同伴刁滑欺骗，当成是机灵的表现。

这些实在是残酷、暴戾、不讲信义的种子与根源。在那时候发芽，茁壮成长，成了恶习后难以铲除。以年幼无知或鸡毛蒜皮小事是由而原谅这些不良倾向，这是后患无穷的教育方法。首先，这是天性在说话，声音还尖细，因而也更纯更响。第二，欺骗的丑恶并不在于骗取的是金币还是别针，而是其本身。因而我认为这样说是有道理的："既然他会骗别针，怎么就不会骗金币呢？"这要胜过另一种说法："他只是骗别针，要是金币就不会这样做了。"

应该细心教育孩子从情理上去憎恨罪恶，识别它们本质上的丑陋，不仅在行动上，而且在心灵上都要远远躲开；不论罪恶戴着什么假面具，一想到就厌恶。

我从小受教诲要走正道，厌恶在游戏时弄虚作假（必须指出儿童的游戏决不是游戏，应该看作是他们最严肃的行为），因而我知道，不论怎么消闲的娱乐，我总是率性自然地去玩，绝对厌恶从中作弊。我玩牌赌小钱，就像赌大钱时那么认真，跟妻子与女儿玩赢了还是输了，根本不在乎，也玩得挺高兴。我的眼睛无处不在，监督自己规规矩矩，没有人会看得我更严格，更较真。

我刚才看到家里来了一位南特人，身材矮小，生来缺少胳膊，他训练双脚做手该做的事，动作娴熟，以致两脚大半儿忘了天生的功能。而且他称脚为手；他使用刀切东西，上膛打枪，穿针引线，缝纫写字，脱帽子，梳头发，玩纸牌掷骰子，熟练程度不输于别人；我付他钱（因为他靠表演为生），他用脚就像我们用手接一样。

我见过另一个，还是孩子，双手舞一把剑，手忙着，还用脖子弯玩一根长矛，再把它们抛向空中，接住，扔匕首，挥鞭子啪啪响，简直是个法国马车夫。

习惯在我们的心灵中一往无前扎下根，产生的奇特印象使大家更可看出它的效果。它对我们的判断力与信仰还有什么做不到吗？若有什么离奇的思想（我且不说宗教中信口开河的欺骗伎俩，多少大国、多少自以为是的大人物对此沉湎不醒；因为这部分的信仰是人类理智解释不清的，那些没有受神明圣恩照耀的人迷失在里面还情有可原），也离奇不过人心中建立的这个思想，正应了古人的这句感叹："自然科学家的任务是观察和探索大自然，却去要求受习惯蒙蔽的人为真理提供证据，这岂不难为情！"（西塞罗）

我认为人的头脑中任何稀奇古怪的想象，无不可以在世俗生活中找到例子，从而在理智中建立立足点和打下基础。在某些民族，向人致意是背向对方，不朝对之表示敬意的人看上一眼。有的国家里，国王要吐痰，最得宠的宫廷贵妇伸手去接；还有的国家里，国王拉完屎，身边最显赫的贵族趴在地上用布去收拾。

让我们留出篇幅讲个故事。一个叫弗朗索瓦的贵族，总是用手擤鼻涕，这是很失礼的动作。他这人以说话机智出名。他为这个行为辩解的同时，问我这个脏东西有什么特权，要用一块刺绣精致的手帕去接，去包好，然后小心翼翼揣在怀里，这样做只会使我们更讨厌更恶心，还不如扔在什么地方就是什么地方，像对待其他脏物一样。

我觉得他说的话不是没有一点道理。是习惯使我对这件事见怪不怪，要是这发生在另一个国家我们听见就觉得不堪入耳了。

奇迹的存在是根据我们对大自然的无知程度，不是根据大自然的本身。习惯蒙住我们判断的眼睛，或使我们丧失判断力。野蛮人不值得我们大惊小怪，就像我们也没有更多理由值得他们这样。一个人要是亲身经历了这些新事例，设身处地考虑，正确地比较，也会承认这一点。

人的理智是一种颜料，差不多剂量均衡地注入了我们所有的看法与习俗，不论它们以什么形式出现的，物质上无穷无尽，花色上也无穷无尽。

　　我再回头来说。有的民族，除了他的妻儿以外，谁对国王说话都要通过传话筒。在这同一个国家，处女把私处露在外面，而已婚妇女则小心遮盖。另一个地方存在一种风俗与此相仿，贞操只是婚后才须遵守，而未婚女子可以随便委身于人，怀了孕用土方堕胎，从不隐瞒。

　　另一个地方，一位商人结婚，应邀参加婚礼的所有商人都在新郎以前跟新娘睡觉。客人愈多，新娘愈光荣，愈显示她能干耐劳。军官结婚也这样做；贵族与其他人也一样做，除了农民或平民百姓没有这个份，那时此事就由领主代劳了。尽管大家还谆谆嘱咐婚姻期间要忠诚。

　　有的地方还有男妓院，还可以男人与男人结婚；有的地方女人随丈夫去打仗，不但参加作战，还参加指挥。有的地方，戒指不仅戴在鼻子、嘴唇、脸颊、脚趾头上，还有将沉甸甸的金环串在奶头和屁股上。有的地方吃饭时在大腿、阴囊和脚掌上擦手指。有的地方有继承权的不是子女，而是兄弟与侄甥；其他地方只是侄甥，王位的继承一事除外。有的地方共同财产共同管理，往往是某些官员全面负责土地耕作和按照各人需要分配果实。有的地方死了孩子痛哭，死了老人庆祝。

　　有的地方十来对夫妻同居一室。有的地方因丈夫暴卒而守寡的女人可以再嫁，其他女人不行。有的地方妇女极受鄙视，女婴出世即被杀害，需要时到邻国去买女人。有的地方丈夫可以不用任何理由休妻，妻子有任何理由都不可以。有的地方丈夫可因妻子不育而把她们卖掉。

　　有的地方他们把尸体煮熟，然后捣碎直至成糊状，掺在酒里一起喝下去。有的地方最渴望的葬礼是被狗或是被鸟吃掉。有的地方的人相信幸福的灵魂自由自在生活在什么都不缺的美丽原野上。我们听到的回声就是这些灵魂发出来的。有的地方的人在水里打仗，一边游泳一边搭弓射箭。有的地方的人必须耸肩低头才算表示服从，走进王宫要脱掉鞋子。有的地方看管修女的太监不许有鼻子和嘴唇，使他们不可能被爱。而修士则抠去眼睛，以便跟精灵交往，看到神谕。

有的地方每个人喜欢什么都可奉为神，猎人奉狮子或狐狸，渔夫奉某种鱼，人的每个行动和情欲都有偶像；太阳、月亮和地球是主要的神；赌咒的方式是看着太阳触摸土地，还吃生鱼生肉。有的地方是以本乡已故的好人名字，用手摸着他的坟墓宣大誓。有的地方国王送给藩王的新年礼物是火。使臣带着火抵达时，家家户户的灯火全灭；封邑内的老百姓都必须来此取新火回家，不然就是犯了渎君罪。

有的地方当国王宣布退位全心全意奉献给宗教（这样的事例常有），他的第一继承者也有义务这样做，而把王权交给第二继承者。有的地方政权形式多样化，根据时局形势需要。必要时也可令国王逊位，让老臣负责政府工作，有时甚至由人民大众治理国事。有的地方男女都行割礼，都受洗礼。有的地方士兵经过一次或几次战斗后，能向国王献上七颗敌人首级便可封为贵族。有的地方相信灵魂死亡，是种罕见、不文明的想法。

有的地方女人分娩不喊痛不害怕。有的地方女人在两条腿上都戴铜套，若被虱子咬了，反咬它是她们的崇高职责。国王若要她们的童贞，没有献给他以前不敢嫁人。有的地方向人致意时手指触地，然后再指向天空。有的地方男人挑担子用头，女人用肩膀。女子站着而男人蹲着方便。有的地方男人送上自己的血表示友谊，对崇敬的男人如同对神那么上香敬供。

有的地方亲戚之间结婚至少隔四层血缘关系，甚至更远。有的地方孩子哺乳到四岁，还常有到十二岁的；在同一地方第一天给婴儿喂奶被认为有生命之虞。有的地方父亲负责惩罚男孩，母亲负责惩罚女孩；惩罚的方法是缚住双脚倒悬空中用烟熏。有的地方给女人行割礼。有的地方什么草都吃，除了气味不好的才小心慎食。

有的地方一切都是敞开的，不论房屋多么讲究美丽，没有门窗，箱子从不上锁；抓到小偷则比别处加倍严惩不贷。有的地方人像无尾猴似的用牙齿咬死虱子，看到用手指掐感到恶心。有的地方一辈子不剪头发不修指甲；其他地方他们只修右手的指甲，左手的指甲还需悉心护理。有的地方把右半身的毛发任其生长，把左半身的毛发刮得精光。邻近的地区有留前半身毛发的，也有留后半身毛发的，总是把另一边的剃掉。有的地方父亲出租孩子，丈夫出租妻子给客人作乐。有的地方儿子可以名正言顺地跟母亲生孩子，父亲可以跟女儿和儿子厮混。有的地方在欢庆时可以互借孩子。

这里可以食人肉；那里杀死上了年纪的父亲是尽孝道；其他地方孩子尚在娘胎里，父亲就安排哪个可以留下来喂养，哪个要抛弃和杀死；有的地方年老的丈夫把妻子让给年轻人享用；有的地方女人跟大家睡觉不算罪，有的甚至跟过多少男人交欢，在裙子边上缝上多少美丽的缨子以示荣耀。习俗不是也创造了一个女儿国？让她们拿起武器？组织军队，参加作战？一切哲理都无法在最聪明的头脑里生根的东西，习俗单个发号施令，不也是让最粗俗的人都学会了吗？

因为我们知道，有的全国上下无不鄙视生命，庆祝死亡，七岁的孩子被鞭子抽到死也脸不改色；财富那么不被人重视，城里即使最清贫的人也不屑弯下身去捡一袋金币。要知道有些丰衣足食的富庶地区，最常见的与最美味的食物只是面包、水芹和清水。

习俗不是在希腊希俄斯岛创造了奇迹，在过去七百年间，不曾有过一个女人、少女做出伤风败俗的事么？

总之依我的看法，习俗没有什么事是做不成和不能做的；品达——据人跟我说——称习俗乃是世界的王后和皇后，这不无道理。

有个人给人看到在揍父亲，回答说这是有家风渊源的，他的父亲曾经打过他的祖父，祖父也曾打过他的曾祖父。他还指着儿子说："当他到了我现在这个年纪，也会打我的。"

父亲被儿子在大街上生拉硬拽，接受命令到了某扇门前停住，因为他当年也只是把自己的父亲拽到这里为止；这就是这个人家的儿子对父亲施行世袭性虐待的界限。亚里士多德说，出于习俗，经常也出于病态，女人拔自身的毛，啃指甲，吃煤炭和泥土；同样出于习俗和天性，男人跟男人睡觉。

意识的规律我们说生自天然，其实是生自习俗；被周围大众同意并接受的意见与风俗，被每个人奉为神明，要摆脱则心有不甘，去追随则欢欣雀跃。

从前克里特岛岛民要诅咒一个人，他们祈告神让他养成坏习惯。

然而习惯的最大威力就是抓住我们不放，蹂躏我们，以致我们靠自身力量很难摆脱，恢复自我，对它的种种霸道做法进行反思与理论。说来也是，我们随着生后喂奶的同时也在吮吸霸道的汁液，第一眼看到的世界就是这副面目，也就好像我们生来凡事就要按此办理。看到四周颇受重视的普遍想法，被父辈灌输到心灵中，觉得这是天经地义的了。

从而认为不符合习俗的，就不符合理智。上帝才知道十之八九情况下是多么没有理智。

我们这些研究过自己的人已经学会了这样做，谁听到一句格言，立即考虑如何适用于自身，不是看它说得机智聪明，而是对自己平庸愚蠢的判断来说是一个良好鞭策。但是大家听到具有真知灼见的话，都觉得这是针对他人而不是自己而言的。不是运用到习俗中去，而是保留在记忆中，非常愚蠢，非常无用。让我们继续谈习俗的霸道吧。

受自由与自律思想培育的人民，认为其他一切政体都是不近人性、违反自然的。受君主制统治的人民也一样。不论命运提供他们多么顺利改变处境的机会，当他们千辛万苦摆脱了一个君主的暴政，又会同样千辛万苦去扶上一位新的君主，因为下不了决心去仇恨君主制。

波斯大流士一世问几个希腊人，他们怎么才会采用印度人的习俗去吃死去的父亲（这是印度人的做法，认为向死者提供最好的墓葬就是把他们吃进自己腹中），他们回答说不论什么情况下他们都不接受；他也曾试图说服印度人放弃自己的做法，采纳希腊人的习俗，把父亲的尸体焚化，印度人对此感到更加骇然。人人都如此，因为习惯对我们蒙蔽了事物的真面目，

> 世上再伟大再美妙的东西
> 也会渐渐失去魅力，平淡无奇。

——卢克莱修

从前，为了宣扬早被我们定为绝对权威的一种观点，我不愿

意像一般的做法那样，仅仅用法律与例子的力量去证实它，而是寻根究底，穷源溯流，这时发现这个根基其实很浅薄，以致很厌恶据此去说服别人接受。

柏拉图企图消除他那个时代违背自然的爱情，他使用的那种药方被他认为是包医包治的。那就是让舆论谴责它们，让诗人和大家写警世劝俗的故事。有了这个方法，最美丽的女儿也不会让父亲产生邪念，最英俊的兄弟也不会让姐妹动心，即使是提厄斯忒斯、俄狄浦斯、马卡勒斯的寓言，借用悦耳的歌声也可把这个有益于身心的理念，灌入儿童幼小的心灵里去。

贞节确实是一种美德，其道理人所共知；但是按照天性去对待和遵守实在很难，按照习俗、法律和礼仪去遵守较为容易。最初为人们普遍接受的理由已不易探究。我们的先师在讲授时不是泛泛而谈，就是不敢触动其本质就慌忙当上了习俗的卫道士，自吹自擂，轻松获胜。

那些不甘心被逐出这种原始论调圈子的人，更是谬论百出，接受了野蛮人的论点，如克里西波斯，在著作里多次宣扬他对任何形式的乱伦行为都不以为意。

谁要摆脱习俗的这种强烈偏见，就会发现许多铁定的、不可置疑的东西，其实经过年深日久的沿用，都已白发皓首，满脸皱纹了。但是一旦撕去这个面具，使事物恢复本相与理性，他觉得自己的判断彻底被推翻，然而却回到更可靠的状态。

比如，我那时会问他，一个民族必须遵守他们并不理解的法律，束缚在一切家庭事务中，诸如结婚、捐赠、遗嘱、买卖，既不懂其规则，也不是用他们的语言写成和发表的，出于需要还必须花钱去弄明白和应用，这让人见了不奇怪吗？依照伊索克拉底的精辟见解就不该这样。他呈请国王让其臣民自由贸易，免缴税收，有利可图；如果他们争吵讨论劳民伤财，就课以重税。但是根据另一种可憎的意见：情理可以买卖，法律成为商品交流了。

我要感谢命运的是，据我们的历史学家说，这是一位加斯科涅贵族——我的同乡——首先反对查理曼大帝把拉丁罗马帝国的法律强加给我们。一个国家里，法官职位可以任意买卖，判决用现金来决定结果，都属于合法的习俗；一个国家里，按法理可以拒绝无钱的人打官司，法律成了众相争购的商品，以致操纵官司的人在政治中形成第四等级，成为教会、贵族、平民这三个老等级以外的新生势力，这种现象岂不令人望而生畏？这样一个等级，掌握法律，操生杀予夺之权，在贵族以外形成一个独立集团；因此有了双重法律，荣誉的法律与正义的法律，这在许多事物上都是背道而驰的（前者严厉谴责有仇不报，后者严厉谴责有仇必报）；从尚武的职责来看，谁忍受耻辱有损于荣誉和贵族身份；从民事的职责来看，谁进行报复就要受极刑（谁因受辱而诉之于法律，就会名誉扫地，谁不诉之于法律而私自进行报复，就会受法律制裁）。

这是两个截然不同的职能部门，却同属于一个主管：一个维持和平，另一个掌管战争；一个要利益，另一个要荣誉；一个多学问，另一个多美德；一个重言辞，另一个重行动；一个讲正义，另一个讲勇敢；一个诉诸理性，另一个诉诸武力；一个穿长袍，另一个穿戎装。

也可举其他如衣服之类的事为例。衣服原来是为身体的舒适服务的，也决定其本身的优雅与得体；谁要是想把衣服回复到原有的使用目的，我要向他说，怎么会有人想出这么难看的东西，那就是我们的那些方帽子，一条弯弯曲曲拖在女士头上的丝绒长尾巴，再加上花花绿绿的花饰，和那个毫无意义于用途、叫我们实在羞于启齿的器官状的挂件，居然还在大庭广众面前招摇过市。

尽管这样认为，也设法不让一个有心人去追求时髦。因此，反过来想，我觉得一切标新立异的做法不是来自真正的理智，而是来自疯狂与别有用心的做作；聪明人内心必须摆脱束缚，保持自由状态，具备自由判断事物的能力；但是行动上又不得不随波逐流。公众社会不会理会我们在想些什么；至于其他，我们的行动、工作、财富乃至生活本身，必须符合社会需要和公众舆论，就像这位善良伟大的苏格拉底拒绝拯救自己的生命而去违抗法官，即使那是一位非常不公义的法官。每个人遵守当地的法律，这是规则中的规则，法律中之大法：

服从国家法律是好事。

——克斯里平

下面是另一个桶里酿制的葡萄酒。一条现成的法规不管怎么样，改变它会带来明显的利益，也要想到动摇法律是有伤害的。作为一项政策，就像一幢大楼，是由各个部位密切结合而成的，不可能一个部位晃动，整体结构还安然无恙。

希腊立法者夏隆达斯规定，谁提议废除一条旧法规或制订一条新法规，必须脖子套了绳索来见人民；如果新法规没被众人通过，也就立即把他绞死。斯巴达立法者利库尔戈斯奋斗终生，要他的公民做出可靠保证，不违背他制订的任何一条法令。弗里尼斯在七弦琴上增添了两根琴弦，斯巴达法官不由分说把两根弦砍了，他才不管乐器是否改进，音色是否更丰富；对他来说只要这是对旧方式的一种破坏，就可以加以谴责。马赛法庭上的那支生锈的剑放着不擦也是这个象征意义。

我厌倦了革新，不论它以什么面目出现，这是有道理的，因为我见到它带来许多非常有害的后果。多少年来压在我们身上的宗教改革，当然不是一切都是它造成的，但是可以振振有辞地说它是罪魁祸首，后来的混乱与破坏都是借用它和反对它而产生的。这不能不让人归罪于它，

　　　　啊呀，我被自己的乱箭刺伤！

　　　　　　　　　　　　　　　　　　——奥维德

首先对国家造成动乱的人，往往首先随着国家的毁灭同归于尽。动乱的果实不会落到制造动乱的人手里；他把水搅浑，让别人浑水摸鱼。这个王朝、这幢大楼的墙体与结构已经年久失修，被改革撞得摇摇欲坠，受了这样的冲击已是百孔千疮。一位古人说，君权从山腰跌至山下，还比从山顶跌至山腰更快。

但是，如果说始作俑者更有破坏性，模仿者[①]则更为邪恶，他们经历和遭受过的恐怖与罪恶，就会被他们毫不忌讳地仿效。如果做坏事也有一定程度的光荣，他们是从别人身上学来创造的光荣与敢为天下先的勇气。

一切形形色色的作恶者，都从这最初的丰富源泉中任意汲取用以兴风作浪的主意与榜样。我们的法律原是医治这第一大患的，大家却从中看出它对各种各样坏事的教唆和辩解。修昔底德说到他那个时代内战发生的事，也正发生在我们中间，为了宽容公众的罪恶，煞费苦心创造更温和的新词汇来加以原谅，用偷梁

[①] 始作俑者指新教徒，模仿者指联盟中的死硬天主教徒。

换柱的方法篡改真正的含义。

然而这样做的目的是重塑我们的良心与信仰。"这个借口倒是不假。"（泰伦提乌斯）但是革新的最好借口也是非常危险的："对旧制度的任何改革都实在不值得赞成。"（李维）因而恕我直说，我觉得这是极大的自恋与自负，才么重视自己的看法，直至为了树立这些看法不惜搅乱老百姓的和平生活，引起内乱。带来那么多不可避免的痛苦，导致世风日下，道德沦亡，政体变质，这类后果严重的事都会发生在自己的国家内。为了消除有争议、可商量的错误，助长了那么多实在的与众所周知的罪恶，这样做不是得不偿失吗？攻击我们自己的良心和天然的认知，还有比这更恶的罪恶吗？

罗马元老院在处理它与人民对于宗教事务管理的分歧时，敢于使用这句遁词作为回答："让神而不是他们去做这类保护工作，神自会不让祭祀受到亵渎。"（李维）这跟米底亚战争中神谕对德尔斐人的回答是相符的。德尔斐人害怕波斯人入侵，问神如何处置神殿中的圣物，是藏匿还是带走。神回答说他们什么都不要搬动，只需照管好自己，神是能够照顾好属于神的东西的。

基督教素以极端正义与济世为标榜，最明显的莫过于谆谆劝诫要服从公权和支持政体。"父的智慧"留给我们的例子多么美妙，为了拯救人类，引导人类对死亡与罪恶取得光辉的胜利，只有在我们听从政治秩序的摆布时才愿意这样去做到；让人类的进步与这一项普济世人的大事，受制于我们对陈规随俗的盲目遵守与不公义，让无数受宠的选民无辜流血，忍受长年的痛苦去催熟这颗无比珍贵的果子！

遵守本国政制法律者的事业与企图掌控与改变本国政制法律者的事业，这中间有极大的差别。前者提出淡泊、服从与为人师表来说明自己的心志;不论遇到什么,不可以耍奸,大不了是不幸而已。"煌煌历史遗存中保留和证实的古代,谁对此会不肃然起敬?"(西塞罗)

而伊索克拉底则有另一种说法,节制要比过火带来更多缺陷。主张改革者的处境更为艰难,因为他们需要选择与改变,夺取做出判断的权力,具备察看摒弃之物的缺点与引进之物的优点的能力。下面这个平凡的看法使我坚持了自己的准则,即使在较为鲁莽的青年时代言也甚为收敛:那就是要为至关重要的学问负责,我的肩膀是挑不起这副重担的;对于人家问我一些无关紧要、贸然答错了也不会造成损害的问题,我也不敢轻易给予明确的看法。

个人的思想摇摆不停,公众的法制与教规则稳定不变,让后者去服从前者;任何政体对民法不做的事,却要对神法去做,我觉得都是非常不公正的(个人的理智只用于个人的裁决)。虽然人的理智还可对法制做出许多贡献,法制还是至高无上的,乃一切执法官中的执法官。人尽其最大的才智是去解释和扩大已为大众采用的做法,而不是去改弦易辙,重起炉灶。

有时上帝也曾绕过我们必须遵守的规则,这不是要我们就此不再遵守。这只能是由上帝神圣之手来完成的,我们只应赞美,而不应模仿。这些神奇的例子,都附有特殊明白的标志,如同神向我们显示的奇迹,说明神无所不能,超越我们的秩序和力量,人若试图表现,那可是自不量力与亵渎行为了。我们不应仿效,而是惊异地凝视。神之所为,非我辈凡人所能为。

罗马雄辩家科达说得非常恰当:"在宗教问题上,我相信科伦卡尼乌斯、西庇阿、塞沃拉这些权威人物,而不相信芝诺、克里昂特斯或克里西波斯。"(西塞罗)

上帝是清楚的，在当前的宗教斗争中，有上百条重要和深刻的教规要废除和恢复，可是又有多少人敢说自己正确了解了对方的理由与论据呢？说什么人数众多，真是人数众多也吓不着我们。另一批人又往哪里去呢？他们急忙要投诚到谁的麾下？他们开的药不见得比其他劣质和不对症的药更有效。下药原本是要清除我们身上的体液，反而由于药性冲突使体液发热搅浑，留在体内排不出来。药味不强，内毒不清，反而使身体虚弱；以致这番手术以后毒性留在体内，反而得到了长期痛苦的肠胃道后遗症。

然而命运总是凌驾于我们的道理之上，保留着它的权威性，有时向我们提出迫切的需要，即使法律也要为它让出位子。

改革者横冲直撞，势不可挡，当你要抑制这个势头，若时时处处要按部就班、循规蹈矩去对付，这个义务使你处于危险与劣势地位；因为那些人亡命天涯，为了推行计划可以不择手段，只要有利可图就可以无法无天。"相信背信弃义的人，是怂恿他去损害别人。"（塞涅卡）

太平国家的一般法治应付不了这些重大变故，它预先组成一支队伍，包括主要成员和部门，对执行与隶属关系有一种共识。遵照法制的步骤是一种冷冰冰、呆板和受牵制的步骤，绝对挡不住一种为所欲为、不顾廉耻的步骤。

众所周知，至今还有人指责这两位大人物屋大维和小卡图，一个在苏拉发动的内战中，一个在恺撒发动的内战中，宁可让祖国陷于水深火热之中，也不愿触动法律去拯救，去力挽狂澜。

说实在的，在这兵荒马乱的最后关头，聪明的做法可能还是低下头准备挨打，也胜过死命地抱住什么不放，反而让暴力迸发把一切都踩在脚下；既然法律已不能做它要做的事，还不如让法律去做它能做的事。

这也有例可援，阿格西劳斯二世下令严厉的斯巴达法令沉睡二十四小时；亚历山大一世那次把日历废除了一天；还有人把六月换成了第二个五月。斯巴达人遵守国家法令非常虔诚，也曾遇到法律禁止同一人两次当选海军司令的限制，但是国家形势又极端需要来山得继续担任此职，于是他们任命一个叫阿拉库斯的当海军司令，而让来山得当海军总监。

还有一个极妙的例子，他们把一位使者派往雅典人那里，要雅典统帅伯里克利改动一项法令，伯里克利对他说，法令一旦刻在木板上就不能取下，使者对他说那就把木板翻转过来吧，这在法律上是不禁止的。希腊哲学家普鲁塔克赞扬菲洛皮门天生是个军事家，说他不但按照法律指挥，当公务需要时还会指挥法律。

第二十四章
相同建议产生不同结果

法国赈济大臣雅克·阿米奥有一天给我说了这个故事,赞扬我们的一位亲王①(他货真价实是我们的,虽然他原籍在国外)。在鲁昂围城最初发生骚乱期间(一五六二年),该亲王得到王太后的警告说有人阴谋杀害他,她在信中还提到那个执行人,他是昂儒或曼恩的一位贵族,为了这项任务平时出入亲王府甚勤。

亲王得到这条消息后对谁都不说,但是第二天在圣卡特琳山上散步,炮弹就从这里射向鲁昂——这是我们围城时期——他身边是上述那位赈济大臣和另一位神父,他窥见那位信上提到的贵族,叫人让他过来。当他走到面前,亲王看到他内心恐慌,脸色苍白,身子微微发颤,就对他这样说:"某某阁下,您想必猜到我要您过来做什么,您的脸上都摆着呢。您不用瞒我什么,因为您的任务我早已听说了。您试图瞒住只会对您的前途更加不利。这里面的关节(包括这场阴谋中最机密部分的来龙去脉)您都知道;给我把这项计划的前前后后全部说出来,不要害了自己的性命。"

当这个可怜虫感到自己已被逮住,罪名坐实(因为一切都是由一个同谋向王太后告的密),只有双手合十,向亲王告饶求恕,他还要跪到亲王脚下,但亲王挡住了他,继续这样说:"到这儿来,我以前冒犯过您吗?我对您的家里人有过不共戴天之仇吗?

---

① 指弗朗索瓦·德·吉兹公爵(1519—1563),他是洛林家族成员,当时洛林尚未归入法国版图。

我认识您还不到三个星期,什么原因促使您要我的命?"贵族颤声回答说,这不是个人恩怨,而是为了他的教派大事业的利益,有人劝说他接受这么一个虔诚可嘉的仇杀行动,不论用何种方法去给他们的宗教铲除一个强大的敌人。亲王接着说:"那么,我来让您看看我支持的宗教比您信仰的宗教不知要温和多少。您的宗教派您来杀我,既不要听我声辩,也没受过我任何冒犯。我的宗教则嘱咐我原谅您,虽然很清楚您没有任何理由就要杀我。去吧,离开这儿,不要让我再在这里见到您。您若是个聪明人,从今以后做事找几个光明磊落的顾问。"

奥古斯都皇帝在高卢时,得到密告说柳希尼斯·秦那正在密谋反对他。他决意报复,为了这事要在第二天召集朋友商议,但是当天夜里他辗转不安,考虑到他不得不处死一位望族的青年、庞培的侄子。他也提出不少理由感到自己很委屈,他说:"怎么,人家会说我自己终日提心吊胆,却让要杀我的凶手逍遥法外?我身经百战,在陆上打,在海上打,保留下了这颗头颅,而他对它攻击了以后就能一走了事吗?现在我给全世界带来了普遍和平,他不单是要谋杀我,还要把我作为祭品,难道就该宽恕了吗?"因为这场阴谋要求在他祭祀时把他干掉。

这样说完以后,沉默了一段时间,又开始说,声音更响,责怪自己:"有那么多人要你死,你又为什么活着?你又会没完没了地复仇和施虐?你的生命就值得做出那么多伤天害理的事来保存吗?"他的妻子利维娅见他焦虑不安,对他说:"要不要听一听女人的忠告?学医生是怎么做的,当常用的方子不起作用,他们会试一试相反的药。你手段严酷,至今没有见效,萨尔维迪努斯谋反以后接着是李必达,李必达后是穆雷纳,穆雷纳后是凯庇奥,凯庇奥后是埃格纳提乌斯。不妨试一试用温和仁慈的方法后看会怎么样。秦那认罪了，那就宽恕他，今后他不会伤害你，会赞扬你的光荣。"

奥古斯都为找到了一位说话正中心意的辩护士十分高兴，谢过妻子以后，取消跟朋友的议事会，下令叫秦那单独前来见他。把其他人都请出房间，给秦那一个座位坐下，对他这样说："秦那，首先我要求你静静听，不要打断我说话，我会给你留出充裕的时间回答。秦那，你知道你是我从敌营中带过来的。你不只是与我为敌，而且从身世来说也是我的敌人，我却救了你，还把你的全部财产悉数归还给你，让你的生活安逸舒适，连得胜者也羡慕你这位失败者的境遇。你向我要求大祭司一职，我给了你，其他人我都不给，而他们的父亲还曾跟着我南征北战，你欠了我那么多恩情，却密谋要暗杀我。"

秦那听了大叫，说他头脑里从来没有闪过这样的恶念。奥古斯都接着说："秦那，你没有遵守你答应我的诺言；你向我保证不会打断我的话。是的，你密谋要暗杀我，某地，某天，在某个战役中，用某种方式。"他听他说出这些事惊骇不已，不出一声，这不是遵守不说话的诺言，而是良心在受拷问。奥古斯都又说："为什么你要这样做？想当皇帝吗？假若只有我在阻挡你得到帝国，国家大事真是糟糕。你连自己的家也保护不了，最近还把官司输给了一个普通公民。怎么，你除了暗算皇帝以外就没有其他事可做了吗？如果只是我阻碍你实现希望，我就离开帝国。你以为波勒斯、法比乌斯、科萨人和塞尔维利乌斯人会容忍你吗？还有一大批贵族，不但门第高贵，而且德高望重，会容忍你吗？"还说了许多其他的话后（因为他独自说了整整两个小时），对他说："走吧，秦那，你是叛徒，杀人犯，我饶你一命，就像从前你是敌人，我饶了你一命。但愿从今天起我们开始产生友谊；看看咱们两人谁更讲信义,我这个饶了你一命的人,还是你这个捡了一命的人。"

他说了这话就跟他分手了。不久以后,他任命他为执政官,还怪他不敢开口向他要。此后他们成了生死之交,秦那还是奥古斯都唯一的财产继承人。

这件事发生在奥古斯都四十岁时,自此以后,再也没有人密谋反对他,他的宽容得到了公平的报酬。但是我们亲王的遭遇就不同了。他的宽宏大量没能使他日后不落入类似的背叛者的罗网。[①]人的谨慎都是空费心机,无济于事。命运可以透过我们所有这些计划、忠告与预防去左右事件。

治病本领很高的医生,还被我们称为幸运的医生;仿佛他们的医术不能独立存在,基础薄弱难以支撑,救死扶伤还需要靠运气帮忙。医学有用或无用那是各人有各人的看法,我都相信。因为——感谢上帝——我们并不一起打交道。我这人与众不同,因为我一直看不起医学;但是当我生病了,不是去就医,而是开始对它更恨更怕。有人催我赶快服药,我回答说至少等到我恢复体力与健康,才有更好的心情去经受药力与风险。我让自然发挥作用,设想自然会长出利爪与尖齿,抵挡病魔的袭击,防止身体组织瓦解。当自然跟病魔短兵相接时,我不前去帮忙,害怕没有帮上忙,反而帮了倒忙,给它招来新的麻烦。

于是我说不但在医学上,就是其他较为确切的学科也靠幸运。诗情灵感涌来时使诗人情绪高扬,不能自已,我们为什么不能归之于他的运气呢?既然他自己也承认这些神来之笔超越他的才情,来自身外,不是他本人所能控制的。那些雄辩家说到慷慨

[①] 指弗朗索瓦·德·吉兹 1563 年 2 月 18 日,在奥尔良城前遭胡格诺派波尔特罗·德·梅雷的暗杀。

激昂之处，内容越出原来的意图，他们自己也无能为力。

绘画也是如此，有时画家下笔，画出的线条超过他的构思与技巧，令自己也叹为观止。但是在所有这些艺术作品中，表现得最为幸运的在于含有的灵气与神韵，不但是创作者没有意识到的，可能还是他从未见过的。有鉴赏力的读者往往在作品中发现作者不经意创造的完美，也使作品的意义与形象更加丰富。

至于在军事战役中，人人看到幸运是怎样在起作用的。就是在我们的建议与商讨中，肯定也包含了机缘与运道；因为我们的智慧能做的没什么了不起；它愈敏感活跃，包含的弱点愈多，对本身也愈加产生怀疑。

我同意苏拉的看法。当我对几场辉煌的战役深入研究后，我看到——我觉得是这样——那些指挥官执行决议与部署只是敷衍了事，战斗的关键问题都听任运气的安排，他们对好运的到来深信不疑，在每件事上都超出一切理性的范围。在商议过程中有毫无根据的乐观，也有莫名其妙的愤怒，促使大家采取了表面看来最没有根据的决议，也使勇气膨胀到了超出理性的态度。从而有不少古代名将，为了让人相信这些鲁莽的建议，对他的部属说他们来了灵感，受了神的启示才做出来的。

每件事物都有不同的特点与境况，要看清和选择其中最有利的去做，实在无能为力，这就使我们举棋不定和手足无措。当一切考虑都对我们不合适时，最可靠的方法以我来看，是采取最诚实与最正义的做法；既然看不清最短的路，永远走最直的路；在我刚才提出的那两个例子，毫无疑问，那个受到冒犯的人给予原谅，要比采取其他做法更为高尚慷慨。如果第一例的那个人被害了，那也不能责怪他的好心。他若采取相反的做法，是否能够逃过命运的安排，也在未定之天；若那样做了，他也失去了做大好事的荣耀。

綜观历史，心怀这种恐惧的人不少，大多数人赶在针对他们的阴谋实施以前进行报复和大施酷刑。但是我看到这个做法收效甚微，那么多罗马皇帝可以为证。身处这种险境中的人切不可太相信自己的力量与警惕。因为要提防的敌人往往就是我们身边假仁假义的朋友，要识破这样的面具，要看清我们左右辅弼的意图与城府，真是谈何容易！

雇用外国人当卫队，身边永远不缺武装警卫，都无济于事。谁要是不怕自己丢命，总是可以叫别人丧命。还有日夜疑神疑鬼，使亲王对任何人都不放心，这在他必然也是可怕的折磨。

狄翁听说卡利普斯在设计谋害他，根本不想去打听消息，说他既要防敌人，又要防朋友，身处这样的惨境，活着还不如死去的好。亚历山大在行动上更为激烈，更为强硬。帕尔梅尼奥的一封信告诉他，他最亲信的医生菲利浦受了大流士的贿赂要毒死他；他把那封信交给菲利浦看的同时，照样服下他递给他的汤药。这是不是在表明这个决心：假若朋友要杀他，他同意他们这样去做？这位君王是个天不怕地不怕的孤胆英雄；但是我不知道在他的一生中还有没有比这更加镇定的行为，这样丰富地表现出他的风采。

那些大臣劝君王对人严加防范，表面是劝他们注意安全，其实是劝他们走向毁灭与耻辱。高尚的事无一不是冒着风险去做的。我认识一位君主，他生性好武，敢作敢为，天天有人进谗言要他相信：他要跟自己人抱成一团，绝对不要跟宿敌和解，与人疏远，不管对方许下什么诺言，诺言对他如何有利，不要信任比自己强的人。

我还认识另一位，他听取了完全相反的意见，意外地一切都很顺利。人们急切追求勇武行为的光荣，需要时勇武是无处不可以表现的，不论穿民服还是穿戎装，不论在书房还是在兵营，不论举手还是垂手，都可以干得同样漂亮。谨小慎微，多疑猜忌，是干大事的死敌。

大西庇阿，为了贯彻争取西法克斯的意图，知道要离开他的军队，放弃他尚未把握的新征服的西班牙，带了两艘普通的战船前往非洲，踏上敌国的土地，面对一位强大、信奉异教的野蛮人国王，没有签信约，没有扣留一个人质，他的安全完全依靠他本人的无比勇气、他的幸运、他对自己崇高期望做出的承诺："好意通常会换来好意。"（李维）

一个人雄心勃勃，要扬名天下，必须反过来做到不要引起他人猜疑，也不要自己多疑。担心与多疑会引起伤害，招致攻击。我们最多疑的国王[①]为自己的事业打基础，主要在这以前为了取得敌人的信任，首先表示自己完全信任他们，甘愿把自己的生命与自由交在他们手中。面对军营中发生的武装叛乱，恺撒只是拿出威严的神态与说出傲慢的言辞；他对自己与自己的命运那么信任，并不害怕出现在一支叛军中间。

> 他挺立在山丘上，目空一切，
> 毫无畏惧，反使别人产生敬畏之心。
>
> ——卢卡努

不过，说实在的，只有那些想到死及其以后会发生坏事而不怕的人，才会表现出这种完全的、天真的强大自信。因为显得哆

---

① 指路易十一国王，先后两次去孔弗朗城堡和佩龙同大胆的查理会谈，被史家认为是冒险之举。

哆嗦嗦、迟疑不决，对于促成一个重大的和解会议是毫无裨益的。为了赢得别人的心与意愿，俯就与信任是良策。只要在自由和并非迫不得已的情况下去做到就行。在这样的环境下，大家就会带着一种坦然纯洁的信任，至少脸上毫无怀疑的神情。

我在童年时代见过一位贵族，他是一座大城市的总督，愤怒的民众暴动使他急忙前往。为了扑灭这场方兴未艾的动乱，他决心走出他所在的安全营地，来到暴民中间；在那里他遭到不幸，被悲惨地杀害了。我不觉得他走出去有什么错，但是平时大家谈到他时总是责备他，好像他选择了一条屈从软弱的道路，想以依顺而不是引导，以诉求而不是训诫来平息民愤。而我认为温和与严厉相结合，以万无一失充满信心的军力为后盾，符合他的身份与职责的尊严，这样做至少他的结局会更光荣更从容。

做什么也不要指望激动的狂兽讲人道与温情；他们更易接受的是敬畏与恐惧。我还要责备他的是，既然他下了这个以我看来勇敢多于鲁莽的决心，以弱对强，不穿铠甲，投入这片失去理智的汹涌人潮中，应该对一切逆来顺受，而又不失自己的身份；但是他就近看到了危险来临，畏缩不前，原先卑躬谄媚，顿时变得惊慌失措，声音与眼神里充满骇怕与悔恨。他还想一溜了事，更激起了怒火，烧向自己。

有一次大家决定举行各个部队大阅兵（这其实是秘密复仇的理想之地，要干的话哪儿都没这里顺利），种种迹象表明，负责检阅的主要人物恐怕有大麻烦，[①] 这事非同小可，还会有严重后果，于是大家提出各种方案。我提出他们首先必须避免显出惊慌的样子，要混在检阅队伍中，昂首挺胸，不要删去任何阅兵内容

---

① 指1585年在波尔多举行的一次阅兵典礼，当时蒙田是第二次任市长，大家十分担心神圣联盟成员瓦亚克暴动，因为德·马蒂尼翁元帅在离开波尔多以前，革去了他特隆佩特城堡指挥官职务。

（其他人的意见主要针对这点），反而要他们通知士兵不惜弹药，向观众致敬时把礼炮放得好听欢快。这对于那些受怀疑的部队是一种礼遇，自此推动双方有益的相互信任。

朱利乌斯·恺撒的做法，我认为最为漂亮。首先他试图以宽容与仁慈赢得敌人的爱戴，有人向他报告有密谋，他听到只是淡淡说一声他知道了；然后，他做出一个非常崇高的决定，不慌不忙也不操心，等待事态的发展，让自己听任神与命运的安排，当他被人暗杀时也肯定处于这个状态。

有一个外国人到处说，如果叙古拉的僭主狄奥尼修斯给他一大笔钱，他可以传给他一个方法，正确无误地察觉和发现他的臣民针对他在搞什么阴谋诡计。狄奥尼修斯听到报告，叫他进宫说一说这门对他那么有用的统治术。这个外国人对他说，这门法术其实不是别的，就是给他一大笔钱，并向外界放风说从他那里学到了一种奇术。

狄奥尼修斯觉得这是个聪明的创意，赏给他六百埃居。给一个陌生人付了那么一大笔款子，那就不会不是学到了一种非常有用的本领，这样一传使他的敌人不能轻举妄动。君主得到有人图谋他们生命的情报，总是明智地公之于众，让人相信他们消息灵通，若有风吹草动他们不会不知道。

雅典公爵在佛罗伦萨建立他的专制统治初期，做了许多蠢事，最大的莫过于下面这件事。雅典人正在密谋反对他，其中一个参与者马代奥·迪·莫罗佐，给他发出第一声警告，他却下令把他杀了，抹煞这个事实，不让外界知道雅典城会有人不满意他的正确统治。

这使我想起从前读到的一个罗马人的故事，他是个显贵，在逃避三头政治的暴政过程中，全靠足智多谋屡屡逃过追捕者的掌心。有一天一队骑兵奉命来抓他，跑过了他藏身的一片矮树林，没有发现他。但是他在这个时刻，想到自己长期以来为了逃脱官府的天罗地网，东躲西藏，这样的生活实在少乐趣，与其永远处于惊魂不安之中，还不如一死了之，他自己去把他们叫了回来，说出自己的藏身之地，任凭别人千刀万剐，他们与他双方都不用再相互折磨了。

　　向敌人自首，这个做法不够男子汉气概。然而我相信，终日提心吊胆，面对一个无法走出的困境，还不如采取那个做法。但是，既然一个人所能采取的预防措施充满不安与不确定性，那就不妨镇定自若地戒备一切可能发生的坏事，若发生没料到的好事多少也是安慰了。

第二十五章
论学究式教育

意大利喜剧中,总是有一位乡村教师给人逗乐,他的外号在我们中间也很少有敬意;我小时候看了经常会感到气恼。因为既然我已交给他们管教,我至少也得珍惜他们的声誉吧?我常以碌碌无能与博学多才中间有天资上的差别为由为他们辩解;况且他们的生活方式彼此也大相径庭。但是为什么最高雅的贵族对他们最瞧不起,这下子我就糊涂了,比如我们杰出的杜·贝莱:

　　我最恨迂腐的学问。

这种看法由来已久;因为普鲁塔克说,"希腊人"和"学生"在罗马人嘴里是骂人话和贬义词。

后来随着年岁增长,我发现这话说得很有道理,"最有学问的人不是最聪明的人。"(拉伯雷书中的引语)一个博古通今、见多识广的人思想不见得敏捷活跃,而不通文墨的粗人不用多学,就像世上满腹经纶之士那么通情达理,这又是怎么一回事?我还是不明白。

我们公主中的公主提到某人时对我说过这样的话,把其他那么多人博大精深的思想放在头脑里,自己的思想为了让出地方就挤压得很小了。

我想说的是植物吸水太多会烂死,灯灌油太多会灭掉。同样,书读得太多也会抑制思维活动。思想中塞了一大堆五花八门的东西，就没有办法清理，这副担子压得它萎靡消沉。

但是也有相反情况，因为心灵愈充实愈敞开。回头看古史中的例子，管理公共事务的能人，掌控国家大事的文武高官，也同时都是博学之士。

至于远离人间杂务的哲学家，他们有时也确实遭到同时代的任意嘲笑，他们的看法与举止也被传为笑柄。你愿意他们来评判一场官司的权益和一个人的行为吗？他们的确也非常合适！他们还会追问有没有生命，有没有运动，人是不是不同于一头牛；什么是诉求和被诉求；法律与正义是哪一门子的动物。

他们是在谈论官员，还是对着官员在谈论？都表现出一种大不敬的自由行为。他们听到有人赞美他们的亲王或国王呢？对他们来说他是个牧羊人，像牧羊人那么闲着，只是给自己的牲畜挤奶剪羊毛，但是比牧羊人还粗手粗脚。你认为还有谁比拥有千万亩土地的人更伟大？他们惯于把全世界都看作自己的财产，才不屑一顾。

你吹嘘自己家族已是七代豪门吗？他们不认为你有什么了不起，竟没有想到天下都是一家亲，哪个人不是有数不清的祖先：富人、穷人、当国王的、当下人的、希腊人、野蛮人。当你是赫拉克勒斯第五十代孙，他们认为你大可不必炫耀这个命运的礼物。

因而普通人看不起他们，连最平凡的俗事也不懂，还盛气凌人，自视甚高。柏拉图描绘的哲学家形象跟当代人心目中的形象相距甚远。大家羡慕他们高居于时代之上，脱离公众活动，过着一种特殊不可模仿的生活，遵循某些倨傲、不同凡俗的原则。而当代哲学原则，受歧视，仿佛居于社会的下层，仿佛不能担当公务，仿佛在普通人后面过一种苟延残喘的卑琐生活。

> 让行为恶劣、巧言令色的人见鬼去吧。
>
> ——帕库维乌斯

我要说的是这样的哲学家，他们知识渊博，行动更加令人赞赏。就像大家提到的叙古拉的几何学家阿基米德，为了保卫祖国，放弃哲学探讨，从事实用研究，不久研制出了可怕的军械战具，效果超过一切人的想象，然而他本人对这一切机械制造不以为然，认为做这件事有损于他的哲学尊严，这些发明只是学徒的活计与儿童的玩具。如果让他们在行动中发挥，可以看到他们展翅高飞，翱翔天空，对事物有更透彻的了解，心灵大大开阔。

但是有些人看到政权都掌握在庸人手里，纷纷躲开。那人问克拉特斯，他谈哲学要谈到几时才罢休，得到了这样的回答："直到我们的军队不再由赶驴的人当指挥。"赫拉克利特把王位让给弟弟，以弗所人责备他不该把时间花在跟孩子在神庙前玩耍，他回答说："做这件事不是还比跟你们一起治理国事要强吗？"

有的人，他们的思想超越财富与世俗事务，觉得法官的位子与国王的宝座都是低微卑贱的。恩培多克勒拒绝阿格里琴坦人献给他的王国。泰勒斯有几次指斥大家只关心小家庭和发财，有人指责他说这是狐狸吃不到葡萄的论调。他突发奇想，空闲时试一试理财方法，利用他的聪明才智去致富发财，做了一桩大买卖，一年之内赚的钱，是最有经验的商人一辈子也挣不到的。

据亚里士多德说，有人把泰勒斯、阿那克萨哥拉这类人称为聪明的人，而不是实际的人，对于实用的事物不够注意；除了我对这两词的区别还不大吃透，这也不能给我的那些人护短。看到他们安于缺衣少食的清贫生活，我们很有道理用这两个词，称他们既不是聪明的人，也不是实际的人。

第一个原因我就不解释了，倒不如相信这个弊端来自他们对待学问的错误主导思想；按照我们接受教育的方式，学生与教师虽然知识会学到更多，但是人不会变得更能干，这是不足为奇的。当今的父辈花费心血与金钱，其实只是在让我们的头脑灌满知识。至于判断力与品德则很少关注。

有人经过时你不妨对大家喊："嗨，那是个有学问的人！"再有一人经过时："嗨，那是个好人！"不大会有人转过身朝第一人看一眼，表示敬意。必须有第三人喊："嗨，那是个博学的人！"我们就会乐意打听："他懂希腊语还是拉丁语？他写诗歌还是散文？"但是他是否变得更优秀或更明白事理，这问题才是主要的，却是最没人提及的。应该打听的是他是不是学得更好了，不是学得更多了。

我们学习只是让记忆装满，却让理解与意识空白。犹如鸟儿出去觅食，不尝一尝就衔了回来喂小鸟，我们的学究也从书本里搜集知识，只是挂在嘴边，然后吐出来不管被风吹往哪里。

妙的是我这人本身何尝不是蠢事的例子。本书中的大部分文章不是也在做同样的事么？我从书籍中随时摘录我喜欢的警句名言，不是为了记住，我这个记性不好，而是为了用到这部书里，说实在的，不论在这里还是在源文本里都不是我原创的。我相信，我们不是依靠过去的也不是依靠未来的，而是依靠现在的知识才做上个有学问的人。

但是更糟的是，他们的学生和孩子都不以知识充实自己、营养自己；只是把知识辗转相传，唯一的目的是炫耀自己，娱乐大众，当作谈话资料。像一枚不流通的筹码除了计个数扔掉以外，没有任何实际价值。

他们学会了跟别人说话，不是跟自己说话。

——西塞罗

要的不是说话，要的是指导。

——塞涅卡

  大自然为了表示在它的指导下不会有野蛮的东西，往往在艺术教育不发达的民族中产生的精神作品，可以与最佳的艺术杰作媲美。关于我的这句话，加斯科涅有一句谚语说得很巧妙，来自一首歌谣："吹啊吹，学会手指哪里按。"

  我们会说："西塞罗是这样说的；这是柏拉图的思想特点；这是亚里士多德的原话。"但是我们自己说什么呢？自己评判什么呢？自己做什么呢？可以说是鹦鹉学舌。这种做法使我想起那位罗马富人，他花大钱用心搜罗精通某门学科的人，让他们时刻不离左右，当他有机会跟朋友谈到某一主题时，他们代替他的位子，人人都准备好向他提供资料，这人一条论据，那人一句荷马的诗，谁都派得上用场。他认为在那些清客头脑里的学问也是他的，就像有些人的才学都关在他们豪华的书房里一样。

  我认识一个人，当我问他知道什么，他向我要了一本书指给我看，他若不在词典里查到什么是疥疮，什么是屁股，就不敢跟我说他的屁股上长了疥疮。

  我们接受了他人的看法与学问，仅此而已。必须把这些看法与学问化为自己的。正像那个到邻居家去借火的人，看到炉子里的火烧得正旺，就留在那里烤火了，却忘了取火回家这件事。肚子里塞满了肉而不把它消化，不转化为自身的养料，不健壮体格，这对我们有什么用呢？卢库卢斯没有经验，通过书本成为一名大将，我们怎么相信他会像我们这样学习的吗？

我们让自己重重靠着人家的胳膊走路，也耗尽了自己的力气。我要武装自己去克服死亡的恐惧吗？去向塞涅卡讨教。我要为自己成为别人找些安慰话吗？去向西塞罗讨教。我若早已融会贯通，就不用向谁讨教了。我不喜欢这种时时求助于人的依赖性。

虽则可以用别人的知识使自己长知识，可是要聪明那只有靠自己才会聪明。

> 我讨厌对自己不聪明的聪明人。
>
> ——欧里庇得斯

> 因此，埃尼厄斯说：聪明人不能利用自己的聪明，也是不聪明。
>
> ——由西塞罗引用

> 他若贪婪、虚荣，比欧加内的羔羊还懦弱。
>
> ——朱维纳利斯

> 光有聪明是不够的，还要会用。
>
> ——西塞罗

第欧根尼①嘲笑语法学家，他们只关心打听尤利西斯的毛病，

---

① 原文为狄奥尼修斯。据《七星文库·蒙田全集》注解，应为第欧根尼。按此改正。

而不知道自己的毛病；音乐家调谐自己的笛声，却不会调谐自己的习惯；演说家头头是道讲正义，却不会贯彻正义。

如果我们的心灵不走向健康，如果我们的判断力不改进，我宁可让学生打网球消磨时间；至少身体可以更矫健。看看他从那里学了十五六年回来，没有什么是用得上的。在他身上多了的只是，学了拉丁文和希腊文使他比离家前更神气与尖刻。他原该带回一个充实的心灵，而今却是虚空的；没有茁壮长大，只是浮肿虚胖。

这样的教书先生，就像柏拉图说的诡辩学家——他们的叔伯兄弟——口口声声说自己是一切人中间对人类最有用的人，其实是一切人中间唯有他们不把人家交付的工作，像木匠、泥瓦匠那样做好，反而做坏，还要对他们做坏的事付报酬。

普罗塔哥拉给他的弟子立下规矩，他们要么按照他的定价付学费，要么到神殿去宣誓，按照从他的教学中得到的好处来交束脩。如果遵照后一个办法，我的那些教师在听了我的经验之谈必然会感到失望。

我用佩里戈尔方言把这些小文人戏称为"Lettre-ferits"，就像大家说的"Lettre-ferus"，从意思来说，就是"打印在脑子里的文字"。说真的，他们好像经常被打得失去了常识。因为农夫和鞋匠，你看他们简单朴实地过自己的生活，说他知道的东西；而那些人靠着脑海中漂浮着的一些知识抬高自己，神气活现，不断地陷入尴尬境地，脱不了身。他们说出来的漂亮话，要由别人去做。他们知道罗马名医盖伦，却一点不了解病人；他们会在你的脑袋里填满法律条款，却找不出案件的症结。他们知道一切事物的理论，却要找人付诸实施。

我看到来做客的一位朋友，为了消磨时间，跟这样一个人交谈，造怪句子，前言不搭后语，意思生搬硬套，时时又穿插一些辩论用语，就这样纠缠着那个蠢人玩了一天，而那人还真以为在回答人家对他的反驳。那人还是颇有声望的文人，穿一件华丽的长袍。

> 你们这些豪门子弟，背后不长眼睛，
> 小心转身看见嘲弄的鬼脸。
>
> ——柏修斯

这类学究遍布各地，谁对他们仔细观察，就会像我一样发现大多数情况下他们不懂自己说什么，也听不懂别人在说什么；他们记的事很多，判断力很差，莫不是他们这方面天生就是与众不同。

我见到阿德里亚努斯·图纳布斯，他除了文学以外没有做过别的事，在这方面依我看来是千年一逢的大人物，他没有一点学究气，不过他穿长袍，从社交观点来看外表不够正规，这都是些小事。他讨厌我们这些人，认为长袍比扭曲的心灵还更受不了，凭行礼方式、仪表和靴子来判断一个人。从内心来说他是世界上最有教养的人。我有时有意引他谈一些他陌生的话题；他目光敏锐，悟性高，判断正确，仿佛他的事业向来都是指挥战争，治理国家。真是经邦济世之大才，

> 善良的普罗米修斯用沃土
> 塑造他的这颗心。
>
> ——朱维纳利斯

虽然教育不良也是顶天立地存在。然而不让教育腐蚀我们还是不够的,更要它培育我们。

我们的法院招聘人才,考官只测试他们的知识;另一些法院还加试一桩案例考查他们的判断力。我觉得后者的做法要好得多。其实这两种考试都不可或缺,应该并存,实际上对知识的要求不及对判断的要求重要。有判断可以不要知识,有知识不可不要判断。因为像这句希腊诗说的:

缺了理解力,知识有何用?

——斯多巴乌斯

但愿上帝为了司法的利益,让这些部门在具备知识以后,还多多培养兼具理解力和良心的人!"他们教育我们不是为了生活,而是为了传播。"(塞涅卡)因而不应该把知识贴在心灵表面,应该注入心灵里面;不应该拿它来喷洒,应该拿它来浸染。要是学习不能改变心灵,使之趋向完美,最好还是就此作罢。这是一把危险的剑,如果它掌握在弱者不知使用的手里,只会使主人碍手碍脚,受到伤害,"还不如什么都没有学到。"(西塞罗)

或许这正是我们和神学家不要求女子多才的原因。当有人向布列塔尼公爵、约翰五世的儿子弗朗西斯提亲,娶苏格兰公主伊莎贝拉,还说她从小的教育很简单,没有受过一点文化熏陶,公爵回答说这只会使他更爱她,女人只要知道区分丈夫的衬衣和束腰短上衣,就算是够懂事的了。

因而我们的祖先并不重视学问,即使今日在国王身边只是偶尔几位主要谋士有些文才,也就不值得奇怪了。今日提倡司法、医学、教育,还有神学,唯一的目的是发财致富,这才使大家看重学问，否则会看到它跟从前一样处境悲惨。学问若不能教我们好好思想与行动，那多么可惜！"自从出现了有学问的人，就很少见正直的人。"（塞涅卡）

一个人不学善良做人的知识，其他一切知识对他都是有害的。但是我刚才寻求的理由也来自下列事实：在法国，学习除了谋利以外几乎没有其他目的。除非那些人生来可以去从事比营利更高尚的工作，他们就是做学问，也往往时间很短，还没有感到兴趣，就抽身去做跟书本毫无关系的工作。一般说来，留下来全心全意做学问的，只是那些出身贫寒的人，也只是寻求谋生手段而已。

这类人的心灵出于本性、家庭教育和不良影响，不能得到学问的真谛。因为学问不会给漆黑一团的心灵带来光明，就像不能使盲人看到东西；学习的职责不是给他提供视力，而是调整视力，如像一个人必须有了挺直有力的腿脚，才可以训练他的步伐。

知识是良药，但是不管什么良药因药罐保存的质量差，都会变质失效。一个人可以看得清，不一定看得准，从而看到好事不去做，学到知识不会用。柏拉图在《理想国》中的主要条例，按照公民的天性分配工作。天性能做一切，一切也由天性去做。脚跛的人不宜做体力运动，心灵跛的人不宜做智力运动；劣质与庸俗的人不配学哲学。看到一人脚上穿双破鞋，我们就会说他是鞋匠谁都不会奇怪。同样经验好像也在告诉我们，与常人相比，经常还是医生不好好服药，神学家不好好忏悔，学者不好好充实自己。

从前，希俄斯岛的阿里斯顿说得有道理，谁听了哲学家的话都会贻误终生，尤其是大多数人都不知如何应用他们的教益，不

会用于好处，而会用于坏处："可以说从亚里斯提卜学派出来的是淫棍，从芝诺学派出来的是野人。"（西塞罗）

在色诺芬提到的波斯人教育中，我们发现他们培育儿童品德，就像其他民族培育儿童文艺。柏拉图说他们继承王位的长子就是这样教育的。太子一生出来，不是交给妇女，而是交给国王身边德高望重的太监。太监负责锻炼他有一个健美的体魄，七岁教他骑马狩猎。到了十四岁，给他配备国内最贤达、最正义、最节俭、最勇敢的四个人，对他进行培训。第一人教他宗教；第二人教他做人真诚；第三人教他如何清心寡欲；第四人教他大无畏精神。

利库尔戈斯的高明做法值得称道，实在可以说臻于完美无缺，对儿童的教育做到无微不至是国家的主要职责，即使在缪斯的领域也很少提到学说；仿佛这些优秀高尚的青年，藐视品德以外的一切约束，他们需要授业的不是知识的导师，只是勇敢、谨慎和正义的导师——柏拉图把这个例子写进了他的《法律》一书中。

波斯人的教学方式是向学生提问，对人及其行为做出判断；他们对这个人或这件事进行谴责和赞扬时，必须用理由说明自己的说法，通过这个方法共同提高认识，学习法律。

在色诺芬的书里，曼达娜[①]要居鲁士说一说最后一课书的内容，居鲁士说："在我们学校，有一个大男孩穿了一件小衣服，他将其脱下给了他的一个小个子同伴，再去脱下小个子身上穿的较大的衣服。我们的教师要我给这场争吵评评理，我说事情这样很好，两个人换了穿之后好像都感到更舒服；他教育我说我做错

[①] 原文是阿斯提亚格，他是波斯国王居鲁士的祖父，据《七星文库·蒙田全集》注解，居鲁士是向母亲曼达娜叙述这件事。按此改正。

了，因为我只是考虑舒服，但首先应该考虑公正，公正要求谁都不可以强求属于他人的东西。"他还说他为此挨了鞭子抽，就像我们在村子里忘了背希腊语"我打"的不定过去时规则。

我的教师引经据典用"褒贬法"训了我一通，然后要我相信他的学校不逊于那所学校。他们要去捷径，但是知识是这样的，即使走直线去获得，也只能教我们学到谨慎、清廉和坚定，他们愿意一开始就让儿童接触实际，不是用道听途说的事来教育他们，而是用行动实验来教育他们，不仅用箴言警句，主要还运用实例与实践，生动活泼地培养和塑造他们，使这一切不是只记在心灵上，而是成为他们的思维与习惯；不单是后天养成的，还是应先天具备的资质。对这个问题，有人问斯巴达国王阿格西劳斯二世，他主张孩子应该学习什么，他回答说："学习成了大人后该做的事。"难怪这样的教育产生那么卓越的成果。

据说，可以到希腊其他城市去找修辞学家、画家和音乐家；但是应到斯巴达去找立法官、法官和军事将领。在雅典学好演说，在这里学好办事；在那里要洞悉诡辩的论点，不受巧言令色的蒙骗；在这里要抛开欲望的诱惑，以大勇消除命运与死亡的威胁；那里的人忙着演讲，这里的人忙着干事。这里不停地操练舌头，那里不停地锤炼心灵。

当安提帕特向波斯人索取五十名儿童当人质，他们的回答完全不同于我们，说宁可献出两倍多的成年人作抵押。这并不奇怪，因为他们认为这会是本国教育的巨大损失。阿格西劳斯邀请色诺芬送他的孩子到斯巴达养育，不是为了学修辞学或辩证法，而是为了学习（据他说）最好的学问，那就是服从与指挥。

看到苏格拉底如何以他特有的方式取笑僭主希庇亚斯是很有趣的。希庇亚斯向他叙述，他如何在主要是西西里岛一些小城镇里靠教书赚了大钱,在斯巴达则分文也没有挣到。因此那里都是些痴呆,不会量尺寸,不会算数目,不重视语法和诗歌,整天忙着去记载历代国王的顺序位,各个国家的兴亡——这么一笔糊涂账。苏格拉底把他说的话听完,然后从小处切入,诱使他承认他们的政权精于治国,他们的生活幸福质朴,让他去领会他的那些治人之道归根结蒂都是无用的。

在这个尚武和其他类似的政体中,许多例子都向我们说明追求知识,使勇气削弱和涣散,更多于增强和坚定。当今世界上显得最强大的国家是土耳其;那里的人民同样也是受尚武轻文的教育。我认为罗马发展文治后不及从前骁勇善战。当今,最好战的民族是最粗鲁与无知的民族。斯基泰人、帕提亚人、帖木儿都可为我们佐证。

当哥特人蹂躏希腊时,使所有的图书馆免遭兵燹之灾的,却是一名哥特人,他到处宣说应该把藏书原封不动地留给敌人,可以让他们不思军事操练,坐在家里看这些闲书取乐。至于我们的查理八世,不用拔剑出鞘,就占领了那不勒斯王国和托斯卡纳大部分土地,随同他出征的贵族把这次意想不到轻而易举的征服,归因于意大利的亲王和贵族更有意于聪明博学,而不是强壮善战。

第二十六章
论儿童教育

——致戴安娜·德·弗瓦，居松伯爵夫人

我还从未见过哪个父亲，因儿子是癞子或驼背而不愿认他的。这不是因为过于钟爱而看不到这个缺陷，而是因为这总是他的骨肉。我也是比谁都看得清楚，我的这些文章只是在儿时对学问学了些皮毛的人在说梦呓而已，只记得一个模糊不全的印象，东扯西拉，一知半解，倒是十分法国式的。

因为，总的来说，我知道有一门医学，一门法学，数学分四学科，以及它们大致针对的是什么。可能我还知道学问一般是为人生服务的。但是我从没深入探讨，苦心孤诣研究现代知识之父亚里士多德，或者对哪门学科锲而不舍。也没能对一门艺术进行概括。中级班的哪个学生都可以说比我懂得多，我甚至没有资格用他的第一课书去考他这里面说什么。若要逼我这样去做，我只能勉强出些一般性题目，以此考查他们天生的判断力，这课目对他们是陌生的，就像他们的课目对我也是陌生的。

我从来不曾扎扎实实读过一部有分量的书，除了普鲁塔克和塞涅卡；我从他们的著作中汲取知识，但像达那伊得斯，不断地往无底洞里灌水与放水。我有什么领会写在纸上，很少记在心里。

历史是我的狩猎目标，还有诗歌，我对它情有独钟。因为，如克里昂特斯说的，声音钻过狭窄的喇叭管，出来时更尖更响，我觉得名句受到诗韵的种种束缚，挣脱出来更有力量，对我的冲击也更大。至于我的天赋——这部书对它是一场考验——我感到它在重压下弯下腰来。

我的观点与看法只是在摸索中渐渐形成，犹豫摇摆，趑趄不前。当我尽量往前走远时，没一次感到满意。可以看到远处的城的轮廓，但是也如坠云雾中模糊不清。在使用自己的语言如实表达偶然出现在思想中的东西时，经常我会在名家的著作中碰巧遇到我已尝试谈论的主题，例如不久前在普鲁塔克作品中正好读到他对想象的论述，我必须承认与这些人相比，自己是多么软弱无力、麻木鲁钝，也不由得自怜自贬起来。

但是也使我感到欣喜的是，我的看法有幸与他们的看法相遇在一条路上，虽则我远远落在后面。我还知道——不是人人都这样明智——我与他们之间的巨大差别。然而我还是照样发表我的一得之见，浅薄孤陋，不因在比较中发现缺陷而用他们的话来粉饰和掩盖。跟这类人物并肩而行必须有挺直的腰板。我们这个世纪里那些下笔轻率的作家，在他们不值一提的作品中整段照抄古人文章炫耀自己，效果适得其反。因为这两者的文采高下悬殊，判若云泥，反使抄袭者显得更加苍白丑陋，实在是得不偿失之举。

这是两条迥然不同的奇怪做法。哲学家克里西波斯在自己的作品中不但整段抄袭，还整本照搬其他作家的作品，欧里庇得斯的《美狄亚》就在他的一部书里。阿波罗多罗斯说，谁要是把他抄袭的内容删去，他的纸上就只留下一片空白。伊壁鸠鲁则相反，在他传世的三百卷作品中没有一句引语。

有一天，我偶然遇到一段文章。那些法语句子无血无肉，空洞抽象，真是法国式废话，读来索然无味。无精打采读了很久，突然看到了一篇富有文采、精美绝伦的文章。要是我觉得坡度平缓，攀登不急，这还可理解。而这是一座悬崖，笔直陡峭，刚读了六句话，就把我带往另一个世界。从那里我发现我刚才走过来的那个渊谷，实在是太浅太低了，我再也无心回到那个地方去。如果我把这样的美文塞到我的一篇文章中，反衬出我的其他文章更加不堪入目了。

批评别人身上自己也有的缺点，还有批评自己身上别人也有的缺点（我常这样），我不觉得两者是不相容的。我们必须揭露它们，使之无处藏身。而且我知道这需要有多大的勇气，让我时时尝试去赶上我的抄袭之作，跟那些作者平起平坐，还怀着侥幸的希望，瞒住评论家的眼睛不让辨认出来。这要依靠我应用得法，还有赋予新意和表达有力。

此外，我不会和这些先师正面冲撞，打肉搏战；反复轻微骚扰而已。不会迎头痛击，只是虚晃几招；也不会表示出非得这样做不可。

我若能使他们感到为难，那是我这人言之有物，因为的确说中了他们牵强附会的地方。

我发现那些人在做的事，就是穿上别人的盔甲，连个手指头也不露出来，把古人的思想东拼西凑来实行自己的计划，这对于有知识的人做这类人云亦云的题目还不易如反掌？对那些人偷偷摸摸窃为己有，首先是不正义和怯懦行为。他们自己没有什么有价值的见解，千方百计盗用别人的来标榜自己，更为愚蠢的是乐于用欺诈去骗取庸人的盲目赞扬，在有识之士面前自贬身价，其实只有他们的称颂才是重要的，而今他们对于剽窃的文句只会嗤之以鼻。

我做什么也不会去做这样的事。我引用别人是为了更好地表达自己。我不是指那些诗句集，这本来作为汇编出版的，我见过除了古人以外，当今也有编得很精致的集子，尤其是卡庇鲁普斯主编的那部书。从这些著作中处处看出时代的智慧，利普修斯在那部博学的巨作《政治》中也这样。不管怎样，我想说的是不论什么荒谬的想法，我都不会去有意掩饰，就像我的一张秃顶灰发的肖像画，画家画上的是我的脸，不要是一张十全十美的脸。因为这里写的是我的想法与意见；我写出来的是我信仰的东西，不是要人相信的东西。我在这里的目的是袒露自己，要是新学的东西使我改变的话，这个自己到了明天可能会不同了。我没有权威到要人相信我，也不奢望这样的事，觉得自己学识浅陋，不配去教育别人。

读过上一篇文章的那个人，一天在我家里对我说，我应该对儿童教育的理论再深入谈一谈。那么，夫人，我在这方面还有什么看法的话，最好是把它献给即将出世的小公子（夫人生性慷慨，头胎不会不是个男孩）。从前我有幸为您服务，自然希望您万事如意；除此以外，我还曾积极促成您的婚事，有权利关注一切由此而来的门第光耀昌盛。但是说实在的，在这件事上我知道的只是，人文科学中最难与最伟大的学问似乎就是儿童的抚养与教育。

如同在农业中，播种前的耕作以及播种本身，方法都可靠简单；可是让种下的作物存活茁长，这里面就有无数的学问与困难；人也是这样，受孕怀胎无什么技巧，但是孩子一旦到了人世，大家就要给他种种关怀，教育他，抚养他，需要终日操心与害怕。

幼年时，孩子的性格倾向不强烈不明显，天资也没有那么确定无疑的表现，很难对此做出任何有根据的判断。

您看西门、瑟米斯托克利和其他许多人，他们早年与后来的行为多么不一致。小熊与小狗显出自然天性；而人受困于习俗、看法和法律之中，很容易改变自己或伪装自己。

强迫天性还是很难的。由于选错了道路，训练孩子去做今后无法让他们立足的事，往往多年心血白费，这样的事常有发生。由于这样的困难，我主张引导他们去做最有益最有效的工作，不应该从他们童年的行为对他们的前途妄加猜测。即使柏拉图，我也觉得他在《理想国》一书中给予儿童过多的权力。

夫人，学问是华丽的装饰，也是奇妙的服务工具，尤其对于夫人这样富贵人家来说。说实在的，学问在贫贱者手里起不了应有的作用。学问用于指挥战争、统治百姓、跟君王或异国结盟，远比用于找论据、写诉状或开药方显赫得多。因而，夫人，我相信您不会忘记对自己孩子的这部分教育，因为您出身书香门第，受过闺中教育（因为我们至今保存几代德·弗瓦伯爵们的文稿，您的丈夫伯爵阁下和您都是这一脉的后裔，您的叔父弗朗索瓦·德·弗瓦，康达勒伯爵每日写作，将使贵府的文章才华绵延几个世纪不绝），我只想对您献上一条不同于世俗做法的拙见，这也是我对夫人的效力。

他的教育的成败完全取决于您对教师的选择，他的职责涉及许多其他重大方面；但是对此我没有值得一听的见解也就略过不谈；关于职责我向他提出一己之见，他若认为有可取之处不妨采纳。对一位贵族子弟来说，他学知识不是为了谋生（因为这个庸俗的目的不配得到缪斯女神的垂青与眷顾，此外这还涉及别人，取决于别人），不是为了跟外界交往，更重要的是自身要求，丰满心灵，提高修养，更有意培养成一个能干的人，而不是有学问的人。我还要进一言，就是用心给他选择一名导师，不需要学识丰富，而需要通情达理，两者兼备自然求之不得，但是性格与理解更重于学问；他必须以一种新方式工作。

有的教师不停地在我们的耳边絮聒，仿佛往漏斗里灌水，我们的任务只是重复他跟我们说的话。我要他改正这种做法，一开始，根据他所教的人的智力，因势利导，教他体会事物，自己选择与辨别；有时给他指出道路，有时让他自己开拓道路。我不要老师独自选题，独自讲解，我要他反过来听学生说话。苏格拉底，后来的阿凯西劳斯都是首先让弟子说话，然后再是他们对弟子说话。

执教的人高高在上，大部分时间损害要学习的人。

——西塞罗

教师让学生在前面小跑，判断他的速度，然后决定自己该怎样调节来适应学生的力量，这是个好方法。如果缺了师生的这种配合什么都做不好。善于选择这种配合，稳步渐进，据我知这是最艰难的工作之一；名师高瞻远瞩，其高明处就是俯就少年的步伐，指导他前进。我上山的步子要比下山更稳健，更踏实。

我们这里的做法是，不论学生的资质与表现如何不同，都是用同一的教材与规则来教导，于是在一大群儿童中只能培养出两三个有学成者，也就不奇怪的了。

教师不但要学生记住课本中学过的词，还要理解词的意义与要旨；评估学生的成绩不是去证明他记住了多少，而是生活中用了多少。按照柏拉图的教学法循序而进，对学生刚学到的知识，要他举一反三，触类旁通，检查他是否融会贯通，成为自己的东西。吞进的是肉，吐出的还是肉，这说明生吞活剥，消化不良。吞进胃里的东西是需要消化的，胃没有改变它的内容与形状，那就没有起到应有的作用。

受五花八门思想的影响，受书本权威的束缚，我们的心灵都是在限制中活动。脖子套了绳索挣不脱，也就不会有轻快的步伐。我们失去了活力与自由。

> 我们永远做不到自己驾驭自己。
> ——塞涅卡

我在比萨城私访一位正人君子，一个极端的亚里士多德信徒，他的最大的信条是：衡量一切正确思想与真理的试金石，就是看它是否符合亚里士多德的学说；除此以外，都是胡思乱想；亚里士多德什么都见了，什么都说了。他这个信条得到广泛和歪曲的传播，从前使他长时期成为罗马宗教裁判所的常客。

教师要让学生自己筛选一切，不要仅仅因是权威之言而让他记在头脑里。亚里士多德的原则对他就不是原则，斯多葛派和伊壁鸠鲁派的原则也不是。要把这些丰富多彩的学说向他提出，他选择他能选择的，否则就让他存疑。只有疯子才斩钉截铁地肯定。

> 我乐于知道，也同样乐于怀疑。
> ——但丁

因为，如果他通过自己的理念接受色诺芬和柏拉图的学说，这些学说不再是他们的，而是他自己的。跟在人家后面的人，跟不到什么东西。什么都没找到的人，是因为他没去寻找。

> 我们头上没有国王,让各人自己支配自己。
>
> ——塞涅卡

至少让他知道他知道什么。他必须吸收他们的思想精华,不是死背他们的警句。他可以大胆忘记从哪里学到的,但必须知道把道理为我所用。

真理与理智对谁都是一样的,不看谁说在前谁说在后。也不是根据柏拉图说的还是我说的,只要他与我理解一致,看法一致。蜜蜂飞来飞去采花粉,但是随后酿的蜜汁才完全是它们的。不管原来是荚蒾还是牛至了。这也像学自他人的知识,融会贯通,写成自己的一部作品,以此表达自己的主张。他的教育、他的工作和研究,都用于对自己的培养。

让他把学到的东西藏之于心,把创新的东西呈之于外。剽窃者、人云亦云者炫耀的是他们造的房屋、他们购的东西,而不是他们学自他人的心得。你看不到一名法官收受的礼品,只看到他为孩子找来好亲事和猎取荣誉。没有人公开他的收入;每个人都不隐瞒他的获得。

我们在学习上的获得,才使自己更完美与聪明。

埃庇卡摩斯说,有了理解才看见与听见,有了理解才可以利用一切,支配一切,才可以行动,掌握与统率;其余的东西都是瞎的、聋的、没有灵魂的。当然,不让理解有自由发挥的余地,就会失去活力与豁达。谁曾问过他的弟子,对西塞罗某名句的修辞与语法是怎么想的?他们只把这些句子一股脑儿往我们的记忆里装,仿佛一笔一划都有其重大含义的神谕。会背诵不等于懂,那只是把东西留存在记忆中。了然于心的东西不妨自己支配,不必看老师的眼色,也不必转睛对照书本。纯然的书本知识是可悲的知识！我可以接受它作为装饰，但不是基础，柏拉图也是这个看法，他说坚定、信仰、真诚是真正的哲学，其他另有目标的学科都是点缀而已。

我多么乐意当代杰出的宫廷舞蹈家帕瓦里或庞培，只要求我们观看他们表演，不必要离开位置就可以学会蹦蹦跳跳。这就像那些人要我们提高理解力却不要动脑子，要我们学骑马、掷标枪、弹琴或练声，又不要我们练习，要我们学习明辨是非和善于辞令，又不要我们说话和判断。要学习，眼前看到的一切都可以作为合适的教材：侍从的狡猾、仆役的愚蠢、席间的谈话，统统都是新内容。

最适宜于进行这样学习的是与人交往，还有就是到国外游历，不是像我们法国贵族那样，带回来的只是圣洛东达神殿有多少台阶，利维亚小姐的短裤多么精致；还有像另一些人议论从某些废墟出土的尼禄头像，比某个金币上的头像长多少或阔多少；而是要带回这些国家的民族特性和生活方式，让我们的思想与他们的思想发生冲撞和相互磨砺。

我多么乐意孩子幼年时就带他游历，这样做一举两得，先到语言与我们相差较大的邻国去，语言若不自小训练，舌头不会灵活。

所以，大家通常认为在父母身边培养孩子不识道理。骨肉之情会使即使最明白事理的父母过于心软，导致放纵。他们舍不得惩罚孩子的过错，看到他生活像常人一样随便和冒风险。他们也受不了他汗流浃背，满身尘土从操练场回来，有热喝热，有冷喝冷。看不得他骑在烈性马上，手执无锋剑或拿起第一把火枪跟严厉的教师对抗。你若要他具有男子汉气概，别无良策，且不说青春年少时不能姑息，经常还有违于医学规律：

让他处于旷野,四周草木皆兵。

——贺拉斯

不仅要磨砺他的心灵,还要锤炼他的筋骨。心灵若没有筋骨的辅助,会压力太重,独自难以承受两副担子。对此我深有体会,我的心灵就因身子那么单薄娇弱,压得它步履艰难。我在学习中读到,我的老师经常举例谈起,一个人铜筋铁骨,耐苦耐劳促成自己大智大勇。我见过一些男人、女人和儿童,天生体魄强健,受一顿棍棒打比我被一根手指戳还不在乎,挨揍时不吭一声,不皱眉头。当竞技家模仿哲学家比赛耐力,他们的力量来自筋骨更多于心灵。工作中耐劳其实是耐痛:"劳动磨出耐痛的老茧。"(西塞罗)

要孩子忍受训练的劳苦与疼痛,是锻炼他们经受脱臼、肠绞痛、灼伤,还有坐牢和苦刑的劳苦与疼痛。在我们这个时代,好人与坏人都会遇到后两种苦难,他或许也无法幸免。我们有例子为证。无法无天的人,正在用鞭子与绞索威胁精英分子。

再说,教师的权威对他必须是至高无上的,父母在场就会使权威中止与受到妨碍。知道自己的家族有财有势,再加上全家对他毕恭毕敬,以我之见,在这个年纪对他会有不小的妨害。

与人交往方面,我经常注意到这个缺陷,我们不去认识别人,而一心标榜自己,不思努力获取新知识而兜售自己的货色。沉默与谦虚是交谈中非常有用的品质。当这个孩子得到知识后,要教导他谦虚谨慎;有人在他面前说话不中听,听到不要怒形于色;因为抨击一切不合自己心意的东西,这是极不礼貌的讨厌行为。让他乐于自我改正,不要自己不愿做的事都怪别人,不要跟

大众的习俗背道而驰。"做人聪明也可以不张扬，不傲慢。"（塞涅卡）

要改掉飞扬跋扈的样子。还有这种年轻好强，要装聪明来显示能耐，指摘别人与标新立异谋图虚名。犹如只有大诗人才可在艺术上打破韵律的约束，同样只有一代风流人物可以在行为上不拘一格。"若有个苏格拉底和亚里斯提卜行为诡异，放浪不羁，这不是说他就可以这样照着做；在他们的国家，超凡入圣的贤人才被允许不拘小节。"（西塞罗）

要教导孩子只有遇到工力悉敌的能手，才与他探讨与争论，那时也不需使用一切可用的招数，而只用一些最有用的招数就够了。要教导他善于选择自己的论据，说话得体，言简意赅。尤其要教导他面对真理时就要俯首帖耳、缴械投降，不论这是由对方说出来的，还是自己深思后体会的。因为一个人上了讲台就不要说些现成话。不是自己同意的事不要任意介入。凡是可以用钱贩卖忏悔和承认错误的自由的地方，不要参与那里的任何工作。"人不是非得捍卫一切文明规定的思想观点。"（西塞罗）

他的教师若能按我的意思去做，他要让学生立志忠心耿耿对待君主，表现热情勇敢；但是纯然限于公务，其他私心都要打消。有了私交以后，坦率程度就会受损，带来许多不便；除此以外，一个人被雇用或收买后，他的判断就不会全面和自由，要不就会轻率和没有切中要害。

君主从成千上万臣民中选择了他，养在府里调教，这位侍臣除了取悦君王以外，没有权利，也不思说和想任何不悦耳的话。这种宠幸与功利关系很有理由妨碍他直言劝谏，也使他顾盼自雄。因而经常听到这些人的说话跟国内其他人不同，在这类事上很少值得相信。

让他语言中闪烁良知与美德,唯理智作为指引。让他懂得,若在论说中发现错误,虽然别人尚未发现,也要改正,这是判断与诚实的表现,也是他追求的主要品质;坚持与否认错误是常人的素质,愈庸俗的人中愈明显;补偏救弊,知过必改,当机立断放弃坏主意,这都是一种罕见的、强有力的哲学家风度。

要关照他,与人相处时要时刻留个心眼儿;因为我发现最前面的位子往往被平庸之辈占据,大富大贵的人不一定有才华。

我看见坐在餐桌上座的人,闲谈的是某块挂毯的华丽或希腊马姆塞葡萄酒的醇厚,而另一端的许多妙言隽句却没有人听到。

他要观察每个人的特长:放牛人、泥瓦匠、过路人;应该懂得利用一切,学习各人之所长;因为一切都是有用的,即使从别人的愚蠢和弱点中也可学到东西。仔细观察一个人的举止风度,心头就会产生想法,羡慕优雅的,鄙弃低俗的。

培养他锲而不舍、探究一切的好奇心。周围一切稀奇古怪的事都去看一看:一幢房子、一口井、一个人、古战场遗址、恺撒或查理曼大帝的行军道路:

> 怎样的土地霜冻下变硬,烈日下变沙粒,
> 怎样的风把帆船吹到意大利。
>
> ——普罗佩提乌斯

他还要了解各个君主的习惯、实力和盟约关系。这些东西学起来饶有兴趣,知道了十分有用。

可以交往的人中,还要包括——这很重要——那些生活在书籍与回忆中的人物。通过历史了解伟大时代的伟大人物。看各人的意愿,可以是清闲的学习,也可以是富有成果的研究,如柏拉

图说的,这是斯巴达人留给自己享用的唯一学习。在阅读普鲁塔克《名人传》时,他怎么会不大有收获呢?但是我的导师必须记住自己的职责所在,不要让学生死记迦太基覆灭的日期,而要了解汉尼拔和西庇阿的性格;不要他知道马塞卢斯何地丧命,而要明白因为他没有尽责才死在了那里。

老师不要他学那么多的历史故事,而要他去判断。在我看来,我们的智慧在这方面表现得最为不同了。我在李维的著作中读到的一百件事,别人没有读到;普鲁塔克从中读到的一百件事,我又没能看出来,可能这是作者的言外之意。对某些人来说,这是纯然的语法学习,对其他人是哲学剖析,从中深入到人性最奥秘的部位。

在普鲁塔克的著作中有许多长篇论述值得一读,因为依我看来他是这方面的一代宗师;但是也有许多论述只是一言带过,只是给有意深入的人指引方向,偶尔在关键问题上起个头。这些章节我们必须剥离,予以适当阐述。比如他说亚洲的居民只服务于一个人,也发不出那个单音节的词:"不。"可能是他说的这个词引起拉博埃西的深思和灵机,写出了他的《自愿奴役》。

还可看到普鲁塔克从某人的生平中取出一件小事或者一个词,这看起来无甚意义,却是一篇演说。可惜的是有识之士喜欢说话那么简要;无疑他们以此名声更隆,而我们这样做会名声更差。普鲁塔克宁愿我们赞扬他明辨是非,而不是学识渊博。他宁愿让我们多向他讨教,而不是使我们满足。他知道人们对好事总是说得太多,亚历山德里达斯很有道理责备那个过分给民选法官说好话的人:"喂,外乡人,你说你该说的话,不要用这种方式。"身体瘦小的人塞麻布充胖子,脑袋空空的人用废话来填满。

广泛接触世界,有助于对人性的判断,可以做到洞若观火。我们都自我封闭，目光短浅，只看到鼻子底下的东西。有人问苏格拉底从哪儿来。他不回答说"从雅典来"，而是说"从世界来"。他经天纬地，把宇宙看作自己的城市，从全人类的角度来议论他的学问、他的交往与他的感情，不像我们只顾到自己的眼前。

当我的村子里葡萄冻坏了，我的神父就引经据典说是上帝降怒于全人类，并断言野蛮民族快要渴死了。再看我们的内战，谁不大叫这颗地球已经乱了套，最后审判的日子已经掐住我们的喉咙，没有想到以前有过更糟糕的事，天下百姓不还是在过好时光吗？

而我，尽管看到战争中胡作非为、逍遥法外的事，还是庆幸仗居然打得那么和风细雨。有人头上落下了冰雹，以为半个地球狂风怒号、雷轰电闪。那个萨瓦人说，要是这个法国笨国王善于理财的话，他可以当他的公爵的膳厨总管了。因为他的头脑想象不出还有比他的主子更高的位子了。我们都不知不觉陷在这个错误中，这是个后果极大、极有害的错误。但是谁在脑海中，犹如在一幅画中，想一想我们威严堂皇的大自然母亲的形象，可以看到她脸上气象万千、瞬息万变的表情，他就发现不仅是自己，还有整个王国，都好似一个细小的圆点；这时人才能对事物的正确大小做出判断。

这个大千世界，有人还把它看作恒河一沙，又或是一面镜子，我们必须对镜自照，从正确的角度认识自己。总之我希望把世界作为我的学生的教科书。形形色色的特性、宗派、判断、看法、法律和习俗，教会我们正确判断我们的这些东西，提高我们的判断力去认识其不足和先天缺陷：这可不是轻松的学习。国家历经动乱，百姓受尽沧桑，要我们知道我们的历史也不会产生大奇迹。那么多的名字，那么多的凯旋与征服，都已湮灭在遗忘中，居然还希望抓十个轻骑兵，攻下一只因陷落而出名的鸡棚，欲要因此名垂青史，岂不是笑话？那么多极尽奢华的外交排场，高官显爵前簇后拥的宫廷礼节，使我们见惯君临天下的骄傲与自豪，再见到金碧辉煌的场面也不会眨一眨眼睛。千千万万的人已先我们埋在地下，鼓励我们不要害怕到另一个世界跟他们结伴。其他事也是如此。

毕达哥拉斯说，我们的人生犹如民众大集合的奥林匹克运动会。有的人锻炼身体为了获取比赛的荣誉，有的人带了货物出售为了谋利。还有的人——那也不是不好——来此没有其他目的，只是观看事情怎么和为什么是这样进行的，作为其他人人生的观赏者，以此做出判断和调整自己的人生。

从这些例子中都可以适当提取出一切最有益的哲学观点，然后人的行为又可以以哲学及其原则作为试金石。要告诉孩子：

> 人可以祈求到什么，
> 辛苦挣来的钱该用在哪里，
> 祖国、父母对我们有什么期望，
> 上帝要你做什么，给你确定什么任务，
> 我们生来是什么，目的是什么。
>
> ——柏修斯

什么要知与什么要不知应该是学习的目的；什么是英勇，什么是克制与正义；雄心与贪婪、奴役与服从、放纵与自由之间有什么区别；什么是识别真正与切实的满足；对死亡、痛苦与耻辱应该怕到什么程度。

困难怎样避免，怎样忍受。

——维吉尔

　　什么事促动我们前进，心中那么多波动又是什么道理？我觉得儿童启智课文，里面的内容必须在今后可以调整他的习惯与意识，教育他认识自己，让他知道如何死得有意义，活得有价值。至于七门自由艺术，一开始应授以使我们心灵自由开放的艺术。
　　这七门艺术对我们养性怡情都是有益的，其他一切东西也是有益。但是让我们选择直接和实际用得上的那种。
　　如果我们懂得把人生的方方面面都限制在适当与自然的范围内，就会发现目前沿用的大部分学科都是用不上的。即使在有用的学科中，过于广泛和深入的东西也是很不实际，我们不妨也摒弃，按苏格拉底的教育观，在我们的学习中限制缺乏实用性的学科传播。

　　　　大胆做个聪明人，行动吧！
　　　　生活中畏缩的人就像那个乡下人，
　　　　等着水退后才敢过河，
　　　　可是河水流上千年也不会枯。

——贺拉斯

　　教孩子星相学，第八星球的运转，然后又是他们自己的星相，这是绝对的幼稚。

　　　　双鱼座、标志激情的狮子座、

> 西方海中的摩羯座有什么力量？
>
> ——普罗佩提乌斯

> 昴宿星座、牛郎星座
> 对我又能做什么？
>
> ——阿那克里翁

阿那克西米尼写信给学生毕达哥拉斯说："死亡与奴役总是近在眼前，我还有什么心思去玩星座的秘密？"（因为那时波斯国王正在准备发动战争攻打他的国家。）每个人都应该这样说："当我时时受野心、贪婪、鲁莽和迷信的袭击，内心又存在着人生中其他这样的敌人，我还会去对地球的运行胡思乱想吗？"

教会了如何使他变得聪明与优秀的东西后，那时才跟他说什么是逻辑、物理、几何和修辞。由于有了相当的判断力，他选上无论什么学科，都会很快精通。授课方式可以采取闲谈或课文讲解的方式，有时教师给他准备有利于这样教育目的的作者选段，有时给他提供详细讲解的精华篇章。如果教师自己不熟悉某些书籍，对其中的要义比较陌生，为了完成自己的意图，可以请某个文人来辅助，逢到需要时提供必要的材料，整理后发给孩子。

谁还会怀疑，这样授课不是比希腊语法学家加扎更轻松更自然？加扎只会讲些晦涩难懂、索然无味的教条，空洞枯燥的字句，叫人没法领会，也不会启发心智。依我说的，心灵就知道到哪儿找到粮食，哪儿得到营养。结出的果子硕大无比，也会更快成熟。

令人不解的是，在我们这个世纪事情竟会发展到这个地步，即使对于有识之士，哲学也是个空洞虚幻的字眼，无论在大众心目中还是实际生活中都是毫不实用、没有价值。我相信个中原因是诡辩学家霸占了通往哲学的道路。

给哲学画上一副皱眉蹙额、狰狞可怕的脸谱，使孩子不得接近，这是大错特错。是谁给哲学戴上了这个苍白丑陋的假面具？其实没有什么比哲学更加轻松愉快呵呵的，我差点儿还要说挺逗人的呢。它只劝诫说欢度时光，好好享乐。愁眉苦脸的人在那里只说明他待错了地方。

语法学家德梅特利乌斯，在德尔斐神庙遇到一群哲学家坐在一起，对他们说："要么是我错了，要么你们那么平静愉快，不是在热烈讨论。"其中一个人，梅加拉的赫拉克利翁对此回答说："只有研究希腊动词'我扔'是否有两个人，或者研究'更坏''更好'比较级，'最坏''最好'最高级如何派生的人，才在讨论问题时皱眉苦脸。哲学推理历来都使讨论的人高高兴兴，非常愉快，不是皱着眉头，满脸丧气。"

> 身子不适，让人看出心灵不安，
> 欣喜愉悦也可猜测，
> 因为面孔表现出这两种状态。
> ——朱维纳利斯

心灵里留住了哲学就会健康，也会促进身体健康。心灵的安详平和也会反映在外，用哲学的模子塑造人的外表，最终养成他温雅自豪、轻捷活泼、满足和气。智慧的最显著的标志是长乐；犹如月亮王国里的事物，永远清朗。这是三段论的胡诌使学哲学的弟子沾上不白之冤，而哲学本身是无辜的，他们是只凭道听途说而接触哲学的。哲学的职责不是按照凭空想象的本轮说，而是通过自然、可以触摸的推理，去平息心灵的风暴，学习笑的渴求与热望。哲学的宗旨是美德，不是像经院派说的，高高竖立在陡峭崎岖的山顶上高不可攀。

接近过哲学的人，相反会认为它是种植在一片美丽肥沃、繁花如锦的平原上；从那里看下面事物一目了然。你若熟悉地址，也可通过绿树成荫、花草点缀的道路，愉快地走在一条平坦的缓坡上，犹如走上了天穹之路。崇高的品德，美丽，昂扬，令人生爱，既温存又勇敢，跟尖刻、乖戾、害怕和束缚水火不相容，它以本性为指引，与机缘与快活做朋友；还有人跟品德从来无缘，因这个缺陷，于是把哲学说成是个愚蠢、愁眉苦脸、爱吵架、痛苦、凶相毕露、阴沉的怪物，伫立在偏僻山顶的荆棘丛里吓唬过路人的鬼魂。

我的教师认识到让学生心中对美德充满敬意，还要在心中同样或更多充满感情；要会对他说，诗人反映了大众的情操，让他就像手指碰上一样切实领会，奥林匹克诸神在通往爱神维纳斯小室的路上，比在通往智慧女神雅典娜小室的路上，洒下更多的汗水。

当孩子有自我意识时，给他介绍布拉达曼或安琪丽克[①]作为嬉乐的伴侣。一个美得天真活泼，大方，英气勃勃，但不是男相；相比之下，另一个美得有点儿病态，矫揉造作小心眼；一个穿男式衣衫，戴闪光的头盔，另一个穿裙裾，戴镶珠无边帽。

要是他做出的选择与女人气的弗里吉尼牧羊人[②]大不相同，教师会认为他在爱情上也阳刚气十足。那时教师再教他一门新

[①] 意大利诗人阿里奥斯托（1474—1533）《愤怒的罗兰》中两位性格相反的女主角。
[②] 指希腊神话中的帕里斯，特洛伊王子。阿佛洛狄忒助他诱走斯巴达王墨涅拉俄斯的妻子美人海伦，遂引发历时十年的特洛伊战争。

课：真正美德的价值与崇高在于实施时感到轻松愉快，做了有用的事不感到任何困难，儿童与大人、老实人与细心人都可以同样去做。它的推行工具是调解，不是强制。苏格拉底是美德的第一个宠儿，有意识地放弃强制，而是自然轻松地进入了这个境界。这是人生乐趣的乳母。她使乐趣正正当当，也使它们可靠和纯洁。她若压制乐趣，就会让人急不可待地要尝试。她取消她所拒绝的乐趣，刺激我们转向她所留下的乐趣。她把天性所需要的乐趣让我们充分享受，如慈母般地尽情满足，而不至于过度（或许我们不愿说节制是我们乐趣的敌人，因为要在酒客未醉前制止他喝，食客未胀胃前制止他吃，好色者未变秃子前制止他玩）。

如果她得不到一般人的命运，她就避开它，放弃它，给自己创造另一个属于自己的命运，不再摇摆彷徨。她知道怎样富有、强大和有学问，躺在有麝香味的床垫上享受。她爱人生，她爱美、光荣和健康。但是她的特殊使命是知道如何有节制地使用这些财富，也知道这些财富时时在消失。这个使命艰难，然而更加崇高，人生过程中没有它就会不合自然规律，动荡，崎岖，那样就避不开那些暗礁、荆棘和妖魔鬼怪。

如果这位学生另有一种不同的禀性，爱听奇谈怪论，胜过听美妙的旅行和聪明的讨论。战鼓声使同伴热血沸腾，他听到却转过身去会给别人叫去看街头的艺术表演。他以自己的爱好认为满身风尘从战斗中凯旋，不比在网球场或舞会上大出风头更欢快更怡然，对这样的人我没有其他办法，只有让他的教师早早趁没人在场时把他掐死，或者送他到某个像样的城镇里当糕点师，即使他是个公爵的儿子，因为根据柏拉图的教导，培育孩子不是按照他们父亲的资质，而是他本人的资质。

既然哲学是教导我们生活的学问，儿童时代和其他时代都可以从中得到教育，为什么不能也教他们哲学呢？

> 黏土又湿又软时，应该赶快行动，
> 让灵活的转盘把它塑造成功！
>
> ——柏修斯

当人生过去后才有人教我们怎样生活。许多学生染上了梅毒，才学到亚里士多德关于节欲的课程。西塞罗说他就是活上两个人生，也不会花时间去读抒情诗人的作品。我觉得这些诡辩学家真是庸碌得叫人可怜。我们的孩子更为紧迫，他只是在人生的最初十五六年期间求学，其余的岁月投身于行动。

必要的教育要在那么短的时间完成。时间不要滥用，删去辩证法中一切繁琐、牵强附会的东西，这些改善不了我们的生活；选择简单明白的哲学论述，其实比薄伽丘的故事还要容易理解。孩子从喂奶时起就能够接受，这比学习识字与书写还重要。哲学中讨论人的衰老，也讨论人的诞生。

我赞同普鲁塔克的看法，亚里士多德让他的大弟子亚历山大听了兴奋不已的，不是三段论法的组成技巧或者几何原则，而是关于勇敢、胆略、慷慨、节欲和保持大无畏精神的训诫。当他还是青春少年时，亚里士多德让他带了这份精神武器去征服全世界的帝国，随军只有三万名步兵、四千匹战马、四万两千埃居。普鲁塔克说，亚历山大还是非常尊重其他艺术与学科的，赞扬它们高雅怡情；但是尽管他饶有兴趣，要让他本人热心推广也不是一件容易的事。

> 年老年少，都可找到心灵的支柱，

对于白发人更是一种倾诉。

——柏修斯

伊壁鸠鲁给迈尼瑟斯的信是这样开头的:"但愿少年时不避开哲学,老年时不厌烦哲学。"这好像在说,谁不这样做,不是还没有机会活得幸福,便是再没有机会活得幸福。

说了这么多,我可不愿意人家把这个孩子当成了囚犯。我不愿意把他交给一位喜怒无常的教师。我不愿意损害他的心灵,像时下的要求,约束他每天十四五小时工作,像个脚夫那样辛苦。由于生性孤僻忧郁,不知爱惜地过分专注于学习,而我们听之任之,我认为这也不好。这会使他们拙于辞令与人交谈,错过更好的工作机会。

我见过多少同时代的人因贪求知识而傻了脑袋?卡涅阿德斯就是书读得疯疯癫癫,连刮胡子修指甲也无暇顾及。我不愿意别人的不文明与粗野损及他的仪表堂堂。法国的智慧在古代早有定论,历史悠久却不长久。说真的,我们今日看到的法国孩子,其温雅举世无双;但是他们一般都够不上我们所抱有的期望;长大成人后毫无出众之处。我听到那些有识之士说那样的学校遍地皆是,孩子送了进去都被教得傻里傻气。

对我们那个孩子来说,一间书房、一座花园、桌子与床、独处时、有伴时、白天与晚上,一切时间、任何地方都是可以用来学习的。因为哲学作为判断与习惯的培训师,将是他的主要课目,也就有融入一切的特权。演说家伊索克拉特在一次宴会上,有人请他谈谈自己的艺术,他回答说:"现在不是做我会做的事,现在是做我不会做的事。"大家都认为他说得很有道理。因为大家相聚在宴席上是为了说说笑笑、品尝美食,在这时候发表演说或者引起修辞学辩论,岂不是不伦不类,大煞风景?

其他的学科也可以这样说,但是哲学有一部分谈的是人与他的义务职责,这是所有聪明人一致的评语,因而为了使交往融洽,在宴席和游戏中都不应拒绝谈哲学。柏拉图把哲学请到了他的餐桌上,我们看到它如何使宾主都感到轻松,时间与地点十分合适,虽则实际上是在讲述最高尚、造福大众的理论:

> 对穷人与富人同样有用,
> 老的小的忘了它皆要受损。
>
> ——贺拉斯

因此,毫无疑问,他不会比别人悠闲。但是就像我们在藏画室里慢慢欣赏,走的步子即使比走往一个既定的目的地要多上三倍,也不会叫我们疲惫;我们的授课也是这样,都像是不经意间谈了起来,不限定时间与地点,天南地北海聊,将在不知不觉中结束。

游戏与运动将占一大部分学习:跑步、角斗、音乐、舞蹈、狩猎、骑马、练习刀枪。我希望在塑造他的心灵的同时,也培养他的举止、怎样待人处世与体魄。这不是在锻炼一个心灵、一个身体,而是在造就一个人;不该把这两者分离。如柏拉图说的,不应该在训练中顾此失彼有所偏重,而是同样训练,就像一根辕木上同时驾驭两匹马。听他这么说,好像没有给予体格锻炼更多的时间与关注,还认为精神与身体可以同时进行,而不是相反。

此外,这类的教育要宽严结合进行,不是像时下所做的那样,不是让孩子去接近文艺,而是让他们看到的尽是恐怖与残酷。请不要给我谈暴力与强权。依我之见,没有东西比它们更加戕害和迷误善良的天性。您若想要他懂廉耻，怕惩罚，就不要让他对此麻木不仁。但是要让他对他应该蔑视的汗水、寒冷、狂风、烈阳和各种风险麻木不仁。在穿着、床铺、饮食方面不要让他娇生惯养；让他适应一切。不要他做个娘娘腔的小男人，而是强壮的青少年。

不论童年、中年、老年，我一直这样相信，这样判断。但是特别令我不悦的是我们大部分学校的这种教育法。若多一点宽容，说不定危害性要减去不少。这是一座真正的少年犯拘留所。在他们没有堕落以前就惩罚他们的堕落，才使他们真正堕落了。不妨在他们上课时候去看看，您只听见孩子的求饶声和教师的怒吼声。对着这些幼小害怕的心灵，面孔铁青，手执鞭子赶着他们，这算是什么样的启智求知的好方法？这种方式极不公正和有害。

在此还可以加上昆体良的精辟见解，他说这种专横的师道尊严会带来严重的后果，特别是体罚的使用。教室里放满花草，要比悬挂鲜血淋漓的柳条合适得多！我让教室洋溢欢乐喜悦，出现花神与美惠之神，就像哲学家斯珀西普斯在他的学校里所做的一样。什么对他们有利，要愉愉快快去做。有益孩子健康的肉加的是糖水，有损孩子健康的肉加的是苦水。

妙的是柏拉图在《法律篇》中十分关注他的城市青年的娱乐与消遣，详尽阐述他们的赛跑、竞技、唱歌、跳高、舞蹈等活动，还说古代把这些事的掌管和主持工作交给了神：阿波罗、缪斯和密涅瓦。

他谈及他的体育观发挥了无数的看法；对于文艺则涉猎不多，好像只是在提到音乐时才专门谈一谈诗歌。

在举止习惯中避免有怪异行为，视同如交流与社交中的大敌,像妖魔一样可怕。亚历山大的御厨总管德莫丰,在阴影下会出汗,在阳光下会发抖,谁对他的体质不感到惊讶?我还见到有人闻到苹果味比遇到火枪射击还要躲得快。有人怕老鼠,有人看到奶油或拍羽毛床垫就反胃,像日耳曼的恺撒见不得公鸡,也听不得公鸡叫。

这里面或许有什么隐情,但是依我看来及早注意是可以克服的。这方面我受教育之惠很多,当然这一切没有少费心,除了啤酒以外,我对任何果腹的东西一律很合胃口。当身体还听话时,应该让它适应一切生活方式与饮食习惯。只要胃口与意愿尚可控制下,应该放心大胆让青年去适应各个民族与地区的生活,若有需要,甚至也可以放纵荒唐一下。

按照习俗的需要训练他。让他会做任何事,但是爱做的只是好事。卡利斯提尼斯因为不愿意陪着他的主子亚历山大大帝狂饮而失宠于他,即使那些哲学家也对他这个行为不以为然。他该跟他的亲王一起笑,一起玩,一起寻欢作乐。我甚至要他在寻欢作乐中比他的同伴精力更充沛、兴致更高。他不去做坏事不是因为力气不济,窍门不懂,而是没有这个心。"不愿做坏事与不会做坏事,有天壤之别。"(塞涅卡)

我想向一位领主表示敬意,他在法国从不像常人纵情作乐;我问他在德国为了国事一生中有多少次在贵宾面前喝醉过。他的确曾为此喝醉过,回答我说有过三回,还都说了出来。因而我知道没有这份天赋要为国家效劳还真会遇到莫大的困难。

我经常注意到阿西皮亚德斯的卓越天性不胜钦佩,不管环境如何不同都能应付自如,身体毫无损伤。他时而比波斯人还奢华侈靡,时而比斯巴达人还艰苦朴素;他在斯巴达是个弃邪归正的

人，在爱奥尼亚是个追求享受的人，

> 任何衣着、境况、命运，
> 亚里斯提卜都满不在乎。
>
> ——贺拉斯

我要把弟子培养成那个样，

> 穿上破衣毫不在乎，
> 穿上华服，毫不矫饰，
> 贫富皆潇洒的人让我赞美。
>
> ——贺拉斯

这些就是我讲授的课。实施的人比知道的人获益更多。您明白了他，就会听他；您听了他，就会明白他。

在柏拉图的对话中有人说："上帝不是要谈哲学就是学习许多东西和探讨艺术！"

> 重中之重的艺术是生活的艺术，
> 靠生活而不是靠学习获得。
>
> ——西塞罗

弗里阿斯人的君主莱昂问毕达哥拉斯[①]，他教什么学科，什么艺术。他说："我不懂学科，也不懂艺术；但我是哲学家。"

---

① 原文为赫拉克里德斯。据《七星文库·蒙田全集》注解，应为毕达哥拉斯。按此改正。

有人指责第欧根尼，说他什么也不懂却去搞哲学。他说："就是这样才更适合我搞。"

赫格西亚斯请第欧根尼给他念一本书，他回答说："您真逗，您选择无花果时要选真的、天然的，不是选画出来的；您选择生活行为时为什么不选真的、自然的、不是写出来的呢？"

他学了课本知识后不要多说，而要多做。在行动中重复贯彻。要看他做事是否审慎小心，行为是否善良公正，谈吐是否优雅有见地，得病时是否刚强，游戏时是否谦让，享乐时是否节制，口味上对肉、鱼、酒或水是否挑剔，经济上是否处理得当。

> 谁不把学问当作炫耀的话题，而当作生活的准则；
> 谁就懂得自律，遵守本人的原则。
>
> ——西塞罗

我们的人生过程才是我们言行的真实镜子。

有人问泽克斯达姆斯，斯巴达人为什么不把他们的勇武条例写成文字，给年轻人阅读，他回答说："这是他们要让年轻人去对照行动，不是去对照书本。"拿我们中学的拉丁语学生比一比，到了十五六岁，花了那么长时间只是学习说话！世界上充塞着废话，从来没有见到一个人会话说得太少，而总是会话说得太多。我们半生岁月就随之而去了。他们让我们用四到五年听单词、写句子；然后又用同样长的时间写成一篇长文，内分四五个部分；然后又至少再用五年学会把这些编制成一篇精雕细刻的文章。这种事还是让那些以此为生的人去做吧。

一天去奥尔良的路上，我在克莱里这边的平原上遇到两位艺术教师正往波尔多去，一前一后相差五十步。在他们身后较远处，我发现一群人，为首的那位主人就是已故的德·拉·罗什富科伯爵大人。我的一名随从向走在前面的教师打听，在他后面过来的贵族是谁。那人没有看到随后还有一大帮人，以为是指他的同伴，风趣地说："他不是贵族，他是语法学家，我是逻辑学家。"

而我们这里相反，要培养的不是语法学家或逻辑学家，而是贵族。让他们闲着就闲着吧，我们其他地方还有正经事呢。但是我们的弟子要懂的是事情，懂了事情话自会来的，即使话不是立即跟上，他也会慢慢说出来的。我听过有些人谦称自己不善于辞令，装得满腹经纶，但是缺少口才，无法把它们表达出来。这是个托词。您知道我对此是怎么看的吗？这是他们学到的观念不完整，理解也不清晰，没法梳理和领会其中的道理，也就不能够阐明：这是他们还没有做到心中有数。

看到人家在创作时结结巴巴说不清楚，您可以判断他们的工作还不到分娩的时刻，只是还在怀孕，只是还在舔不成形的胚胎。就我而言，我坚持，而苏格拉底也这样说，谁心里有了一个明确清晰的概念，总是能够表达出来的，用意大利的贝加莫土语，若是哑巴的话，还可用脸部表情来表达自己。

牢牢抓住主题，语言必然跟在后面。

——贺拉斯

还有塞涅卡把自己的散文也说得诗意盎然："事情熟稔于心，语言随之而来。"西塞罗则说："事物推动词语。"他不懂什么希腊语夺格、连词、名词和语法；他的仆人和小桥上的卖鱼婆也都不懂。您若有意，可以跟他们谈得非常投机，使用语言规则有时几乎不比法国最好的文科教师逊色。他不必懂修辞学，也不用先来一段开场白吸引"公正读者"的注意；他不用操心去知道这些。说实在的，朴实无华的真理发出光彩，使任何华丽的描绘相比之下都会黯然失色。

文字精雕细刻只对取悦大众有用，他们吃不下更有分量和营养的肉，塔西陀笔下的阿佩尔①就是明证。萨摩斯岛的使者前来觐见斯巴达国王克利奥米尼，准备了一篇声情并茂的长篇演说，要打动他对波利克拉特暴君发动战争。国王让他们把全文念完，对他们说："讲话的开头部分已经记不起来；也影响到了中段；只听到你们的结论，那是我不愿意做的。"我觉得这是一个绝妙的回答，给喜欢掉书袋的人当头一棒。

另一人又怎么样呢？雅典人要在两位建筑师中选一人建造一项大工程。第一位装腔作势，针对这工程的主题事前准备了一篇美丽的演说，争取到民众的好感。但是另一位，只说了三句话："雅典的各位大人，那位说到的事，我都会做到。"

当西塞罗的辩才达到登峰造极时，许多人都不胜钦佩；但是小加图只付之一笑，说："我们有个讨人喜欢的执政官。"不论放前还是放后，有用的名言佳句总是讨俏的。即使与前言后语都不搭配，其本身也可以欣赏。我则不是这样的人，认为押韵对的就是好诗；让他高兴时就把一个短音节拉长吧，这没关系。如果他的创新受人欢迎，如果他的思想与判断得到良好的效果，我说这是一位好诗人，但是个不谙韵律的人，

他的诗情高雅，但是文句粗糙。

——贺拉斯

---

① 原文为阿弗尔。据《七星文库·蒙田全集》注解，塔西佗说到的是阿佩尔。按此改正。

贺拉斯说，在他的作品中要看不出一切斧凿痕迹和格律，

> 抹去韵脚与音步，改变词序，
> 把开头的词放到最后的位置，
> 看出诗人的心意遍布其间。
>
> ——贺拉斯

即使这样也不会误了他；诗篇依然很漂亮。米南德答应写一出喜剧，日子近了他还没有着手写，对人家的责怪这样回答："结构都已酝酿成熟，只待填进诗句就可以大功告成。"他已成竹在胸，其余的细节也就不在话下。

自从龙沙和杜·贝莱使我们的法国诗歌享有盛名以来，我还没见过一个小学徒，写句子不是夸夸其谈，抑扬顿挫，像在学他们的样。"声音响亮，内容空洞。"（塞涅卡）在普通人眼里，从来没有那么多的诗人。但是他们的韵脚虽易学，龙沙的丰富描写和杜贝莱的精微创新，决不是他们能够摹写一二的了。

但是，如果有人用三段论繁琐的诡辩伎俩强迫孩子学习："火腿让人想喝，喝了就能解渴，火腿是用来解渴的。"那该怎么办呢？让他对此一笑了之。一笑了之还比回答更微妙。

让他向亚里斯提卜借用这句俏皮的反驳："捆上了绑也给我麻烦，我为什么再去给他松绑？"有人建议克里西波斯用辩证法技巧去对付克里昂特斯，克里西波斯对他说："你跟儿童去玩这些把戏吧，别把成年人的正经思想引到这条歧路上去。"如果用这些愚蠢的遁词："晦涩难解的诡辩"，让孩子去相信一个谎言，这是危险的。但是如果这些遁词不产生效果，只是让他发笑，我

也看不出为什么要让他防着不去接触。

世上就有一些愚人，为了一句妙言，不惜跑出一里路去追。"有的人不是让词句去适应题目，而是离开题目去寻找词句可以适应的东西。"(昆体良）另一人说："有些人为了用上他们喜爱的一个词，不惜去做他们本来无意去做的题目。"(塞涅卡）

而我更愿把一个好句子扯下，缝在身上，而不是扯下我的思路去用上好句子。相反，要让语言服务主题，紧跟主题，法语若表达不清，就让加斯科涅语去表达！我主张内容突出能够占领听者的想象，以致他竟记不起原话。我喜爱的语言是一种朴实无华的语言，口头的与书面的都是如此；满含激情，简短有力，不要四平八稳，也不要亢奋急促。

冲击心灵的文体才是好文体。

——卢卡努

宁可难懂也不要讨厌，做作，凌乱，松散，胡诌；每段要自成一体；不迂腐，不经院式，不讼师式，但是宁可是士兵式，像斯威托尼乌斯这样称朱利乌斯·恺撒的语言；尽管我不太明白他为什么这样说。

我曾乐意模仿我们年轻人这身随随便便的打扮，大衣斜披，披风搭在一只肩上，一只袜子不拉直，这种怪异装扮表现目空一切的自豪感和散漫的艺术性。可是我觉得在语言上更适宜应用。任何形式的做作，尤其表现在法国式的开心与自由上，对于朝廷大臣是不合适的。而在一个君主国家，每个贵族都应该按朝廷大臣的方式去训练。因此我们何不稍稍偏向自然与放松？

我不喜欢服装上露出接头与线脚，同样，在一具美丽的肉体上也不可以看见骨骼与血管。

为真理服务的言辞应该朴实无华。

——塞涅卡

有谁说话前思后想的,除非他要说得矫情十足。

——塞涅卡

追求生动使我们偏离内容,造成实质的损失。

使用奇装异服引人注目,是小气行为。同样,在语言上使用怪句子与生僻字,是出于一种幼稚迂腐的奢望。我只求使用巴黎菜市场里说的话!语法学家亚里斯多芬对此一窍不通,还指责伊壁鸠鲁用词简单和他那只要求说得明白的演说目的。模仿说话由于容易,全民都会做到。模仿判断和创新,就不是那么快见效。大部分读者由于找到了一件相似的袍子,错误地认为他们都有相似的身材。

力量与灵气是借不来的,服饰与大衣可以借来借去。

跟我常来常往的人中间,大多数说话都像我的《随笔》,但是我不知道他们思想像不像《随笔》。

(据柏拉图说)雅典人注重说话内容丰富,措词文雅,斯巴达人要求简短扼要,克里特人讲究理念丰富重于语言丰富。克里特人要胜过其他人。芝诺说他有两类弟子,第一类他称为语史学家,求知欲强,是他的得意门生;另一类是文体爱好者,他们只关心语言,这不是说说得好不是件好事,但总没有做得好那么好,而且一辈子为了这件事忙乎,怎么叫我不烦?

我首先要做到的是熟悉自己的语言,其次与我常打交道的邻居的语言。希腊语与拉丁语无疑是美丽严谨的语言，但是要学好需花太大的代价。我在这里介绍我自己试过的一种方法，要比通行的简易得多，有意者不妨一试。

先父竭尽个人之力，在学者和有识之士之间进行过各种研究，发现了目前普遍的这个弊病，便要创造一种良好的教育形式。有人对他说，我们现在花费多年去学习古希腊人和罗马人轻易会说的语言，这是我们为什么达不到古希腊罗马人博大精深的唯一原因。我不相信这是唯一原因。

好在父亲找到了替代办法，在我还在喂奶和开口说话前，把我交给了一位德国人。那人不懂我们的语言，但精通拉丁语，后来客死法国时已成了名医。父亲有意重金礼聘，要他对我日夜耳提面命。他还请了两个学问稍差的人跟随我左右，减轻德国人的工作。那些人对我只说拉丁语。至于家里其他人，立下一条不可违背的规矩，就是他本人、母亲、仆人、侍女只要跟我一起，尽量用他们每人学到的拉丁词混在句子里跟我说话。

人人都获益匪浅。父亲与母亲学了足够的词汇可以听懂，遇上需要还足够应付使用，侍候我的其他仆人也是这样。总之，由于我们之间经常用拉丁语交谈，连带四邻的村庄也受到了影响，有不少工匠和工具的拉丁名称在当地生了根，还沿用至今。而我已过了六岁，听懂的法语或佩里戈尔方言不比阿拉伯语多。没有刻意去学，没有书本，没有语法或规则，没有鞭子，也没落过眼泪，我就学成了拉丁语，跟我的学校老师懂得的一样纯正，因为我不可能把它混淆和窜改。因此，在按照学校规定的作文课上，给其他学生出题目是用法语写的，给我是一篇用蹩脚拉丁语写的文章，由我改写成道地的拉丁语。

著有《论罗马人民集会》的尼古拉·格鲁奇，亚里士多德的注释者纪尧姆·盖朗特，苏格兰大诗人乔治·布坎南，法国与意大利公认的当代最优秀的演说家马克·安东尼·缪莱，都做过我的家庭教师，经常对我说我自幼学习拉丁语，用来得心应手，他们简直不敢跟我交谈。布坎南后来我见过，当了已故的德·布里萨克元帅大人的幕僚，他对我说他正在准备写一部儿童教育的著作，要拿我的童年教育做例子；因为他那时正在调教元帅的儿子德·布里萨克伯爵，我们都知道他日后多么高尚勇敢。

至于希腊文，我几乎一窍不通。父亲计划让我通过一种游戏结合练习的新方法强化学习。我们两人对垒，交替背诵变格；就像有的人玩下棋来学习数学与几何。有人向父亲提过建议，其中一条是让我对学问与做人道理感兴趣，不能强迫我的意志，而要我自己产生欲望；在温情与自由中培育心灵，不要严厉与束缚。有人认为早晨把孩子惊醒，从睡眠中突然强拉出来（他们比我们睡得沉），会损害他们娇嫩的头脑，我要说父亲做得到了迷信的程度，他要用一个什么乐器声唤醒我，我身边也从不缺少一个演奏的人。

从这个例子可以推知其余的一切，并且借此推荐这样一位好父亲的谨慎与爱心，做出这样细致的教育安排，若没有得到应有的果实，那就不是他的过错了。这里面有两个原因：土地贫瘠，不宜种植；因为尽管我身体结实健全，天性则温和好说话，同时还无精打采，昏昏欲睡，以致人家没法叫我摆脱闲散，甚至叫我去玩也不行。看在眼里的东西会很好理解。鲁钝的外表下，头脑里的想象却很大胆，看法也超过自己的年纪。思维慢，要我想到哪里就是哪里。理解迟钝，创见不多，最要不得的是记忆力差得令人没法相信。因此父亲在我身上没有得到什么有效的成果也就毫不奇怪了。

其次，像病急乱投医的人，到处去询问各种各样的看法。我的好父亲极端害怕他那么关心的事情失败，最后竟附和大众的意见，也就是像一群鹤，跟着前面的飞，当那些曾经用他从意大利带回的启蒙教本教过他自己的人纷纷离开以后，也就屈从习俗，六岁时把我送入了当时办得欣欣向荣、也是法国最好的居耶纳中学。

在那里，即使他有心也不可能要什么加什么，给我选择足可胜任的家庭教师，在学科的其他方面给我保留有悖于校规的特殊做法。毕竟，这是一所学校。我的拉丁语立即走下坡路，此后由于生疏也就完全荒废了。新教育对我的好处就是让我一步跨进高年级班。因为在十三岁时离开学校，我完成了（他们所称的）我的全部课程，事实上没有一点可以让我学以致用的东西。

读了奥维德《变形记》里的故事很开心，也使我初次对书籍感兴趣。因为，约七八岁时，我避开其他一切玩乐偷偷去读这些故事。尤其这种语言是我的母语，这本书我读来最容易，从内容来看也最适合我这样幼年的人。诸如《湖中的朗斯洛》《阿马迪斯》《波尔多的于翁》这类儿童喜爱的粗俗读物，我连个书名也不知道，更不用说内容了，因为我的纪律是很严格的。

我在阅读其他规定的课文时更加无精打采。那时，正好碰巧遇到了一位很有见地的辅导老师，他知道怎样跟我与跟我同样胡来的人心照不宣。这时，我一口气读完了维吉尔《埃涅阿斯记》，然后泰伦提乌斯，然后普洛图斯、意大利喜剧，总是被温情的故事深深吸引。假若他当时发了疯禁止这类阅读，我相信我从学校带走的只是对书籍的憎恨，我们的贵族阶层差不多都是这样的。

那位教师处理得很巧妙。他装得什么都没看见，只让我暗中贪读这些书来刺激我的欲望，同时又和蔼地引导我在正规课程上做出努力。因为父亲把我交给那些教师，要求他们的主要品质是和颜悦色,温存宽厚。因此我的毛病就不外乎松垮懒散。要提防的不是我做坏事,而是我不做事。没有人会预测我会成为坏蛋,而是我会成为废物。大家在我身上看到的是游手好闲,不是诡计多端。

我觉得事情果然是这样来了。在我耳边聒噪的是这样的埋怨声:"无所事事,对亲友冷漠无情,对公共事务漠不关心;私心太重。"最不公正的人不说:"他为什么拿了?他为什么不付钱?"而说:"他为什么不免了?为什么不给?"

人家要我只是做这类额外工作,我会乐意接受。但是他们要求我去做我不该做的事,态度比对待自己该做没做的事还严厉,那就不公正了。当他们罚我做某件事时,抹煞了这个行动的好处,以及为此要向我表达感激之情;其实我主动做的好事应该说分量更重,由于我并不欠谁什么。财富愈是我的,我愈是可以自由支配。可是我若是把自己的行动巧言花语粉饰一番,可能就可以把这些责难挡了回去。我要告诉某些人的是,他们不要为我可以做得更多,而今做得不够而那么生气。①

同时在我心灵中,还会频起波澜,对外界之物做出可靠坦率的判断,关在房内独自细细思忖。最主要的是我坚决相信我的心灵决不会向强力与暴力投降。

我是否该提一提我童年的这些优点,如神态自信、声调轻快、动作灵活,才会符合我所扮演的各种角色?因为不到年龄,

我才刚到十二岁。

——维吉尔

---

① 根据《七星文库·蒙田全集》的注解,上段字字口气激烈是蒙田任波尔多市市长时对外界批评的回应。

我在布坎南、盖朗特、缪莱的拉丁悲剧中，扮演主角，戏在居耶纳中学隆重上演。安德烈亚斯·戈维亚努斯校长在这方面，也与他职务中的其他方面，堪为法国最了不起的中学校长，无人可望其项背。我也被大家视作行家好手。这个活动我不反对贵族子弟参加，也见过我们一些亲王自己上台客串，像古代王公一样认真可嘉。

在希腊，贵族子弟以演戏为职业也是允许的："他向悲剧演员阿里斯顿透露自己反对罗马的计划。阿里斯顿出身名门，家财万贯，他的职业并不辱没他的身份，因为在希腊演戏不是件下贱的事。"（李维）

我总是指出谴责这些娱乐的人说话不妥当，拒绝正规戏班子进入大城市，剥夺老百姓大众娱乐的人不公平。良好的市政管理不仅要把市民组织起来出席严肃的宗教仪式，也要参加文体活动；那样才会增加交往与友谊。再说，在行政长官和众人面前举行，还有什么比此更加规规矩矩的娱乐呢。行政长官与亲王出资举办一些文体活动娱乐大众，显示父母官的好意，在人口众多的大城市有专门的场地提供给这样的演出，借此消除隐蔽的坏事，我认为这是合情合理的。

再让我们言归正传，重要的莫过于激发孩子的渴求与热情，否则培养出来的只是驮书本的驴子。对驴子才要用鞭子抽，以保住满口袋的学问；学问要做到有用，不是让它留在我们的房间里，而是要与它成亲。

第二十七章
凭个人浅见去判断真伪，那是狂妄

轻易相信别人与被别人说服，被我们归之为单纯与无知，或许这不是没有道理的。因为从前好像听说过，"相信"犹如心灵上的一道痕迹，心灵愈软愈松，愈易留下印记。"增加的砝码必然使天平倾斜，目睹的事实也会影响思想。"（西塞罗）

心灵愈空愈没有分量，一有论点压上去，就会轻易下沉。这就是为什么儿童、庸人、女人和病人最容易偏听偏信。但是另一方面，也是一种愚蠢的自大狂，对一切不易信以为真的事都轻蔑地斥之为胡说。这是自认为智力过人者的通病。

我从前就是这样。当我听说死人还魂、卜算未来、蛊惑、巫术，或者我没法认真对待的故事，

> 梦魇、魔法、奇迹、女巫，
> 黑夜幽灵、帖萨里亚鬼故事。
>
> ——贺拉斯

我对于受这些荒唐事愚弄的小百姓深表同情。现在我觉得自己那时至少也同样值得可怜。不是后来的经历使我的见解超过最初的轻信（这与我的好奇心无关），而是理智使我明白，一口咬定某件事是假的和不可能的，这就是在头脑里对上帝的意志和大自然母亲的威力预设了限度和界线。把它们纳入我们自己有限的能力与知识范围内，岂不是天大的愚笨？

若把自己理解不了的东西都称为怪事与奇迹,那么会有多少怪事和奇迹不断地出现在我们眼前?想一想我们掌握的大部分事物都是穿过多少云雾,进行多少摸索才认识到的;当然我们会觉得,这是习以为常而不是知识增多,才使我们不再感到事物的奇异性,

> 今日谁都见多识广,
> 再也不欣赏头上光明的殿堂。
>
> ——卢克莱修

这些事物若初次显现在眼前,我们会觉得它们跟其他事同样神奇,甚至更神奇。

> 它们若在今天向凡人显示,
> 蓦然落到我们面前,
> 还是会被认为比什么都神奇,
> 什么都没有它那么不可思议。
>
> ——卢克莱修

没见过河的人遇到第一条河,会认为这是海洋。在我们看来是最大的东西,我们会断定它们是大自然同类物中的巨无霸。

> 其实一条河不大也无所谓,
> 没见过更大的人以为源远流长。
> 一棵树,一个人也如此。无论哪个种类,
> 较大的看来总是硕大无比。
>
> ——卢克莱修

"眼睛看惯的东西,思想也会习以为常;思想也不再对常见的东西表示惊奇,寻找原因。"(西塞罗)

事物的新奇要比事物的大小,更容易促使我们去寻找原因。

在对大自然的无限威力做出判断时必须怀有更多的敬意,对我们的无知与软弱有更深的认识。世上有多少事得到可信赖的人的证实但都令人难以置信,如果我们不能信服,至少对它们不要遽下结论。因为判定它们绝无可能,这是一个鲁莽的预测,自以为能够确定极限在哪里。如果大家理解"不可能"与"不寻常"之间的差别,"违背自然规律的东西"与"不同于日常看法的东西"之间的差别,既不轻易相信也不轻易不信,他们就会遵循古希腊七贤之一开伦推荐的那条规则:"无物是多余的"。

在博华萨的《闻见录》中读到,驻贝亚恩的弗瓦伯爵在卡斯蒂利亚国王胡安在朱贝罗特战败后第二天,就得到了这个消息,获悉的方式却让人付之一笑;据编年史里记载,霍诺里厄斯教皇在菲利普·奥古斯都国王在芒特逝世当天,就下令在意大利全境举行国葬,同样不甚可信。因为这些证人还没有足够的权威,令我们把他们的话作为依据。不是这样的么?

如果说普鲁塔克,除了援引古代的几个例子以外,还说他从可靠来源知道,在图密善时代,安东尼乌斯在德国战败的消息在当天就早已传开了,可是隔了好几天才在罗马公布,如果说恺撒认为往常情况下传闻走在事件前面,我们是不是可以说,这些老实人跟在大众后面听到什么信什么,就因为不像我们这样耳聪目明么?当大普林尼高兴运用他的判断力时,还有什么比它更细致、更清晰、更敏锐,更不掺杂虚荣的?对他的高深学问暂且不谈,我认为这还在其次。在判断与学问上,我们在哪方面胜过他？然而，任何哪个小学生都可以用谎言来说服他，愿意给他上一堂自然进化课。

布歇在书中说到圣美拉里的圣物显灵时，我们读过也算了；他毕竟声誉不高，我们还可任意驳斥。但是就此把这类故事都一股脑儿否定，我觉得极不妥当。那位伟大的圣奥古斯丁证实说自己在米兰目睹一个盲童在圣杰尔瓦斯和圣普罗泰修斯的圣物前恢复了视力。在迦太基，一位新受洗的妇女给另一位妇女画个十字，治愈了她的癌症。圣奥古斯丁的亲信赫斯珀里乌斯，用基督圣墓上的一块土，把闹得他家鸡犬不宁的精灵赶走了。这块土后来被送到了教廷，把一个瘫子突然治好了。一位妇女在赛神会上用花束碰了圣艾蒂安的遗骸盒，再用它来擦一双瞎眼，使其重见光明。还有许多圣迹，他都说是亲眼见过的。

对他与他请来作证的两位教廷主教奥雷利乌斯和马克西米努斯，我们能说什么呢？说他们无知，头脑简单，轻易相信，还是居心不良和蒙骗别人？在我们这个世纪，还有谁会那么不怕难为情，说自己在美德与善心，在学问、判断力和才能上，可与他们相比？"他们不用提出任何理由，凭威望足以把我说服。"（西塞罗）

把我们不理解的东西不放在眼里，这种鲁莽行为除了本身包含轻率荒唐，还有危险和严重后果。因为，根据自以为是的理解，你给真理与谎言划定了界线；之后可能还有比你已否认的更为奇妙的事物非要你相信不可，你又不得不舍弃这些界限了。在我们的良心上，在我们所处的宗教分裂中，带来了那么多混乱的，我认为莫过于天主教徒放弃自己的信仰。当他们抛下正在争论的议题留给对方去继续，他们觉得自己做得很克制，很识大体。

但是，他们没有看到你开始后撤让出地盘时，对于向你冲锋的人会有多大好处，只是鼓励他得寸进尺，除此以外，他们选择的那些无关紧要的议题其实是非常重要的问题。要么完全服从我们教廷政策的权威，要么完全放弃。不是由我们去确定我们应该服从到什么程度。

此外，我因为尝试过才敢说这样的话。从前我利用这种自由做出一些个人的选择与分类，对某些看来空洞或奇异的教规阳奉阴违。后来跟学者交换看法以后，我觉得这些教规都有一个广泛坚固的基础，只是愚蠢与无知才使我们薄此厚彼不给予同样的尊重。我们怎么不想一想我们在做出判断时感到多少矛盾？多少东西在过去被我们视为金科玉律，而今天成了无稽之谈？图虚名与追求新奇是我们心灵的两大祸害。追求新奇使我们到处伸出鼻子，图虚名又使我们对什么都武断和早早下结论。

第二十八章
论友爱

我雇了一位画家，观察他作画的方式时，引起我模仿他的念头。他选择墙壁中央最佳的部位画上一幅画施展他的才华；四周的空白他画满怪物，这都是荒诞不经的图案，用奇形怪状来表现画的魅力。那么我在这里写的，实际上还不是一些身子长着不同的肢体、没有一定形状、任意拼凑、不成比例的妖魔鬼怪么？

　　美女的身躯长着一条鱼尾巴。

——贺拉斯

我接着追摹我这位画家的第二阶段，但是这块精华部分是我不可企及的。因为我还没达到那个功力，敢去按照艺术法则尝试画一幅内容丰富、手法精致的画。我想到去借重艾蒂安·德·拉博埃西的一篇文章，使我这部作品的其余部分得以沾光。这篇论文他题名为《自愿奴役》；但是不知道这回事的人后来也适当地给它起名为《反对独夫》。当时他年少气盛，写成一篇评论文，提倡自由抨击暴君。其中有些篇章在有识之士之间传阅，备受重视与推崇，因为这是部好作品，内容极为丰富。

然而这还不能说是他最好的作品。当他到了更加成熟的年龄，我认识了他；如果那时他能和我一样有计划地把自己的奇思遐想形诸笔墨，我们就可以读到许多稀世佳作，可使我们非常接近古代的荣誉，因为在天赋方面我还没见过谁可以与他匹敌。但是他身后留下的就是这篇论文，而且还事出偶然，我还相信稿子散落以后他自己再也没有见过；还有就是因我们的内战而出名的元月敕令的回忆录，也可能以后会在哪里找到出版的地方。

以上是我从他的遗物中整理出来的所有稿子。他在病笃时立下遗嘱，充满爱心地嘱咐，除了我已请人出版的论文集以外，还让我继承了他的藏书室和文稿。我对那部论文集尤为感激，因为是它当了我们初次见面的媒介。在认识他以前很久，已见过那部书，使我第一次听说他的名字，这样开始了我们之间日益深厚的友谊，仿佛这是上帝的安排，开诚布公，实心实意，肯定举世罕见，男人之间尤其绝无仅有。要建立这样的友谊需要多少机缘，三百年能够遇见这么一次已是鸿运高照了。

我们走向交往，不是别的，好像完全受天性的驱使。亚里士多德说优秀的立法者关心友谊要多于正义。尽善尽美的交往就是友谊。一般来说，由欲念或利益，公共需要或个人需要建立和维持的一切交往都不很高尚美好；友谊中掺入了友谊之外的其他原因、目的和期望，就不像是友谊了。

自古以来的这四种情谊：血缘的、社交的、待客的和男欢女爱的，不论单独或合在一起，都达不到这样的友谊。

子女对待父辈，不如说是尊敬。友谊靠交流而培育，他们之间差别太大不可能存在交流，交流也可能妨害亲情的责任。父辈的一切秘密思想并不是都可以向子女直说的，否则会过于随便有失体统；还有规劝与指正是友谊的第一要素，子女对父辈很难这样去做。

以前有过一些民族，根据习俗孩子杀死父亲；还有一些民族，父亲杀死孩子，这是为了扫除双方有时可能彼此造成的障碍，从自然规律上一方的存在取决于另一方的毁灭。古代有些哲学家唾弃这种天然习俗，可以以亚里斯卜提为证。有人逼着他说，孩子是他生的，应该对他们有亲情，他开始吐口水，说这确是他生的，但是我们身上也会生虱子和小虫。另有一个证人，普鲁塔克劝他跟他的兄弟和解，他回答说："我不会因跟他出自同一个洞里而重视兄弟之情。"

兄弟这个名字确实美好又充满情意，也出于这个原因他与我联结在一起。但是财产分与不分，一个富一个穷，这都会大大损害和疏远这种兄弟情谊。兄弟并行等速去在同一条道上前进，还免不了经常磕磕碰碰，产生冲突。此外，志趣相投，脾性默契产生这些真正美好的友谊，这怎么会一定存在于兄弟之间呢？父子的性格可能截然不同，兄弟也会如此。这是我的儿子，这是我的亲戚，但是会是个凶恶的人，讨厌的人，愚蠢的人。还有，自然法则与义务要我们保持友好关系，我们的选择与自由意志也就更少。最能表明我们自由意志的莫过于感情与友爱。

这不是我在这方面没有体验到一切可能有的感情。我有个最好的父亲，直至风烛残年依然宽容之至。出身的家庭，也以父子情深、兄弟和睦而闻名，并为世人楷模。

谁都知道我爱兄弟犹如父辈。

——贺拉斯

虽然对女人的感情也出自我们的选择，但没法与之相比，也不属于同一类。我承认情欲的火焰更旺，更炽烈，更灼人。

女神也了解我们，

在关怀中包含温情的痛楚。

——卡图鲁斯

但是这种火焰来得急去得快，波动无常，蹿得忽高忽低，只存在于我们心房的一隅。友爱中的热情是普遍全面的，时时都表现得节制均匀，这是一种稳定持久的热情，温和舒适，决不会让人难堪与伤心。在爱情中还有一件事，就是我们得不到时反而有一种疯狂的欲望：

恰如猎人追逐野兔，
不管严寒酷暑，穿山越岭，
捕获了不再在意，
逃跑了则死不甘心。

——阿里奥斯托

爱情进入友爱结束阶段，就是说不再意志投合，爱情会消退，会厌倦。肉欲的目的是容易满足的，爱情也会因它享受到了而失去。友爱却相反，期望得到它，则会享受它，因为这种享受是精神上的，友爱在享受中提高、充实、升华，心灵也随之净化。

在这种完美的友爱之下，也曾有飘忽的感情在我心里停留，更不用提拉博埃西，他在那些诗篇已做了太多的表白。因而这两种情欲我都有过，彼此并不排斥，但是两者也不能相比：友爱展翅高飞继续前进，鄙夷地瞧着爱情远远地在底下踮着脚走路。

至于婚姻，这是一个交易市场，只有入市是自由的（期限受到约束和强制，绝非我们的意愿所能支配），这个市场一般是为其他目的设立的，其中需要清理千百种外来的纠纷，弄不好联系就会切断，热情之路就会转方向。而友爱除了友爱本身以外，没有其他闲事与牵连。

这种神圣的友爱是靠默契与交流滋养的，老实说，女人资质平庸，达不到这样的默契与交流；她们的心灵也不像坚强得可以忍受那么紧的套结，那么久的束缚。当然，如果没有这个，如果可以建立这样一种串连自由与自愿，不但心灵得到完全的享受，身体也参与结合，整个人全身心投入，这样可以肯定友爱会更丰富更完满。但是还没有例子说明女性达到这一点，古代哲学流派也一致同意把女性排斥在外。

另一种狎昵的希腊式爱情也理所当然地为我们的习俗所不容。那种爱在习惯上情人之间的年龄差别很大，宠幸程度也不一样，也不符合我们这里要求的情投意合、和谐一致："这种友好的爱究竟是什么？为什么一个丑的年轻人有人爱，一个美的老头儿就没人爱？"（西塞罗）当我对此这样说时，我想柏拉图学院提到的情景也没有对我否定。维纳斯的儿子在情人心中燃起对花季少女的初恋，这一种毫无节制的热情剧烈澎湃，造成一切鲁莽行为，也为他们所容许；但是这种初恋仅仅建立在以身体生殖作为假象的一种外表类上。这在精神上是不可能的，精神表现是隐藏的，它还只是刚刚诞生，处于萌芽的前期。

品行低下的人有了迷恋，他追逐的手段会是财富、礼物、封官许愿，以及其他卑劣的交易，这是柏拉图派所唾弃的。心灵高尚的人有了迷恋，采用的手段也会是高尚的：哲学教育，学习尊重宗教，服从法律，为国捐躯，宣扬英勇、谨慎与正义的范例。爱的人用心修饰自己的灵魂，使之美丽高雅，能被对方接受，身体已渐渐失去风采，盼望以精神交流建立一个更为密切长久的联络。

当这种追求达到成熟，那时被爱的人通过一种精神美的媒介，心中孕育对精神的欲望。（他们并不要求爱的人在追求爱的时候从容慎重，而要求被爱的人在这方面做得一丝不苟，因为他要对内心美做出判断，这是很难识别与不易发现的。）精神美是主要的，肉体美是次要的、偶然的；这恰是爱的人的反面。由于这个原因，他们更推重被爱的人，证实奥林匹斯诸神也偏爱被爱的人，高声斥责诗人埃斯库罗斯在阿喀琉斯和帕特洛克罗斯的恋爱中，把爱的人这个角色给了阿喀琉斯，让这个青春年少的小伙子当上了希腊第一美男子。

达成相互一致后，友谊中最有价值的核心部分发挥作用，占主导地位，他们说从这里产生对己对人都非常有用的果实。这也是接受这种习俗的国家的力量所在，公正与自由的主要捍卫者。阿莫狄乌斯和阿里斯托吉顿之间健康的爱就是证明。他们于是称之为神圣崇高的。在他们看来，暴君的残暴与民众的懦弱才对它充满敌意。

总之，要说到学院派的主张有什么称道之处，就是认为爱最后归结为友爱，这跟斯多葛派对爱的定义倒也并不相违："我们被一个人的美吸引时，爱就是要获得其友谊的一种尝试。"（西塞罗）再来说我对友谊更平易更公允的描述："当性格与年龄达到成熟与稳定时，才能对友谊做出完整的判断。"（西塞罗）

目前，通常所说的朋友与友谊，只是认识与交往，由某种机会或偶然性促成的，通过它我们的心灵进行交谈。而我说的友谊，则是两人心灵彼此密切交流，全面融为一体，觉不出是两颗心灵缝合在一起。如果有人逼着我说出我为什么爱他，我觉得不能够表达，只有回答："因为这是他，因为这是我。"

除了我理解以及我能够予以明确说明的东西以外，促成他与我成为知交的还有我说不清的缘分。尚未谋面，只在别人嘴里听到对方的消息就超出常情地促进彼此的好感，就相互希望结识，我相信这里面有什么天意。我们听到彼此的名字就先拥抱了。

偶然在城里的一次大集会上，我们初次相遇，真是一见如故，说话那么投机，彼此那么仰慕，从此以后，再也无人比我们更加知心了。他写了一首杰出的拉丁语讽刺诗，后来发表了出来。诗中对我们相认不久就心领神会，那么迅速默契无间，都做了辩解与说明。生命那么易逝，相见又恨晚，因为我们两人都快近而立之年，他还比我长几岁，不能再让时光虚度，按照正常慢悠悠的交友模式，事前要有长时间小心翼翼的交谈。

我们的友谊就是自成一格，除了友谊以外别无他想。这不是一种特殊的因素，也不是两种、三种、四种、一千种，而是所有这一切混合而成的精髓。我也说不清是什么，它控制了我的全部意志，带着它陷进和消失在他的意志中；它也控制了他的全部意志，带着它陷进和消失在我的意志中，怀着同样的饥渴，同样的激情。我说的消失是真正的消失，属于我们自己的什么都没留下，不分是他的还是我的。

罗马执政官对提比略·格拉库斯定罪以后，追捕所有与他有过密谋的人；当列里乌斯在执政官面前问盖乌斯·布洛修斯（格拉库斯最主要的朋友），他愿意为朋友做什么事，布洛修斯回答说："任何事。"

"任何事？"他又问，"假如他命令你放火烧掉我们的神庙呢？"

"他决不会命令我做这样的事。"布洛修斯反驳说。

"要是他命令呢？"莱利乌斯又追问一句。

"我会服从命令的。"他回答。

史书上说，如果他真是格拉库斯的密友，他就犯不上最后说出这句大胆的心里话去顶撞执政官，他不应该放弃他对格拉库斯的意愿的信任。然而，指责这是一句煽动性回答的人，没有领会到这其中的奥秘，没有料到他其实对格拉库斯的意愿能做什么，知道做什么，都了如指掌。他们不是因为是同胞而成了朋友，不是因为做朋友而成了朋友，不是因为都与国家为敌，都为了实现野心、制造混乱而成了朋友，他们就是朋友。他们完全情投意合，也完全掌握彼此脾气性情的缰绳，靠美德与理性行为操纵这辆马车（就像不装上这个是不能够驾驭的），因此布洛修斯的回答恰到好处。

如果他们的行动不协调，他们就不是按我所说的朋友，也不是他们这样的朋友。在这方面，我的回答不会比他更好。如果有人问我："假如您的意志命令您去杀自己的女儿，您会杀吗？"我只有同意。这并没有证明我同意这样做，只是我毫不怀疑我的意志，也毫不怀疑朋友的意志。我对我的朋友的意图与判断是确信不疑的，任何人说任何理由都不能推翻我的信念。他的任何行动不论以什么面目出现在我面前，我都不会不立即找到它的动机。我们的心灵步调一致地前进，相互热忱钦佩，这样的热忱出自彼此的肺腑深处，我不但了解他的心灵犹如了解自己的心灵，而且还更乐意相信他超过相信我自己。

但愿不要把一般人的普通友谊归于我这一类；我对这些友谊，甚至其中最好的友谊，也像别人有同样的认识。但是我劝大家不要混淆了它们的规则，不然就会犯错。身处在那四种友谊中，要缰绳在手，谨慎小心。情谊不是密切得可以让人不必担心疏远。开伦说，"爱他时想着有一天会恨他，恨他时想着有一天会爱他"。这个警句用在我说的至高无上的友谊上是可恶的，用在普通平常的友谊上是清醒有益的；针对它们，必须引用亚里士多德的那句老话："我的朋友啊，朋友是没有的！"

效劳与利益是其他一般的友谊的养料，在高尚的交往中这不屑一提。理由是这会混淆我们的意愿。我心中的友谊——不管斯多葛派怎么说——并不因我给人家危难时帮了忙而有所增加，正如我为自己服务也不会对自己表示任何感激，同样由于这样的朋友的一致是真正完美的一致，根本不去想什么是义务或不义务，至于恩情、尽责、感激、请求、道谢，以及这类区分你我与包含差别的用词，在他们之间遭到憎恨与驱逐。他们的一切都是共有的：意愿、想法、判断、财产、妻儿、荣誉与生命，根据亚里士多德的非常恰当的定义，他们会成了一个双身子灵魂，于是也不可能给予对方什么和借用对方什么。

这说明为什么立法者，为了把婚姻尊崇为想象中多少带有神圣意义的结合，禁止夫妻之间有什么馈赠，愿意以此说明一切都应是他们共有的，在一起没什么可以分割的。如果说在我谈的友谊中一个人能够给另一个什么，这应该是接受好处的人让他的同伴表示感激。因为两方最突出的愿望就是给对方做好事，提供物质与机会的人也就是慷慨的人，他满足朋友去处于他的位子做他最渴望做的事。哲学家第欧根尼缺钱花的时候，他不说向朋友借钱，而是说向他们讨钱。为了说明这类事在实际上是怎样做的，我举出一个古代的例子，真是匪夷所思。

科林斯人欧达米达斯有两个朋友，西希昂人卡里塞努斯和科林斯人阿雷特斯。他的两个朋友很富，他自己很穷，临死前立下这样的遗嘱："我遗赠给阿雷特斯的是对我母亲晚年时的供养；给卡里塞努斯的是把我的女儿出嫁和赠给她尽可能丰富的嫁妆；

若两位被遗赠人中有一人先过世,我要在世的人承接我给他的这份遗赠。"

最初看到这份遗嘱的人付之一笑。但是他的继承者获知内容以后都欣然接受。其中一位,卡里塞努斯五天后也过世,就由阿雷特斯替代继承。他悉心赡养这位母亲,从自己的五塔兰财产中分出两塔兰半给自己的独生女做嫁妆,另外两塔兰半给欧达米达斯的女儿做嫁妆,并在同一天给她们举行了婚礼。

这个例子几乎是完美的,除了有一种情况,就是朋友不能是多数。因为我说的这种完美友谊是不可分割的,每个人都把自己全部给了对方,再也留不下什么给别人。相反,他还遗憾自己不能一化为二、为三、为四,自己没有好几个心灵、好几个意志,统统都奉献给一个对象。一般的友谊是可以分享的;可以爱这一位相貌好,爱另一位性格随和,再爱一位慷慨大方的,有的慈爱似父辈,有的情谊像兄弟,等等;但是这个友谊占有和支配着我们的心灵,是不可能一分为二的。如果两人同时要求你帮助,你奔向谁呢?如果他们要求你做两件相反的事,你怎么安排呢?如果有件事一人要你保守秘密,另一人又有必要知道,你怎么应付呢?

专一、压倒一切的友谊容不得其他一切义务。我信誓旦旦不去泄露的秘密,我不用假惺惺就能透露给另一个人就是我。两人同心同德已是了不起的奇迹,有的人说三个人同心同德,这是不知道这种友谊高不可攀。凡有可以比拟的东西就不是极致的。有人假设我对这两人的爱不分上下,他们相互爱也爱我,也不亚于我爱他们。那是他把唯一、统一的友谊庸俗化成了大众的友爱。而那种友谊即使走遍全世界也是很难觅到的。

这个故事的下文非常符合我刚才说的:欧达米达斯在需要时

向朋友求助，看作是对他们的好意与恩惠。他让他们做了他这份慷慨赠与的继承人，即是授予他们如何给他做好事的方法。毫无疑问，他做的事要比阿雷特斯做的事更显出友谊的力量。总之，对于从来没有体验这种友谊的人是很难想象其威力的。尤其令我称道不已的是那位士兵对尼鲁士一世的回答。士兵的马刚才在比赛中获奖，国王问他那匹马想卖多少钱，愿不愿意去交换一个王国，士兵说："陛下，当然不会的，不过要是我找到值得交心的人，我很乐意换来跟他做朋友。"

他说得不错，"要是我找到"；因为要找泛泛之交的人有的是。但是我说的那种，遇事商量要推心置腹，毫无保留，一切心机都必须开诚布公。

人与人的关系只须顾及一头时，于是大家也仅仅防止这一头出现任何不足之处。我的医生、我的律师信什么宗教无关紧要。他们好意给予我的服务与这层考虑都扯不到一起去。我跟为我做事的人的主仆关系也是如此。我从不过问一个仆人近不近女色，我要知道他是不是勤劳。我担心赶驴的不是赌钱，而是笨手笨脚，担心厨师的不是爱骂人，而是做不好菜。我不会出头跟大家说该做什么——出头说的人已够多了——而是我做的是什么。

> 我这样做，你可以按你的方法那样做。
>
> ——泰伦提乌斯

我跟爱说笑和不拘谨的人在餐桌上不拘礼节。在床上，首先是美，其次才是体贴；在交谈中，首先是能干，哪怕不婉转。其他事也如此。

就像阿格西劳斯，被人撞见骑着一根棍子跟他的孩子在玩，要求看见的人什么都不要说，等他自己当了父亲，认为心里也有这份父爱，会使他对这个行动做出公共的评判。对那些试过我说的那种友谊的人，我希望也这样说。但是深知这样一种友谊实属少有，与时下常见的友谊天差地别，并不期待会找到公正的法官。因为古代给我们留下的文献中，谈到这个题目我觉得跟我所说的感情相比平凡逊色。在这点上，事实要超过哲学的教条：

  对隽智者来说，什么都及不上一位好友。
——贺拉斯

  古人米南德说，就是遇见朋友影子的人也是有福了。他当然有理由这样说，尤其这话他是有感而发的。如果我回顾一生，说真的，蒙上帝的恩宠，除了失去过一位这样的朋友，我过得非常平静舒适，无忧无虑，心境愉悦，满足于自然基本的需要，也不思其他；我要说的是，若把这样的生活跟我与那位朋友怡然相伴的那四年相比，那就只算是烟云，昏暗无聊的黑夜。自从失去他的那天，

  这天永远让我伤心思念，
  （神啊，这是你们的旨意！）
——贺拉斯

  此后我过得无精打采；若遇上快乐的消遣，不但不能给我安慰，反使我加倍怀念他的不在。我们各人为整体的一半，我觉得我偷去了他的一份。

今后再也不追求快乐，
既然他已不再与我分享。

——泰伦提乌斯

我已那么习惯于到哪里都是以第二个自居，而今竟好像只剩下了一半。

啊！假若命运夺去了我的半个灵魂，
另外半个我留在这里做什么用？
既然它对我已不再可亲，勉强图存。
那天何不使我们同时沉沦！

——贺拉斯

做什么，想什么，我都会对他思念；犹如他也会这样对我思念。他在学问与品德上超过我何止千里，同样尽友谊之责时也是如此。

为什么要为我的悲悼脸红？
为什么不能放声为我们知友痛哭？

——贺拉斯

兄弟，失去了你我多么不幸！
随着你而去的还有这些欢乐，
那是你的温情友谊带给我的！
你走了，我的幸福也随之破碎，我的兄弟，
随着你，两人的灵魂一起葬入坟里。

你的死亡也带去了我生活中
勤读的悠闲与思索的乐趣。
我再也不能跟你说话,听你说话?
比我生命还亲的兄弟啊,
永远爱着你,难道也见不着你?

——卡图鲁斯

但是让我们听听这个十六岁少年说些什么。

因为我发现这部作品后来被人怀着不良意图出版了,那些人企图制造混乱,改变政策,毫不在乎这是否有利于局势的改进。他们还把自己写的其他文章夹在里面,我决定收回在此刊登的诺言。为了作者的名声不致在对他的思想行动不够熟悉的人中间受到影响,我告诉他们这篇论文不过是他少年时代撰写的习作,主题也属老生常谈,在各种书籍里成千处出现。

我毫不怀疑他对自己写的东西是相信的,因为他做事认真,就是在游戏时也不说谎。我还知道若由他自己来选择,他宁可出生在威尼斯而不是萨尔拉;这是有道理的。但是他还有另一条格言,深深铭刻在他的心灵上,就是非常虔诚地服从和严守他出生地的法律。哪个公民也不及他奉公守法,更热心促成国家的安宁,敌视时局动荡和改革。他只会运用自己的力量去消除动乱,而不会去推波助澜。他的思想是按照前几个世纪的模式形成的。

于是,我将用另一篇文章,来代替这篇严肃的作品,也是在那个年代写的,但是更加轻松活泼。

第二十九章
艾蒂安·德·拉博埃西的二十九首十四行诗
——致德·格拉蒙夫人,吉桑伯爵夫人

夫人,这次奉上的诗没有一篇是我写的,至于拙作不是您都已有了,就是我再找不出值得您一读的了。但是我希望这些诗篇不论在哪里出现,都在篇首冠上您的大名,承蒙高贵的科丽桑特·当杜安指教,使这些作品增辉不少。

把这部诗集献给夫人,我觉得是再合适不过了,因为在法国没有哪位夫人在诗歌欣赏与运用上能与您相比。还有您天赋一副好嗓子,音域宽广,音色丰富,百万人中也难得一见,所以,也无人能像您给诗歌平添那么多生气和活力[①]。

夫人,这些诗篇值得您珍爱,您将会同意我的看法,加斯科涅还没出过更有创意和更优雅的诗篇,说明完全出自大家之手。此前我出版过他的诗,题献给您的至亲德·弗瓦先生,您收到的只是其中一部分,如今您不用感到妒羡了。因为这二十九首诗有一种我说不出的更强烈的激情热火,由于他创作时正当风华少年,充满高尚美好的憧憬,这一切有朝一日我会在夫人耳边细说。

他的其他诗篇都是以后求婚时为了得到妻子的欢心而写的,已经透露出我说不清的做丈夫的矜持。有人认为诗决不适合打情

---

① 十六世纪,法国诗歌可以吟唱。

骂俏的题材，我同意他们的看法。

这些诗篇或许还有其他版本①。

---

① 据说，蒙田生前出版的版本都附有这些十四行诗。又据猜测，1588—1592 年间这些诗出过单行本，使蒙田在全集中删去。但是单行本至今未有人见过。如今这 29 首诗不收在蒙田全集内，而附于注解补充部分，译本中就不收入了。

第三十章
论节制

我们身上仿佛有邪气，凡经我们触摸的东西，原本是美好的，也都成了丑恶的。美德是好事，假若我们怀着过分急切强烈的欲望去抓住它，就会变成坏事。有人说美德不能过分，因为过分就不是美德，他们玩起了文字游戏：

追求美德过了头，
理智的人可成疯子，正常的人可成痴子。

——贺拉斯

这是一条微妙的哲理。人可能太爱美德，又过分做好事。那句圣言是用来纠正这个偏颇的："不要看自己过于所当看的……要看得合乎中道。"（《新约·罗马书》）

我见过一位大人物，为了显得虔诚，超出同类人的任何做法，反而损害了自己的宗教名声[1]。

我喜欢性情中允平和。过分，就是做好事，即使没有冒犯我，也使我惊讶，不知如何说的好。波萨尼亚斯的母亲是第一个控告，也是第一个拿起石头砸死自己的儿子的人；独裁者波斯图缪斯，由于儿子年少气盛，擅自领先冲出兵阵，成功扑向敌人，却下令把儿子处死。这在我看来并不公平，而且莫名其妙。我

---

[1] 指法国国王亨利三世，为了表示虔诚，加入了鞭笞派教派，引起西克斯特五世教皇的嘲笑，对法国驻梵蒂冈的代表说："你们的国王，凡是神父要做的一切事，他没有不做的。而我一样也没有做，还是当上了神父。"

并不喜欢向人推荐，也不要求模仿这么一个野蛮、代价昂贵的美德。

弓箭手一箭打过了靶子，就像打不到靶子一样，都是没有命中。迎头撞上强光与瞬间跌入黑暗，同样叫我眼睛发花。在柏拉图的著作中，加里克莱说极端的哲学是有害的，建议不要陷入太深，越过利益的界限；节制的哲学令人愉悦方便，不然会使人变得野蛮恶毒，蔑视大家的宗教与法律，敌视人际交往和大众娱乐，不能参加任何政治管理，对人对己都毫无帮助，只能自绝于社会。他说的是实话，因为哲学走上极端会束缚我们天生的爽直，使我们钻进了牛角尖，偏离天性为我们开辟的平坦大道。

我们对妻子的爱是天经地义的，但是神学还是不放过要加以约束和限制。我好像从前在圣多马的著作里读到，他谴责近亲结婚，其中有一条理由是这可能导致对这样一位妻子的爱不加节制。因为丈夫按理应全心全意爱她，如今又加上了一份亲情，毫无疑问，这番亲上加亲会让丈夫越出理性的范围。

男人的道德规范，如同神学与哲学，渗透到一切领域。没有一件私人和秘密的行为，能逃过它们的视线与管辖。批评它们恣意妄为的人真是少不更事。那些女人，交欢时什么部位都可以让人看，要脱衣就医时则羞得不愿暴露。所以在这些规范方面，我要向丈夫说的是，任何人要是热情太旺盛了，不加节制，即使跟妻子行房事也是应该排斥的。这也会像在私通中让人误入歧途，放浪，纵欲过度。初尝禁脔后迷恋肉欲而不能克制，不但荒唐，对妻子也是有害的。至少她们从别人那里学会了不怕难为情。其实我们需要时她们总是能满足的。在这方面我只是听其自然，简单行事。

婚姻是一种宗教的神圣结合；因而从中得到的乐趣也应该是节制严肃，还带点古板。这应该完全是一种谨慎、有意识的肉欲。因为它的主要目的是传宗接代，有的人就产生这样的疑问，当我们已不存在得到这个果实的希望时，还有她们过了妊娠年龄或者已经怀孕时，是不是还允许寻求她们的怀抱。按照柏拉图的说法，这是行凶杀人。有的民族，尤其是穆斯林憎恶跟怀孕女子做爱，也有许多不跟月经期女子同房。叙利亚王后齐诺比娅只是为了受孕才接受她的丈夫；有喜以后，怀孕期内让他自由行动，再要受孕时才让他有权利进入房内；这真是婚姻的崇高好榜样。

柏拉图还从一位好女色的穷诗人那里听来这个故事。朱庇特有一天欲火难熬要跟妻子行房事，还没等到她躺上床，就迫不及待把她按倒在地板上，兴头上根本忘了他刚才在天廷与诸神做出的重大决定，还夸说他真是干得过足了瘾，就像第一回背着他们的父母夺去她童贞的那次。

波斯国王带了后妃出席宴会，席间酒喝得他们血管膨胀，按捺不住情欲，就让她们退出不用再作陪，而是召来那些他们毋须尊重的女人纵情作乐。

寻欢作乐，宠幸赐赏，并不是人人都有份的。伊巴密浓达下令把一名浪荡子关进了牢，佩洛庇达向他求情，要求放他自由；他不答应，却把青年给了也为他求情的本家姑娘，说这个情可以放给一个情人，但不配放给一位将军。

索福克勒斯在官署里陪同伯里克利，偶然遇见一名美少年经过，对伯里克利说："这里有个好美的小伙子！"伯里克利对他说："对别人可能是好事，对行省总督却不是，他不但手要干净，眼睛也要干净。"

罗马皇帝埃利乌斯·维勒斯，当皇后埋怨他宠幸其他女人，回答说他是逢场作戏偶尔为之，因为婚姻代表荣誉与尊严，不是搞风流韵事的。我们古代经史作家不无尊敬地提到一位女子，因为不愿意陪同丈夫荒淫无度，而把他赶出了家门。总之，任何一种行乐不论如何正当，放任不加节制必须受到谴责。

说实在的，人难道不是一种可怜的动物吗？他刚好凭天性有能力去享受唯一充分纯然的乐趣，又立刻辛辛苦苦用理智去压制这个乐趣；要不是处心积虑自添烦恼的话，人其实并不娇弱：

> 我们都在巧妙地增加自己命运之不幸。
>
> ——普罗佩提乌斯

人的智慧在愚蠢地卖弄聪明，想方设法去删减属于我们的情欲的数目与快乐。就像它乐于勤奋地施展诡计去粉饰我们的痛苦，麻木我们的感情。如果我可以做主，我就会创造另一条更自然的道路，说实在的也就是方便纯洁，我也因此可能足够坚强去做到适可而止。

虽然我们精神与肉体方面的医生，仿佛经过串通密谋似的找不到治愈的道路以及医治身体与精神的良药，却会施用折磨、痛苦和苦难来代替。节前守夜、斋戒、穿粗毛麻衣、远地单独流放禁闭、终身监禁、苔杖和其他刑罚，都是为了这个目的而引进的，只要它们是真正的苦刑，让人痛彻心扉就可以。

有一个加里奥就遇到这样的事，他被送到莱斯博斯岛上流放，在罗马有人得到情报说，他在那里日子过得很好，施加在他身上的刑罚却被他用来过得乐滋滋的；这样罗马改变主意把他召回，在家里跟妻子一起过，命令他待在那里，让他感觉这是他们强加的一种刑罚。

因为对于斋戒能够增强体质感觉轻松的人，吃鱼比吃肉更有胃口的人，这对他们不再是良方。就像在医学上，把药吃得津津有味的人，药对他是不起作用的。苦药难咽才对他们的病情有帮助。对于用惯大黄的体质，使用大黄就是糟蹋。必须使用触动胃的药才能治愈胃病；这里就有一条共同规则，物反相克，也就是以毒攻毒。

这种看法跟古代的那则记载倒有相符之处，想到以屠杀生灵来祭祀天地，这是所有宗教普遍信奉的仪式。近在我们的祖先时代，穆拉德二世攻占科林斯地峡时，屠杀了六百名希腊青年祭奠父亲的亡灵，让这些血补赎死者生前的罪孽。在我们这个时代发现的新大陆，跟我们的大陆相比还是块纯洁的处女地，这种做法也到处存在。他们所有的偶像都是浸透人血，各种残酷的事例骇人听闻。有活活烧死的，有烤到半生不熟的，有拉出火堆剖腹掏心的。还有把人，甚至包括妇女活活剥皮，鲜血淋漓地拿来穿在身上，或给别人做面具。

也有同样多坚贞献身的事例。因为这些可怜的人牲——老人、女人、儿童——几天前主动要求施恩，让他们充当牺牲，跟着在场的人唱歌跳舞走上祭台。墨西哥国王的使臣们对费南特·科尔特斯大谈他们君王的伟大，说他有三十位封臣，每位封臣可以召集十万名战士，他住在天底下最雄伟美丽的城里。还跟他说他每年要向神供奉五万名人牲。他们说的也是实情，他跟邻近的大民族不断开战，不但是锻炼本民族青年，更主要的是抓获战俘去做人牲。在另一座城镇里，为了欢迎这位科尔特斯，他们一次杀了五十个人牲。

这事我还没有说完呢。这些民族中有人被他征服过，派了人去感激他,寻求他的友谊。使臣向他献上三件礼物,还说:"大王,这里是五名奴隶;你要是个威武的神,平时吃的是血与肉,那就把他们吃了,我们以后再给你多带些;你要是个慈悲的神,这里是香柱和羽毛;你若是个人,那就收下这里的禽鸟和水果。"

第三十一章
论食人部落

伊庇鲁斯国王皮洛士看过罗马人派来迎战他的军队的部署后,进入意大利时说:"我不知道这些是什么样的野蛮人(希腊这样称呼所有的外族),但是我看他们的布阵一点也不野蛮。"希腊人对弗拉米尼率领进入他们国家的军队也说过同样的话。腓力从一座小山头看到普布利乌斯·苏尔比修斯·加尔巴指挥的罗马军队,在他国土里的驻兵营秩序井然,也这样评价。以此说明,必须防止自己轻信世俗之见,用理智的思考去做出判断,不要人云亦云。

我有一位老朋友长期来往,他在本世纪发现的另一块大陆上生活了十一二年,维尔盖尼翁在那里登陆后取名为"南极法兰西"。发现一个幅员辽阔的国家,这件事值得深思。我不知道我是否能保证今后不会再有这样的发现了,因为那么多位比我们重要的大人物这一次都错了。我担心我们眼睛大肚量小,好奇心多于理解力。我们什么都要拥抱,抱着的只是一阵风。

柏拉图引述梭伦的话,说他在埃及塞依斯城听祭司说,从前在洪水以前,有一座大岛叫阿特兰蒂斯,直接正对着直布罗陀海峡入口,面积比亚非两洲总和还要大。说岛上的国王不但占有这座岛屿,还曾经扩展到过内陆大批土地,东到非洲埃及,北至欧洲托斯卡纳,准备跨入亚洲,占领地中海沿岸直至黑海海湾的所有民族;为了达到这个目的,他们穿过西班牙、高卢、意大利,一直来到希腊,那里有雅典人支持他们。但是不久以后,雅典人、他们自己以及他们的岛屿都被洪水淹没。看来这场水灾造成的破坏,非常可能使地球的居住地带发生了奇异的变化,就像有人说是海水分离了西西里岛与意大利。

> 天崩地裂使地球分成几块,据说
> 原本这几大洲都是连成一片的。
> ——维吉尔

塞浦路斯与叙利亚分离了,埃维厄岛与维奥蒂亚陆地分离了,然而也有原来分离的土地,鸿沟之间填满了泥土与沙子而连成了一片,

> 这片长期荒芜,只可行舟的沼泽地
> 养育许多城市,承受沉重的铁犁。
> ——贺拉斯

但是这座岛屿不大可能是我们不久前发现的新大陆。因为它那时几乎跟西班牙接壤;现在两者相差一千两百多里,洪水要把它推移到那么远,其威力是不可思议的。再说,近代人通过航行,差不多已经发现这不是一座岛屿,而是一片广袤的陆地,一边与东印度,一边又与两极底下的陆地相连接;或有断裂的地方,都是极小的海峡或低地,连个岛屿也称不上。

在这些地层里面,就像在我们的身体内,好像也有运动,有的是自然的,有的是发烧引起的,我的家乡多尔多涅那条河,我想起它当年朝着右岸倾势而下,二十年间漫流到许多地方,冲去了好几座大建筑的基础,我认为这是不可轻视的变动,因为它若

一直以这个速度流动，今后也不停止，地球的面目就会彻底改变。但是河流经常会改道，有时偏向这一边，有时偏向另一边，有时又安分守己。

且不说突发的洪水，这里面的原因已略知一二。我的弟弟达尔萨克领主，在梅多克海边看到自己的一块土地被海水挟带的泥沙盖没，有些房顶还露在外面。他的地产变成贫瘠的牧场，收入也相应减少。居民说，最近以来海水推进得那么快，他们已失去四里路的土地。沙子是海的先行官，可以看到这些流动的沙丘，领先海水半里地在步步进逼。

古代还有一则文献记载了这个发现，那是在亚里士多德的著作里，如果那部小书《旷古奇闻》确实出自他的手笔的话。他在书里说一些迦太基人走出直布罗陀海峡，横渡大西洋，行驶了很长时间，最后发现了一座物产丰富的大岛，森林密布，河流宽深，远离所有陆地。他们，后来又有其他人，被岛上的温和气候和适宜耕种所吸引，携带家眷前来开始定居。迦太基的领主看到他们国内人口逐渐减少，正式颁布禁令，谁都不能再迁往那里，违者处以死刑，还把新移民赶走，据说害怕他们一代代繁衍生息，取代他们，损害他们的地位。亚里士多德说的这座岛也不符合我们的新大陆。

我在文章开头说的那个人朴实单纯，这样性格的人说的证词不会是假的，因为思想灵活的人好奇心大，观察到的东西也更多，但是他们妄加评论；为了说得振振有辞，让人信服，禁不住会对历史稍加篡改，他们不会向你说出事物的原来面目，他们眼中看到了什么总是要把它偏向一点和遮盖一点。为了使自己的见解有分量，吸引你的注意力，不惜添枝加叶，夸张渲染。

所以必须是一个非常忠厚的人，或者非常单纯的人，他胡编不出东西,也不会把一件胡编的事说成像真的似的,也不借用什么道理。我说的那个人就是这样,除此以外,他还好几次给我介绍了他在旅途中认识的水手与商人。所以我很满意他提供的情况,也就不去打听那些宇宙学家是怎么说的了。

我们需要地形学家给我们专门讲述他们曾经去过的地方。但是,他们见过巴勒斯坦,这点胜过我们,却往往利用这个优势要给我们讲述世界的其他地点。我要的是各人写各人知道的东西,知道多少写多少,不但在这方面如此,在其他方面也是如此。因为某个人可能对一条河或一处泉水的自然状态有特殊的研究与经验,对于其他东西就只是掌握了一般知识而已。然而他为了让人走一走这块弹丸之地,却着手描写地球全貌。许多弊端都是从这个毛病而来的。

现在言归正传,我觉得,根据我听说的情况,那个国度里没有什么是野蛮和残酷的,除非大家把不合自己习俗的东西称为野蛮;就像事实上我们所谓的真理与理性,其标准也只是借鉴我们所处国家的主张与习俗而已。我们这里的宗教是完美的,政体是完美的,一切的一切都是十全十美的。而他们都是野蛮的,就像我们把天然环境中按照自身进程成长的果子称为野生的一样。其实,应该称为野蛮的,倒是被我们人工歪曲、脱离共同秩序的那些人。在前面所说的那些人身上,真正的、有益的、天然的美德与特性更加强烈活跃;在后面所说的那些人身上,这些美德与特性都被磨灭了,而去迎合恶俗的情趣,追求欢乐。

生长在这些地域中的野生水果,味道鲜美可口,绝不比我们的逊色,完全符合我们高尚的口味。人工创造会胜过伟大万能的大自然母亲,这是没有道理的。我们用自己的想象胡乱添加在美丽丰富的自然创造物上,已把它们闷得窒息。只要那里还闪烁着它纯洁的光芒，可使我们那些虚妄低俗的装饰黯然失色，令我们汗颜无地。

> 自然成长的长春藤更茁壮，
> 荒山洞里的野草莓更鲜美，
> 野外的鸟歌声更幽婉。
>
> ——普罗佩提乌斯

我们费尽心机也造不出小鸟的窝，它的结构、它的美与它的用途；也编不出小蜘蛛的网。柏拉图说，世间万物无不是大自然、机缘或人工制造的；最大最美的都是大自然与机缘制造的，而人工制造的则最差、最不完美。

这些民族依我看来在这个意义上是野蛮的，就是还没受到人的思想的干扰，还没脱离原始的淳朴。指导他们的还是自然法则，还没受我们的法则的连累而退化。但是令我感到遗憾的是，从前那些比我们有更强判断力的人存在时，怎么就没及早认识他们，看到他们的纯洁？我还可惜利库尔戈斯和柏拉图没有听说他们，因为我觉得我们在这些民族中实际看到的东西，不但胜过用诗意描述的黄金时代的种种图像，用想象虚构的幸福人生的一派胡言，还超越哲学的构思与期望。他们想象不出我们在实际上见到的那么纯洁质朴的真性情，也不相信我们的社会只要依靠一些人为的智巧与协调就可以维持的。

我要对柏拉图说，在那一个国家里没有交易，不识文字，不懂数目，没有官名，没有政治特权；没有主仆关系，没有财富与贫困；没有合同，没有继承，没有分割，劳动都很清闲，对人不论亲与非亲一律尊重；没有衣服，没有农业，没有矿业，不酿酒,不种小麦。谎言、背叛、隐瞒、吝啬、嫉妒、诽谤、原谅,这些字眼都闻所未闻。他认为他所想象的共和国离这样完美的境界有多远:"诸神创造的新人。"(塞涅卡)

> 首先是大自然给他们定下这些规则。
>
> ——维吉尔

此外,他们还生活在一个风景优美、气候宜人的国度里;据证人对我说,很少看到人生病,还向我保证从没见过有人打寒颤、生眼病、牙齿不全或老态龙钟。他们沿海而居,后面有高山为屏障,海山间隔有一百多里宽,鱼与肉都十分丰富,与我们这里的大不相同,仅煮一下就食用,没有其他佐料。第一个外人骑了一匹马进去,虽然来过几次,与他们也有交往,他这样的坐姿引起他们极大的恐慌,在把他认出以前就用箭射死了。

他们的房屋极长,可以住两三百人,用大树的树皮盖成,一头固定在地,到了顶部相互支撑不倒,犹如我们的大谷仓,仓顶垂落到地上,可充作侧壁。他们有的木材极硬,用来切东西,做刀剑和烤肉架。他们的床是用棉布做的,悬挂在房顶上,好像我们船上用的床,一人一张,因为妻子与丈夫是分开睡的。他们日出即起,起后立即进餐,一天就只吃这一顿。吃饭时不喝东西,像苏伊达斯词典[①]说的某些东方民族,用餐以外才喝水。他们一天喝好几次,每次喝足。

他们的饮料是用根须熬成的,颜色犹如我们的波尔多红葡萄酒。他们只喝温热的。这类饮料只能保存两三天,味道微辛,不

---

① 拜占庭时代的一部专门研究异教文化的词典。

会使人醉，健胃，不习惯的人喝了会腹泻。喝惯的人觉得很爽口。他们吃的不是面包，而是一种类似浸过的芫荽根的白色食物。我尝过，味道甜，嫌淡。

他们白天跳舞。青年带了弓箭去打猎。一部分妇女则忙着给他们温饮料，这是她们的主要工作。早晨大家开始吃饭前，会有一位老人对全屋的人训诫，从一头走到另一头，嘴里好几次重复同样的话，直至走完一圈（因为这些房子约有一百步长）。他只叮嘱他们两件事：英勇杀敌，温柔待妻。而他们也不会忘记表示这份感激，叨念说是他们的妻子给他们配制和温热饮料的。在许多地方，就是在我家里，也可看到他们的床、绳子、剑、打斗时使用的木护腕、一头开孔的大棍子，跳舞时用它的声音打节拍。他们全身不留毛发，刮得比我们干净得多，用的是木头或石头做的剃刀。他们相信灵魂永生，得到神灵庇护的灵魂就住在天边太阳升起的地方；受诅咒的灵魂则住在西方。

他们还有一些我说不出名分的祭司和占卜师，很少在百姓中间露面，住在高山上。他们一到，好几个村子（我说的一座粮仓，也就是一个村子，中间相隔约为法国一里地）举行庄严隆重的大集会。这位占卜师当众讲话，鼓励大家保持美德，尽到职责。但是他们全部伦理只包括这两条：英勇作战，热爱妻子。占卜师为他们预测未来和他们应对后会有什么样的结果，鼓动他们去打仗还是不打。但是遇上他的预言不准，事情的发展跟他的预言不符，那时他若被大家逮住就会遭千刀万剐，被指控为伪师。由于这个原因，占卜师只要出错一次，就再也看不见了。

预言术是神的恩赐，因而胡说八道是一个必须惩罚的欺骗行为。在斯基泰人中，占卜师说话不灵验，就被人四肢捆绑，躺上装满野蕨的大板车，被牛拖走烧死。管理凡人凡事的人，做了什么事总还可以原谅。但是另一些人在我们面前吹嘘自己超凡入圣，神通广大，是不是应该对他们说话无信，胆敢欺骗而严惩不贷呢？

他们跟高山后边、内陆地带的民族发生战争，全身赤裸上阵，携带的武器就是弓箭和木头剑，一头削尖就像我们的长矛。他们作战的坚定性令人吃惊，不死伤流血决不收兵，因为他们从来不知道什么是溃败与害怕。每个人把他杀死的敌人首级作为战利品，挂在自己的房屋门口。对于俘虏，关押时期只要自己能想到的尽量予以优待，过了一段日子后，俘虏的主人召集朋友开个大会，他把一根绳子系在俘虏的臂上，他拿住一头，隔开几步远，害怕被他袭击，把另一条手臂也这样交给他的至友，他们两人当着大家的面，用剑把俘虏砍死。然后再把他烤熟，共同享用，还留下几块送给缺席的朋友。从前斯基泰人这样做，人们认为是为了果腹，这里是一种极端的复仇方式。

事情之所以如此，那是看到葡萄牙人跟他们的敌人联盟，抓获他们以后用另一种方法处死，那就是把他们下半身埋在土里，用箭射他们上半身，然后再把人吊死。因为他们认为从另一个世界来的这些人，在他们的邻国散播了许多作恶的鬼主意，在耍阴谋搞诡计方面远远胜过他们，有机会也不会不报复，而且比他们还厉害，所以也就放弃了原有的方式而用了这个方式。

我们看到这种行为实在骇人听闻，我认为这不应该，但我还真心认为不应该的是我们在评论人家的错误时，对自己的错误熟视无睹。我想吃活人比吃死人更加野蛮，把一个还有感觉的身体千刀万剐，一片片烧烤，让狗和公猪咬他啃他（这个我们不但在书本中读到，还亲眼看到，记忆犹新，不是发生在宿敌中间，而是在邻居与同胞之间，更可恶的还是以虔诚与宗教作为借口），比他死了以后再烤再吃更野蛮。

斯多葛派首领克里西波斯和芝诺，确实曾认为在我们需要时把尸体当作食物充饥，这并没有什么不好。就像我们的祖先，被恺撒围困在阿历克西亚城中，为了忍住围城带来的饥荒，决定食用老人、妇女和其他在战争中无用的人的肉体。

> 据说加斯科涅人用这样的食物
> 延续自己的生命。
> ——朱维纳利斯

医生并不怕为了我们的健康，把尸体用于各种用途，有的内服，有的外敷。说到原谅我们平时常犯的这些错误，如背叛、不忠、暴政、残酷，那时看法就会非常不一致。

我们可以称这些民族野蛮，但要从理性的规则来看，不要从我们的规则来看，我们在各种野蛮方面超过他们。他们的战争高尚慷慨，也可同样得到对这个人类通病的溢美之辞。他们之间的战争，唯一起因是比谁更勇敢。他们不会为了征服新土地而打仗，因为他们享受着这天赐的富饶，不用辛苦劳作就可提供一切生活必需品，物质那么充足根本无须去扩展边界。

他们也知道幸福所在，大自然给他们多少，也正是他们希望得到的多少。超过需要的也是多余的。他们对同辈的人相互称兄弟，对小一辈的人称孩子，而老人是大家的父亲。他们让共同的继承者完全掌握他们的未分财产，也无特殊权利，只是大自然在土地上的出产归于它的创造物。

如果邻近的民族跨过山头进攻他们，并且战胜了他们，其胜利成果是荣誉，是继续做个勇武美德的主人，因为战败者的财物是用不上的，班师回到自己的家园，那里什么必需品都不缺，还不缺少这份大智慧，就是会幸福享受自身的处境，别无他求。这些人反过来也是这样做的。他们不向俘虏要求赎金，只要求对方承认自己是战败者并进行忏悔。

可是整个一个世纪，个个俘虏都是宁愿死，也不愿在态度和语言上收敛不可战胜的豪气。没有一个俘虏不是宁可被杀被吃，也不讨饶要求不死。他们毫无顾忌地虐待俘虏，为了让他们觉得保命重要，时常以眼前的死亡相威胁，今后要受怎样的折磨，会上怎样的酷刑，砍断四肢，送上人肉宴吃掉。做这一切的唯一目的是从他们嘴里说出讨饶的软话，或者引起他们要逃跑的想法，从而可以神气地认为把他们吓着了，逼得他们丑态毕露。若仔细理解，真正的胜利也在于这一点：

> 战败的敌人承认对方赢了，
> 这时才确立了胜负。
>
> ——克劳迪乌斯

匈牙利人骁勇善战，并不乘胜把敌人逼得走投无路。因为敌人认输以后，他们就放他走了，不侮辱，不要赎金，最多要他保证从那时起不再用武力与他们为敌。

我们在敌人身上占了不论多少好处，这些好处都是一时的，算不得是自己的。拳头大胳臂粗，这是脚夫的需要，不是美德的需要。身手灵活是一种死板的、肉体的能力；使敌人失足倒下，或借阳光使他眼睛发花，这靠的是机缘；剑术高明，这是一种技艺，有时懦夫、草包也能掌握。人的声望与价值在于心气与意志；这才是真正的荣誉所在；勇，不是四肢结实，而是心灵坚毅；勇，不存在于你的马匹和武器的价值上，而在我们自身的价值上。那个人倒下了，还英勇不屈，"他跌倒了，就跪着战斗。"（塞涅卡）死亡迫在眉睫的人不丧失一点信心；气息奄奄时还瞪着轻蔑的目光注视着敌人；他不是被我们而是被命运击败的；他被杀了，但是没被征服。

最勇的人常常命运多舛。

所以壮烈失败抵得上胜利大捷。萨拉米斯、普拉提亚、迈卡莱和西西里，这四场性质相近的胜仗，也是阳光下难得见到的辉煌战果，但是它们的荣耀即使加在一起，也很难跟列奥尼达斯国王以及他的士兵在温泉关壮烈牺牲相比。

在战斗中谁的求胜心比得上伊斯科拉斯将军的求败心更加豪放，更加引以为荣呢？谁求生比他求死还更加机智巧妙呢？他受命守卫伯罗奔尼撒的某处峡谷，抵挡阿加迪亚人。由于地形不利，兵力悬殊，觉得自己不可能完成这个任务，决定与敌人对阵的一切兵力必须留在原地不动；另一方面，如果完不成使命，不但有辱于他自己的，还有辱于斯巴达的恢宏英名。他不走两个极端，而采取如下的折中方法：把部队中的青年精兵保存下来送回后方以备日后为国报效，保卫社稷；其余的人若牺牲了也损失不大，他留下来跟他们同守隘口，以死抵抗，即使失守也要给敌人造成最大的伤亡。

事实果然如此，阿加迪亚人从四面八方把他们团团围住，一番大屠杀以后，把他与他的部下都用剑刺死。若要给胜利者竖立丰碑，不是更应该献给这些失败者吗？真正的凯旋，其任务是战斗，不是逃命；勇者的荣誉在于痛击敌人，不是殴打敌人。

再回头来说我们的故事，这些囚犯不管人家怎么虐待，根本没有投降之意，反而在这两三个月的监禁期间表现得很快活，还催促监守快快给他们考验；向监守挑战、谩骂、侮辱，责备他们胆小，数落他们以前几次战役中是他们手下败将。

我手里还有一名俘虏作的一首歌，唱的就是这类嘲讽：他们有种的话就过来吧，围在一起把他吃掉；别忘了他们吃的也有自己的老爷和老爹，这些人统统都被他吞下肚里当养料。他说："你们这些可怜的疯子，这些肌肉、筋络、血都是你们自己的，难道认不出这里面有你们祖辈的五脏六腑吗？仔细尝尝吧，还可以尝出你们自己的肉的味道。"

说到这类事没有一点野蛮成分。有的人说到他们在临死以前被押到刑场的执行情景，他们对着施刑者吐口水，表示轻蔑。事实上他们在咽气以前没有一刻不在语言上或态度上进行挑衅对抗。按我们的标准来说，这些人确实很野蛮；因为，要么是他们存心野蛮，要么是我们野蛮，两者必居其一。他们的表现与我们的表现相差之大令人吃惊。

这些男人有好几个妻子，勇敢的名声愈大，妻子的数目也愈多。他们的婚姻中有一件好事值得称赞，那就是我们的妻子醋性大发，往往不许我们去接受其他女人的好意，而他们的妻子同样妒忌时却是帮他们去获取这样的好意。她们关心丈夫的荣誉胜过一切，也就处心积虑地去结交尽可能多的友伴，这也是丈夫的美德的一种标志。

我们的妻子会高呼："奇迹！"其实没什么奇迹；这是婚姻中的固有美德，而且是最高美德。在《圣经》中，亚伯拉罕的妻子撒拉，雅各的妻子利亚和拉结，都把她们美丽的婢女献给丈夫。利维娅为了满足奥古斯都的欲望做出牺牲。德尤塔鲁斯国王的妻子斯特拉托妮凯，不仅让自己美貌出众的贴身侍女去侍候丈夫，还精心抚育她的孩子，支持他们继承父亲的王权。

如果大家就此认为,这一切都是由于在习俗上简单卑恭地服从,慑于祖训的权威而做的,没有什么道理,不提出自己的看法,也是头脑笨得没有其他主意,这样的话实在有必要请他们不要太自满了。除了刚才我提到的那首战歌以外,我还有一首,那是情歌,开头是这样的:

"赤链蛇,别游啦;别游啦,赤链蛇,让我的姐姐照你的花样做一根漂亮的大缎带,我好送给我的女友,你的美丽与花斑叫她看了中意,也可以永久存在下去。"

这第一段是歌中的叠句。我对诗歌略通一二,敢说这样的诗情中没有丝毫野蛮的意味,倒是十足的阿那克里翁式抒情风韵。他们的语言还是一种温和的语言,发声悦耳,词尾接近希腊语。

他们之中有三个人,完全不知道到这块腐朽之地来求知识,有朝一日会让他们付出失去安逸幸福的代价;不知道这样的交往会使他们国破身亡;我猜想他们的败落已有一段时期了,这些可怜虫为了追求新异事物而受了骗,离开他们温馨的天地,到我们鲁昂这里来看看:来时正值老国王查理九世还在城里。国王跟他们谈了很久,给他们看我们的生活方式、我们的排场、美轮美奂的城郭。

然后有一人问他们的看法,要知道他们最欣赏的是什么。他们回答说三件事,我已忘了第三件是什么,为此感到遗憾,但是其余两件还记得很清楚。他们说首先觉得奇怪的是在国王身边围着那么多身材魁梧、留胡子、持武器的大汉(他们好像说的是卫队中的瑞士兵),竟低头哈腰听一个孩子的话,而不是在这些大汉中选择一个人来发号施令。

第二件事(他们的语言中有一种说法,把人分为这一半、那一半),他们发现在我们中间有的人什么东西都有,多得满满实实，而另一半人则在他们的门前求乞，饿得皮包骨头，还奇怪的是这一半人饥寒交迫，居然能够忍受这样的不公平，不掐住那些人的脖子或者放火烧了他们的房子。

我跟其中一个人谈了很久，但是我的那位通译听不明白我的话，头脑笨拙领会不了我的意思，使我未能谈得很尽兴。我问他地位崇高可以得到什么样的好处（因为这是一位武官，我们的水手称他是王），他跟我说打仗时走在最前列；问到他率领多少人，他指了指一块空地，意思是这块地容得下多少人就是多少人，这大约有四五千人。不打仗时他的特权也就结束；他说他留下的还有这个，就是他要走访属于他管辖的村庄时，有人给他在村庄林子的荆棘地里走出一条路，让他可以顺利通过。

这一切都已经不错的了：不是吗，因为他们是不穿裤子的啊！

第三十二章
神意不须深究

未知事物是招摇撞骗的真正领域与题目。首先新奇本身叫人肃然起敬；其次这些内容非常人理智所能理解，也让大家无从反驳。因此，柏拉图说，谈神的本质比谈人的本质容易讨巧满足，因为听者对此一无所知，也就可以把一件玄妙的事说得天花乱坠，神乎其神。

由此形成这样的局面，愈鲜为人知的事愈有人深信不疑，愈是胡说八道的人愈装得煞有介事，如炼丹的、相命的、辨真伪的、看手相的、看病的"这一类人"（贺拉斯）。我还不揣冒昧加上另一些人，如解释神意的方士、术士，他们对每件意外的事都说得出原因，还看出人间万物不可理解的命理中含有的神旨秘密。虽然世事变化无常，矛盾不断，使他们从东方到西方四处奔走，他们还是不停地追逐这颗金球，用同一支笔画出白昼与黑夜。

在一个印第安民族，有这种可嘉的祭礼，在某件事上或战斗中失利时，他们当众向他们的太阳神要求宽恕，仿佛做了一件错事，把他们的祸福归之于天意，由神对他们审判和说理。

对于一名基督徒来说，相信万物都来自上帝，都出自他神圣的、不可知的智慧，并怀着感激的心情接受一切就够了，然而不论这些事物以什么面目出现，都要从好的方面去想。但是我觉得这种做法不妥，怎么能以我们自己的行为事业顺利与兴旺来坚信和支持我们的宗教呢？我们的信仰有足够的其他基础，不用偶然事件来树立它的权威。因为老百姓听惯了这类头头是道、听了又称心如意的理论，当事与愿违，损及自己的利益时，就有可能动摇虔诚信仰。

比如在我们为了宗教的这些战争里，在拉罗什拉贝伊一役中占了上风的人，大肆庆祝这场偶然的胜利，把这次好运说成是上帝对他们一派的肯定。但是不久在蒙孔都和雅尔纳克两地失利，又推说是父的鞭策和惩罚，若不是老百姓可以任意摆布，这样做很容易让他们觉得，岂不是从同一个口袋可以取出两种粮食，全凭同一张嘴吹热和吹冷。最好还是把事情的真正依据告诉他们吧。

最近几个月，在奥地利的唐·胡安的指挥下，联合舰队对土耳其人打了一场漂亮的大胜仗；但是上帝也很高兴有几次让我们看到自己吃过类似的败仗。

总而言之，用我们的尺度去衡量神的旨意，这种生硬的做法必然使神的旨意受到损害。异端的主要领袖阿里乌斯和他的伪教皇利奥，在不同时间内却遭受非常相像的惨死（因为两人都因腹痛退出争论，到了厕所就暴死在那里）；若有人要给这件事找个理由，借当时情景夸张为神的报复，那么也应该加上埃利奥加伯勒斯皇帝之死，他是在小室内被杀的。但是这能证明什么呢？艾里尼厄斯也遭到同样的命运。

上帝教我们学了明白除了这个世界的好运与厄运以外，好人有其他东西可以期望，坏人有其他东西需要害怕，这些都在他的掌握之中，主会根据看不见的天命来安排，不让我们愚蠢地图谋私利。有人要根据人的理念来攫为己有是自不量力。他们贪多必失，劳而无功。圣奥古斯丁跟对手争论时举了一个很好的例子。这是一场由记忆的武器，而不是由理智的武器决定胜负的冲突。

太阳要给我们多少光辉，我们就应心满意足地接受多少光辉；谁若要在身上照到更多的光辉而抬起了眼睛，由于惩罚这种大不敬行为而使他丧失了视力，也不要感到惊讶。

天意岂是谁人能够知晓？命数岂是谁人能够猜透？

——《所罗门智训》

第三十三章
不惜一死逃避逸乐

我看到大多数古训在这点上是一致的：生活中苦多于乐时，那是到了该死的时刻；活下去只有遭罪与受苦，那是违反自然法则，正如这些古希腊谚言说的：

要么活着无忧愁，要么死去挺快活。
生活累人时，就要想到死。
活得辛苦不如死得干脆。

荣誉、财富、地位，以及其他我们称之为福气的种种恩宠与好处，在理智好像无法说服我们把它们放弃，不要去承受这份新的重担时，竟然不惜去死以求摆脱，我还没有见过谁主张和做过这样的事，直到我偶然读到了塞涅卡的那一段话为止。他劝皇帝身边一位有权有势的重臣卢西里乌斯改变骄奢淫逸的生活，不贪恋尘世的功利，退居山林，过平静超脱的生活。卢西里乌斯对此提出一些困难，塞涅卡就对他说："我的意见是你放弃这种生活，或者放弃人生；我劝你采取一种最温和的方法，慢慢解开而不是切断你打的死结，除非解开不了，那就把它切断。没有人会胆子小得宁可一直摇摇晃晃，而不愿意一下子跌倒在地。"

我原以为这个劝诫很符合斯多葛的苦行主义，没想到出自伊壁鸠鲁，他在给伊多梅纽斯的信中说过完全相同的话。

我还想起在我们这些人中间有过类似的做法，但是带着基督徒的克己态度。普瓦蒂埃的主教圣奚拉里，是埃里厄斯异端邪说的死敌，在叙利亚时听到报告说，他的独生女儿阿布拉，被他随同她的母亲留在国内，还被当地最有名望的贵族追着求婚，因为女儿有教养，美丽，富有，还正当花季。

（我们看到）他是这样写给女儿的，要她对对方向她提出的荣华富贵都不要放在心上；他在旅途中已为她物色到一门地位更崇高的亲事，一位具有另一种权势与气度的丈夫，他将送给她的长袍与珠宝，其价值是无法计算的。他的意图是让她对世俗的享受都不感兴趣，而全身心奉献给上帝；但是要实现这个目的，最便捷可靠的道路，他觉得就是让女儿去死。于是他日夜许愿、祈祷，恳求上帝早早让她离开尘世，召到神的身边去，果然天遂人愿，因为他回家以后女儿不久也就过世，他表现出一种奇异的喜悦。

这人做得显然比别人过分，一开始就采取这样的办法，在别人最多是一番附加的心愿而已，这到底是他的独生女儿。

但是我还是要说一说故事的结尾，虽则原本不打算这样做。圣奚拉里的妻子从他那里听到女儿的死亡完全是按照他的意图与计划进行的，女儿又多么高兴离开而不是留在这个尘世，对天堂的永福产生一种强烈的向往，竭力恳求丈夫也为她这样做。上帝在他们共同的祈祷下，也在不久以后把她召了去，这样的丧事正是皆大欢喜，非同寻常。

第三十四章
命运与理智经常相遇在一条道上

命运变幻无常,在我们面前展现的面貌也就千变万化。这不也是在明白无误地伸张正义么?瓦朗蒂努瓦公爵恺撒·波齐亚决心要毒死科尔内托的红衣主教阿德里安,他的父亲亚历山大六世教皇偕同他到梵蒂冈吃晚饭。公爵事先差人送了一瓶毒酒交给膳司总管,叮嘱他好好看管。教皇在儿子以前到达,要求喝酒,膳司总管以为这是瓶好酒,交给他就是给教皇喝的,就倒了一杯敬教皇;公爵本人恰在上点心时赶到,以为他自己的那瓶酒还没开过,也就拿来了喝;这样父亲立即暴死,儿子长期受病痛折磨,命运更加悲惨。

有时候命运好像有意跟我们作对。德斯特雷领主是旺多姆殿下的军旗手,里克领主是阿尔斯霍特公爵的随从副官,虽分属对立的部队,但都在追求封凯泽尔领主的妹妹(在前线相邻的两支部队常有这样的事),里克领主求婚成功;但是在婚礼那天,不幸的是新郎在上床以前,要去逞能来取悦新娘,离家到了圣奥梅尔附近跟人交了手,交手中德斯特雷领主占了上风,把他捉了当俘虏;为了摆足威风,德斯特雷迫使那位夫人亲自来向他求情,把他的俘虏客客气气还给她;人也确实放了,法国贵族从不拒绝夫人的要求。

> 离开年轻郎君的怀抱,
> 让一个冬天,又一个冬天,

在漫漫长夜中烧尽了他们的烈火。

——卡图鲁斯

君士坦丁（一世），海伦娜的儿子，创立了君士坦丁帝国；多少世纪以后，又是一个君士坦丁（十一世），也是海伦娜的儿子，断送了君士坦丁帝国。这不像是巧妙的命运安排吗？

有时候，命运喜欢跟奇迹争高低。我们知道克洛维斯国王围困昂古莱姆时，城墙自个儿坍塌，如有神助似的。让布歇接引某位作者的话，虔诚者罗伯特二世国王在围城时，偷偷离开前线溜回奥尔良庆祝圣埃尼昂节，正当他弥撒做到中途顶礼膜拜时，围城的城墙不攻自破了。这跟我们在米兰战争中发生的事恰恰相反。朗佐统帅在为我们包围阿罗纳城时，命人在一堵大墙下埋炸药。这堵墙突然被炸离地面，又不带地基直挺挺落下竖着，被困的人个个安然无恙。

有时候，命运还会治病。费雷斯的亚逊胸口长了个脓疮，医生都已束手无策，他一心要摆脱折磨，哪怕是死，在一次战役奋不顾身冲进敌阵，他被刺穿身子，恰巧伤在病患处，脓疮破裂，这下子治愈了。

命运在艺术、技艺方面不是还超过画家普罗托盖纳斯吗？画家画了一条疲劳的狗，对全身什么部位都感到很称心，但就是狗嘴里的口水画得不中意，对自己的画发起了脾气，拿起一块沾满各种颜料的海绵朝它扔了过去，想要把它都擦掉；命运让那块海绵恰好扔在狗嘴上，在上面留下的正是艺术家想画而画不出的艺术效果。

有时，命运不是在指导我们、改正我们吗？英格兰伊莎贝尔女王率领一支军队去支援儿子反对她的丈夫，要从泽兰回到王国内；她若按原计划抵达港口必然完了，敌人都在那里等着她；但是命运却不顾她的意愿让她在一个安全的地点登了陆。那位古人，拿起石头要砸狗，却砸死了自己的老娘，不是很有理由念一念这句诗吗？

　　　　命运比我们更有主意。

　　　　　　　　　　　　　　　　　——米南德

　　蒂莫利昂在西西里岛阿德拉诺暂住，伊塞特召了两名士兵要杀他。他们决定在他献祭时动手。他们混在人群中，正在相互发信号趁机会下手时，突然来了第三个人，在其中一位头上狠狠砍了一剑，死在地上，自己拔腿就跑。那位同伴以为自己被人识破，脱不了身，奔到祭台，答应把一切都招供出来要求宽恕。
　　正当他在交待阴谋的过程时，那第三个人被大家当作谋杀犯抓住了，推推搡搡穿过人群到了蒂莫利昂和会上的显贵面前。这时那个人大叫饶命，说他杀死的只是杀他父亲的凶手，他运气来得正好，当场有人证明他的父亲确是在利恩泰奈人的城里给那个他报了仇的人杀死的。他由于这件巧事得到了一大笔赏金，既报了父亲的仇，又救了西西里父母官一命。这样的命运在讨回公道方面，是任何人精心制订的法律也难以达到的。
　　最后一个例子。在这件事上还不是清楚说明命运总是倾向于善良与赤诚之心吗。伊格纳蒂乌斯父子被罗马三执政放逐，决定做出惊人之举，把自己的生命毁于父子之手，也不让暴政者得逞施加酷刑；他们手握宝剑朝着对方奔去。命运指挥着他们的剑头，两剑都立即夺去他们的生命，为了表彰这么美好的父子情，还让他们有力气从洞穿的身子里抽出鲜血淋漓的手臂与宝剑，相互紧紧拥抱直到一动不动，刽子手无法把他们分离，只得一下子割下两人的头颅，让两具尸体始终尊严地贴在一起，伤口对着伤口深情地吮吸着对方的血与残留的生命。

第三十五章
论管理中的一个弊端

先父,从他只是依靠经验与天性这点来看,可以说是个明辨是非的人;从前他对我说,他一直想把城市建设得什么都有一定的机构,谁有什么事要办,就去找专门的官员,把你的事务记录下来办理。比如说,我有珍珠要出售,我要找出售的珍珠。某人要找个伴一起去巴黎;某人要找个有某种专长的仆人;某人要找个东家;某人要找个工人,某人这个,某人那个,人人都按照他的需要。这种互通信息的做法给大众交往带来不少方便。因为大家随时随地需要别人的帮助,若互不了解,人会陷入绝境。

我听到下列这件事,感到是本世纪的奇耻大辱。有两位非常杰出的学界人士,因为没有足够的食物,就在我们眼皮下活活饿死,那是意大利的李流士·格雷戈里乌斯·吉拉尔都斯,德国的塞巴斯蒂亚努斯·加斯塔里奥。我相信若知道他们情况的话,会有成千个人用非常优厚的条件聘请他们,或者前去帮助他们。

世界到底还没有堕落到这个地步,使我不相信有人愿意诚心诚意利用继承的财富,在尽情享受的同时,也去帮助具有特殊才能、有时被厄运逼得走头无路的奇人做到衣食无忧。他们至少可以提供适当帮助,没有理由不使这些人感到满足。

在持家方面,我的父亲用这套办法,我只知道赞赏,却从不去照办。管家手里有一本账簿,上面记载着不必由公证人代劳的小笔收支交易;除此以外,他还要一名手下人当秘书,在一本日记簿上记下所有值得保留的家事,日复一日,成了家史回忆录,当时间开始抹去这些记忆时回头来看非常有趣,当需要查阅时又非常方便,省去我们不少麻烦。某工程是什么时候开始的?是什么时候完成的?哪些大人带了扈从来家里做客?住了多久?我们的旅行、我们的外出、婚礼、丧事、听到的好消息、听到的坏消息;主要工作人员更动;诸如此类的事。这样的老习惯,我认为恢复是很有意思的,各人可以各做。而我真是个傻子,居然把它中断了。

第三十六章
论穿戴习惯

不论走到哪儿,我不得不打破习惯的约束,因为这个问题严重阻挡我们的每条道道。值此寒冬季节,我想到那些新发现的民族——比如我们说的印第安人和摩尔人———丝不挂地走在路上是因为天气炎热不得已的做法,还是人保持原始状态?

《圣经》说:"在日光之下所行的一切事上……众人所遭遇的都是一样。"有识之士在考虑这些事时,必须区分自然规律还是人为规律,他们却常常套用世界的普遍规则,这里面不能存在弄虚作假的事。世上的其他物种生来有皮毛甲壳来维持自己的生存,唯有我们一出世娇里娇气,没有百般呵护就难以存活,这真是叫人不敢相信。

所以我认为,既然庄稼、树木、动物和一切有生命的东西,身上天然就有足够的覆盖物抵挡风吹雨打,

> 几乎所有东西身上都有裘皮、鬃毛、鳞甲、老茧或硬壳。
> ——卢克莱修

我们从前也是这样的;但是就像用人造光弄暗了日光,我们也用人为的方法削弱了天赋的抵抗力。显而易见的一件事是,习惯使原本未必办不到的事变得办不到了。那些不知道衣服为何物的民族,有些差不多跟我们住在同一片天空下。身上最娇弱的部分,如眼睛、嘴、鼻子、耳朵,总是裸露在空气中。农民还是像

我们的祖辈,胸部与腹部也是裸露的。如果我们出生后只是穿短裙和短裤,大自然毫无疑问会在我们饱受四季摧残的部位长上厚厚一层皮,就像我们的手指和脚底。

为什么好像难以相信呢?在我与我家乡的农民之间穿衣的差别,要远远大于他与身上什么也不穿的人的差别。

有多少人,尤其在土耳其,因信仰而赤身裸体!

不知哪个人看到一名乞丐在寒冬腊月穿了一件衬衣,跟一个裘皮裹得厚厚实实的人同样有精神,问他怎么挺住的,他回答说:"先生,您的面孔都露在外面,而我么,全身都是面孔。"

意大利人谈到佛罗伦萨公爵的一名弄臣,好像是这么说的,他的主人问他穿得这样差是怎么御寒的,他自己就受不了这样的冷,弄臣说:"您照我的办法做,我把我所有的衣服都穿在身上了,您也把您所有的衣服都穿在身上,那就跟我一样不会冷了。"马西尼萨国王已到风烛残年,出门还是不戴帽子,不论刮风还是下雨。据说塞维吕斯皇帝也一样。

希罗多德说,别人和他都注意到,在埃及人与波斯人的战争中,死在战场上的那些人中,埃及人的头颅明显要比波斯人硬得多,原因是波斯人的头上先是戴帽子,长大了又戴头巾,而埃及人从小就剃发,不戴帽子。

阿格西劳斯国王直到老年还是冬夏两季穿同样的衣服。斯威托尼乌斯说,恺撒总是去在部队前面,大多数时间步行,不戴帽子,不管艳阳天还是下雨天;人家说汉尼拔也是这样,

> 他光着脑袋
> 任凭天空挟着暴风坍下来。
>
> ——西流斯·伊塔利库斯

一位威尼斯人在（缅甸）勃固王国住了很久，最近从那里回来，在书中说在勃固王国男人和女人都赤脚，即使骑在马上也是，身上其余部分都不露在外面。

柏拉图做出很妙的建议，为了全身健康，脚与头除了自然的保护以外不需要其他遮盖。

先被波兰人选了当国王，后又做了我们国王的那个人①，实在是本世纪最伟大的亲王之一，从不戴手套，不论是冬天还是什么别的天气，从不换下他室内戴的那顶便帽。

我外出不习惯解开扣子或不系衣带，致使邻近的农民觉得不这样照做很别扭。瓦罗认为，有人要求我们在上帝和长官面前脱帽，这样做的目的更多在于强壮我们的体格，不受天气的影响，而不是表示敬意。

既然说到了寒冷，法国习惯穿花色衣服（我是例外，学父亲的样只穿黑与白），那就另外说件事。军事长官马丁·杜·贝莱说他出征卢森堡途中，天寒地冻，军中的酒要用大小斧头劈开，按重量分给士兵，他们放在篮子里带走。奥维德说的事儿跟这个差不离：

　　酒取了出来还保持罐子形状，
　　这不是饮料，而要一块块下咽。

墨奥提斯湖的沼泽地冰冻三尺，米思里代蒂兹的副将跟敌人进行一场步战，取得胜利；到了夏天又跟他们进行一场水战，又

---

① 指法国国王亨利三世，1573 年当选为波兰国王，不久又继承了他的二哥查理九世的王位，当上法国国王（1574—1589）。

赢了。

在普莱桑斯附近，罗马人与迦太基人开战遭受很大的不利，他们冲锋时冻得手脚冰冷，血液凝结，而汉尼拔则在全军营地升火给士兵取暖，还按队伍分发油脂，让他们涂抹在身上舒松筋骨，封闭毛孔，抵挡呼啸而过的冷风寒气。

希腊人从巴比伦撤退回国，所要克服的艰难困苦在历史上是出了名的。他们在亚美尼亚高山中遭遇可怕的雪暴，根本不知道到了什么地方，走哪条路。完全死死地困在了原地，一天一夜没吃没喝，大部分牲口都死亡了；他们中间好多人送命，好多人被雪珠和雪光打瞎了眼睛，好多人四肢冻伤，好多人全身僵硬不能动弹，虽然神智还清醒。

亚历山大见到有一个地方在冬天把果树埋在地下以防霜冻。

说到穿衣问题，墨西哥国王一天换四次衣服，从不重复，把穿过的衣服不断布施或赏赐给别人；厨房里和餐桌上的碗盆用品也同样不使用两次。

第三十七章
论小加图

　　我这人没有以己度人的通病。我很容易去相信跟我想法不同的各种事物。我采取了一种形式，不会像有些人那样要求大家跟自己一样。我相信，也想象得出，千百种形式不同的生活；跟大家相反的还更容易相信我们之间的不同，而不是我们之间的雷同。绝对不要求别人跟着我按照同样的条件与原则生活，仅仅从他本身的模式去考虑他这个人，决不把别人扯在一起进行比较。

　　我本人不禁欲，还是真心诚意地承认斐扬派和嘉布遣会的禁欲主张，欣赏他们的生活方式；我还在想象中使自己处于他们的地位。

　　我爱他们，敬重他们，更因为他们跟我不同。我尤其希望别人评论我们时要区别对待，不要按共同的模式来审视我。

　　我本人软弱，决不影响我对强者的精诚毅力抱应有的看法。"有的人只赞扬那些自己善于模仿的事。"（西塞罗）我自己只会在泥地里爬行，对于有些英雄人物的高风亮节还是叹为观止。对我来说重要的是正确保持自己的判断力，虽然我的行动不一定正确，这样至少使这个主体部分不受损害。当我的两腿走不动时，意志正常还是很重要的。在我们生活的这个世纪，至少在我们这部分地区，一切那么死气沉沉，我不说美德的实践，就是美德的思想也是极端缺乏的；好像美德仅是学派的一句口号：

　　　　美德仅是一句话、一段圣木，

> 这是他们的想法。
>
> ——贺拉斯

> 这种事他们不理解也应该尊重。
>
> ——西塞罗

这是挂在小室墙上的小挂件，或者是放在嘴边，听在耳里的好听话。

美德行为也不像个美德行为，徒有其表，毫无其实，因为导致我们去做的竟是利益、荣耀、恐惧、习惯和其他与此无关的原因。我们现在实行的正义、勇敢和好意，由于涉及他人和在公众面前的形象，也可以称为是美德；但是从做的人来说根本不是美德，那是另有目的，另有动机。美德就是为美德而做的，不掺杂其他因素。

波萨尼亚斯指挥的希腊军队，在普拉提亚大战中，战胜了马多尼乌斯和他的波斯军队，战胜者按照他们的惯例，论功行赏时把勇敢的头功归于斯巴达人。斯巴达人是美德的优秀裁判官，当他们决定要把当天英勇的荣誉发给哪个人时，发现阿里斯多德莫斯在战场上不顾生死，最为勇敢，但是他们并没有把那枚奖章颁发给他。因为他在温泉关战斗中受过批评，他这次表现出色完全是要争回名誉，决心英勇牺牲以赎前愆。

我们的判断力是病态的，跟随堕落的世风亦步亦趋。我看到当今大多数英才，都装作聪明要给古人的高风亮节抹黑，加上卑鄙的说明，编造无聊的事因缘由加以轻侮。

这实在高明之至！谁给我提个最了不起、最纯洁的好事，我可以给它按上五十个似是而非的坏意图。对于乐意捕风捉影的人，上帝知道他们内心什么主意想不出来！他们在污蔑别人时伶牙俐齿，其实不是聪明，而是笨拙与粗鲁。

有人在诋毁这些先贤时煞费苦心，毫无顾忌，而我也愿意用同样方式尽绵薄之力颂扬他们。在智者一致同意的推荐下作为世人模范的少数贤哲，我个人毫不犹豫去推崇，只要我的看法不失时机与有道理。但是还应该相信不管我们说得多么有力，还是远远及不上他们的德操。正直人的责任是尽心弘扬人间美德。当我们对他们的嘉言懿行表现出情绪激昂时，也并没有什么不妥。

那些人做的事恰恰相反，他们这样做或是出于恶意，或是由于我刚才说到的那个缺点，把贤人的信仰框住在自己的能力范围内。也或者如我相信的，他们的视野不够宽广，目光不够清晰，根本无法想象原始纯洁状态下的美德；也从未有过这方面的陶冶。普鲁塔克说，在他那个时代，有人把小加图的死因归之于他对恺撒的畏惧，这使他很有理由感到恼火，可以从这件事推测，还有人把他的死因归之于他自己的野心，更会使他感到被冒犯。蠢人啊！小加图正是怀着小人之心，更多于为了荣誉，才做了一件慷慨正义的好事，这位人物真正是好样的，大自然选择他让我们看到人的勇气与坚定可以达到什么程度。

但是我在这里没有资格探讨这个丰富的课题。我只是把五位拉丁诗人对加图的赞词罗列在一起做个比较，这有助于了解加图，附带也了解这些诗人。一个受过良好教育的青年会发现最初两位诗人与其他诗人相比，显得沉闷，第三位更有朝气，但过于激昂反而显得捉襟见肘；他会注意到第四位在诗情上超过他们不少，那人才是他鼓掌佩服的人。至于最后一位，要领先别人许多，这个差距让他指天发誓说是任何人的智慧也难以追上的，他只会惊奇，他只会发呆。

这里妙的是，我们的诗人要多过评诗的人和唱诗的人。作诗要比懂诗更容易。低水平的评诗可以用格律和规则。但是优秀、独具慧眼、鞭辟人里的评诗则超越一切规则与理性。谁能坚定自信地看出诗之美，他用的不是肉眼，就像闪电霹雳也不是肉眼所能感觉的。

诗之美不用我们评判，诗之美夺魂摄魄。善于探究诗之美的人感染到激情，在讲解与朗诵时也会把激情感染给其他人；就像磁铁不单吸针，还让针也沾上磁性去吸引其他的针。在剧院这看得更清楚，缪斯的神圣灵感首先让诗人激动，去发怒，去伤心，去憎恨，身不由己受情绪的控制，然后又通过诗人去感动演员，通过演员去感动广大观众。这是穿针引线，把一个个串在了一起。

从童年起读诗就会使我感同身受，心潮澎湃。但是这样强烈的感受在我是天生的，对不同形式的感情也会有不同形式的反应，不存在更高和更低的反应（因为这总是每种类型中最高的那种），但是色彩上还是有所差别。首先，是欢快流畅机智；后来是感情细腻高雅；最后是成熟淡泊有力量。以奥维德、卢卡努、维吉尔举例说得更加清楚。以下是我们的诗人进入了竞技场。

其中一位说：

　　加图在世时就比恺撒伟大。

——马提雅尔

另一位说：

　　加图若能战胜死亡，就会所向无敌。

——马尼利乌斯

第三位谈到恺撒与庞培的内战:

诸神偏爱胜者的事业,
而加图选择败者的壮烈。

——卢卡努

第四位在赞扬恺撒时说:

天下都已归顺,
唯有加图誓死不屈。

——贺拉斯

唱诗班的教师,罗列了罗马最伟大的人物以后,以这句话结束:

给他们制定法则的是加图。

——维吉尔

第三十八章
我们为何为同一件事哭和笑

　　我们在史书中读到,安提柯对儿子非常不满,因为他刚才在一场争斗中把他的敌人皮洛士国王杀了,提了头颅来献给他;他看到头颅却号啕大哭了起来。还有洛林的勒内公爵打败勃艮第的查理公爵后不久也为他的死亡惋惜,还在他的葬礼上服丧。在奥雷战役中,蒙福尔伯爵战胜查理·德·布卢瓦,赢得了他的布列塔尼公爵封邑,战胜者看到敌人的尸体,深表哀悼。但是读了这些不应该立刻惊叫:

　　普天之下,人的心灵
　　都隐藏这些不同的感情,
　　脸上表现时而喜悦时而阴郁。

——彼特拉克

　　有人把庞培的首级献给恺撒时,史书记载说他转过头去,仿佛看到了丑恶、惨不忍睹的情景。他们两人长期一起商量国家大计,同舟共济,相互协助,建立联盟,所以不应该认为这个举动完全是装腔作势,像这位说的:

　　他想这回可以安心当岳丈了。
　　眼泪是挤出来的,
　　呻吟发自欢愉的心。

——卢卡努

因为，虽然我们大部分行为实际上只是门面与装饰，有时也可能是真心的，

> 继承人当面哭，背后笑。
>
> ——普布利流斯·西鲁斯

然而在评判这些事时，必须考虑我们的心灵怎样经常受各种情欲的冲击。就像我们的躯体内是各种体液的大汇合，根据我们的性情其中一种占主导地位；同样，我们的心灵内也有各种不同的活动冲击它，必然也有一个活动统率全局。

但是这种优势并不会一直保持下去，我们的心灵变化不定，那些原本较弱的活动也会趁势反扑，收复失地。从这里看出不但孩子一切都天真地从本性出发，经常为同一件事哭和笑，而且我们中间有人虽则很想出外旅行，在跟家人和朋友道别时，谁也不能吹嘘不会感到勇气受挫；眼泪若没有完全流出来，至少踏上马镫时会黯然神伤。不管好人家的女儿心里燃着怎样的热情，还是要把她们从母亲的脖子上拉下来，送到夫婿家，不管这位好心的同伴怎么说：

> 维纳斯是不是跟新娘有冤仇，
> 还是为了哄骗快活的爹娘，
> 在房前床边流几滴眼泪？
> 眼泪也可能不是真的！上帝帮帮我吧！
>
> ——卡图鲁斯

一个人人皆曰可杀的人死了，还是有人悼念也是不奇怪的。

当我斥责仆人时，真的是火冒三丈，不是装模作样骂几声；但是怒气发过以后，他若对我有所要求，我还是乐意帮他忙；我立即把这一页翻了过去。当我骂他笨蛋蠢驴，不是要他一辈子背这个名声，也不想收回这句话立即再称他是正人君子。没有一种品质只配我们拥有，而且永远拥有。如果自言自语算不上是个疯子行为，没一天我不听到心里在骂自己："大笨蛋！"这决不是在说我自己真是这样的人。

谁看到我在妻子面前一会儿冷若冰霜，一会儿春风满面，认为这都是装的，他就是个傻子。尼禄下令淹死自己的母亲，跟她分手时突然动了情，对这次母子诀别感到厌恶与怜悯。

有人说太阳放光不是连续不断的，它是不停地把一束束新光照射着我们，以致我们辨别不出而以为是连续的了：

> 太阳，不歇的以太之源，火的洪流，
> 使天空永远白昼如新，
> 光明接着光明。
>
> ——卢克莱修

我们的心灵也是巧思纷呈，细流无声。

阿尔塔巴努斯无意中看到他的侄子泽尔士，问他为什么刚才神色大异。泽尔士正在考虑他的军队无比强大，要通过赫勒斯旁海峡去进攻希腊。起初看到有成千上万人归他指挥踌躇满志，面露欣喜之情。但是继而就在同时想到那么多的生命至迟在本世纪内就要消失，不由皱起眉头，伤心得落下了眼泪。

我们曾经坚定不移地报仇雪耻，为胜利而欢天喜地，可是也因而落眼泪。我们不是为了胜利而落泪，事情没有丝毫变化，只是我们不是怀着同一颗心去看待它，看到的是另一副面目。因为每件事都有不同的侧面、不同的光线。心头想起血缘之亲、昔日的情谊，根据不同情况会激动一时，但是轮廓的闪现那么突然，我们无法把握。

说到速度，什么也比不上
思想的闪动，要来就来，
思想灵活多变，超过任何
置于目光下、落入感觉中的物体。
　　　　　　　　　　　　——卢克莱修

由于这个原因，要用这一系列断断续续的闪念构筑一个物体，必然会出差错。蒂莫利昂经过深思熟虑大义灭亲以后，他哭了，他哭的不是祖国恢复了自由，他哭的不是暴君，他哭的是他的兄弟。当他的一部分职责完成后，另一部分职责又要他履行了。

第三十九章
论退隐

且不去对退隐生活与职业生活作详尽的比较。至于被野心与贪婪用来作为挡箭牌,说什么我们生来不是为自己,而是为大众的漂亮话,也可以放心大胆让正在兴头上做着的人去评说吧。

由他们扪心自问吧,世人对地位、职务、人间利禄的追求,不恰好是向公众获取个人利益吗?在我们这个时代,为了达到目的采用恶劣手段,正好说明结果是得不偿失。说起野心,还正是它使我们想到了退隐,因为退隐不就是逃避社会吗?退隐不就是可以逍遥自在了吗?善与恶是无处不在的。可是,假若贝亚斯的"坏人要占大多数"这句话说得对,假若正如《传道书》说的"一千男子中我找到一个正直人"。

> 好人寥寥无几,不会多过
> 底比斯的城门或尼罗河的河口。
>
> ——朱维纳利斯

这在群众中的传染是非常可怕的。对坏人不是学样,就是憎恨,这两种态度都是危险的,因为他们人数众多就会去模仿他们;因为他们与我们不同就会去憎恨他们。

出海的高人很有道理去注意同船的人别是些堕落的人、不敬神明的人、作恶的人,跟他们交往是会带来不幸的。

贝亚斯乘的船在海上遇到了大风浪,有了危险,船上人求神保佑,贝亚斯对他们开玩笑说:"别出声,别让他们觉察你们跟我在一起。"

还举一个更加紧急的例子,葡萄牙国王曼努埃尔派往印度的总督阿尔布盖克,在一次极为危险的海事中,举起一名少年扛在肩上,唯一的目的是把他们的命运串在一起,孩子的无辜让他也在神明的恩宠中沾光,化险为夷。

这并不是贤人在哪里都不会生活满意,甚至在官宦群中也会孤独;但是贝亚斯说,若有选择的话可以看到他们就躲。需要时就忍受;但是由他来说,他采取逃避。如果他还必须拿着别人的罪恶去争辩,那就更加不像会摆脱掉自己身上的罪恶了。

夏隆达斯把一心跟坏人来往的人当坏人那样惩罚。

最不易交往的是人,最易交往的也是人,不易交往是由于他的罪恶,易交往是由于他的天性。

安提西尼斯对于有人责备他跟坏人交往,回答说医生在病人中间还是活得好好的,我觉得听到的人并不会满意。因为医生固然为病人的健康服务,但是传染、长期诊察病人、治疗病人也会影响自己的健康。

我相信,退隐的目的都是一样的:生活得更加悠闲从容。但是大家并不一定找对途径。经常他们以为离开了工作,其实只是改变了工作。管理一个家庭并不比治理一个国家更少受折磨。人的心思不论用到哪里,总是全力以赴。家事虽则没那么重要,麻烦一样也不少。我们摆脱了官场与商界,并没摆脱生活的主要烦恼。

消除烦恼的智慧与理性,

不是躲进只见天涯海角的地方。

——贺拉斯

野心、贪婪、患得患失、害怕、欲念并不是换了地方就会离开我们的。

忧愁跳上马背后，跟着骑士奔走。

——贺拉斯

经常进了修道院、讲学堂里还是跟着我们。沙漠、岩洞、苦修鬃衣、斋戒都无法使我们免除：

致命的箭永远插在腰间。

——维吉尔

有人对苏格拉底说，某人旅行归来后心境并没有丝毫好转。苏格拉底说："我相信也是，他是带着忧愁一起走的。"

到异国他乡去寻找什么？
离开家园又能离开自己什么？

——贺拉斯

如果不首先解除心灵的重担，晃动只会使重担更重；就像船上的货物装稳时行驶更轻松。要病人搬动位置，给他的是痛苦不是舒服。伤口愈拨弄愈痛，就像木桩愈摇晃陷入土内愈深愈牢固。所以离开人群是不够的，换个地方是不够的，应该排除的是心中的七情六欲；我们应该自制自律。

> 我刚才挣断了锁链，你对我说。
> 是的，如同狗，终于把链条拉断，
> 逃跑中颈上还拖了一大段。
>
> ——柏修斯

我们到哪里都带着我们的锁链；这不是完全的自由，我们还是转过头去看留在后面的东西，总是牵肚挂肠。

> 心地不纯会遇到多大的危险！
> 我们不断进行徒劳无益的奋斗！
> 心灵在火中受怎样的煎熬！
> 骄奢淫逸在我们心中
> 造成多少恐怖与祸灾！
> 靡费与懒惰又何尝不是如此呢！
>
> ——卢克莱修

我们的病锁住了我们的心，心又无法摆脱自己。

> 心灵一旦出错就无法补赎。
>
> ——贺拉斯

所以必须把心引回和摆正位置；这是真正的退隐，在城市与王宫可以做到；但是独自更容易做到。

这样，我们做到闭门谢客，深居简出，一切喜怒哀乐取决于自己，摆脱与他人的一切联系，自觉自愿自由自在生活。

斯蒂尔波从他的城市那场大火中逃生，妻儿、财产都已失去，马其顿国王德梅特利乌斯·波利奥塞特见他在家乡遭遇如此重大的灾难居然脸无惧色，问他有没有受到损失。他回答说，不，感谢上帝，他本人毫发无损。哲学家安提西尼斯说过这样的俏皮话，一个人应该随身带上会漂流的食品，遇上海难就可以逃命。

有识之士认为只要自己在，就什么也没有失去。当诺拉城被蛮族摧毁时，波利努斯主教失去一切，也当了俘虏，向上帝这样祈祷："主啊，不要让我感觉这场损失，因为神知道他们丝毫没有触动我的根本。"使他内心丰富的财富，使他心地善良的善事都还完好无损。这样说来就是要会选择什么是宝藏，它们不会遭受到天灾人祸，深埋在谁也不能走近、除了我们谁也不会泄露的地方。

我们需要有的是妻子、孩子、财产，尤其重要的是尽量保持健康；但是不能迷恋得让我们的幸福都依赖于此。应该给自己保留一个后客厅，由自己支配，建立我们真正自由清静的隐居地。在那里我们可以进行自我之间的日常对话，私密隐蔽，连外界的消息来往都不予以进入。要说要笑，就像妻子、儿女、财产、随从和仆人都不存在，目的是一旦真正失去了他们时，也可以安之若素。我们的心灵要能屈能伸；它可以自我做伴；它可以进，可以退，可以收，可以放；不怕在退隐生活中感到百无聊赖，无所事事：

你在孤独中也仿佛是一群人。

——提布卢斯

安提西尼斯说，美德是自我满足：无须约束，无须语言，无须行动。

我们一千个惯常的行动中，未必有一个跟我们有关。你看到那个人冒着乱箭，气得不顾死活爬到废墟顶上；另一个人全身伤痕，又冷又饿，脸色苍白，怎么也不给他开门，你以为他们在那里是为了自己吗？他们在那里是为了另一个人，这人他们或许从未见过，正是闲在一边享乐，对他们的死活绝对不操一点心。

那一位衣服邋遢，脸上满是眼屎鼻涕，半夜以后从书房里出来，你看到以为他在书本中探究为人之道，如何更正派、更满足、更聪敏吗？别这么想！他要么因此死去，要么用普洛图斯的诗句格律、拉丁字的真正写法去教育后代。虚名浮誉是流转人间最无用的假金币，但是谁不是心甘情愿用健康、休息和生命跟它们交换呢？我们自己的死亡没引起我们足够担心，还要搭上老婆、孩子、亲人的性命。我们自己的工作带来的辛苦还不够多，还要把邻居与朋友弄得焦头烂额。

> 人真是怎么想的，竟会
> 爱东西更胜过爱自己？
>
> ——泰伦提乌斯

从泰勒斯的事例来看，把一生韶光年华奉献给了世人的那些人，退隐也是理所当然的。

为他人度过了大部分岁月，把最后一段岁月留给自己。为我们自己和安逸多作考虑与打算。安度退隐生活不是一件轻而易举的事。既要使我们有事消闲，又不为其他事操心。因为上帝给我们留出了时间安排搬家,我们要为此作好准备。整理行李,早日与亲友告别,摆脱对人对事的强烈依恋。必须解除这些束缚性的义务,此后可以爱这个或那个,但是不要太放在心上。

这就是说,让今后的一切属于自己,但是情意不要过于密切,以后分离时不致拉下我们身上的一块肉或一层皮。人世中最重要的事是知道怎样属于自己。

这是我们跟社会分手的时候了,既然我们已不能带给它什么。无物可以出借的人,也就不要向人求借什么。我们的力气正在衰退,也就要量力而行。谁能把亲友的热心帮助推掉,而由自己操劳,那就这样做吧。年老力衰,使人变得无用、累赘、讨人厌,让他不要变得使自己也觉得讨厌、累赘、无用。让他自鸣得意,自我宽慰,尤其要自我约束,对自己的理智和良心既尊重又害怕,这样他在人前犯了错不会不感到羞愧。"足够自尊的人确实是不多的。"(昆体良)

苏格拉底说,青年人应该受教育,成年人应该有所作为,老年人应该退出一切民事军政,逍遥度日,不担任任何公职。

从气质上来说,应用这些退隐箴言有适合的,也有较不适合的。有些人优柔寡断,迟疑不决,不善于受人役使也不善于役使别人,从天性与思虑来说我属于这类人,他们就更能适应这句忠告,而那些活动积极的人什么都要抓,什么都要管,什么都很热心,一有机会就自告奋勇,自我介绍,自我奉献。我们对于这些偶然的和发生在身边的诸事若感兴趣,可以插手,但是不必作为我们主要的生活内容,它们不是,况且,无论理性与天性都不愿意这样做。

我们为什么要违反规律,凭他人的权势来决定自己的喜乐?事前设计命运的不幸,强行放弃掌握在手里的方便,许多人这样做是出于虔诚，少数哲学家这样做是出于哲理，生活不求之于人，睡硬地，剜眼睛，把财产扔到河里，自找苦吃（有人想通过今世受苦达到来世享福；有人有意生活在社会最底层，就再也不会往下跌），这种做法是在追求一种过分的美德。天性更为刚毅坚强的人使藏身处成为景仰之地。

> 穷的时候，我赞扬因陋就简，
> 过日子俭朴；若命运好转，
> 生活宽裕，那时我会高声说，
> 在世上活得幸福与自在
> 必须有建立在良地上的物产。
>
> ——贺拉斯

我不用走得那么远，手头已有足够的事。我只须做到在命运的宠幸下做好失宠的准备，在生活的安逸中尽量想象落难时如何对付。就像在和平时期，要让自己习惯于刀马弓箭的操练，仿佛置身在战争的日子里。

哲学家阿凯西洛斯家道富有，使用金银器皿，我读了他的作品以后并不认为他这人言行不一；他不是放弃不用，而是大大方方地适当使用，更使我尊重。

我注意到自然需要可以降到什么限度。看到家门边那个可怜的乞丐常常比我还快活与健康；我就设身处地，尝试体验他的心情。再用同样的方式去体验其他例子，虽然我想到死、贫困、受气、疾病都近在眼前，一个不如我的人尚且能够耐性忍受，我很容易下决心不必为此担忧。

我不相信智力鲁钝会胜过思维清晰，或者理智的力量及不上习惯的力量。认识到这些身外之物极不可靠,在充分享受之余,不会不祈告上帝,最迫切的要求就是让我对自己以及自己内心的财富感到满足。我见到一些身强力壮的青年,在衣箱里从不忘记放一大堆药,遇上感冒时服用,这样想到药就放在身边,也就不会那么担心了。因此必然这样做。此外,如果觉得自己会染上更严重的疾病,那就带上治疗和麻痹的良药。

处在这种生活中应该选择做的事,必须是一不费力二不乏味;不然的话,过这种休闲生活就没有意思了。这取决于每个人的情趣:我这人一点也不适合管家事。爱好的人也应该做到适可而止。

> 要财物服从人,不是人服从财物。
>
> ——贺拉斯

按照萨罗斯特的说法,管理家务是另一种奴役。其中也有可取之处,如从事园艺。色诺芬就说居鲁士当过园丁。这个工作有两个极端,有的人艰辛操劳,紧张不安,全心全意投入工作;有的人懒散无比,任凭一切自生自受,我们必须找到介于两者之间的方法。

> 德谟克利特让羊群啃啮他的麦田,
> 当时他海阔天空想入非非。
>
> ——贺拉斯

让我们听听小普林尼在退隐问题上对他的朋友科纳利乌斯·鲁弗斯提出什么劝告:"你现在过着悠闲自在的隐居生活,

我劝你把那些下贱的劳务让仆人去做,自己专心著书立说。"他的意思是从声望来说的。这跟西塞罗的心情相似,西塞罗说过退出官场后要利用退隐生活写文章名传千古:

天下人不知道你的才能,
满腹经纶不也归于无用?

——柏修斯

当一个人谈到退出这个世界,那时好像很有理由看看身边的事。然而这样的人做事也不彻底。他们总结自己的一生,以备不在世时应用;但是他们计划中的果实,还企图从一个他们已经不存在的世界去获得,这岂不是可笑的矛盾?出于虔诚而寻求退隐的人,他们的想象中也不乏勇气,确信上帝的诺言会在另一次生命中兑现,从道理上倒也说得过去。

他们心里装着上帝——无比善良与无所不能的对象;心灵有了依托,愿望也可予取予求。悲伤与痛苦对他们也有好处,用来企求终生健康和永福;死亡也可以欣然接受,借以通往完美的境界。严厉的清规戒律在习惯中也就不以为苦了。肉欲依靠实现才保持旺盛,也因克制而受压抑。单是为了得到一个永乐的人生,也有正当的理由去牺牲今生今世的快活舒适。谁在心中燃起热火,对宗教生活充满期望,真实而又持久,即使在退隐中也活得有滋有味,与其他形式的人生完全不同。

可是这个忠告的目的与方式并不令我满意。这只是让我们从狂热改为痴迷而已。执迷于书籍跟其他事一样费心,同样有害于健康,健康才是主要的考虑对象。我们不能沉溺其中,丧失志趣。就是这种乐趣,断送了持家的、贪财的、爱作乐的、野心勃勃的人。贤人经常教导我们要提防欲念的作祟，辨别真正、完全的乐趣与掺杂着痛苦的乐趣。

他们说，大多数乐趣引得我们上钩以后就把我们掐死，就像埃及人称为腓力斯提人的那些坏蛋。如果我们没有喝醉以前就会头痛，那就要注意别喝得太多了。但是逸乐为了蒙蔽我们，往前直走，不让我们看见带来的后果。读书是愉快的事；但是读得太多最终会让我们失去最为重要的乐趣与健康，那就把书放下。有人认为读书的好处不能够弥补健康的损失，我也是这样想的人。

比如有人觉得自己长期受病痛的折磨而衰弱了，最后求助于药物的帮助，给自己适当加强某些生活规则，而不再越雷池一步。退隐的人对日常的生活感到厌烦无趣，也必须以理性来调节，深思熟虑好好设计。他必须放弃任何种类、任何形式的劳动，避免感情冲动，做到清心寡欲，并且选择最合自己脾性的道路。

> 让每人选择他应走的道路。
>
> ——普罗佩提乌斯

不论家务、学习、狩猎和其他任何活动，都要做得尽兴，但是也要到此为止，越过界线就会遇上麻烦。我们保留工作与活动，也仅是保持良好状态，防止好逸恶劳养成懒散。有些学问枯燥无味，艰深费解，大多数是迫于生计而勉为其难去学习，这就让那些还在为尘世效力的人去做吧。至于我只喜欢那些有趣易读的作品，让我精神舒畅，不然就是那些读了感到宽慰和劝导我如何处理生死大事的作品：

徜徉于清新宜人的树林中，
寻思着贤哲君子的作为。

——普罗佩提乌斯

更贤明的人心灵坚强有力，能够做到心情平静如镜。我的心如同凡人，必须借助肉体的舒适才能支撑。岁月已经剥夺我随心所欲追求快乐，我必须针对这另一个人生季节树立和培育我的志趣。时光先后一个接一个夺走我们手中的人生乐趣，必须用牙齿和爪子把它们牢牢咬住抓住：

接受欢乐之果，享受我们的人生，
有一天你只是尘土、影子与往事。

——柏修斯

至于小普林尼和西塞罗向我们提出光宗耀祖的目的，这不在我考虑之列。与退隐生活最格格不入的心态就是雄心勃勃。荣耀与休息这两件事不能同存于一个屋檐下。依我看来，那些人只是身子退隐于山林之间，心灵念念不忘俗事，比从前卷入更深：

糟老头儿，你靠着别人的耳朵活着吗？

——柏修斯

他们后退只是为了跳得更高，为了凭借更强的冲势穿过人群。你是不是有兴趣看到他们差点儿达到了目标？让我们把两位哲学家伊壁鸠鲁和塞涅卡的观点比较一下，他们分属两个极不相同的学派，一位写给伊多梅纽斯，另一位写给卢西乌斯，都是各自的朋友，劝他们放弃公务与高位过退隐生活。(他们说)你们漂泊浪迹直至今天，到了港边颐养天年吧。你们大部分岁月风光十足，余下的日子就隐蔽着过吧。你若不舍弃果实，就不可能要你舍弃工作。为了这个原因，别再计较名望与荣耀了。

让昔日功劳的光辉照着你，一直深入你的洞窟里，这是危险的。把他人的赞誉带来的欢乐，随同其他欢乐一起抛掉。你的知识与能力倒是不用担忧，若要使自己日臻完美，它们是决不会失去其功效的。让我们提一提那个人，当有人问他为什么花那么多精力去从事那么少人理解的一门艺术时，他回答说："人不多我不嫌少，只有一个我不嫌少，一个没有我也不嫌少。"

他这话说得不错，你和一个同伴，彼此来说都是一座合适的舞台，你和你自己也可以做到这样。让大众对你是一人，让一人对你是大众。已往无所事事，闭门谢客，还要从中得到荣耀，这是懦夫的野心。应该学学野兽，他们把洞穴前的脚印清除得干干净净。你应该寻求的不再是让大家议论你，你应该寻求的是自己议论自己。

让你自己回到心里，但是首先要准备在心里接纳你。你若自己不知道自律，把你交给自己那就是一桩蠢事。个人独处和与人相处，都会处理不好的。直到你能够做到对待自己也不敢稍有怠慢，直到你对自己也会羞惭和尊敬，"让脑子里装满高尚的思想"（西塞罗），时刻不忘加图、福西昂、阿里斯蒂德斯，即使疯子在他们面前也行为规规矩矩，让他们来监督你的一言一行吧；若有不良意图，出于对他们的敬重也会加以纠正。

他们会让你保持这样的心态，自得其乐，自力更生，把你的心思都花在某些有限的乐事上；选定了哪些是真正的财富，理解它们的同时又享受它们，心满意足，不要妄想长生不老和虚名浮誉。这才是真正的追求天性的哲学应该提出的忠告，不是前面两位——普林尼和西塞罗——所提出的夸夸其谈、华而不实的哲学。

第四十章
论西塞罗

对上述两对人的比较（指对西塞罗与小普林尼、伊壁鸠鲁与塞涅卡的比较）还可再提一笔。从西塞罗与小普林尼（以我看他的性情与他的舅父和养父大普林尼很少有相似之处）的著作中，可以找出无数极端虚荣的证据。其中有一条，就是他们堂而皇之地要求当时的历史学家在史册中不要忘了他们。命运似乎有意刁难，史册已经消失很久，却使这些不光彩的轶事流传至今。

但是这些高官显爵的品位低下还不止此，他们会在家长里短的闲谈中，甚至还利用寄给朋友的私信去沽名钓誉。这些私信有的错过了时机没有寄走，也竟拿来发表，还冠冕堂皇说什么不让自己的成就与辛劳湮没无闻。罗马帝国的两位执政官，主管世界事务的两名不可一世的官员，利用休闲时间，客客气气编写一封美丽的信札，让人赞扬他们善于掌握他们奶妈的语言，这岂不是妙事一桩吗？以此为生的普通小学教师也不会做得更差劲吧？

如果色诺芬和恺撒的雄才远远及不上他们的辩才，我不相信他们会把它写下来。他们寻求传之后世的不是他们的言辞，而是他们的所作所为。如果完美的语言表达可以给一位大人物带来适当的名声，那么西庇阿和列里乌斯不会容忍一名非洲奴隶分享他们运用拉丁语言得心应手的喜剧带来的光荣，因为这部作品出自他们两人之手，写得精美绝伦足以证明这点，连署名作者泰伦提乌斯自己也承认。① 要我不相信这件事，那会跟我闹得不欢而散的。

要赞扬一个人，却提出不合他身份的一些优点（虽然值得一提）和一些非主要的优点，这总有点像是嘲弄和侮辱。就像赞扬一位国王，说他是好画家、好建筑师、好火枪手或好夺标骑手。这些赞词只有与其他合适的赞词一起或随后提出，如称颂国王雄才大略、武功文治，否则就不会让他引以为荣。这样说了后再说居鲁士精通农业，查理曼大帝有口才和文才，才使他们觉得脸上有光彩。

我见到在我这个时代这种风气很盛行，那些以写作成名和作为天职的大人物，都否认自己刻苦学习，装得文理不通，有意不懂这种下等人才需要具备的本领，我们老百姓也认为俊彦人物要表现出其他更为卓绝的品质。

在晋谒腓力二世的使团中，有德摩斯梯尼的同伴赞扬这位国王长得美，能言善辩，好酒量；德摩斯梯尼说这些赞词适用于一个女子、一个律师和一块海绵，而不适用于一位国王。

> 让他面对反抗的敌人所向披靡，
> 当对方匍匐在地时宽大仁慈。
>
> ——贺拉斯

善不善于狩猎与跳舞，都不是国王的职责，

让别人学会打官司，用仪器测量

---

① 指喜剧《阿代尔夫》，作者泰伦提乌斯在序言中暗示西庇阿与列里乌斯也曾插手编剧工作。蒙田对此深信不疑。

> 天体运动,命名金光闪闪的星星,
> 他的韬略是治国安邦平天下。
>
> ——维吉尔

普鲁塔克还进一步说,在这些非主要方面表现那么杰出,这无异是显出没有把余暇与学问放在正途上,原本应该用在更为实际有用的地方。因此马其顿国王腓力听到他的儿子亚历山大大帝在宴会上唱歌,跟最好的音乐家一较长短,对他说:"你唱得那么好,不觉得丢脸吗?"也是这一位腓力,跟一位音乐家讨论他的艺术时,音乐家这样对他说:"陛下,愿上帝保佑,对这样的事懂得比我还多,那是不幸之至。"

一位国王应该能够像伊菲克拉特那样回答。一位演说家骂骂咧咧这样追问他:"你是什么,装得那么神气活现?你是军人吗?你是弓箭手吗?你是长矛兵吗?""这些我都不是,但是我知道怎样指挥这些人。"

伊斯麦尼亚被人夸为杰出的吹笛手,安提西尼斯认为这并不说明伊斯麦尼亚的价值。

当我听到有人要对《随笔集》的语言说些什么,我有自知之明,宁可他保持沉默。要损害词义的时候决不去追求辞藻华丽,尤其平铺直叙要胜过转弯抹角。我可能是错了,如果其他作家在这方面比我掌握更多的材料;如果有作家不论好与差,能够在纸上撒播下更充实,至少更具体的种子。为了收入更多的文章,我只放上了各篇的开头部分。我若再加以发挥,就会把这部书的篇幅增加好几倍。

此外我还列入了多少全凭体会的故事,谁愿意巧妙整理,不愁写不出无数的《随笔》。无论是这些故事,还是我的引证,都不是仅仅作为范例、权威或花絮使用的。我对它们的看法并不仅限于对我有用这点来说的。它们往往要超越我的议论，包含着更丰富更大胆的思想种子，还发出更悦耳的弦外之音，对我这个不愿借题发挥的人如此，对其他听懂我的曲调的人也是如此。再回头来论说话的道德，我不觉得尽说坏话与尽说好话之间有什么选择余地。"说话四平八稳不是男子汉作风。"（塞涅卡）

先哲说，说到学问就是指哲学，说到行为就是指道德，一般来说这对所有门第和等级都是适用的。

这在另外两位哲学家①身上也有相似之处。他们在写给朋友的信中也做出要流芳百世的许诺，但是方式不同，抱着良好的目的去迎合其他人的虚荣心。因为他们对朋友写道，如果只想流芳百世决定继续掌管国家大事，害怕别人劝其准备接受退隐和退休，那么大家倒不用为此担心了；尤其他们对于后世已有足够的威望，完全可以回答说，单凭他们的书信，已可像他们为国效力一样使自己名扬天下。

除了这点不同以外，这也不是一些意义空洞、内容贫乏的书信，里面字句经过仔细选择，精心排列，抑扬顿挫恰到好处，充满隽智，读了不但变得更有口才，还更加聪明，不但教会我们说得好，还做得好。让我们自鸣得意而于事无补的伶牙俐齿见鬼去吧。除非像人们说的，西塞罗的辩才登峰造极，演说通篇有血有肉。

我还要说一则关于他这方面的故事，以便让我们接触到他的本相。他要在大庭广众演说，但是时间太紧迫来不及充分准备。他的一名奴隶埃罗斯走来告诉他演讲会延至第二天再开。他听了

---

① 指伊壁鸠鲁与塞涅卡。

高兴之至，为了这条好消息给奴隶恢复了自由。

至于书信，我要说的是我的朋友坚持认为我在这方面可以有所作为。如果我有谈话的对象，也很乐意用这种形式来发表豪情壮志。我必须有我以前有过的那一种交往，它吸引我，支持我，振奋我。因为像有些人那样对着风讨论，我也只会陷入空想。我是弄虚作假的死敌，不会捏造出几个假名来进行严肃的讨论。面对一位友好的强手，我也会更加专心自信，要胜过瞧着一群人的不同面孔。我若不取得更好的成就是会失望的。

我写文章完全随自己个性，天生诙谐含蓄，与人议论则很拙劣，不管怎样我的语言就是太急促，凌乱，断断续续，与众不同；我不擅长写礼节性书信，除了一连串说得好听的客气话以外毫无实质性内容。我没有天赋，也不想写热情洋溢、殷勤周到的长信。我并不相信这套，也不喜欢说过头的话。这与现行的做法相去甚远。因为从前不是这样俗不可耐地滥用这些字眼：什么人生、心灵、虔诚、崇拜、农奴、奴隶，这些词俯拾即是，以致当他们再要让人感觉一种更为强烈、更为尊敬的意愿时，就不知道用什么方式表达了。

我痛恨被人看来像个阿谀者；这使我很自然地说话语气干巴巴的，直率生硬，在不认识我的人看来还有点儿轻侮。我对我最敬重的人最不讲礼节，心里轻松也就走得快，这样步子就忘了矜持；对我向往的人自豪地奉献绵薄之力；对我可与之推心置腹的人也最少自我说明。我觉得他们见了我的诚心就会知道这点，语言的表达反而会歪曲我的用意。

欢迎光临、告辞、感谢、致意、愿意效劳，这些我们待人接客中的礼仪客套，我不知道还有谁比我更加笨口拙舌，找不到话说。

我也曾写过一些求情信和推荐信，收信人无不觉得写得枯燥无味，毫不生动。

意大利人是尺牍的大出版家，我相信我已搜集了一百来种，觉得阿尼巴尔·卡洛的书信集最佳。从前我在真正热情冲动下，也曾提笔给几位女士涂写过一些书信，若还存在世上的话，可能还可找出几页值得百无聊赖、神魂颠倒的青年一读。

我的书信总是即写即发，那么匆忙仓促，虽然书法潦草得叫人难以忍受，还是喜欢自己写而不劳他人代书。我找不到人能够追随我的思路，也不誊写一遍。我已让认识我的大人物容忍我的涂涂改改、不折叠、不留边白的信纸。我最费心写的信写得最糟糕；我若写得拖泥带水，这说明我心不在焉。

我愿意不打腹稿就起笔，第一句完了接上第二句。今日的书信里花絮与前言多于实质内容。由于我喜欢同时写两封信，而不是写完一封封好再写一封；总是让这个任务交给另一个人去做。因而，当信的内容写好后，乐意让另一个人去添上这些冗长致词、建议、请求，写在信的结尾部位，并希望有什么新的做法让我们免去这些啰嗦话，还有一连串的身份头衔。好几次为了不出差错，干脆空着不写，尤其是给司法与财政部门的官员。

职务的变动那么频繁，不少荣誉职称孰大孰小叫人实在难以确定和排列，得来也都不容易，出错与遗漏都是一种冒犯。我还认为在我们印刷的书名页和扉页添上这些头衔，也是庸俗不堪。

第四十一章
论名声不可分享

在人世种种痴心梦想中,最普遍认可的是名望与荣誉,为了得到它们甚至不惜抛弃财产、安宁、生命与健康。其实后面这些才是实际有用的财富,而追求的只是没有形体、不可捉摸的虚影与空谷回响:

> 名望用甜蜜的声音迷倒了
> 多少英雄好汉,那么美好,
> 其实只是一个回声、一个影子、一场梦,
> 风一吹就消失得无影无踪。
>
> ——塔索

这属于人的劣根性,即使哲学家好像也对它情有独钟,迟迟不能摆脱。

这是最难治的顽疾:"对心灵正在提升的人也从不放过诱惑。"(圣奥古斯丁)理智也从未这样明白地指责名声是一种虚荣。但是虚荣的根子在我们身上扎得那么深,不知道哪个人能够真正彻底摆脱。当你说出一切理由,信誓旦旦地否定它,它会对你的理由进行紧迫迂回战术,使你难以应付。

因为,像西塞罗说的,那些批判名声的人还是要在他们作品的书名页写上自己的名字,要以蔑视荣誉的手法给自己赢得荣誉。其他东西都可以成为交易对象,朋友需要时我们交出财产与生命;

跟别人分享名声，让别人分沾光荣，这还是很少见的。

卡塔鲁断·卢塔蒂乌斯，在与辛布赖人作战时，煞费苦心地要制止士兵在敌人面前逃跑，自己混到逃兵中间假装胆小怕死，为了让他们觉得是在追随自己的将官，而不是逃避敌人。这是牺牲自己的名声来为他人遮丑。

当查理五世皇帝在一五三七年进军普罗旺斯时，有人说安东尼奥·德·莱瓦看到他的国王决心御驾亲征，本人也认为这是无比荣耀的大事，还是表示反对意见，劝他放弃此行，其目的是让做出这个英明决断的荣誉全归于他的主上。他提出了自己的看法，而国王力排众议，高瞻远瞩，完成了这场英雄业绩；他牺牲自己来提高国王的威望。

色雷斯的使节为布拉齐达斯的逝世向他的母亲阿基利奥尼斯吊唁，过分颂扬他，甚至说当今没有第二人可以与他匹敌。母亲不接受掺有私人情谊的过誉之词，当众宣布说："请不要对我说这样的话，我知道在斯巴达城内有好多人比他更伟大、更英勇。"

在克雷西战役中，威尔士亲王还很年轻，率领一支先锋部队。主要战事也是在这里发生的。随行的领主感到这场硬仗不好打，要求爱德华国王就近驰援。国王打听儿子的情况，得到的答复是他还活着骑在马上，他说："这场战局已经持续了很久，我现在跑去抢了他的战功，这对他只有害处；不论遇有什么不测，胜与败都是他的。"他依然按兵不动，知道自己若去参战，有人会说若没有国王的增援就会全军覆没，把胜利的荣光归于他："全部的功劳总好像是最后的增援者独立完成的。"（李维）

罗马有许多人认为，一般人中间也这样传说，西庇阿的丰功伟绩一部分要归功于列里乌斯，然而列里乌斯总是提高和维护西庇阿的威望与荣耀，从不计较个人得失。

斯巴达国王泰奥蓬普斯，当有人对他说国家伏在他的脚下，这是由于他治理得法，回答说："还是应该说老百姓知道服从。"

继承爵位的女子，尽管性别上处于弱势，还是有权参加贵族院的司法讨论，并表示意见。同样，教会中的贵族，尽管他们有神职，也有权利在战争中辅助我们的国王，不但可带着亲朋好友，自己也可亲身参战。在布文战役中，博韦的主教跟菲列普·奥古斯都并肩作战，冲锋陷阵非常英勇；但是他好像没有权利在这项血腥残暴的执职中分享果实与光荣。那天他亲手降服了好几个敌人，随即交给了他遇到的第一个贵族，是杀是关皆由他做主，他自己则不作处理。就是这样他把威廉·德·索尔兹伯里伯爵交给了让·德·内斯尔老爷。出于同样微妙的良心考虑，他愿意把人打死，而不是打伤，因而他战斗时只使用大锤子。

今日，若有人被国王斥责动手打到了一位教士身上，他会矢口否认说，他只是把他打倒在地，踩在脚下。

第四十二章
论我们之间的差别

普鲁塔克在哪儿说过，兽与兽之间的差别不如人与人之间的差别那么大。他说的是智力与素质。的确，在我的想象中，我觉得伊巴密浓达怎么跟我认识的一个人——我的意思是思维正常的人——竟会那么不同，以致我要加强普鲁塔克的说法，要说某人跟某人的差别，要比某人跟某个兽类的差别还大：

> 啊，人可以胜过人好多！
>
> ——泰伦提乌斯

天与地相差多少度，人与人智力也相差多少度，也就是说无法测量。

但是说到对人的评价吧，妙的是世间万物都是以其本身价值来评价，唯独我们人除外。称赞一匹马矫健挺拔：

> 众口交誉这是一匹千里马，
> 竞技场上欢呼声中夺得了桂冠。
>
> ——朱维纳利斯

而不是夸奖它的马具；一条猎兔犬要跑得快，而不是由于它项圈美；一只鸟要有强健的翅膀，而不是套绳和脚铃。为什么我们对人不是也评价他的本质呢？他有大批随从、一座华丽的宫殿、多大名气、多少年金，这些都是他身外之物，不是身内的品质。你不会买一只蒙在袋子里的猫，你若买马讨价还价，必然要卸去它的护身甲。你要看它赤裸着毫无遮盖；若是盖着，像古代让亲王挑选马匹，盖的也是次要部位，不是让你看着美丽的毛色和宽阔的臀部开心，而是主要仔细观察它的腿、眼睛和蹄子，这些是关键的器官。

> 习惯上国王们相马，
> 让待售的马驹全身遮盖，
> 免得腿子软的，因其长得俊美，
> 昂首阔步，迷惑了买主。
> ——贺拉斯

评价一个人时，为什么把他包得严严实实地评价呢？他向我们展现的并不是他的部分，把可以据此真正评价他的部分向我们隐瞒了起来。你要看的是剑的锋口，不是剑的鞘子，可能剑一出鞘，你看了之后一个子儿也不会掏。应该看人的本身，不是看他的穿戴。一位古人就说得非常有趣："要知道为什么你觉得他高大？你把他的高跟鞋也算上啦！"

底座不属于塑像。量人身高不要算上他的高跷；让他放下财产与头衔，让他穿着一件衬衫到面前来。他有没有足以担当职务的强壮灵活的体魄？他的心灵怎么样？他的心灵是否美丽、高尚、生来健全？靠自己还是靠别人丰富起来的？是不是好运起了作用？他面对出鞘的宝剑是不是镇定自若？不论咽气还是断头而死他都不放在心上？他沉着、平静、满足？这是必须看到的，并以此评价我们之间的极端差别。他是不是——

> 明智，有主见，
> 贫穷和锁链都吓不到他，
> 勇于克制感情，不慕名利，
> 不露声色，待人圆滑，
> 如滚动光洁的圆球；
> 他不受命运的控制，永不言败？
>
> ——贺拉斯

这样的人胜过王国和封邑不可以以道里计：他本人足够组成一个帝国。

> 聪明人塑造自己的命运。
>
> ——普洛图斯

他还有何求呢？

> 我们难道看不见大自然
> 无非要我们大家无病无灾，
> 内心平静享受人生，
> 不用操心，不用害怕？
>
> ——卢克莱修

拿我们这伙粗人跟他比较，愚蠢，下贱，低三下四，彷徨，总是受不同情欲的冲击，徘徊再三，取决于他人。天地之差距也不过如此。而且我们在生活中那么盲目，竟连自己也不觉察。我们若看到了一个农民和一个国王、一个贵族和一个贱民、一个官员和一个平民、一个富人和一个穷人，立刻在我们眼里出现巨大差异，其实他们的差异可以说只是在裤子上而已。

在色雷斯，国王与平民的区别很有趣，也很夸张。国王有专门的宗教，自己的神，不允许他的臣民崇拜：这个神是商神墨丘利。他看不上臣民崇拜的战神玛斯、酒神巴克科斯、月神狄安娜。

这只是停留在表面上，实质并没有区别。

因为，这就像喜剧演员，你看他们在台上扮演公爵和皇帝；但是转眼之间，他们又变成可怜的仆人和脚夫，这才是他们天然原始的身份，皇帝也是如此，虽然他的排场在公众面前看得你眼花缭乱。

> 他身上大块翡翠闪闪发光，
> 嵌镶在黄金托座上，还穿着
> 由维纳斯漂染的海绿色衣裳。
>
> ——卢克莱修

到了幕布后面再看这位皇帝，只是个普通人，还可能比还卑贱的小民还卑贱。"那人是心里幸福。这人是表面快乐。"（塞涅卡）

胆怯、彷徨、野心、怨恨与嫉妒照样使他激动，跟别人没两样：

> 金银财宝、扈从侍卫
> 都驱散不了萦绕心头的
> 痛苦与不安。
>
> ——贺拉斯

即使在自己的三军之中,也战战兢兢,心惊胆颤,像被掐住了咽喉。

> 畏惧与忧虑占据了人心,
> 刀光剑影,飞箭流矢也赶不跑,
> 大胆地活在帝王将相中间,
> 不会被金山银山骗倒。
>
> ——卢克莱修

发烧、头痛、痛风饶不了我们饶得了他吗?当沉重的岁月压上他的肩膀,皇家卫队中的弓箭手能给他卸下来吗?当死亡的恐惧使他全身僵硬时,内阁大臣齐集在身旁能让他安心了吗?当他醋性大发、恣意妄为时,我们脱帽致敬能使他恢复常态吗?床顶盖上了金钱珍珠帐幔,对他的阵阵恶性腹泻也无能为力:

> 只因为床上铺了大红刺绣衾枕,
> 就相信你发高烧要比
> 躺在粗布褥子上退得更早?
>
> ——卢克莱修

亚历山大大帝的谄媚者,让他相信自己是朱庇特的儿子。有一天,他受了伤,瞧着自己伤口流血,说:"嗨,你们说怎么样?这不也是鲜红纯然的人血吗?不是荷马让诸神伤口中流出的那种血吧。"诗人赫尔莫多罗斯写诗歌颂安提柯一世,诗中称他是太阳之子;而他偏要说反话:"给我倒便桶的那个人很清楚,根本不是这么一回事。"

不管怎么说,人总是人;若是他出身低贱,占领了天下也不会改变他这一点:

> 让姑娘在他身后追,
> 让玫瑰在他脚下开。
>
> ——柏修斯

如果这是个粗鲁愚蠢的人,那又怎么样呢?没有魄力与精神消受不了享乐与幸福:

> 人的心灵是什么就表现什么,
> 用得好的就好,用得糟的就糟。
>
> ——泰伦提乌斯

财富的好处,即使很实在,还必须有感觉才能品尝。使我们幸福的是享受,不是占有:

> 房子、金钱、大堆青铜黄金,
> 主人生病时不会治愈
> 他身上发烧,灵魂受煎熬。
> 必须保养身体才能享用财富。
> 人患得患失,屋房对他是什么?
> 犹如给眼疾患者看画,给痛风病人上药!
> 水壶不干净,倒进的东西也不能饮。
>
> ——贺拉斯

他是傻子，就品不出味道；如同感冒的人享受不了希腊美酒的醇厚，或者一匹马不会欣赏人家放到它背上华美的鞍鞯。如柏拉图所说的，健康、美貌、力量、财富等一切称为好的东西，对于正常的人是好事，对于不正常的人是坏事，坏事反过来也一样。

再说，身体与健康都有危机时，这些身外之物又治得了什么？肉身感到针刺，心灵受到折磨，对于统治世界也会兴趣索然。痛风一旦发作，即使做皇上称陛下也没用。

枉有金山与银山。

——提布卢斯

他还不忘他的宫殿与他的威风？他生气时，他的王位就能叫他不面红耳赤，脸色苍白，咬牙切齿，像个疯子？他若是个能干有教养的人，王国增添不了他多少幸福：

你有健康的脾胃、五脏和腿脚，
国王的财富不能给你带来什么。

——贺拉斯

他看来这只是镜花水月。是的，可能他赞同叙利亚国王塞勒科斯的看法，谁知道了权杖的重量，看到它跌在地上就不敢去捡回来。他说这样的话是指一位贤明君王肩负的重担。

治人实在不是容易的事，既然治己就已遇到那么多的困难。至于发号施令看起来很惬意，考虑到人的判断力低下，对于面目不清的新事物选择困难，我竭力赞同这样的看法：跟在人后比走在人前要方便轻松，顺着现成的道路往前和不用为他人负责，是良好的精神休养：

> 低首下心服从，远远胜过
> 一意要把国家操纵。
>
> ——卢克莱修

此外居鲁士说，指挥者不比他指挥的人强，就不配指挥。

但是据色诺芬记载，叙拉古希伦国王还说过，在享受欢乐方面，他们也及不上普通人，东西多，又来得容易，使他们全然尝不到我们尝到的鲜味。

> 爱得太烂会使爱乏味，
> 一盆菜太多会把胃吃坏。
>
> ——奥维德

我们认为唱诗班的儿童热爱音乐吗？唱多了会让他们感到厌恶。宴会、舞会、化装舞会、竞技，只是那些不常看而想看的人才看了高兴；但是看惯了的人就觉得乏味，没什么好看；跟女人处腻了的人，女人也不会令他心动。不让自己忍受一点渴的人，就不知道鲜渴是多大的乐趣。街头艺人演的闹剧叫我们开心，对演的人却是苦活。事情就是这样，有时候乔装改扮，能够过一下平民百姓的生活，使亲王欢喜若狂，这是他们的节日。

王公大臣经常喜欢改变一下生活：
光洁的桌子，简陋的屋顶，没有地毯挂壁，

却可解开他们的愁眉。

——贺拉斯

太满使人倒胃口和腻烦。就像那位土耳其皇帝在后宫有三百佳丽任他挑选,什么样的胃口是看了不败坏呢?他的一位祖先不带上七千多名养鹰人不去猎场,这算是什么狩猎的兴致与排场?

除了这点以外,我相信这种豪华气派实在叫人难以去享受温馨的乐趣:太招眼,太突出了。

我还认为他们更需要深居简出,少惹是非。因为对我们只算是失礼的事,发生在他们身上百姓就会评论为暴政、藐视法律。除了爱作恶的天性以外,这些人还以控制与践踏民间礼仪为乐。说来也是,柏拉图在《高尔吉亚》一文中,称在城邦里为所欲为的人为暴君。因而揭露和发表他们的罪恶往往比罪恶本身伤害更大。每个人都怕刺探和监控,他们更是连举止与思想也都受人注意,全体人民都认为有权有道理来评议他们。污点落在凸出明亮的地方看起来更大,小疱与疣长在额上就比别处的刀疤还显眼。

这说明为什么诗人编造朱庇特的爱情故事总不像是他本人干的。在那么多他们说成是他的风流韵事中,我觉得只有一件他才做得有点儿帝王相。

但是还是回到希伦国王。他也说起当了国王多么不自在,无法自由外出旅行,在王宫的四墙内犹同囚犯,干什么事身边都围着一群讨厌的人。说真的,看到我们的国王孤独地坐在餐桌前,旁边簇拥着那么多说着话盯着看的陌生人,我经常感到的是怜悯多于羡慕。

阿尔丰沙国王说,这方面毛驴的处境远比国王强:它们的主人还让它们有自由啃草地,而国王却没法从他们的奴仆那里得到这样的待遇。

我再异想天开也想象不出,坐在马桶上时有二十来个人看着,这给一个有理性的人的生活带来什么样的方便;一个人有一万法郎年金,曾经攻占过卡萨列蒙菲拉托,或者守卫过锡耶纳,他会比一个富有经验的好仆人把国王侍候得更舒服更周到。

做国王的好处差不多都是想象中的好处。各种级别的财富都可以有王权的气势。恺撒那时称在法国掌司法权的大小领主都是小国王。的确,除了不用陛下称号以外,他们生活比我们的国王还有过之无不及。在远离京都的那些省份,以布列塔尼为例,一名闲居在家、奴仆成群的领主,你看看那个排场、请客、扈从、职司、服务与仪式。他的思想好高骛远,做什么事比国王还像个国王。

他一年一次听到谈起他的国君,仿佛提到的是波斯国王;也只是借助他的秘书在宗谱上提到什么古代的亲属关系才认识他的。说实在的,我们的法律是够自由的,王权的威严在一位法国贵族的一生中只触动他两次。我们中间那些靠拢王室,甘愿效劳来光宗耀祖和获得厚赏的人才是真诚的归顺。那些愿意静坐家中、太平无事管理家族的人,可以像威尼斯公爵一样自由自在:"很少人受奴役束缚,更多人是自愿束缚。"(塞涅卡)

希伦尤其指出这样的事实,他看出自己对一切相互的友谊与交往都是无缘的,而友谊与交往则是人类生活中最令人满足与甜蜜的果实。因为,某人的一切成就有意无意间都是我促成的,我能从他那里得到怎样的感激与善意的表示呢?看到他无力对我表示拒绝时,我能对他谦卑的言辞与彬彬有礼的敬意太当一回事吗?我们从心存畏惧的人那里得到的称颂算不上是称颂,这些敬意不是对我而生的,而是对王权而生的:

> 君临天下最大的好处，
> 就是老百姓慑于你的淫威，
> 还不得不歌功颂德。
>
> ——塞涅卡

我不就是看到昏君与明君，被人恨的与受人爱的，得到的颂歌谁都不少；侍候前任的场面与礼仪，同样用于侍候后任。我的臣民不非议我，这不说明他们爱戴我，既然他们要非议也不能非议，我怎么就把它往好里想呢？没有人由于我与他有友谊才追随我，因为没有充分的来往与共同点不可能做朋友。我因身居高位而无法与人交往，因为差异过于悬殊。他们出于礼貌与习惯追随我，而且追随的不是我，而是我的财富，目的是增加他们自己的财富。他们对我说的与做的一切都是表面文章。我凌驾于他们的强大威力，处处在约束着他们的自由，我看到自己的周围做什么都在掩人耳目。

朱利安皇帝有一天听到朝臣称赞他执法公正，说："这些赞词若来自那些我做出相反判决时也敢指责与批评的人，我听了会感到由衷的骄傲。"

当亲王的一切真正的惠泽，其实跟小康人家没有什么区别（骑飞马，喝琼浆玉液，那是神的事）；他们的饮食与睡眠跟我们没有两样；他们的刀剑并不比我们防身的刀剑更锋利；他们的王冠既不遮阳也不挡雨。戴克里先当皇帝时受百姓爱戴，被命运宠幸，逊位退隐后享受家庭生活的乐趣。不久以后，国家又需要他回来重执朝政，他对劝进的人说："如果你们看到我在自家的庭园里种的树多整齐，种的瓜多香甜，就不会这样劝我了。"

据阿那卡齐斯的看法,最好的执政之道是一切以美德为先,舍弃罪恶,其余的都可以一视同仁。

当皮洛士国王打算进军意大利,他的聪敏的谋士西奈斯劝他对自己的野心虚荣有自知之明,他问:"啊,陛下,策划这样的大行军要达到什么目的?"

"我要当意大利的霸主。"国王回答得干脆。

"那么然后呢?"西奈斯又问。

"我前往高卢和西班牙。"另一位说。

"然后呢?"

"我再去征服非洲;等我最后征服了全世界,我可以休息,心满意足地生活。"

"以上帝的名义,陛下,"西奈斯依然往下问,"跟我说说为什么就不能现在心满意足地生活呢?为什么不从此刻起就上你想去的地方去安家呢?免得在那时以前还去干那么多的工作,遭遇那么多的危险。"

> 这是他不知道给欲望设下界限,
> 真正的欢乐到哪里为止。
>
> ——卢克莱修

我觉得这句古诗对这个问题说得特别巧妙,并以此作为此文的终结:"各人的性格铸就各人的命运。"(科内利乌斯·尼普斯)

第四十三章
论反奢侈法

我们的法律试图在饮食和衣着上限制挥霍无度，其方式好像与其目的适得其反。真正的办法是唤起人们对黄金与丝绸的蔑视，看成是虚荣与无用的东西。而我们却在宣扬它们的气派与珍贵，这样来要求大家舍弃实在是一种很荒谬的做法；因为宣扬只有王公国戚才吃鲜鱼、穿丝绒、佩金饰带，对老百姓则明令禁止，这岂不是抬高这些东西的身价，引得每个人都想享用吗？

让国王们毅然放弃显示高贵的标志，他们有的是其他标志。在这方面挥霍滥用，亲王比其他人更难辞其咎。兹举许多国家为例，我们可以学到足够的、从外表上突出我们地位的好方法，（说实在的我认为这对于一个国家是必要的），而不让这类明显的腐败与弊端滋长成风。

令人惊讶的是衣着，这事看似无关紧要，却可以轻而易举地令大家立即仿效。亨利二世国王驾崩，在朝廷上穿布衣戴孝不到一年，可以肯定的是在大众眼里，绫罗绸缎已经身价大跌，谁若穿了这种衣服，肯定被人当作市民看待。医生与外科大夫才还是这样装束。虽然人人穿着大同小异，还是有不少地方明显表现出品位的差别。

在我们的军队里，穿油腻的羊皮军衣突然蔚然成风，鲜亮华丽的衣衫则受到指责与轻视！

让国王开始放弃这类开支，不用诏书和敕令，要不了一个月就可以完成；我们大家也会跟进。法律只需从反面规定除了街头艺人与妓女,谁都不得穿红戴金。查莱库斯想出这一招整顿了洛克里人的奢靡风气。他的法令是这样说的:有自由身份的女子不可带有一个以上的女仆,除非在酒醉的时候;也不可夜里走出城外;也不可身上佩戴金银首饰,除非是妓女花娘。除了皮条客,男人不可戴金戒指,穿米莱特城衣料做成的精制袍子,通过这些特例引起羞耻之心,也巧妙地让公民远离无益于身心的多余享受。

以名利诱使人们服从,是非常有效的方法。我们的国王要进行这类风尚改革,什么事都可办到;他们的爱好就是法律。"亲王无论做什么,都像在颁布圣旨。"(昆体良)法国各地都以王室的规则为规则。那块难看的前门襟,大大暴露我们的阴私部位;笨重肥胖的紧身衣,穿上根本不再像是自己,也不方便佩挂刀剑;那长条娘娘腔的发辫;在送给朋友的礼物上要亲吻,向他们致意时要吻我们的手——从前这个礼节只向亲王使用;要一名贵族走进一个礼仪场所,腰间不佩剑,衣着宽松随便,仿佛刚从小房间出来;不管祖上的做法和这个王国里贵族的特权,要求我们不论处在什么地方,有王上在周围远远的也要脱帽,不但有他们在场,有其他一百位国王在场也这样做,要知道我们大大小小的王数不胜数。还有其他类似的、引进的新花样;对这一切他们都不要不高兴,它们不久就会消失和遭到指责的。

这是浮在表面的谬误,但不是好兆头。我们得到预警,当我们看到墙壁剥落开裂,大楼也就摇摇欲坠了。

柏拉图在《法律篇》中认为,听任青年随心所欲变换服饰、举止、舞蹈、运动和唱歌的形式;一会儿按照这个标准,一会儿按照另一个标准,摇摆不定评论事物,追逐时尚,对推行者顶礼膜拜,这对城邦造成的危害比瘟疫还大;风俗也从这里开始腐败，古代的一切礼制组织也会遭到唾弃与蔑视。

除非是彻头彻尾的坏事，一切事物的变化都使人心存疑惧，如季节、风向、食物和性情的变化；没有规律是真正坚如磐石，除了上帝自古以来建立的规律；从而没有人知晓其起源，以及从前是否不一样。

第四十四章
论睡眠

　　理智告诉我们要在同一条路上往前走，但不一定要以同一个速度；贤人不受制于情欲而偏离正道，他可以在不损害责任的情况下，让情欲加快或放慢步伐，而不要像个无情的巨人呆立着一动不动。即使他是美德的化身，我相信冲锋陷阵时他的脉搏也比赴宴入席时跳得快。心火上升、情绪激昂，还是免不了的。因此，那些大人物在处理事关成败的政务军机时，照样镇静自若，一如往常，连睡眠也不缩短，实属少见。

　　亚历山大大帝，在指定要与大流士进行激战的那天早晨，很晚还是沉睡不醒，帕尔梅尼奥只得进入他的卧室，走近他的床，用名字叫了两三声才把他叫醒，正好赶上交战时刻。

　　奥东皇帝决定在当夜自杀，把家里的事安排妥当，把钱分发给仆人，磨快了准备拿来自刎的宝剑，只是等着要知道他的朋友是否已经安全撤退，这时却呼呼大睡起来，他的贴身男仆还听到他的鼾声。

　　这位皇帝之死与伟大的加图之死有许多相像之处，甚至有这样的事：加图准备好了自杀，但是他等待别人给他带来消息，他安排撤退的元老们是否已经离开尤蒂卡港出海了，这时他沉沉睡去，邻室的人还听到他的呼噜声。他派往港口的人叫醒他，对他说风浪使元老们无法启碇起航，他又派了个人去，在床上倒头又睡着了，直至那个人来向他保证他们的确已走了。

　　我们还可把他跟亚历山大的另一件事作比较。当卡蒂利那叛乱时，保民官米泰勒斯要颁布命令，召庞培带兵回到城里，他的煽动引起一场危险的大风暴，只有加图一人反对，为此米泰勒斯与他在元老院相互谩骂威胁。第二天，这项计划将要在广场上实施，米泰勒斯除了有民众的拥护和为庞培的利益密谋的恺撒的支持以外，还会带领大量不顾死活的外籍奴隶和刀剑手；而维护加图的只有他自己的信念；因而他的家人、奴仆和许多正直的人都十分担忧。有的人预感事态严重，整夜齐集一起，不休息，不吃不喝。就是他的妻子和姐妹只会在他的家里痛哭发愁，而他反过来劝慰每个人。

像平时那样吃过晚饭，走去上床，一觉沉睡到天亮，一名官署同僚来把他叫醒才去参加唇枪舌剑的交锋。从他此后的一生来看，我们对这个人的勇气深有了解，完全可以断定，他的行为出自一颗高尚的心灵，想到的事更为宏远，因而一切到了他的脑海中都不过成了些稀松平常的事。

在西西里战胜塞克斯图斯·庞培的那场海战中，奥古斯都在战事即将开始时竟沉沉入睡，朋友来叫了才醒来，去发出战斗信号。这却让马克·安东尼后来责怪他，没有胆量睁着眼睛去看自己军队的阵势，直至阿格里巴来向他报告他战胜了敌人的消息后才敢来见士兵。

至于小马略，他的表现还要糟糕。在跟苏拉作战的最后一天，他布置了阵势，发出战斗信号后，就躺倒在一棵树的树荫下休息，睡得那么死，他的部下撤退溃逃才勉强把他闹醒了，战斗的经过他一点也没见到。他们说这是工作极度过劳，缺乏睡眠，致使体能实在支撑不住。

这方面医生将会说出睡眠是否那么必要，以致会影响到人的生命。因为我们看到马其顿国王佩尔修斯在罗马当囚犯时，就是不许睡觉而被折磨死的；但是普林尼又举出例子，有人不睡觉活了很久。

希罗多德的书中说有的民族半年睡眠半年醒着。

贤人埃比米尼德的几位传记作者，都说他连续睡了五十七年。

第四十五章
论德勒战役

在我们的德勒战役中，充满咄咄怪事。但是对吉兹王爷的名声并无好感的人，喜欢提出他率领那支庞大的军队，在陆军统帅阁下受敌人炮火猛击时，却按兵不动，拖延时间，他是难辞其咎的。他应该冒险进攻敌人的侧翼，而不是等待进攻敌人后军的良机，从而遭受那么重大的损失。

除了战局结果提供的证明以外，谁要是愿意心平气和地讨论问题，我认为他会不难跟我说，不论是将军，还是每个士兵，他们的目的和目标是获得全局的胜利，零星的战果不论有多大的好处，都不应该叫他们偏离这一点。

同马查奈达斯的一次遭遇战中，菲洛皮门派去许多弓箭手和投枪手，要打一场前哨战。敌人先把他们冲散，又快马加鞭追逐他们作乐，胜利后又沿着菲洛皮门的阵地驰过。虽然他的士兵都按捺不住，菲洛皮门还是坚持阵地不动，也不追着敌人营救自己人；眼看着对方追逐和残杀，当他看到敌人的步兵与骑兵完全分离，便向步兵营发起猛攻。尽管那些都是斯巴达人，但自以为胜券在握，已开始松懈，这时他抓住时机进攻，一下子把他们打垮，接着才去追赶马查奈达斯。这一战例跟吉兹王爷的战例相差无几。

阿格西劳斯与比奥舍人的那场激战，据身历其境的色诺芬说，是他见过的最艰苦的战斗。阿格西劳斯不愿利用命运提供的良机，让比奥舍人的队伍在面前经过，再从他们身后进行袭击，可以预见到胜利是十拿九稳的,但是他认为这样做诡计多于勇敢,为了表现自己的英雄气概,他选择从正面发动进攻;但是他遭到迎头痛击,并受了伤;最后被迫抽出身来,使用他一开始放弃的计划,下令自己的部队分散,让比奥舍人浩浩荡荡开过去。

　　接下来,当他们通过后,注意到他们队伍凌乱,就像自以为已经脱险,毫无后顾之忧。这时他下令追击,从侧翼进攻。但是这样还是没法打得敌人溃不成军,落荒而逃。他们缓缓撤退,气势不衰,这样一路进入安全地带。

第四十六章
论姓名

蔬菜的种类不论有多少，都包含在"沙拉"这个名称下。同样，在谈论姓名这个题目时，我也就此做出一盘大杂烩。

每个民族都有几个名字，我不知为什么带有贬义，在我们这里有让、纪尧姆、伯努瓦。

同样，在亲王谱系内也有几个名字受到命运的青睐，在埃及有托勒密，在英国有亨利，在法国有查理，在佛兰德有博杜安，在我们古代阿基坦有纪尧姆，有人说居耶纳这个名字就是从那里来的，这也算是冷不防的巧合，就是在柏拉图的书里也没有这么难念的名字。

同样，还有一件小事，因为情节奇怪，而且有目击者，还是值得一提。说英国国王亨利二世的儿子诺曼底公爵亨利，在法国大宴宾客，贵族出席人数多得要分组编排。为了好玩就把名单以姓氏相同划分，第一组是纪尧姆，有一百十位骑士都坐在有这个姓氏的桌子上，还不算那些普通贵族和侍候的人。

以客人的姓氏排席次，这很有趣。同样有趣的还有罗马吉特皇帝以肉类的第一个字母依次上菜。以M开头的菜一起上的有：羊肉、小野猪、鳕鱼、鼠海豚等。余皆照此办理。

同样，俗语说名好运旺，这里指的是名望、名声；此外还有名字漂亮确有方便之处，容易念，容易记，因为王公大臣我们都常见，也不会轻易忘掉；在那些伺候我们的人中间，我们一般都是指派和使唤那些名字最容易上口的人。我看到从加斯科尼来的一位贵族,亨利二世国王从来不曾把他的名字念准过。对王后的一名宫女,他居然只用姓氏称呼,因为她父亲起的名对他好像实在太拗口了。

苏格拉底认为父亲应该用心给孩子起个好名字。

同样,据说在普瓦蒂埃建造大圣母院就起因于这个故事。一个生活放荡的青年住在这个地方,在路上带回了一个妓女,到家一问名字叫玛利亚。他听到我们救世主的母亲的神圣名字,肃然起敬,立刻感到强烈的宗教感情。他不但立即放她回去,还终生行善。由于这次神迹,就在青年居住的地方盖起了一座圣母堂,后来又扩建成我们今日看到的大教堂。

这种虔诚是通过字的发音,听在耳里直抵心灵。另一种同样的虔诚是通过感官的传输而达到的。毕达哥拉斯跟一群青年在一起,他感觉他们在灯红酒绿的节庆中昏了头,正在密谋要去亵渎一家女修道院,于是令唱诗女改变音调,用一种沉闷严肃的扬扬格乐曲,徐徐地平静他们骚乱的心情。

同样,子孙后代会不会说我们今日的改革是细致扎实的,不但打击了谬误与罪恶,使世界充满虔诚、谦卑、服从、和平和各种美德,甚至还去革除旧教名:查理、路易、弗朗索瓦,而让人间都是更有宗教气息的名字,如玛土撒拉、以西结、玛拉基。我的一位邻居贵族,认为旧时代比我们这个时代优越,忘不了那个时代贵族名字的显赫气派:唐·格吕梅登、格达拉冈、阿格西朗,只要一听名字的音色,他就觉得自己跟皮埃尔、吉约、米歇尔不是同一类的人。

同样,我十分感谢雅克·阿米奥,他在一篇法语演说辞中保持拉丁名字原封不动,不任意改动和增删使之法语化。最初好像有点别扭,但是他的《普鲁塔克》一书影响久远,这种做法在我们看来也就不足为奇了。我经常希望，用拉丁文撰写历史的作者，应将我们的名字保持原样，因为若把沃德蒙（Vaudemont）改成瓦尔蒙塔努斯（Vallemontanus），花头花脑，变成了希腊式和罗马式名字，我们也就不知身在何处，找不到北了。

作为总结，我们法国用土地和封邑来称呼人，这是一个恶俗的习惯，造成的后果很坏，也比世上任何事更容易混淆和模糊家族的渊源。一个家族的幼子得到一块封地，他以这块封地命名，受人认知，不能正正当当把它放弃。他去世后过了十年，土地归了外人，这一位也照此办理，请想一想我们对这些人还能了解多少。我们不用往别处去寻找例子，只需看我们的王室，多少封邑，多少名上加名；可是谱系的本源却不得而知了。

这些变更那么随心所欲，以致到了我这个时代，谁要是福星高照，飞黄腾达，无一不是安上连他老爸也不知道的新谱系头衔，还往名门望族上靠。默默无闻的家族走了运，什么显赫的名字都能冒充。法国有多少贵族自称是王族一脉的？我看要超过其他国家。

我的一位朋友不是有趣地说过这么一件事么？他们好几位贵族聚在一起，其中有两位争了起来。一位由于爵位与沾亲带故的关系有了特权，的确比一般贵族有更高的地位。在谈到这份特权时，有人为了与他比个高低，一个提到出身，另一个提到另一个出身；有的提到姓氏相近，有的提到族徽纹章相像，有的还抬出一份古代谱牒；最差的也是某个海外藩王的曾孙。

到了开饭时刻，我的这位朋友没有上桌，反而深深鞠躬往后退，请在座的各位原谅他，他竟冒昧地与他们混在一起直至现在才离开；因为刚刚获知他们古老的世系后，他开始按照他们的爵位向他们致敬，自己是不配坐在那么多的亲王中间的。他在这番嘲弄后，接着就破口大骂："我们祖宗满足于我们现在的地位，看在上帝的分上，你们也就满足了吧。如果我们能够清清白白守住自己的地位，已经是不错的了。不要把祖宗挣来的财产散尽，让爵位败落；抛掉这些愚蠢的幻想吧，只有厚颜无耻的人才会有幻想，才会把它们搬出来喋喋不休。"

纹章跟姓氏一样都是算不得准的。我的纹章是蓝底上洒满金色三叶草，中间是一头爬行的狮子，四周环绕唇形花。这个图案有什么特权专门待在我的家门内呢？一个女婿可能会把它带往另一家族；哪个破落户买主又把它作为自己的第一批纹章：还有什么比这更多变动和混乱么？

但是考虑至此我又想到另一个话题。世人为之纷争不已的光荣与名声，为了上帝不妨就近仔细观察是建立在什么基础上的。我们那么辛辛苦苦追求的名望又是以什么为依据的？总的来说，不论是皮埃尔或纪尧姆有了名望以后，就小心保存，时刻关心。然而希望真是一种需要勇气的天赋，在人心中有时会引申到无限、无边、无止境。这是大自然赐给我们的一个开开心心的玩具。

这位皮埃尔或纪尧姆，说到头来不就是一个声音吗？或是三四笔画的字吗？首先是改动那么容易，以致我要问由谁来沾那么多胜利的光荣，盖斯坎、格莱斯坎或盖阿坎？这可比琉善《元音判断》一书中让$\sum$与T打官司更有道理，因为：

这可不是一个无足轻重的奖状。

——维吉尔

关系重大，这牵涉到为了这些字母中的哪个字，那位著名的陆军统帅效忠法国王室，进行了多少次围城与战役，死伤和关押了多少人。

尼古拉·德尼佐（Nicolas Denisot）关心的只是他名字中的字母，颠来倒去改换结构成了达尔齐努瓦伯爵（Conte d'Alsinois），还用他的诗与画编出一篇光荣史。历史学家苏托尼厄斯只爱他的名字的意义，他不用父姓"列尼"而用"特朗基吕斯"（意为"平静"）作为他的拉丁名字，来继承他的著作的名声。谁能相信贝亚尔统帅只是借了皮埃尔·泰拉伊的轶事才有了名声？安东尼·埃斯卡林竟眼睁睁让普林船长和崑从男爵偷去了那么多海陆两地的运输苦劳与战争功劳①。

此外，这些笔画乃是千人共用的。在全世界民族中同名同姓又有多少？在不同的民族、不同的世纪、不同的国家又有多少？历史上有三位苏格拉底、五位柏拉图、八位亚里士多德、七位色诺芬、二十位德梅特利乌斯、二十位狄奥多尔：猜猜还有多少历史是不曾记载的。谁又能阻止我的马夫取名大庞培？纵然如此，当我的马夫日后死去，或者另一位在埃及掉了脑袋，有什么方法或力量把这个响亮的名字和生花妙笔下产生的荣耀，加到他们身上而为此得益呢？

你以为亡灵与骨灰会在乎这点吗？

——维吉尔

这两位勇武不相上下的英雄好汉，伊巴密浓达和阿非利加的西庇阿，在听了我们嘴里流传的赞词后，会有什么想法。伊巴密

---

① 指他们本人的生平不为人知，而借了在这些外号或假名下的轶事而彰显。

浓达听到的是：

> 我的战功摧毁了斯巴达的光荣。
>
> ——西塞罗

西庇阿听到的是：

> 起自墨奥提湖太阳照耀的地方，
> 无人功绩及得上我辉煌。
>
> ——西塞罗

　　这些话甜蜜动听，哪个活人听了都会心里痒痒地被激起竞争欲望，也就贸然把自己的感受用到了死人身上，异想天开地让自己相信他们也会有这种感觉。让上帝去知道吧！
　　然而：

> 希腊、罗马或蛮族的统帅，
> 都为这些理由血脉贲张。
> 这支持着他们，不辞艰险，
> 求名更多于求德。
>
> ——朱维纳利斯

第四十七章
论判断的不确定性

这句诗说得好：

语言有充分余地说好或者说坏。

——荷马

一切事情都可以顺着说与反着说。例如：

胜利的汉尼拔不知
如何去获取胜利的果实。

——彼特拉克

谁要赞同这个观点，向我们的民众说明最近没有乘胜追击到蒙孔都是错的；或者，谁要指责西班牙国王不知利用他在圣康坦对我们的优势，他就可以说犯这个错误是由于心灵陶醉于自己的好运，心态满足于出师大捷，已得的胜利已无法消化，也就不思去扩大战果。他已抱个满怀，再也不能多抓，也就承受不起命运把这么一份贵重的财富再交到他的手里。

他若给敌人重整旗鼓的机会，又能得到什么好处呢？对方溃不成军，惊慌四逃时还不敢或不知道追击，当他们重新集结休整，怀着愤怒与复仇的心理反攻时，又怎么能够希望他敢于痛击呢？

> 当命运开始逆转,恐怖盖罩一切。
>
> ——卢卡努

　　总之,除了他刚才遭受的失败以外,还有什么可以盼望的呢?这不像击剑,以击中的点数定出胜负;打仗只要敌人不倒下,就要重新开始,再接再厉,只要战争没有结束就谈不上胜利。在奥里库姆城附近的那一仗中,恺撒遭到惨败,被逼入绝境,他对庞培的士兵批评说,他们的统帅不知道克敌制胜,否则他是完了;轮到他有这样的机会时就穷追不舍了。

　　但是为什么不反过来说,这是人心不足,欲壑难填,不知道让贪婪适可而止;是滥用上帝的恩宠,要突破对凡人规定的限度;胜利以后再度冒险,是再一次让胜利随命运摆布;军事艺术中最智慧的一条规则是不把敌人逼入绝境。苏拉和马略联合作战打败了马尔西人,看到对方还有一支残余部队,他们绝望之余会像疯兽似的反扑,都主张不要等着他们过来。索瓦殿下打赢拉文纳一仗后,若不是过分热衷于穷追那些残余部队,也不致送命而使胜利逊色不少。然而他的例子让人记忆犹新,倒使恩古安殿下在塞里索勒免受同样的不幸。攻击一个被你逼得只有一战求生的人,是很危险的;因为事出无奈会叫人奋不顾身;"困兽咬人咬得狠。"(波西乌斯·拉特罗)

> 张开大口一副凶相,决不轻易输掉。
>
> ——卢卡努

　　这说明为什么斯巴达国王白天战胜了曼蒂尼亚人,法拉克斯劝他不要追击那些逃出重围的一千名阿尔戈斯人，让他们自由离去，免得他们在悲痛不幸中索性拼个死活以保全大节。阿基坦国王克洛多米尔打赢以后，还在落荒而逃的勃艮第王爷贡德马尔后面紧追不舍，逼得他回头迎战。但是他的固执使他失去了胜利果实，因为他这次送掉了性命。

同样，让士兵装备华丽炫耀，还是简朴实用，若要选择的话，赞成第一种主张的有塞多留、菲洛皮门、布鲁图斯、恺撒等人。他们认为让士兵看到自己这一身戎装，感到体面光荣，鼓励他们作战更加勇敢顽强，像保护自己的财产那样保护盔甲。色诺芬说，亚洲人因这个原因带了妻妾和细软财物随军上战场。但是另一种主张的人认为应该加强士兵舍命而不是保命的思想；前一种方法会使士兵加倍害怕去冒风险；还有令敌军更加渴望胜利去抢夺死者的贵重遗物。

有人指出，从前这件事大大鼓舞了罗马人去攻击桑尼恩人。叙利亚国王安条克给军队配上华丽的装备对抗罗马人，他指着他们问汉尼拔："罗马人对这支军队满意了吧？"汉尼拔回答："他们对这支军队满意吗？我想肯定很满意，不管他们如何贪婪。"利库尔戈斯不仅禁止他的手下装备华丽，还不许掠夺战败敌人的财物，他说让艰苦朴素也在战斗过程中闪闪发光。

在围城和其他场合，我们有机会靠近敌人，会放任士兵用各种各样的指责去挑衅、轻蔑和辱骂他们，可以平白无故，不需要理由。因为这个道理是不可忽视的，就是让自己人放弃以后一切宽恕和妥协的希望，向他们说明对于被自己横加侮辱的人不要抱侥幸心理，唯一图存的方法就是战而胜之。

但是维特里乌斯对奥东这样做时遇到了挫折。奥东的士兵实力较差，长时期脱离战事，被舒适的城市生活消磨了斗志。维特里乌斯对他们百般辱骂，说他们胆小如鼠，舍不得抛下罗马的女人和花天酒地的生活，惹恼了他们，反而使他们勇气陡增，比任何激励的话还有效，做到了别人无法做到的动员，向他扑了过来。确实，当辱骂触到了痛处时，会使原本无心为国王的争吵卖力的人，转而为自己的争吵卖命了。

保存一支军队的首领至关重要，敌人的目标也主要在斩首行动，其他的目标都取决于它的成功；考虑到这两点，好像对这条意见不容置疑：许多重要将领在激战前都要乔装改扮一番。然而这种方法带来的弊端不见得比我们想要避免的弊端小，因为部下认不出将领，也就无从从他的表率作用和同甘共苦中汲取勇气，士气就会大大低落。看不到他平时的标识与旗帜，会认为他已阵亡，或者感到大势已去而逃之夭夭。

从历来的经验来说，我们看出这有时对己方有利，有时对敌方有利。在意大利跟执政官列维努斯的作战中，皮洛士遇到的事在我们看来就有这两副面目。因为他把自己的盔甲交给了德摩加克里，随即躺在德摩加克里的盔甲下，因此保全了性命，但是也遇到另一件倒霉事，就是输掉了这一仗。亚历山大、恺撒、卢库卢斯在作战时喜欢穿着华丽，颜色鲜艳发亮，引人注目。亚基斯、阿格西劳斯和那位伟大的吉里波斯则相反，上战场全身遮得严严实实，不穿任何帝王服饰。

在法萨卢斯战役中，庞培受到的责备中有一条是他按兵不动，原地等待敌人，以致（我在此照抄普鲁塔克的原话，他说得比我好）"这削弱了最初冲锋激发的猛劲，同时也挫伤了战士交手的锐气，一般说来锐气比什么都重要，当双方在急促对撞中，锐气使心中充满威势和怒火，在奔跑中杀声震天，勇气激发了起来，而今则压制士兵的斗志——可以这么说——使之荡然无存"。

以上是普鲁塔克对这件事的论述。不过要是恺撒输了的话，也有人会这样反过来说，最强大稳固的阵地是坚守不动的阵地，停止进军，可以根据需要收缩战线，保存力量，这比变换阵地，在奔跑中丧失一半力气岂不是要强得多？此外，军队是由那么多不同部门组成的大团体，它在急速转移时行动步调不可能做到那么一致，不让阵形变样或切断，先头部队会在同伴还未作好支援以前就跟敌人交手了。

在波斯两兄弟丑恶的内讧中，斯巴达人克莱亚科斯指挥居鲁士方面的希腊部队，不慌不忙率领他们去进攻，但是离开还有五十步时他下令跑步，希望借短程突击；既可保持队形与体力，也可利用人体冲撞与箭矢发射来占优势。有人在他们的军队中用这个方法解决这个难题：敌人冲过来，你们严阵以待；敌人严阵以待，你们冲过去。

查理五世行军进入普罗旺斯时，弗朗索瓦一世国王可作两种选择：抢先到意大利去迎击他，或者待在本土候着他。他认为保护自己的家园免遭兵燹之灾，在他的兵力掌握下也可源源不断运送援助物资，这是上策。可是由于战争的需要必然随时造成许多破坏，这类事在自己的土地上发生就很不好说；比如农民看到自己的财产被自己的军队而不是被敌人的军队掠夺，就不会轻易忍受，很可能在我们中间引发暴动和骚乱；放任士兵抢劫掠夺，在自己的境内是不允许的，却是对付战争严酷的一种补偿；除了军饷以外没有其他收入，离妻子与老家才两步远，这就很难让士兵履行职责；谁摆上桌布就谁埋单请客；进攻要比防守轻松许多；在腹地打仗失败引起的震动，其影响之大不会不牵动全局，因为恐惧这种情绪是会传染的，也最容易让人相信，最迅速扩散，听到城门外响起这个风暴的城市，可能已经准备让他们尚在发抖、喘不过气来的将士退回来，但在这惊心动魄的时刻，那些人极有做坏事的危险。不管怎样，弗朗索瓦一世选择了召回阿尔卑斯山那边的军队，等候敌人过来。

可是他也可以反过来想，由于他在自己国土上，身边都是朋友，他不会得不到种种便利，河流道路全向他效忠，给他运输粮食饷银万无一失，甚至不用护送；危险愈是迫近，他的臣民愈是忠心耿耿；有那么多城市和屏障确保安全，将由他根据机会与利弊来支配战局；他若愿意拖延时间，可以从从容容待在营帐内看着他的敌人一筹莫展，被种种动摇军心的困难弄得焦头烂额；若是闯入一块充满敌意的土地，左右前后都要防范攻击；若发生疾病没有办法替换和扩大军队，也无法把伤病员安置室内；得不到饷银，得不到军粮，除非靠抢劫，没有时间休整和喘息；对地点和地形一无所知，无法使他们避免偷袭与埋伏；他们打了败仗，无法拯救残部。这两方面的例子从不少见。

西庇阿认为到非洲去进攻敌人的国土，要比他待在意大利保家卫国打击敌人好；他这样干赢了。而相反的例子是汉尼拔在这同一场战争中，为了保卫自己的国土放弃攻占异国而垮了台。雅典人让敌人留在自己的国土上而进军西西里岛，遭到相反的命运。但是叙拉古国王阿加托克里不顾国内的战事进军非洲，却遇上了好运。

因而我们常说的那句话很有道理，事态的发展与结果，特别在战争中，很大部分取决于命运，命运不会迎合和屈从我们的推断与算计，如这几句诗说的：

> 经常，鲁莽者成功，谨慎者失败。
> 命运对理直气壮的诉状充耳不闻，

还像闭着眼睛在四下乱走。
冥冥中有一种力量,
　支配、主宰、驱使世人受制于它的法则。

——马尼利乌斯

　　若能很好理解,就会觉得我们的意见与决断也同样取决于命运,命运把它的混乱与不确定性带进我们对事物的判断。

　　在柏拉图《对话集》中,蒂迈欧说我们的推理匆促轻率,因为我们的判断跟我们人一样都有很大的偶然性。

第四十八章
论战马

我这人学语言只会死背硬记,至今不知道什么是形容词、连词和夺格,这下子倒成了语法学家。好像听人说过,罗马人把有的马称为"辕外马"或"右牵马",让人用右手牵着或用于驿站,充分休息以备不时之需。这也是我们把战马称为"destrier"(用右手牵的)的出典。我们的骑士传奇中一般"走在右边",也有"陪伴"的意思,有的马经过训练可以双双成对疾驰,不套络头,不配鞍子,罗马贵族甚至全身武装也可在狂奔中从一匹马跳到另一匹马背上。纽米迪亚骑兵手牵第二匹马,为了战斗激烈时换乘坐骑:"我们的骑士在奔跑中换马,他们也习惯每人带两匹马,往往在鏖战中拿着武器从一匹疲劳的马跳到一匹精神十足的马上,骑者身手矫健,良驹又那么善解人意。"(李维)

许多坐骑经过训练会救助它们的主人,谁挺着一把出鞘的剑过来就会撞向谁,谁攻击和挑逗就举起蹄子、露出牙齿扑向谁;但是它们更多伤害到的是主人的朋友,而不是敌人。还有它们斗在一块,就很难把它们分开,只好听任它们斗到结束。波斯将领阿尔底比乌斯在与萨拉米斯国王奥奈西卢斯一对一厮杀时,骑上了这么训练的一匹战马,后果非常严重;因为这叫他送了性命。当他的坐骑扑向奥奈西卢斯时,奥奈西卢斯的提刀马童一枪刺进他的两肩之间。

据意大利人说,在福尔诺瓦战役中,国王被敌人紧迫,国王的坐骑举起蹄子又尥又踢,把他救出重围,不然他就会丧命:若是真的，倒是一大幸事。

马木路克人自夸拥有世上最聪明的战马。据说，这些战马半是天性半是训练，根据某种信号和声音，会用牙齿叼起长矛和标枪，在激战中递给主人，能够辨认和识别敌人。

提到恺撒，还有伟大的庞培，说他们超群绝伦的本领中包括精湛的骑术。恺撒年轻时，骑上马背不用缰绳，双手倒放在背后让它狂奔。

由于天公有意把这位人物与亚历山大造就成军事奇才，你也可以说还特地为他们配备了两匹良驹。大家都知道亚历山大的"牛头驹"，因为那匹马头像牛首，除了主人以外不让别人上背，也只让他训练。它死后得到追封，造了一座以它名字命名的城市。恺撒也有一匹良马，前掌宛如人脚，蹄子也修成趾甲状。它也只许恺撒乘坐和调教，死后恺撒画了图像献给女神维纳斯。

我坐上马背就不思再下来，因为觉得不管身体好坏，这是最舒适的坐姿。柏拉图介绍骑马有益于健康，普林尼也说可以改善肠胃与关节。既然我们骑上去了，就赶着走吧。

在色诺芬的著作中可以读到一条法律，禁止有马的人徒步旅行。特洛古斯和朱斯提努斯说，帕提亚人习惯骑了马不但去打仗，还去办一切公事与私事：做生意、谈判、聊天、散步。自由人与奴隶之间最明显的差别是自由人骑马，奴隶走路；那是居鲁士国王规定的制度。

罗马历史上有许多例子（苏托尼厄斯在提到恺撒时特别强调这点），说将领在紧急时刻命令他们的骑兵下马，为了不让他们有机会逃走，也因为他们期望这类战斗占优势；李维说："罗马人无疑最擅长这样做。"

罗马人为了防止不久前征服的人民叛乱，第一条措施就是收缴他们的武器和马匹，因而我们在恺撒的书里经常读到："他下令交出武器，牵来马匹，送上人质。"今日土耳其皇帝不允许帝国内的基督徒和犹太人拥有自己的马匹。

我们的祖先，尤其抗英战争期间在一切重大的和约定日期的战斗中，大部分时间都是全体下马步战，完全依靠士兵的体能力量、骁勇和身手矫健——这些是跟荣誉与生命同样珍贵的品质。不管在色诺芬书里克里桑塔斯说了什么，你是把自己的价值与命运押在了你的坐骑上；它的伤口与死亡也影响到你的死亡；它的畏惧或暴躁也会让你胆怯或不顾死活。如果它不听从你的马衔或马刺，这就涉及你的荣誉了。因而依我看来难怪步战要比马战更加顽强激烈了。

> 他们一起后退，一起进攻，
> 战胜与战败，谁都不会逃跑。
>
> ——维吉尔

他们打仗看来争夺得更为激烈，我们今天是一触即溃："第一声吼叫、第一次冲锋决定了胜负。"（李维）在遭遇如此巨大偶然性时所用的东西，应该尽量归我们掌握。因而我建议选择最短、用起来最得心应手的武器。显然凭手中的一把剑，要比短铳打出去的子弹更为可靠，短铳包括许多部件：火药、火石、击发机，其中发生小故障就会让你死于非命。

你也没法保证这一颗子弹在空中会落到哪里：

> 让风规定子弹的路线，
> 力量来自宝剑，善战的民族

都用双刃剑打仗。

——卢卡努

说到短铳,我将在古今武器比较中再详细谈一谈;这个武器除了让人听了耳边一震以外——大家对此已逐渐习惯——我相信并无多大效果,但愿有朝一日放弃使用。

意大利人所使用带火的标枪,更为可怕。他们称为"法拉利卡"(Phalarica),类似投掷武器,头装三叉铁杵,可以穿透铁甲兵的身体;有时在野战中用手投掷,有时在保卫被围困的城池时用机械发射。枪杆一头裹废麻,蘸有树脂和油,飞出去前点燃了火,打在人身和盾牌上,烧得武器与四肢都无法施展。可是我觉得到了短兵相接时,也会阻碍进攻者的行动;战场上到处是这些燃烧的棍棒,对扭成一团的双方都带来不便:

法拉利卡在空中呼啸而来,
落地时声如霹雳。

——维吉尔

他们还有其他手段,用惯了非常顺手,我们从未见过,觉得不可思议,他们也以此弥补自己缺少火药弹丸的劣势。他们投出的标枪那么有力,经常可以刺穿两块盾牌和两个铠甲兵,把他们串在一起。他们的投石器在准确性与距离上也不稍差:"他们用投石器把卵石远远地打向大海中的小圆环,熟练后不但可以打到敌人的头颅,还可打中脸上任何部位。"(李维)

他们的排炮也似我们的排炮雷声隆隆:"炮弹打在墙上惊天动地,困在城里的人吓得心惊胆战。"(李维)我们的高卢兄弟历来接受需要更大勇气的肉搏战，在亚洲，最恨这些捉摸不定飞来飞去的武器。"伤口大吓不倒他们；伤口大而且深更引以为荣；要是一个箭头或一颗石弹钻进肉里，只留下一条肉眼难辨的裂痕，这时想到为这么一点小伤死去，就会又羞又恨，满地打滚。"（李维）这情景跟中了火枪也差不多。

一万希腊人在不幸的长途撤退中遭遇一个部族，被他们用硬弓长箭打得落花流水。尤其箭身之长，用手捡起来可以当作标枪投掷，穿透盾牌和铠甲。狄奥尼修斯在叙拉古发射实心粗箭和巨石的投射器，射程远，速度快，跟我们的发明已相差不远。

还不要忘记一位皮埃尔·波尔先生的滑稽骑骡姿势，他是神学家，蒙斯特尔莱说他习惯像女人一样，侧身骑在骡背上在巴黎城里闲逛。他还在其他地方说加斯科涅人有些马非常了得，会在奔跑中急转弯，法国人、庇卡底人、佛兰德人和布拉邦特人都视为奇迹，据他的原话说："这是他们少见多怪。"

恺撒在谈到施瓦本人时说："在马战中，他们经常会跳下马背进行步战，马匹经过训练都待在原地不动，需要时再迅速上马。根据习惯，使用马鞍是最卑鄙胆小的行为，他们看不起那些使用的人，因而也不怕以寡敌众。"

我从前有一次非常惊讶，看到一匹马被人调教得用一根小棒就可以任意指挥，缰绳放在耳朵上，这在马西利亚人是家常便饭，他们骑马都不用鞍子和缰绳。

马西利亚人专骑光背马，
驾马不用马嚼而用鞭子。

——卢卡努

纽米迪亚人骑马不用马嚼。

——维吉尔

"不系马嚼的马走路姿势不美,奔跑中好像颈子发僵头朝前。"(李维)

阿尔方斯国王,在西班牙建立了红绶带骑士团,给他们订了几条规则,其中一条是禁止骑骡,不分雌雄,否则罚款一个银马克,这是我刚从格瓦拉的书信集中读到的。有人说他的书信是"金玉良言",这个评语跟我的大不相同。

《侍臣》一书说,从前一位贵族骑骡子要受到指责(阿比西尼亚人则相反,地位愈高,愈接近他们的主子普鲁斯特·约翰,愈认为骑骡子是种荣誉);色诺芬说亚述人总是把马拴在马厩里,因为这些马都顽劣凶悍;还因为解缰绳与上鞍子费时间,为防止敌人突然袭击时耽误而遭受损失,从不在没有壕沟和屏障的地方安营扎寨。

他的那位居鲁士国王,精通骑兵战术,要求马匹像自己那样,在训练项目中非得流大汗才能得到应有的那份喂料。

斯基泰人在战争中迫于形势,取马血解渴充饥:

萨尔梅舍人喝饱马血求生存。

——马提雅尔

克里特人被米泰勒斯团团围住,除了喝马尿以外,找不到任何水解渴。

为了证实土耳其军队的维持管理费用要远远低于我们,他们说士兵只喝清水,只吃米饭和一些腌肉米,这样每人可以轻易携带一个月的粮食，除此以外还要像鞑靼人和莫斯科人那样，知道在马血里加盐过日子。

西班牙人到来时，新印度的新民族将这些人和马匹，都视作高于他们种性的神与兽。在被征服后，有人前去求和告饶，带给征服者黄金和肉食，还不忘向马匹献上一份礼，像对人似的说上一通话，把马的嘶叫看成是和解与休战的语言。

在近处的印度，自古乘大象是王公的荣耀，其次是坐四匹马拉的大车，第三等是骑骆驼，最低的等级是骑马和坐一匹马拉的小车。

我们这个时代，有人记述在这些地域的国家有人骑牛代步，牛身上鞍子、脚蹬、笼头一样不少，骑着很舒服的样子。

昆图·法比乌斯·马克西姆斯·吕蒂里亚努斯在跟桑尼恩人作战时，看到自己的骑兵冲锋三四次还攻不破敌人的阵线，采取意见卸下马笼头，用马刺狠狠刺马，结果什么也挡不住它们狂奔，把敌人冲得人仰马翻，武器落了一地，给自己的步兵打开了通路，使敌人伤亡惨重，最终失败。

昆图·弗尔维乌斯·弗拉古斯同凯尔特伯里亚人作战时也下过同样的命令：“给马取下笼头，朝敌人奔去，马的冲势会更足：这种做法常使罗马骑兵取得成功，赢得荣誉……马卸去了笼头，突破敌军阵地，又回过头来再冲，使敌人损兵折将，血流成河。”（李维）

从前，鞑靼人给莫斯科大公派去使节时，大公要采用这样的礼节：他走到他们面前，敬上一杯马奶（他们喜喝的饮料），他们喝时有奶滴落在马鬃上，必须用舌头舔去。巴雅塞特皇帝派军队到了俄罗斯，遭遇一场可怕的雪暴，苦不堪言，不少人为了找东西蔽体御寒，竟主张杀死马匹，掏空马腹，钻进去吸收求生的热量。

巴雅塞特跟帖木儿苦战失败后,原本可以骑了他的阿拉伯母马逃走,但是他不得不让它在一条小溪边上喝得痛快,这样马的身子发凉发软,很容易被敌人追上来。说让马撒尿会使马松劲,这话是对的;但是让它饮水,我倒认为这使它歇歇力,更有劲头。

克罗瑟斯沿着萨尔迪斯城,发现有些牧场上有大量的蛇,部队的军马吃得胃口大开,希罗多德说这对他的战事是一种不祥之兆。

我们称有鬃毛和耳朵的马才是一匹完整的马,不如此就不合格。斯巴达人在西西里打败雅典人,班师回叙拉古,一路上耀武扬威,其中一件事是把败军的马剃光鬃毛,牵着作为凯旋仪式。亚历山大跟一个叫达哈的部族打过仗。他们两人一组骑了马去参战;但是在交战时,一个人下马。就这样一人在地上,一人在马上,轮流着打。

说到骑术精娴高超,我不认为有哪个民族胜过我们。我们习惯称呼一名好骑手时强调他的勇敢多于强调他的技巧。我认识的最内行、最稳扎、最有风度的驯马师是卡尔纳瓦莱先生,他为我们的亨利二世国王当差。我见过他两脚立在马鞍上让马奔驰,卸下马鞍抛在地上,回马时又把它捡起,装好坐在上面,始终不抓马缰绳;他骑马跨过一顶帽子,转身箭箭射中帽子;他一脚点地,一脚挂在马镫上,任意捡起地上的东西;还有许多其他特技,他是以此谋生的。

我以前在君士坦丁堡也曾见过两人同骑一匹马,快跑中轮流跳马背。还见过一人用牙齿给马套笼头、上鞍子。还见过另一人在两匹马中央,一脚踩一个马鞍,胳膊上还站一个人飞奔;这第二人站得笔直,奔跑中还射箭,百发百中,有许多人在飞奔的马鞍上拿大顶,马具四周还插着尖刀。

在我的童年,看见过苏尔莫纳亲王在那不勒斯骑一匹烈马做各种各样的杂技,在他的膝盖与脚趾下夹着几枚硬币,仿佛钉在马身上似的,说明他的坐姿纹丝不动。

第四十九章
论古人习俗

国人除了以自己的风俗习惯评判以外，没有其他人格完美的标准与规则，我认为这还情有可原；因为这是人的通病，不但庸人有，差不多人人都有，都以他们自己的生存环境来决定自己的看法与好恶。当大家看到法布里蒂乌斯或列里乌斯不是我们这样穿着打扮，就觉得他们举止动作像个化外人。这我也能接受。

但是我埋怨的是他们缺乏主见，极易受时下权威的摆布与愚弄，为了讨好尚可以每个月改变意见与看法，出尔反尔，无一定见。以前胸衣的衣撑做在胸中央，他们举出充分理由说这放的正是地方；几年后衣撑落到了两腿之间，他们就嘲笑从前的做法荒唐，不可忍受。现在是这种穿法，就去嘲笑从前的穿法，语调激烈，众口一词，这岂不是一种怪癖，见风使舵的看法？

由于我们的风尚变化既突然又迅速，即使全世界的裁剪师都发明创造，也供应不了足够的新款新花样，必然某些淘汰的款式经常会重新时兴，时兴的款式又会淘汰。因而同样的看法在十五年到二十年之间，会有两三回不但不同、还会截然相反的变动，而且还说变就变令人难信。我们中间还没有这样的聪明人，不被这种矛盾的说法说昏了头，迷糊了眼睛，迷糊了心。

我愿意在此罗列我还记得的古人的若干做法，有一些跟我们的相同，有一些跟我们的不同，让我们在心中明白人事永远是在变化的，从而有更明确、更坚定的判断力。

我们所说的"裹了披风斗剑"，这在罗马人中间已很常见，恺撒说过:"他们把披风裹在左手,右手拔剑出鞘。"从那时起我们便有了这个恶习,至今还是随时可见,路上截住遇到的人,问他是谁,他若拒绝回答,就一顿辱骂和找机会寻衅。

古人每天饭前有洗澡的习惯,就像我们取水洗手一样平常。起初他们只洗胳膊和腿脚;后来按照世上大部分国家已经延续了几世纪的习惯,他们赤身裸体在掺药物和香料的水里洗,因而用清水洗澡被认为是生活朴素的标志。最讲究与娇贵的人每天全身涂香料约三四次。他们还去除身上的毛,就像法国女人一段时期以来拔除额上的毛:

给胸上、臂上、腿上除毛。

——马提雅尔

尽管他们有专用的油膏:

她用香膏抹皮肤,用滑石磨皮肤。

——马提雅尔

他们爱睡软床,睡垫已表明在吃苦了。他们躺在床上吃东西,姿势跟现代的土耳其人差不多:

那时埃涅亚斯在他的高床上吃了起来。

——维吉尔

有人说小加图从法萨卢斯战役开始以来,为时局恶劣而愁眉不展,总是坐着吃饭,过一种更清苦的生活。

他们吻大人物的手表示尊敬和亲热。他们对朋友打招呼时也相互亲吻,像威尼斯人:

我用亲吻和亲切的语言问候你。

——奥维德

向一位大人物求情或致敬,触摸他的膝盖。哲学家伯西克里,克拉特斯的兄弟,不是把手放到人家的膝盖上,而是生殖器上。被他触摸的人粗暴地推开他,他还说:"怎么,这不是跟膝盖一样都是你身体的一部分吗?"

他们跟我们一样饭后吃水果。他们用海绵擦屁股(让女人毫无意义地忌讳这样的用语吧)。所以海绵这个词在拉丁语中是个脏词。海绵缚在一根棍子上,从这则故事上得到证明:说有个人要被带走当众喂野兽,他要求解手;没有其他东西自杀,就把木棍连同海绵塞进咽喉窒息而死。他们干完房事后,用撒了香粉的羊毛擦那玩意儿:

我不会给你什么,除非玩意儿用羊毛擦过以后。

——马提雅尔

在罗马的十字街口放着罐子和半截子水桶,给行人小便用。

熟睡的儿童经常在梦中,
撩起衣服对着撒尿的水桶。

——卢克莱修

他们在两餐之间吃点心。夏天有小贩卖冰块镇葡萄酒。冬天感觉葡萄酒还不够清凉的人也会用雪冰镇。贵族都有人斟酒切肉，还有弄臣取乐。冬天肉放在炉子上端到桌面，还有流动厨房，我就见过一切餐具就跟着他们走。

> 达官贵人们，把菜留着自己用吧；
> 我们可不喜欢边走边吃。
>
> ——马提雅尔

夏天，在他们的底层客厅里，经常在渠道里灌满了清水，水里养了许多活鱼，宾客可以自选，逮到了按自己的方式煮烧。鱼一直——现在还是——享有这个特权，让显贵们学好厨艺把它烧来吃。因而味道也比肉要鲜得多，至少对我来说如此。但是在穷奢极欲、纸醉金迷方面，我们能够做到的确已不输于他们，因为我们的意志已像他们那样萎靡，而气势却还不足，不论做好事或坏事的能力都不能望其项背。因为这两者都必须具备刚强的毅力，那是我们无法与他们相比的；心灵不是那么坚强，也就没有计谋干出大好事，也干不出大坏事。

从他们的席次来说，居中者为高位。写文章和说话次序先后就没有高低之分，这可从他们的著作中看得很清楚。他们说"奥庇乌斯和恺撒"，也随意说"恺撒和奥庇乌斯"，说"我与你"和"你与我"也并无差别。这说明为什么我以前在法语版普鲁塔克《弗拉米尼传》中，看到有一段提到伊托利亚人和罗马人共同赢得一场胜利后相互嫉妒争功，好像有点强调在希腊诗歌里，先提伊托利亚人，后提罗马人，只是在法语中有点含糊不清。

女人在蒸气浴室中也让男人进去，还用男仆给她们擦身子搽油：

> 男奴腰系黑围裙侍候你，
> 而你赤身裸体横陈在热水桶里。
>
> ——马提雅尔

她们自己扑粉吸干汗水。

西多尼乌斯·阿波利奈里斯说，古代高卢人前脑留长发，后脑勺剃光，这种发式借本世纪的阴柔轻佻风气又重新出现了。

罗马人一上船就给船夫付费，我们则到码头以后再付。

> 系好骡子收好船费，
> 一小时轻易过去。
>
> ——贺拉斯

女人睡在靠墙的床上，所以恺撒被称为"尼科梅迪国王的床内侧"。（苏托尼厄斯）

他们喝酒停停喝喝。在酒里掺水：

> 这个小伙子手脚利落，
> 法莱里酒太热，
> 赶快取身边的泉水掺上。
>
> ——贺拉斯

我们的仆人也在那里动作笨拙。

啊，伊阿诺斯，背后没有人

用雪白的手向你做犄角，装驴耳朵，

也不像阿普利亚的狗渴了伸舌头。

——柏修斯

阿尔戈斯和罗马女人服丧时穿白色衣服，我们的女人以前也这样，我的意见若有人听，应该继续这样穿。

有几部书整个儿都是讨论这个问题的。

第五十章
论德谟克利特和赫拉克利特

　　判断是处理一切问题的工具，无处不用。正因为如此，我在这里写随笔时，也利用任何机会进行判断。即使对一点不懂的问题，我也要试用一下，探测蹚水可以蹚到多远；接着发觉水太深要把我淹了，我就回到岸边；认识到不能再往前去了，这就是判断的一种效应，而且还是最值得一提的效应。

　　有时遇到一个没有实际内容的题目，我试图找论据使它有血有肉；有时判断一个重大、有争论的问题，会找不到任何属于自己的观点，那条路已有那么多人走，只能踩着别人的脚印过去。这时判断要做的就是选择它认为最佳的道路，从千百条道路中说出这条还是那条才是最好的选择。

　　我是命运提给我什么就议论什么。对我来说一切论点都是好的。我也决不企图把它们说透，因为我看不到任何东西的全貌。那些答应让我们看到全貌的人也做不到。每件事物都有几百副面孔和几百条肢体，我只能抓住其中之一，有时一眼带过，有时略加触摸，有时紧紧摁到骨头。我不往最宽处，但尽我所知往最深处探索。经常喜欢从前人未加注意的方面着手。我对一个我不熟悉的命题，也会大胆深入探讨。这里写一句，那里写一句，算是各篇文章拆下来的样品，零零星星、没有计划，也不做承诺，也不在乎一定要写得好，也不因做来有趣就一成不变做下去。我还是依然怀疑与不确定，保持我的根本宗旨——这就是无知。

　　一切活动都暴露我们的本性。这同一个恺撒的心灵，从他组织和指挥法萨卢斯战役看得出来，从他安排声色犬马的豪宴也看得出来。判断一匹马，不但要看它在练兵场上操练，还要看它走步，甚至看它在马厩里休息。

心灵的功能有高尚的也有低下的，谁看不到这点，就不能对它有所认识。心灵平静时，或许对它观察得最清楚。情欲的风暴会吹着它向高处飘升。此外，它会专注在一件事上，全力以赴，从不会同时处理两件事。心灵处理事情不是根据事情本身，而是根据它自己本身。

事情可能都有它本身的重要性、尺度和条件。但是事情临到我们，心灵就会按照自己的意思去任意修饰。死亡对于西塞罗是可怕的，对于加图是可盼的，对于苏格拉底是无所谓的。健康、良心、权威、知识、财富、美，以及与以上这些相反的东西，在进入心灵时都脱去了自己的衣衫，而接受心灵给予的新衣衫和它喜欢的花色：褐色的、绿色的、浅的、深的、刺目的、柔和的、深刻的、表面的。每个心灵都是各选各的，因为它们不是共同去检验它们的风格、规则和形式：各个心灵在自己的领土上都是王后。所以不要在事情的外在品质上找借口，责任在于我们本身。

我们的善与恶也全在于我们自己。烧香许愿要面向我们自己做，不必面向命运做，命运对我们的品行是毫无作用的。相反我们的品行会影响命运，会塑造命运。我为什么对餐桌上唠唠叨叨、吃吃喝喝的亚历山大不做评论呢？他下象棋时，这种幼稚可笑的游戏触动和使用了他的哪种脑神经？（我讨厌和躲避下棋，这实在算不上是种游戏，要玩又过于严肃，费那么大的精力不去做些正经事那才是难为情。）他在准备那场光荣的印度远征时也没那么忙碌；还有另外那个人在讲解《圣经》中那段有关人类永福的章节时也是如此。

且看这类可笑的娱乐在我们的心灵里会膨胀和重要到何种程度;它的每根神经是否都绷紧了;它如何给每个人充分认识自己、正确判断自己的依据。在任何其他时刻我都不能把自己审察得那么透彻。哪种情欲不在搅动我们心灵?愤怒、伤心、仇恨、急躁、急于求成的野心,在这件事上更可原谅的倒是急于求输。把旷世奇才用在雕虫小技上,这不是大丈夫所为。我在这个例子上说的话也适用于其他一切。人的一举一动、一言一行都在突出和显示这是怎么一个人。

德谟克利特和赫拉克利特是两位哲学家,前者认为人生虚妄可笑,公开露面时总带着嘲弄的笑脸;赫拉克利特,对这同样的人生悲天悯人,终日脸带愁容,两眼含泪,

> 跨出门槛离家时,
> 一个笑来一个哭。
>
> ——朱维纳利斯

我更喜欢第一种品性,不是因为笑比哭更讨人喜欢,而是因为它更瞧不起人,更严厉谴责我们;我觉得根据我们的所作所为,怎么轻视也不为过。对于惋惜的事,惋惜与同情之中又带有几分欣赏;对于嘲讽的事,又认为它无比珍贵。我不认为我们心中的苦恼会多过虚荣,机灵会多过愚蠢;我们没那么多不幸,但是实在空虚,我们没那么可悲,但是实在下贱。

因此,第欧根尼推着他的木桶独自闲逛,对亚历山大大帝嗤之以鼻,[①] 把我们视为苍蝇或充满气的尿泡;他实在是个尖酸刻薄

---

① 指第欧根尼在路上遇到亚历山大大帝,不但不回避,还令亚历山大大帝让路,别挡住他的阳光的那则著名轶事。

的法官，在我看来比外号"人类憎恨者"的蒂蒙更加公正。因为被人恨的东西才被人认真对待。这一位期盼我们遭逢不幸，一心巴望我们完蛋，避免跟我们交往，如同怕跟恶毒堕落的人一起充满危险；而第欧根尼根本不把我们看在眼里，我们骚扰不了他，即使接触也改变不了他，他躲开我们不是害怕，而是不屑与我们为伍。他认为我们既干不出好事，也干不出坏事。

布鲁图斯邀斯塔蒂里入伙阴谋反对恺撒，斯塔蒂里对他的回答如出一辙。他认为这件事是正义的，但是不认为参与的人值得他出力一起去做。这符合赫格西亚斯的学说，他说贤人做什么都应该只是为自己；因为只有他自己才值得他人做什么；这也符合狄奥多罗斯的学说，他说贤人为了国家利益冒险，却为了庸人危及自己的智慧，这是不公正的。

我们这些人固有的处境是既可笑又好笑。

第五十一章
论言过其实

从前一位修辞学家说，他的职业是把小事物说得大，显得大。这就像鞋匠给一对小脚丫做上一双大鞋子。在斯巴达靠吹牛说谎为职业就会挨鞭子抽。我相信阿基达默斯国王听到修昔底德·德·米莱的回答不会不表示惊讶。国王问他与伯里克利角斗谁更强，他回答说："这不好验证；因为我在角斗中把他摔倒在地，他却说服在场观看的人说他没有倒地，于是他赢了。"

有人让女人戴上面纱，涂脂抹粉，这为害不大；因为不能看到她们处在自然状态，不是大不了的损失；而其他人要欺骗的不是我们的眼睛，而是我们的判断，要歪曲和败坏的是事物的本质。像克里特、斯巴达这样的城邦，局势稳定，治理有方，并不重视雄辩家。

阿里斯托给修辞学下了个聪明的定义：说服老百姓的技术；苏格拉底、柏拉图则说是骗人和拍马的艺术；有人从大道理上否定它，在自己的训诫中到处使用。

伊斯兰教人禁止向孩子传授修辞学，因为它无用。

雅典人发现修辞学的使用在都城里有上升趋势，这是很有害的，下令把煽动情绪的主要篇章，连同前言和结论部分一起删去。

修辞学的发明，是为了操纵和煽动一群乌合之众和暴徒。这个工具专门用于病态政体，就像是药。在那些庸人、无知的人或任何人独占一切的国家，如雅典、罗得岛和罗马，在那些局势纷争不已的地方，演说家才应运而生。的确，在这些共和国里，很少人是不靠口才而平步青云的；庞培、恺撒、克拉苏、卢库卢斯、兰图卢斯，都是慷慨陈词以后得到极大的支持，最后登上权柄的高位，他们依仗口才更多于军队，这与太平盛世的看法恰恰是相悖的。

因为 L. 沃卢姆努斯当众演说，支持 Q. 法比乌斯和 P. 德基乌斯当选为执政官，他说："这些人是为战争而生的，建功立业的大人物，打嘴仗也毫不示弱，是真正的执政人才；头脑精明、说话服众和博学多才，可以管理城市，当副执政主持民事裁判工作。"

当政局一片混乱，内战的风暴搅得人心惶惶时，罗马城内雄辩家如沐春风，就像一块没有开垦的荒地野草丛生。这样看来，由君主控制的政府没有其他政府那样需要这种东西；因为百姓大众愚昧轻信，耳边听了甜言蜜语，很容易受到操纵和误导，不会用理智的力量去审察和认识事物的真相；这种轻信态度，我要说，在个人身上是不容易存在的；良好教育与好言规劝也较为容易使他免受这种毒药的危害。在马其顿和波斯就没出一个有名气的雄辩家。

我刚才跟一位意大利人谈过话，才引起我说了上面的一番话。他曾给已故的红衣主教加拉法当过膳食总管，直至主教过世。我请他谈谈他的差使。他神色严肃地把这门讲究口腹之欲的学问，一本正经地说了一通，仿佛在跟我讲神学的大道理。他向我细分不同的胃口：饥饿时的胃口、上了两三道菜后的胃口；什么方法吃了只不过使胃舒服，什么方法引动得胃口大开；调料使用方法，一般的，特殊的，针对菜肴的特点和作用；不同季节的沙拉也不同，有需要加热的，也有需要冷食的，如何配制花色使它们赏心悦目。在这之后，又说到上菜的顺序，其中的微妙大有讲究。

> 怎样切兔肉，如何斩鸡块，
> 当然都大有学问。
>
> ——朱维纳利斯

言辞里充满崇论闳议，就像在发表治国大略。这使我想起我的朋友：

> 太咸啦！烧糊啦！淡啦！恰到好处！
> 下次就照这样做！我教他们，
> 以我浅薄的学识尽心尽力。
> 总之，德梅亚，我要他们
> 拿了锅子当镜子，教他们留一手。
>
> ——泰伦提乌斯

埃米利乌斯·波勒斯从马其顿回来，宴请希腊人；希腊人对他宴会的组织安排大加赞赏；但是我这里说的不是他们做了什么，而是他们说了什么。

我不知道别人听了是不是与我有同感。当我听到我们的建筑师踌躇满志，大谈壁柱、下楣、挑檐、科林斯和陶立克柱型，还有他们类似的行话，我不由自主地想到阿波里东宫；实际上，我发现那是指我家厨房上那几条质地单薄的横档。

当你听到有人说替代、隐喻、讽喻这类语法词汇，那不是像在指某个罕见冷僻的语言现象吗？其实是涉及你的女仆唠叨的用语。

还有一种与此相近的花招，就是用罗马人的显赫官衔来称呼我们的官吏，然而他们在职务上没有丝毫相似之处，更没有那样的权威与权力。这种做法我相信，总有一天会说明我们这个世纪的荒谬绝伦，把古代荣耀了几世纪的一两位人物的最光辉称号，不恰当地加到我们中意的人身上。称柏拉图是神，这是举世公认的，谁也不会嫉妒。然而意大利人，他们自诩整体上跟他们那个时代的其他民族相比，更为隽智明白事理，这话有点儿道理，但是不久前却把那个尊号安到了阿雷蒂诺头上，这一位除了说话诙谐刻薄的确有高明之处，但是经常牵强附会，莫明其妙。就算他口才高明，我也看不出他有什么才能超越他同一世纪的大多数作家；更不用说跟古人的神号相去甚远了。

"伟大"这个词，我们却动辄加在并不比群众伟大的亲王身上。

第五十二章
论古人的节俭

远征非洲的罗马将军阿提利乌斯·列古鲁斯，正当他进攻迦太基节节胜利、声名如日中天的时候，写信给共和国说他总共有七阿庞土地，完全交给一个佃农管理，佃农偷了他的耕具逃之夭夭。将军担心妻儿受苦，要求请假回家照料。元老院委派另一个人管理他的产业，并给他添置了被盗的工具，还下令他的妻儿皆由国家供养。

老加图从西班牙回国任执政官，卖掉了他役使的那匹马，为了节省把它带回意大利的一笔海运费。在撒丁岛当总督时，出外访客都步行，只带一名官员给他拿袍子和祭祀物品；往常还是自己提箱子。他很自豪自己的袍子价钱最多不超过十埃居，一天在菜场花费不超过十苏，他在乡下的房子外墙从来不刷涂料石灰。

西庇阿·埃米利埃纳斯打过两场胜仗，出任过两届执政官，赴任总督只带七名仆人。有人说荷马只有一名仆人；柏拉图有三名仆人，斯多葛派首领芝诺一名也没有。

提比略·格拉库斯，作为罗马第一号人物时，因公出差每天也只得到五个半苏。

第五十三章
论恺撒的一句话

　　如果我们有时高兴进行反省，如果我们留出观察他人和了解外界事物的时间用于审视我们自身，很容易发觉人体的结构其实是一些脆弱易损的器官组成的。对什么事物都不会称心如意，即使有欲望与想象也无能力去选择我们所需的东西，这不是人性不完美的一个显著证明吗？还有一个极好的证据，那就是如何找到人的最大幸福，历代哲学家对这个问题一直争论不休，现在还在争论，将来还会永远争论下去，得不到结论，达不到一致。

　　　　要的东西得不到？说什么也不要别的。
　　　　要的东西有了？就再要另一个。
　　　　欲望永远存在。

——卢克莱修

　　不论遇到了什么，享受了什么，我们还是觉得不满足，去追逐未来与未知的事物，尤其现有的东西没能使我们心碎。依我看，不是这些东西不够令我们心碎，其实是我们对待它们有点儿病态，神经错乱，

　　　　他看到世人需要的一切，
　　　　差不多都已在世人手边。
　　　　有人荣华富贵，

还有儿孙替他们光宗耀祖。
然而没有人不心烦意乱，
毫无理由地受不必要的折磨！
他明白问题出在那颗心，
灌注的就是琼浆玉液，
盛器的缺点会使它腐蚀败坏。

——卢克莱修

  我们的欲望游移不定；既不知道留住什么，也不知道适当享受。人认为问题出在那些东西，于是胡思乱想其他他不知道不了解的东西，认定了这是他的渴求与期望之所在，于是顶礼膜拜；像恺撒说的："由于人的劣根性，我们对从未见过、隐蔽与陌生的事物更相信更畏惧。"

第五十四章
论华而不实的技巧

　　世上自有一些技巧，实属于穷极无聊，有时还以此求人赏识；如诗人写诗，通篇的诗句都用同一个字母开头；我们还看到古希腊人，用长短节拍不一的诗句，组成鸡蛋、圆球、翅膀、斧子等图案。还有人把兴趣放在计算字母可以有多少种排列，发现这个数目多得令人难以置信，这在普鲁塔克的著作中也有记载。

　　某人训练有素，能把一粒小米投向针眼，技巧娴熟百发百中；当有人介绍他时，请对方送他礼物作为对这一绝技的奖励，那人很有意思，以我看来也很恰当，送了这位艺人七八十升小米，免得这门艺术疏于练习。我觉得这人的做法是很对的。

　　凡事由于稀奇、新鲜，或者艰难就去推荐它，而不问其有无益处与用处，这说明我们对事物的看法有缺陷。

　　不久前在我的家里玩过一场游戏，看谁能找出最多的能用于两个极端的事物来。比如 Sire 这是个称谓，可以用于我们国家内地位最高的人——国王，也可以用于普通的可怜虫，如商人，不用于处在中间的人。我们用 Dame 称高贵妇女，用 Damoiselle 称中层妇女，又用 Dame 称最低层妇女。

　　张在桌子上面的天盖只用在王府和客店里。

　　德谟克利特说，神和牲畜的感觉要比人灵敏，人排在中间。罗马人在节日与丧日都穿同样的衣服。极度恐惧与极度奋勇都搅乱肠胃，增加排泄。

　　那瓦尔第十二位国王桑丘的儿子加西亚五世，外号"哆嗦汉"，说明勇猛与畏惧都使人四肢发抖。还有一位，别人侍候他穿盔甲时，见他皮肤发颤，有意把他要冒的风险说得小些试图安慰，他对他们说："你们不了解我。如果我的肉体知道我的心要把它带向何处，肉体就会吓得趴下了。"

阳痿可以是做维纳斯游戏时的冷淡和乏味，也可以是纵欲和亢奋过度引起的。极冷与极热都会灼伤烤熟。亚里士多德说，铅制的把柄在冬寒中会像受高温那样熔化。欲望与满足会使受快感部位上下都隐隐作痛。在忍受人生不幸的感情与决心中，既有愚蠢也有智慧。贤人藐视苦难，控制苦难；其他人对苦难浑然不知；后者可以说是面对坎坷，前者是背向坎坷；前者对坎坷仔细斟酌掂量，做出如实的调查与判断，然后鼓足勇气一跃而过。

他们不把不幸放在眼里，踩在脚下，因为他们有一颗坚毅刚强的心灵，命运之箭射在上面，必然会反弹和被磨去锋芒，造成不了伤害。中庸的人处在这两个极端之间，看到苦难，感觉苦难，但忍受不了苦难。童年与老年在头脑简单方面是一致的；吝啬与挥霍都是出于多多益善的欲望。

也许可从表面上来说，在未获得知识以前有一种愚昧型的无知，在获得知识以后有一种知识型的无知。知识会产生和造成后一种无知，同样也会瓦解和消除后一种无知。

头脑单纯、求知欲不强、知识不多的人，可以培养成好基督徒，他们虔诚顺从，真心实意信任，遵守清规戒律。智力平凡、能力中等的人会产生谬误的看法。他们停留在字句的表面意义，把我们视作不学无术的人，看到我们依照老传统行事，自以为是他说成是简单愚蠢。才华出众的人更稳更有远见，是另一类的好基督徒。他们通过长期虔诚的探索，深得圣书中包含的真谛，感受到教廷行政法体现的神意。

正因为如此,我们看到其中有些人带着出色的成果和坚信,从第二级达到最高境界,犹如进入了基督教智慧的极地,带着宽慰、感恩、洗心革面的习惯和谦虚,享受胜利的喜悦。我并不把另一些人归在这一境界,那些人为了摆脱人们对他们过去错误的怀疑,为了要别人对他们放心,对我们进行的事业采取极端、不慎重和不公正的态度,不断地横加指责,任意抹黑。

朴实的农民是诚实的人,诚实的人还有哲学家,或者按我们这个时代的称谓,性格坚强,头脑清醒,受到全面良好教育的人。中庸的人,既不屑坐上第一排愚昧型无知的位子,又够不上坐另一排位子(两头不着地,就像我与许多其他人),他们是危险的,成不了大事,又惹人讨厌;这些人给世界添乱。可是,我本人尽量往后退缩,坐上第一排天然位子;我曾经试图离开那里也是枉然。

纯朴自然的民间诗歌稚拙清丽,从这方面可以与艺术上完美的诗歌媲美,加斯科湟的田园歌如此,从那些没有学术传统,甚至没有文字的国度传播过来的歌谣也如此。处于这两者之间的平庸诗歌,被人唾弃,没有荣光,没有价值。

但是,心智开放以后,我发现一般都会发生这样的情况,把一个并不复杂的工作去搞得复杂,把一个并不生僻的题目去搞得生僻;当我们的创造力被激发以后,它会发现无数这样的例子,我在此也就只说这么一句话。这些随笔若值得一评的话,依我看会出现这样的情况:它们不太符合普通人的兴趣,也不太获得俊秀英才的青睐;前者理解不够,后者又理解太过;我的随笔可能会在中间地带艰苦度日。

第五十五章
论气味

据说有些人，如亚历山大大帝，由于出奇的不同体质，汗水散发一种香气；普鲁塔克和其他人还探索过其中原因。一般人的身体结构则相反，最好的情况是没有气味。气息洁净好闻也无非是闻不得刺鼻的气味，就像健康儿童的气息。所以普洛图斯说：

女人没有气味就是最好闻的气味。

这也就像常言说的，女人最悦目的动作是无意中不知不觉的动作。闻到添加的香味，令人有理由怀疑使用者是不是要掩盖身上天生的怪味。古代诗人就此写过这样的俏皮话：散发香味，即是散发臭味，

科拉西努斯，你笑吧，我们身上闻不得气味。
我宁可无气味也不要有香味。

——马提雅尔

还有：

波斯图莫斯，香味扑鼻的人其实是气味刺鼻。

——马提雅尔

可是我非常喜欢周围散发香味，对臭味深恶痛绝，还比谁都会远远地就闻到：

> 我的鼻子举世无双，不论嗅章鱼
> 还是胳肢窝的麝香，
> 比猎犬搜寻躲藏的野猪还灵光。
>
> ——贺拉斯

我觉得气味愈纯净自然愈好闻。这是女人尤其关心的事。在远古蛮荒时代，斯基泰女人洗澡以后，在全身和面孔厚厚扑上一层当地产的草药，要接近男人，先卸妆，觉得自己又光滑又香。

有一件妙事，就是不论什么气味沾上我的身子就不散，我的皮肤很容易把它吸收。有人埋怨大自然，怎么不让人生来就有器官向鼻子送香味，这个人错了。因为香味是自然散发的。但是与众不同的，我有满把胡子用来做这件事。我若把手套或手帕凑到胡子前，香味就会整天留在那里。这也透露出我是从哪儿来的。青年时代搂紧了接吻，亲热缠绵，有滋有味，一沾上胡子会几小时不散。

可是，通过人员接触、空气传染的流行病我很少会染上；从前在我们的城市和军队里曾有过好几种流行病，我都得以幸免。在苏格拉底著作里读到，曾有好几次瘟疫肆虐雅典城，他都没有离开，也唯有他不曾传染。

我认为医生可以对气味做出更多的用途。因为我发觉气味会改变我，根据它们的性质影响到我的心情。这也使我同意这样的说法：在教堂庙宇里烧香和洒香料，自古以来就在所有国家和所有宗教中普遍实行，显然在于愉悦、唤醒和清净我们的感官，使我们更易进行静修。

为了对此做出判断，我多么愿意参加这些大师傅的厨艺，他们知道用异国香料的料，烘托肉食的味道；特别是在突尼斯国王的宴席上，那次他到那不勒斯跟查理五世皇帝会谈。他们在肉里塞进了各种香料植物，极尽奢华，按照他们的配制，一只孔雀与两只野鸡要花上一百杜加托；当禽鸟切片时，香味不但充满宴席厅，甚至扩散至宫殿内其他房间和邻近的宅第，久久不散。

我选择住宿时，首先关心的是远离恶浊臭气。威尼斯与巴黎，这是两座美丽的城市，一个由于沼泽地，一个由于污泥塘而气味难闻，影响我对它们的喜爱。

第五十六章
论祈祷

我在此提出一些尚在酝酿、还未定型的遐想，就像有人公布一些可疑的问题供各个学派讨论。这不是为了证明真理，是为了寻求真理。我提呈给那些不但关心调整我的行动与写作，还调整我的思想的人判断。不管是谴责还是赞扬，对我都是可以接受的和有用的，因为我若说了什么无知与不恰当的话，违背了罗马天主教廷使徒神圣教规，也该认为罪不容诛，因为我为天主教而生、为天主教而死。我一贯尊重教会审查的权威，可以对我任意处置，我还是要在这里大胆进言。

我不知道我是否错了，但是既然蒙圣恩眷顾，有些祈祷词就是由上帝亲口一字一句口授笔录的，我总是觉得我们应该比今天用得更加频繁。如果我说了算数，饭前饭后、起床就寝以及一切习惯上进行祈祷的特殊活动中，我希望基督徒都念主祷文，即使不是独自用，至少也每次用。

教会可以根据宣教的需要选择范围更广、内容不同的祈祷文，因为我知道其实质与宗旨还是一样的。但是应该优先突出主祷文，让老百姓总是挂在嘴边念念不忘，因为该说的话主祷文里都说到了，适用于任何场合。这是我走到哪里都在使用的唯一祈祷文，反复念从不改变。

因此我头脑里记得牢牢的就是这个。

最近一段时间我在想；我们不论计划什么和干什么都求助于上帝；不管是什么样的需要，不论在什么地方，我们由于自身的软弱而要求帮助，从不考虑时机合适还是不合适，我们要呼唤上帝；不管我们处于什么境地，有什么行动，即使是见不得人的勾当，也呼唤上帝及其法力；这种谬误的做法不知是从哪里来的。

上帝的确是我们唯一的保护人，在每件事上都可以帮助我们。还让我们有幸订下那份天父与人的亲密盟约。主既公正又慈爱和万能。但是更多使用的是正义而不是权力，根据人间公理而不是个人要求来宠幸我们。

柏拉图在他的《法律篇》中，总结出关于神信仰的三种有害观点：神是不存在的；神不管人间世事；面对我们的许愿、祭祀、牺牲，神都有求必应。据他说，第一种错误在人从童年到老年期间不是一成不变的；后两种错误倒是会一以贯之。

神的正义与万能是不可分的。求助神的力量去做一桩坏事，那是徒劳。心灵必须纯净，至少在祈祷的时刻，还要摒除邪念；否则反而会徒取其辱。我们请求神宽恕时假仁假义，满含不敬与憎恨，这不但不能赎罪，反而会罪上加罪。我看到有人动辄祈求上帝，接着行动中又看不见任何改进与补赎，这样的人我不会赞扬。

> 夜间外出偷情，
> 用高卢帽子盖住额头……
>
> ——朱维纳利斯

信教但是行为可憎的人，其作风好像要比生活糜烂、我行我素的人更该指责，因而我们的教会天天拒绝那些怙恶不悛的人入教，参加仪式。

我们按照习惯做祈祷，说得更适当是我们嘴上念诵祈祷文。

这只是表面行为。

令我不悦的是看到他们饭前祝福、饭后谢恩都画三个十字礼（尤其叫我乐不起来的是这个我尊敬并常用的手势，在打哈欠时也用），而一天中的其他时刻看到他们怀着仇恨、做事吝啬、不正义。上帝的时间给上帝，其他的时间干坏事，仿佛在进行调配与补偿似的。同一个心地的人干出这么不同的事来，在这些事的衔接与交替上不感到丝毫脱节与变化，看到这点真叫人叹为观止。

罪恶与公义能够这么和谐协调地存在于同一人身上，又能做到心安理得，需要有怎么了不起的心肠啊？一个人满脑子想的是损人利己，在神灵面前又觉得这些东西丑恶不堪，当他跟上帝说话时又能说什么呢？他回心转意了，但是突然又故态复萌了。如果正如他说的，看到代表神的圣物和圣像震动他的内心，惩罚他的灵魂，不管补赎是多么短暂，畏惧会使他扪心自问，立刻去抑制他身上一贯难驯的罪恶。

但是那些人明知罪大恶极，还是要把一生押在靠罪恶得到的果实与利益上，对他们又怎么办呢？我们有多少为世人接受的职业行当，其本质却是罪恶的！

有一人向我坦白说，他一生就是在为一个宗教宣道服务，这个宗教据他说是可恶的，与他的信念是背道而驰的，他这样做的目的是为了不致失去自己的威信与工作的崇高，但是他在心里怎样为这番话受罪的呢？在这件事上他们用什么语言向神的公义交待的呢？他们的悔疚显然是在粉饰罪过，对上帝和对我们都缺乏令人信服的根据。他们真这么鲁莽不补过不悔改就要求宽恕吗？我认为这些人跟前面所说的人没什么两样；顽固是很难克服的。他们装模作样的看法那么悖于常理与浮躁，使我觉得简直是匪夷所思。他们向我们摆出的是一种无法消除的病死状态。

这些人的想象力我觉得神奇极了，在过去几年，只要谁在宣扬天主教义时表现出清醒的头脑，他们就按例说这是假装的，为了安抚他甚至认为不管他表面怎么说，他内心的信念不会不按他们的步调改正。那么自信会说服人家不得去信奉相反的东西，这真是无可奈何的病态。还有更加无可奈何的是他们在思想上那么肯定，他宁可今世的命运遭到难测的曲折起伏，也不愿对永生抱着期望和担心失去。我说这样的话他们可以相信，如果说我青年时代曾有什么抱负，那就是决心去克服随着近年宗教改革而来的危险与困难。

我觉得教会禁止对《大卫诗篇》中圣灵口授的圣歌予以任意、贸然、不恰当的用，这不是没有道理的。我们日常生活中提到上帝必须毕恭毕敬、全神贯注。这个声音是太神圣了，不能只是为了练习嗓音或者取悦耳朵去唱。这应该出自我们的心灵而不是舌头。没有理由让一名店铺学徒在胡思乱想中随口哼哼，自娱自乐。

同样没有道理是的让这部充满神迹、事关信仰的圣书，任意搁放在过道和厨房里。从前这是奥秘，今天成了闲谈资料。这么一种严肃可敬的研究决不是可以凑个空闲哄哄中进行的。这是必须静心钻研的工作，这里还必须加上祈祷书中的这句序言："潜心祈祷。"正襟危坐，体现出专心与尊敬。

这不是凡夫俗子的学习，而是奉上帝之召专务研读的人的学习。恶人与无知的人读了反而会变坏。这不是到处宣说的趣闻，这是要恭恭敬敬顶礼膜拜的经史。有人很可笑，用民间语言转述，以为这下子把它通俗化了！他们不理解，书写的精华仅仅存在于文字中吗？还用我多说吗？稍为拉他们去接近，他们就往后退缩。纯然无知，完全信任他人，也比夸夸其谈，助长狂妄与鲁莽更有益，更懂道理。

我还相信，这么一种重要的宗教经典，人人都自由地用各地方言来宣扬，这样做弊大于利。犹太人、穆斯林以及几乎所有其他民族，都接受和尊重他们圣人事迹当初孕育时使用的语言，不允许任何篡改与变动，这不是没有道理的。我们知道在巴斯克和布列塔尼不是有相当能干的法官可以承担这项翻译工作吗？万国基督教会没有做出过比此更严格更庄严的判决了。在布道和说话时，语言交换是含糊不清的、自由的、变动的，也是零星的；因而这不是完整的原意。

我们的一位希腊历史学家对我们的时代批评得很有道理，说基督教的教义落在毫无教养的艺人手里在大庭广众宣扬，每人都可以随心所欲地解说；他还说我们这些托上帝之福领会神圣教义的人尤其应该感到羞耻，竟让那些无知之徒信口开河亵渎，就像从前贵族禁止苏格拉底、柏拉图和其他贤人议论和调查德尔菲岛的教士做了些什么。他还说各派贵族对神学问题并不热诚，但是爱发脾气；热诚来自神的理性与公义，行动上有条有理；但是热诚受人的情欲支配，会变成仇恨与嫉妒，产生的不是小麦与葡萄，而是稗子与荨麻。

恰如另一个人也这样说过，他向罗马狄奥多西皇帝进言，纷争不会缓和教会的分裂，反而会加剧分裂，鼓动异端邪说；必须避免一切教义上的笔墨官司和争辩，干脆回归到古人制订的关于信仰的规矩条例。拜占庭皇帝安德罗尼库斯在宫中见到两位大臣，正在与洛帕迪乌斯对一个重大论点争论不休，训斥了一通，甚至威胁说再不停止要把他们都抛进河里。

我们今日的妇女与孩子，给年龄更大、经验更丰富的人讲解教会法规，在这方面柏拉图《法律篇》第一条就是禁止他们去追究民法制订的理由，民法应该代替神的谕旨。柏拉图还加了一句，允许年长的人相互或者跟官员交换看法，只要年轻人和不信教的人不在场就行。

有一位主教曾写到在世界的另一端，有个岛屿，古人称为迪奥斯科里德岛①，岛上盛产各种树木果蔬，空气清冽，岛民是基督教徒，有教堂和祭台，只用十字架装饰，没有其他圣像。严格遵守斋戒和节日，按时向教士交付十一税，洁身自好，男人一生中只能有一个女人。他们对自己的命运非常满足，身处大海之中却不知道使用船只，他们心地纯朴，对于他们那么笃信的宗教竟不问一句其来历。异教徒则是热烈的偶像崇拜者，令人难以相信的是他们对自己的神所知道的仅仅是名字与塑像。

欧里庇得斯的悲剧《美那里普》老本子的开场白是这样的：

啊，朱庇特，除了你的名字，
我对你一无所知。

——普鲁塔克

我年轻时也曾见过有人抱怨说，有的文章只谈人文哲学，从不提及神学。然而这话反过来说也有几分道理。神学有其特殊地位，就像王后和女当家；她所到之处都以她为大，从不当副手或屈居从属地位。语法、修辞、逻辑的例子，以及戏剧、娱乐和公开演出的题材，更应当来自别处，而不是一部那么神圣的著作。对待神的道理要比对待人的道理更加崇敬虔诚，要独立按照它们

---

① 即今日印度洋中索科特拉岛。

的风格研究。神学家写文章太人文化，这样的错误屡见不鲜的，更多于另一个错误，那是人文学家写文章又太少神学化。

圣克里索斯托姆说："哲学如同无用的奴仆早已被逐出了神学院，当他经过这座典藏神圣学说的圣殿，连张望一眼的资格也没有。"人的语言有它自己的俚俗方式，使用时不应该像神的语言那样尊贵、威严和有权柄。于是我就使用"未经规范的词句"（圣奥古斯丁）来让它说出诸如机缘、命运、机遇、祸福、神等其他字眼，按照其固有的方式。

我提出的是人的想法，我本人的想法，也仅仅作为人的浮想独自考虑，决不是受命于天而定出的法则，不容许怀疑与争论的。这是意见，不是神意。我按照我的意思论述，不是按照上帝的意思论述，就像学童提出他们的习作；以供别人批改，不是批改别人的。以世俗的方式，不是以神学的方式，但是总有非常的宗教性。

人家说这话也不是没有理由，那就是除了明确宣布信教的人以外，其他人对宗教只能泛泛而谈，这个规定并不有损于实际好处与公义，可能也是在命令我闭嘴为好吧？

有人对我说，即使不是我们教会中的人，平时谈话时也不许使用上帝的名义。他们也不愿意在感叹与惊呼中使用上帝的名义，不管是作证还是比喻。我认为他们是对的。在我们的人际交往中，不论以何种形式提到上帝，态度都应该严肃虔诚。

在色诺芬的著作中好像有这么一段话，他指出我们应该少向上帝祈祷，因为要祈祷就要聚精会神，满腔诚意，让心灵经常进入这种状态很不容易；不然我们的祈祷不但无用还有害。我们说："原谅我们吧，就像我们原谅那些冒犯我们的人。"不能向神献出一颗不记仇恨不抱怨的心时，这样说又有什么意思呢？我们还不是在呼唤上帝帮助我们密谋坏事,加入不义行动?

这些事你只能当面对神讲。

——柏修斯

守财奴为了徒然保存他那多余的财富向上帝祈祷;野心家为了胜利与愿望实现向上帝祈祷;盗贼利用上帝帮助他克服实施罪恶勾当时遇到的险阻与困难,或者对自己轻而易举割断了过路人的脖子表示谢恩。他们站在他们即将越过或炸掉的房子墙角里,做他们的祈祷,用心和期望都是充满残酷、色念和贪婪。

要在朱庇特耳边祈祷,
不妨向斯泰乌斯去说。——天哪,好心的朱庇特!
他会叫道;朱庇特对我会说这样的话吗?

——柏修斯

那瓦尔王后玛格丽特谈起一位青年亲王的事,虽然她没有提到他的名字,他的显赫地位让人一猜就知是谁了。他出门跟巴黎一位律师的妻子幽会结欢,途中要穿过一座教堂。他干这个勾当,每次往返经过这个圣地都不会不做祈祷和念经。我可以让你们去猜,满脑子色迷迷的思想,他利用神的恩典干吗?然而王后提起这事是为了说明他异常虔诚。但是,这不是仅靠这件事可以证实女人不适宜谈论神学。

心灵肮脏、还受撒旦控制的人,不可能突如其来做一个真正的祈祷,在信仰上归顺上帝。谁在作恶时呼唤上帝帮助,就像小偷割钱包时要求法官支援,或者就像说谎者以上帝名义作证:

> 我们低声做罪恶的祈祷。
>
> ——卢克莱修

很少有人敢于公开他们私下向上帝提出的秘密要求。

> 在神庙里不许悄声许愿，
> 而要大声祈祷，这不是人人做得到的。
>
> ——柏修斯

因此，毕达哥拉斯派要求祈祷必须当众进行，人人都能听见，这样就不会向上帝提出非分不法的事，像这一位：

> 他高喊：阿波罗！然后蠕动嘴唇，
> 怕别人听到：美丽的拉凡娜女神①！
> 允许我去骗人，装得公正善良，
> 用黑夜遮盖我的罪行，用乌云掩饰我的偷窃。
>
> ——贺拉斯

诸神答应俄狄浦斯的不正当的祈求，同时又给予他严厉的惩罚。他祈祷让他的孩子同室操戈来决定国家继承问题。看到自己的话说中了又多么可悲。不应该要求每件事都遵照我们的意愿，但是遵照审慎的智慧。

事情好似是我们使用祈祷就像在使用一句口头禅，像那些人

---

① 拉凡娜女神是小偷毛贼的保护神。

用圣言圣语来施展巫术魔法。我们依靠字句结构、声音、词的排列或是我们的表面态度，来制造效果。因为心中充满贪欲，毫无悔改之意，也不思归顺上帝，我们呈献的只是凭记忆还留在嘴上的话，希望以此来补赎我们的罪过。

  神的旨意比什么都容易做到，充满温情，与人为善；神召唤我们，虽则我们屡屡犯错，可憎可鄙；向我们伸出手臂，拥我们入怀，不管我们现在或者将来会如何卑微、无赖、名声扫地。而我们必须以好好珍惜作为回报。还必须怀着感恩的心情接受宽恕。至少在我们向神走去的那一刻，心中要对自己的错误感到疚恨，把唆使我们去冒犯上帝的邪念视作仇敌。柏拉图说："神与好人都不会接受恶人的礼物。"

  没有沾上罪恶的手伸向祭台，
  不必用丰富的祭品，
  只需一块面饼和少许食盐，
  就可平息难侍候的家神珀那忒斯的敌意。

——贺拉斯

第五十七章
论寿命

我不能接受我们对寿命长短的看法。我注意到贤哲看待寿命比时下一般短得多。加图对那些劝他不要自杀的人说:"我到了现在这把年纪,怎么还能怪我过早放弃生命呢?"那时他才四十八岁。

他认为这个年纪已很成熟,也算高寿,没有多少人达到这个岁数。有人议论我不知什么生命过程时,谈到他们所谓的天然寿命,还可以期望多活几年。人人在自然环境中都会遭到种种不测,使原本的期望生命戛然中断;如果运气好,躲过这些意外事件,就可以做到这点。让人活到年高力衰,然后寿终正寝;在我们的一生中确立这样的目标,那是多么美妙的梦想!因为这种死亡其实在人生中极为罕见。

只是这种死亡我们称之为自然的,仿佛看到一个人跌落折断脖子,在河里溺死,染上瘟疫或胸膜炎,都是违背自然的,仿佛我们日常的情境不会向我们提出这种种不便之事。我们不要听了这些好话而沾沾自喜,而是应该把一般的、共同的、普遍的东西称为自然的。

寿终正寝,这是一种少见的、特殊的、非一般的死亡,不及其他死亡自然;这是排在末位的终极死亡,是离我们最远,因而也是我们最难期盼的。这其实是我们越不过的界限,也是自然法则设定禁止通行的界限。让我们一直等到那个时刻,已是极少给予的一种特权。这是命运格外开恩,才把这一个豁免权在两三百年间赐给一个人,让他穿越漫长一生两头之间布下的重重障碍与困难。

因此，我的看法是我们达到的年龄，乃是很少人能达到的年龄。既然大家一般来说达不到这条线，也表明我们已经活得够长的了。一般的界限也是我们生命的真正尺度，既然越过了，就不应该希望继续超越。人生中有那么多死亡的机会，看到别人颓然倒下，而自己幸运逃过，应该认识到还活着是鸿运高照，不同寻常，也就不太应该再继续。

我们保持这种不切实际的幻想，也是法律的一个弊病。法律不让一个男人在二十五岁以前能够支配自己的财产，此后恐怕还没有那么多时间去支配自己的生活。奥古斯都把罗马旧法令中的规定提前了五年，宣布男人到了三十岁就可担任法官职务。塞维厄斯·塔利厄斯让年龄超过四十七岁的骑士免服兵役之劳。奥古斯特又把它减为四十五岁。让男人在五十五岁或六十岁以前退休，我觉得这没有多大道理。我的看法是从公众利益出发尽量延长我们的工作与雇用年限；但是我发现错误出在另一方面，就是没有更早投入工作。这位奥古斯都自己在十九岁已当上了万国大法官；却要一个人家到了三十岁才有资格去判决一根排水管该装在什么地方。

我个人则认为，我们的心灵在二十岁时已趋于成熟，今后能做的事也都该会做了。在这个年纪还不明显具备资质，此后也不会有所表现的了。天生的品质与美德，在这个阶段内可以淋漓尽致发挥，否则也就无望了。

> 刺儿长出来时不扎人，
> 多半儿也永远不会扎人了。

这是多菲内地区的民间谚语。

人类史上我所知道的轰轰烈烈大事件，不论属于哪一种类型，在从前的世纪还是今日的时代，我想三十岁前所做的在数目上要远远超过三十岁前所做的。是的，经常在同一个人身上也是这样。在汉尼拔和他的宿敌西庇阿的一生，我不是也可放心大胆这样说吗？

他们年轻时得到荣耀，后半生靠着这个荣耀过日子；日后跟其他人相比还是伟人，跟自己相比则不见得是了。就我来说，我肯定从这个年纪起精神与精力减弱多于增强，衰退多于改善。有人善于利用时间，学识与经验都随着年龄增长，这也是可能的。但是活力、速度、毅力以及其他与生俱来的更重要、更基本的品质都在衰退迟钝。

当岁月的重锤敲打我们的身躯，
当磨损的弹簧卡住机械，
精神会恍惚，口齿与理智不清楚。

——卢克莱修

有时是身体先衰，有时是心灵先老。我见过不少人头脑在胃与腿脚之前就不管用了；有一种病患者并不感觉，症状并不明确，这只会更加危险。

这次我埋怨法律，不是法律让我们干得太久，而是让我们干得太晚。我觉得，考虑到生命的脆弱，以及它暴露在多少日常与天然的暗礁之前，人不应该让出生、游闲与学习占去这么多时间。